Ueberreuter Großdruck

Linda Howard

Mister Perfekt

Aus dem Amerikanischen
von Christoph Göhler

UEBERREUTER

ISBN 978-3-8000-9248-2

Titel der Originalausgabe: »Mr. Perfect«
Originalverlag: Pocket Books, Simon & Schuster, Inc., New York

Aus dem Amerikanischen von Christoph Göhler

Umschlaggestaltung von Agentur C21 unter Verwendung eines Fotos von Comstock/Jupiterimages
Druck: Druckerei Theiss, A-9431 St. Stefan i. L.
Gedruckt auf Salzer EOS 1,3 x Vol., naturweiß, 80g
1 3 5 7 6 4 2

www.ueberreuter-grossdruck.com
www.ueberreuter.at

Prolog

Denver, 1975

»Das ist doch lächerlich!« Die Handtasche so fest umklammernd, dass die Knöchel weiß hervortraten, feuerte die Frau giftige Blicke auf den Schulleiter hinter seinem Schreibtisch ab. »Er hat gesagt, dass er den Hamster nicht angerührt hat, und mein Kind lügt nicht. Allein die Vorstellung!«

J. Clarence Cosgrove war seit sechs Jahren Schulleiter der Ellington Middle School und hatte davor zwanzig Jahre lang als Lehrer gearbeitet. Er hatte reichlich Erfahrung im Umgang mit aufgebrachten Eltern, doch die große, dürre Dame ihm gegenüber und das wie betäubt neben ihr sitzende Kind zerrten an seinen Nerven. Er drückte sich nur ungern umgangssprachlich aus, aber die beiden waren *total daneben*. Obwohl er wusste, dass er auf Granit beißen würde, versuchte er sie zu überzeugen. »Es gab Zeugen –«

»Mrs Whitcomb hat ihn gezwungen, das zu sagen. Corin hätte dem Hamster *nie im Leben* wehgetan, nicht wahr, mein Schätzchen?«

»Nein, Mutter.« Die Stimme war fast überirdisch süß, doch die Augen des Kindes ruhten kalt und ohne zu blinzeln auf Mr Cosgrove, fast als wollte es abschätzen, wie weit es mit seinem Leugnen kommen würde.

»Sehen Sie, ich habe es Ihnen ja gesagt!«, triumphierte die Frau. Mr Cosgrove unternahm einen neuen Versuch. »Mrs Whitcomb –«

»– hat Corin vom ersten Schultag an nicht leiden können. *Die* sollten Sie sich mal vornehmen, nicht mein Kind!« Ihre Lippen waren vor Zorn nur noch ein Strich. »Vor zwei Wochen habe ich mit ihr über die schmutzigen Ideen gesprochen, die sie den Kindern in den Kopf setzt. Dabei habe ich klargestellt, dass ich zwar nicht darüber bestimmen kann, was sie den übrigen Kindern erzählt, dass ich es aber auf gar keinen Fall dulde, wenn sie mit *meinem* Kind über –« Sie schoss einen Seitenblick auf Corin ab – »S-e-x spricht. Das versucht sie mir jetzt heimzuzahlen.«

»Mrs Whitcomb ist eine ausgezeichnete Lehrerin. Sie würde bestimmt nicht –«

»Sie *hat!* Erzählen Sie mir nicht, dass diese Frau so etwas nicht tun würde, wenn sie es bereits getan *hat*! Ganz unter uns, ich würde ihr zutrauen, dass sie den Hamster selbst umgebracht hat!«

»Der Hamster war ihr persönliches Haustier, und sie hat ihn mit in die Schule gebracht, um den Kindern beizubringen, was –«

»Trotzdem hätte sie das Vieh umbringen können. Meine Güte, es handelt sich im Grunde doch bloß um eine bessere Ratte«, meinte die Frau abfällig. »Selbst wenn Corin den Hamster umgebracht *hätte,* was er nicht getan hat, würde ich nicht verstehen, was der ganze Aufruhr soll. Mein Kind wird schikaniert – *schikaniert* –, und das lasse ich nicht zu. Entweder Sie bringen diese Frau zur Räson, oder ich tue das selbst.«

Mr Cosgrove setzte seine Brille ab und polierte müde die Gläser, nur um sich irgendwie zu beschäftigen, während er darüber nachsann, wie er das von dieser Frau versprühte Gift neutralisieren konnte, und zwar bevor sie den Ruf einer ausgezeichneten Lehrerin ruiniert hatte. Sie zur Vernunft bringen zu wollen, war aussichtslos; bislang hatte sie ihn nicht einen einzigen Satz zu Ende sprechen lassen. Er sah kurz auf Corin; das Kind beobachtete ihn immer noch mit einer Engelsmiene, die kein bisschen zu diesen eiskalten Augen passen wollte.

»Darf ich mal unter vier Augen mit Ihnen sprechen?«, fragte er die Frau.

Sie sah ihn verdutzt an. »Warum? Wenn Sie glauben, Sie könnten mir weismachen, dass mein kleiner süßer Corin –«

»Nur einen Moment«, fiel er ihr ins Wort, ohne sich den winzigen euphorischen Adrenalinstoß anmerken zu lassen, weil diesmal er ihr das Wort abgeschnitten hatte. Ihrer Miene nach zu urteilen gefiel ihr das gar nicht. »Bitte.« Er hängte das Wort nach einer kurzen Pause an, obwohl ihm ganz und gar nicht nach Höflichkeit zumute war.

»Also gut«, gab sie widerwillig nach. »Corin, Schätzchen, du wartest draußen. Du bleibst gleich bei der Tür stehen, wo Mutter dich sehen kann.«

»Ja, Mutter.«

Mr Cosgrove stand auf und drückte die Tür energisch hinter dem Kind ins Schloss. Diese Wendung der Ereignisse, durch die das Kind aus ihrem Gesichtskreis verbannt wurde, schien sie so zu erschrecken, dass sie sich halb aus ihrem Stuhl erhob.

»Bitte«, wiederholte er, »bleiben Sie sitzen.«

»Aber Corin –«

»– passiert bestimmt nichts.« Noch eine Unterbrechung zu seinen Gunsten. Er ließ sich wieder auf seinen Stuhl sinken, nahm einen Stift und klopfte damit auf die Schreibunterlage, während er nach einer möglichst diplomatischen Eröffnung für sein Anliegen suchte. Es gab ohnehin keine, die diplomatisch genug für diese Frau wäre, begriff er, darum beschloss er, direkt auf den Punkt zu kommen. »Haben Sie jemals daran gedacht, Hilfe für Corin zu suchen? Ein guter Kinderpsychologe –«

»Sind Sie verrückt?« Das Gesicht in einem Zornesausbruch verzerrt, schoss sie zischend aus ihrem Stuhl hoch. »Corin braucht doch keinen Psychologen! Mit ihm ist alles in Ordnung. Diese hinterhältige Schlampe hat hier Probleme, nicht mein Kind! Ich hätte wissen müssen, dass dieses Gespräch reine Zeitverschwendung ist, dass Sie sich vor Ihre Lehrerin stellen würden.«

»Ich will nur das Beste für Corin.« Es kostete ihn Mühe, nicht die Beherrschung zu verlieren. »Der Vorfall mit dem Hamster ist nur der jüngste, keineswegs der Erste. Wir haben es mit einer ganzen Palette von verstörten Verhaltensmustern zu tun, die weit über gewöhnliche Lausbubenstreiche hinausgehen –«

»Die anderen Kinder sind nur neidisch auf ihn!«, keifte sie ihn an. »Ich weiß, wie diese kleinen Scheißer auf ihm herumhacken und dass dieses Drecksweib nichts unternimmt, um das zu unterbinden oder ihn zu beschützen. Er erzählt mir alles. Wenn Sie glauben, dass ich ihn weiter auf diese Schule gehen lasse, wo ihm jeder zusetzt –«

»Sie haben Recht«, warf er geschmeidig ein. Zahlenmäßig war sie ihm an Unterbrechungen immer noch voraus, doch diese war die alles entscheidende. »Eine andere Schule wäre in der gegebenen Situation wahrscheinlich das Beste für ihn. Corin passt nicht hierher. Ich kann Ihnen ein paar gute Privatschulen empfehlen –«

»Sparen Sie sich die Mühe«, plärrte sie ihn an und stakste zur Tür. »Ich kann mir nicht vorstellen, wie Sie darauf kommen, dass ich ausgerechnet auf *Ihre* Empfehlungen hören sollte.« Mit diesem letzten Schuss aus der Hüfte riss sie die Tür auf und packte Corin am Arm. »Komm mit, Schätzchen. Hier brauchst du nie wieder hinzugehen.«

»Ja, Mutter.«

Mr Cosgrove trat ans Fenster und verfolgte, wie die beiden in einen alten zweitürigen Pontiac stiegen, bei dem links über der vorderen Stoßstange der gelbe Lack von braunen Rostflecken durchsetzt war. Das vordringlichste Problem, nämlich Mrs Withcomb zu schützen, hatte er gelöst. Doch ihm war wohl bewusst, dass ein viel größeres Problem eben aus seinem Büro marschiert war. Mochte Gott den Lehrern jener Schule helfen, an der Corin nun landen würde. Vielleicht würde irgendwann ja jemand eingreifen können und Corin zu einer Beratung verhelfen, bevor allzu viel

Schaden angerichtet war… wenn es dazu nicht schon zu spät war.

Draußen im Auto fuhr die Frau in steifem, zornigem Schweigen, bis die Schule außer Sichtweite war. Vor einem Stoppschild hielt sie den Wagen an und versetzte ohne jede Vorwarnung Corin eine solche Ohrfeige, dass sein Kopf gegen das Fenster knallte. »Du kleiner Bastard«, fauchte sie mit zusammengebissenen Zähnen. »Wie kannst du es wagen, mich derart bloßzustellen! Dass ich ins Rektorat bestellt werde und mich abkanzeln lassen muss, als wäre ich *verblödet!* Du weißt, was dich erwartet, wenn wir erst daheim sind, oder? *Oder?*« Die letzten beiden Worte brüllte sie.

»Ja, Mutter.« Die Miene des Kindes war vollkommen ausdruckslos, doch in seinen Augen glänzte etwas, das beinahe an Vorfreude erinnerte.

Sie packte das Lenkrad mit beiden Händen, als wollte sie es erwürgen. »Du wirst perfekt, und wenn ich es dir einprügeln muss. Hast du gehört? *Mein* Kind wird *perfekt.*«

»Ja, Mutter«, versprach Corin.

1

Warren, Michigan, 2000

Jaine Bright wachte mit finsterster Laune auf.

Ihr Nachbar, die Geißel des gesamten Wohnviertels, war eben um drei Uhr morgens unter ohrenbetäubendem Gedröhn nach Hause gekommen. Falls sein Auto überhaupt so etwas wie einen Auspufftopf besaß, dann hatte der schon längst den Geist aufgegeben. Zu ihrem Leidwesen befand sich ihr Schlafzimmer auf derselben Seite des Hauses wie seine Einfahrt; nicht einmal das über den Kopf gepresste Kissen kam gegen das Dröhnen dieses Achtzylinder-Pontiacs an. Erst knallte er die Autotür zu und schaltete das Verandalicht vor der Küche ein – das von einem heimtückischen Architekten genau so positioniert worden war, dass es ihr ins Gesicht strahlte, wenn sie wie jetzt mit dem Gesicht zum Fenster lag –, dann ließ er beim Hineingehen die Fliegentür dreimal knallen, kam ein paar Minuten später wieder heraus, kehrte gleich darauf wieder ins Haus zurück und verschwendete offenkundig keinen Gedanken mehr an seine Außenbeleuchtung, weil ein paar Minuten später das Licht in der Küche ausging, während dieses verfluchte Verandaflutlicht ungerührt weiter strahlte.

Wenn sie vor dem Kauf des Hauses geahnt hätte, wen sie hier zum Nachbarn bekommen würde, dann hätte sie nie, nie im Leben den Vertrag unterschrieben. In den zwei Wochen seit ihrem Einzug war es ihm mit Leichtigkeit gelungen, ihr alle Freude über ihr erstes selbst gekauftes Haus auszutreiben.

Ganz offenbar war er ein Säufer. Warum konnte er nicht wenigstens ein fröhlicher Säufer sein, überlegte sie verdrossen. Nein, er musste ein griesgrämiger, widerlicher Säufer sein, ein so übler Zeitgenosse, dass sie Angst hatte, die Katze rauszulassen, wenn er zu Hause war. BooBoo war kein besonderer Kater – er war nicht mal ihr Kater –, aber ihre Mom liebte ihn, und Jaine wollte nicht, dass ihm etwas zustieß, während sie ihn in Pflege hatte. Sie würde ihrer Mutter nie wieder in die Augen sehen können, wenn ihre Eltern nach ihrer sechswöchigen Traumreise quer durch Europa zurückkehrten und BooBoo verschwunden oder nicht mehr am Leben wäre.

Ihr Nachbar hatte BooBoo ohnehin schon im Visier, seit er die Pfotenabdrücke auf der Windschutzscheibe und der Motorhaube seines Autos bemerkt hatte. So wie er reagiert hatte, könnte man meinen, er würde einen nagelneuen Rolls fahren, keinen zehn Jahre alten Pontiac, der von vorn bis hinten mit Kratzern und Dellen übersät war.

Natürlich war sie an jenem Tag genau zur selben Zeit wie er zur Arbeit aufgebrochen; zumindest hatte sie damals noch angenommen, dass er in die Arbeit gehen wollte. Inzwischen glaubte sie eher, dass er zum Schnapskaufen gefahren war. Falls er überhaupt arbeitete, dann hatte er höchst merkwürdige Arbeitszeiten, denn bislang war es ihr nicht gelungen, irgendein regelmäßiges Muster in seinen Abfahrten und Ankünften zu erkennen.

Jedenfalls hatte sie an dem Tag, an dem er die Pfotenabdrücke entdeckte, besonders nett zu ihm sein wollen; sie hatte ihn sogar angelächelt, was eine echte Leistung gewesen war, wenn man bedachte, wie er sie angefahren hatte, weil ihre Einweihungsparty ihn – um zwei Uhr nachmittags! – aus dem Schlaf gerissen hatte. Doch er hatte ihr lächelndes Friedensangebot überhaupt nicht beachtet, sondern war, quasi sobald sein Hintern den Fahrersitz berührte, wieder aus seinem Auto geschossen. »Wie wär's, wenn Sie Ihr blödes Katzenvieh von meinem Auto fern halten würden, Lady?«

Das Lächeln gefror ihr auf dem Gesicht. Jaine verschenkte nur ungern ein Lächeln und schon gar nicht an einen unrasierten, rotäugigen, schlecht gelaunten Vollidioten. Mehrere beißende Bemerkungen kamen ihr in den Sinn, die sie sich aber alle verkniff. Schließlich war sie erst vor kurzem in dieses Viertel gezogen und hatte sich von der ersten Minute an mit diesem Kerl angelegt. Das Letzte, was sie wollte, war ein offener Krieg. Sie beschloss, einen letzten diplomatischen Versuch zu wagen, obwohl das während der Einweihungsparty offensichtlich nicht funktioniert hatte.

»Tut mir Leid«, sagte sie bemüht ruhig. »Ich werde versuchen, besser auf ihn aufzupassen. Ich hüte ihn für meine Eltern, darum wird er nicht mehr lange hier sein.« Nur noch fünf Wochen.

Er knurrte irgendeine unverständliche Antwort, knallte die Autotür wieder zu und zischte mit kraftvoll röhrendem Motor ab. Jaine legte den Kopf auf die Seite und lauschte ihm nach. Die Karosserie des Pontiac sah zwar wie eine Schrottlaube aus, aber der Motor lief weich wie Seide. Unter der Motorhaube musste eine gewaltige Pferdeherde hausen.

Mit Diplomatie kam man diesem Typen definitiv nicht bei.

Nun war er wieder heimgekommen und riss um drei Uhr früh mit seiner Dreckskarre die ganze Nachbarschaft aus dem Schlaf. Was für eine Frechheit, vor allem nachdem er sie so angeblafft hatte, als sie ihn mitten am heiligen Nachmittag geweckt hatte. Am liebsten wäre sie augenblicklich zu seinem Haus rübermarschiert und hätte die Finger auf die Klingel gepresst, bis er mindestens so hellwach war wie alle anderen.

Es gab nur ein kleines Problem dabei. Er machte ihr ein winziges bisschen Angst.

Das behagte ihr gar nicht; Jaine war es nicht gewohnt, vor irgendwem zu kuschen, doch bei diesem Kerl wurde ihr irgendwie mulmig. Sie wusste nicht mal, wie er hieß, denn die beiden Male, die sie aufeinander gestoßen waren, waren keine »Hallo, ich heiße Sowieso«-Begegnungen gewesen. Sie wusste nur, dass er ein ungehobelter Typ war und allem Anschein nach keiner geregelten Arbeit nachging. Bestenfalls war er ein Säufer, und Säufer konnten hinterhältig und destruktiv sein. Schlimmstenfalls war er in irgendwelche kriminellen Sachen verwickelt, womit er zu allem anderen auch noch *gefährlich* war.

Er war groß und muskulös und hatte das dunkle Haar so kurz geschoren, dass man ihn beinahe für einen Skinhead halten konnte. Immer wenn sie ihm begegnet war, hatte er ausgesehen, als hätte er sich seit zwei oder drei Tagen nicht rasiert. Dies addiert zu den blutunterlaufenen Augen und seiner miesen Laune ergab *Säufer.* Die Tatsache, dass er groß und muskulös war, verstärkte das mulmige Gefühl zusätzlich. Die Gegend war ihr so *sicher* vorgekommen, doch mit diesem Typen als Nachbar fühlte sie sich ausgesprochen schutzlos.

Grummelnd kämpfte sie sich aus dem Bett und zog die Jalousie herunter. Im Lauf der Jahre hatte sie gelernt, ihr Schlafzimmer nicht zu verdunkeln, weil ein Wecker sie, im Gegensatz zum Tageslicht, nicht unbedingt weckte. Die Morgendämmerung holte sie sicherer als jedes Gebimmel aus dem Bett. Da sie ihre Uhr schon mehrmals kaputt am Boden liegend wieder gefunden hatte, nahm sie an, dass sie wohl wach genug geworden war, um sie zu zerschmettern, jedoch nicht wach genug, um aufzustehen.

Mittlerweile behalf sie sich mit einer Gardine hinter einer Jalousie; die Gardine hielt alle neugierigen Blicke ab, solange kein Licht im Zimmer brannte, und die Jalousie zog Jaine erst hoch, nachdem sie abends das Licht ausgeknipst hatte. Falls sie heute zu spät zur Arbeit kommen würde, dann hatte sie das nur ihrem Nachbarn zu verdanken, weil er sie gezwungen hatte, sich allein auf den Wecker und nicht auf die Sonne zu verlassen.

Auf dem Rückweg zum Bett stolperte sie über BooBoo. Die Katze machte jaulend einen Satz, und Jaine entging nur knapp einer Herzattacke. »Jesus! BooBoo, hast du mir einen Schrecken eingejagt.« Sie war es nicht gewohnt, ein Tier im Haus zu haben, darum vergaß sie immer wieder, ihre Schritte mit Bedacht zu setzen. Warum in aller Welt ihre Mutter sich in den Kopf gesetzt hatte, dass *sie* und nicht Shelley oder Dave auf ihre Katze aufpassen sollte, war ihr unerfindlich. Beide hatten Kinder, die mit BooBoo spielen und ihn auf Trab halten konnten. Da die Sommerferien schon angefangen hatten, war außerdem bei beiden Familien fast jeden Tag und fast den ganzen Tag jemand zu Hause.

Aber *nei-en.* Jaine musste auf BooBoo aufpassen. Und es war vollkommen egal, dass sie allein lebte, fünf Tage die Woche arbeitete und nicht an Haustiere gewöhnt war. Selbst wenn sie ein Haustier gehabt hätte, dann garantiert keines wie BooBoo. Seit seiner Kastration spielte er die beleidigte Fellwurst und lebte seine Frustration am Mobiliar aus. In nur einer Woche hatte er ihr Sofa so weit bearbeitet, dass sie es neu beziehen lassen durfte.

Obendrein konnte BooBoo Jaine nicht leiden. Solange er *bei sich* zu Hause war, kam er einigermaßen mit ihr aus, dann trabte er manchmal an und ließ sich kraulen, aber bei *ihr* zu Hause gefiel es ihm ganz und gar nicht. Immer wenn sie versuchte, ihn zu streicheln, machte er einen Buckel und fauchte.

Um das Maß voll zu machen, grollte ihr auch ihre Schwester Shelley, weil Jaine von Mom auserwählt worden war, auf ihren kostbaren BooBoo aufzupassen. Schließlich war Shelley die Älteste und eindeutig zuverlässiger. Es war doch Quatsch, dass Jaine ihr vorgezogen wurde. Jaine stimmte ihr da voll und ganz zu, doch das minderte Shelleys Unmut kein bisschen.

Was das Fass endgültig zum Überlaufen brachte, war die Tatsache, dass auch David, der ein Jahr jünger war als Shelley, sauer auf Jaine war. Nicht wegen BooBoo; David war allergisch gegen Katzen. Nein, ihn erzürnte viel mehr, dass Dad seinen kostbaren Wagen in ihrer Garage untergestellt hatte – was ausgesprochen unpraktisch war, denn das hatte zur Folge, dass sie *ihren* Wagen nicht mehr in der Garage parken konnte, weil sie nur eine Einzelgarage hatte. Sie wünschte, David hätte das gottverfluchte Auto bekommen. Sie wünschte, Dad hätte es in seiner eigenen Garage untergestellt, doch Dad hatte Bedenken gehabt, es sechs Wochen lang unbeaufsichtigt zu lassen. Das konnte sie verstehen, unverständlich war ihr hingegen, warum ausgerechnet sie ausersehen worden war, auf Katze *und* Auto aufzupassen. Shelley verstand das mit der Katze nicht, David verstand das mit dem Auto nicht, und Jaine verstand keines von beidem.

So waren nun alle ihre Geschwister sauer auf sie, BooBoo ramponierte systematisch ihr Sofa, sie stand Todesängste aus, dass Dads Auto irgendetwas zustoßen könnte, solange es in ihrer Obhut war, und dieser Saufbold von einem Nachbarn machte ihr das Leben zur Hölle.

Mein Gott, warum hatte sie sich bloß ein Haus gekauft? Wäre sie in ihrer Wohnung geblieben, wäre all das nicht passiert, denn dort hatte sie keine Garage gehabt, und Haustiere waren ebenfalls nicht erlaubt.

Doch sie hatte sich einfach in dieses Viertel mit den alten Häusern aus den vierziger Jahren und den entsprechend niedrigen Preisen verliebt. Hier gab es eine gut gemischte Anwohnerschaft von jungen Familien mit kleinen Kindern bis zu Rentnern, die jeden Sonntag von ihren Verwandten besucht wurden. Einige von den älteren Herrschaften saßen während der angenehm kühlen Abende tatsächlich auf der Veranda und winkten den Vorbeigehenden zu, während in anderen Vorgärten Kinder spielten, ohne dass sie Angst haben mussten, aus einem vorbeifahrenden Auto beschossen zu werden. Natürlich hätte sie erst alle Nachbarn überprüfen sollen, aber auf den ersten Blick war ihr dies wie eine angenehme, sichere Wohngegend für eine allein stehende Frau erschienen, und sie war ganz aus dem Häuschen gewesen, für so wenig Geld ein gutes, solides Heim gefunden zu haben.

Weil sie garantiert nicht wieder einschlafen konnte, solange sie an ihren Nachbarn dachte, verschränkte Jaine die Hände hinter dem Kopf, starrte zur dunklen Decke auf und sann darüber nach, was sie mit dem Haus noch alles anstellen wollte. Küche und Bad mussten dringend modernisiert werden, aber beides waren recht kostspielige Maßnahmen, denen sie sich finanziell noch nicht gewachsen fühlte. Ein neuer Anstrich und neue Fensterläden würden die Außenfassade deutlich verschönern, außerdem wollte sie die Wand zwischen Wohn- und Esszimmer einreißen und einen Durchgang brechen, sodass das Esszimmer eher ein Alkoven als ein eigenes Zimmer war, und den Bogen konnte sie mit einer von diesen Steinfarben streichen, dann würde er aussehen wie aus Naturstein…

Das nervtötende Piepen ihres Weckers riss sie aus dem Schlaf. Wenigstens hatte das verdammte Ding sie diesmal wach bekommen, dachte sie, während sie sich zur Seite wälzte, um das Alarmsignal auszuschalten. Die roten Ziffern, die sie aus dem Halbdunkel anleuchteten, ließen sie erst blinzeln, bevor sie einen zweiten Blick wagte. »Ach du Scheiße!«, stöhnte sie entnervt und sprang aus dem Bett. Sechs Uhr achtundfünfzig; der Wecker piepste bereits seit einer knappen Stunde, und das bedeutete, dass sie zu spät dran war. Viel zu spät.

»Verflucht, verflucht, verflucht«, zischte sie, während sie unter die Dusche und zehn Sekunden später wieder heraushüpfte. Mit der Zahnbürste im Mund stürzte sie in die Küche und öffnete eine Dose für BooBoo, der schon mit Mörderblick neben seiner Futterschale wartete.

Sie spuckte die Zahnpasta ins Spülbecken und ließ das Wasser laufen, um den Schaum wegzuspülen. »Hättest du nicht auf mein Bett springen können wie sonst auch, wenn du hungrig bist? Nein, ausgerechnet heute musst du dezent auf mich warten, und jetzt habe *ich* keine Zeit zum Frühstücken mehr.«

BooBoo ließ keinen Zweifel daran, dass es ihm vollkommen schnuppe war, ob sie etwas zu essen bekam oder nicht, solange er sich den Bauch vollschlagen konnte.

Sie raste zurück ins Bad, wo sie sich in Windeseile schminkte, die Ohrringe durch die Ohrläppchen und die Uhr übers Handgelenk schob, und schnappte sich danach die Anziehsachen, die sie sich jedes Mal schnappte, wenn sie in Eile war, weil sie die wenigsten Umstände machten: eine schwarze Hose und eine weiße Seidenbluse unter einer flotten roten Jacke. Sie rammte die Füße in die Schuhe, griff sich die Handtasche und flitzte aus dem Haus.

Draußen fiel ihr erster Blick auf die kleine grauhaarige Dame von gegenüber, die soeben ihren Mülleimer rausstellte.

Heute kam die Müllabfuhr.

»Kacke, Scheiße, verfluchter Dreck, Mist und so weiter und so fort«, vor sich hin murmelnd, machte Jaine auf dem Absatz kehrt und eilte ins Haus zurück. »Ich versuche ja, weniger zu fluchen«, fuhr sie BooBoo an, während sie den Müllsack aus dem Eimer zerrte und die Schlaufe zuzog, »aber du und Mr Supergenial machen es mir wirklich schwer.«

BooBoo kehrte ihr demonstrativ das Hinterteil zu.

Sie schoss ein zweites Mal aus dem Haus, dann fiel ihr ein, dass sie die Haustür nicht abgeschlossen hatte, also raste sie noch einmal zurück und schleifte anschließend die große Metallmülltonne an den Straßenrand, wo sie die heutigen Opfergaben oben auf die beiden anderen Tüten stopfte. Ausnahmsweise gab sie sich keine Mühe, leise zu sein; im Gegenteil, sie *hoffte* sogar, diesen rücksichtslosen Vollidioten von nebenan zu wecken.

Sie rannte zurück zu ihrem Auto, einer kirschroten Dodge Viper, die sie heiß und innig liebte, und ließ zur Sicherheit den Motor ein paar Mal aufheulen, ehe sie den Rückwärtsgang einlegte. Der Wagen machte einen Satz zurück und knallte mit einem ohrenbetäubenden Scheppern in ihre Mülltonne. Dem ersten Scheppern folgte sofort ein zweites, weil ihre Tonne gegen die des Nachbarn rumpelte und sie umwarf, sodass der Deckel über die Straße davonrollte.

Jaine kniff die Augen zu und schlug den Kopf gegen das Lenkrad – allerdings ganz vorsichtig; sie wollte sich keine Gehirnerschütterung zuziehen. Andererseits wäre eine Gehirnerschütterung vielleicht nicht das Schlechteste; dann bräuchte sie sich wenigstens keine Gedanken zu machen, ob sie noch rechtzeitig in die Arbeit kam, was mittlerweile ein Ding der Unmöglichkeit war. Trotzdem fluchte sie nicht; die Ausdrücke, die ihr im Kopf herumzuckten, wollte sie auf gar keinen Fall laut aussprechen.

Sie schob den Automatikhebel auf »Parken« und stieg aus. Jetzt war Selbstbeherrschung angesagt, kein Wutausbruch. Sie stellte ihre verbeulte Tonne wieder auf und stopfte die herausgekullerten Tüten wieder hinein, bevor sie den verbogenen Deckel obendrauf setzte. Danach brachte sie die Tonne ihres Nachbarn wieder in die ihr gebührende lotrechte Position, sammelte seinen Müll auf – den er bei weitem nicht so ordentlich verpackt hatte wie sie ihren, aber was sollte man von einem Säufer auch anderes erwarten –, um zu guter Letzt die Straße hinunterzurennen, um den Tonnendeckel aufzulesen.

Er lag vor dem nächsten Haus halb schief im Rinnstein.

Als sie sich bückte, um ihn aufzuheben, hörte sie hinter sich eine Fliegentür schlagen.

Ein Wunsch zumindest war in Erfüllung gegangen: Der rücksichtslose Vollidiot war wach.

»Was *tun* Sie da, verdammt noch mal?«, bellte er. Mit seiner Jogginghose, dem zerrissenen, fleckigen T-Shirt und der nachtschwarzen Zornesmiene im unrasierten Gesicht sah er eindeutig furchterregend aus.

Sie drehte sich um, marschierte zu dem ramponierten Mülltonnenpaar zurück und knallte den Deckel auf seine Tonne. »Ich sammle Ihren Müll auf«, zeterte sie ihn an.

Aus seinen Augen sprühten rote Funken. Im Grunde waren sie nur blutunterlaufen, so wie immer, aber der Effekt war derselbe. »Weshalb wollen Sie mir eigentlich partout keinen Schlaf gönnen? Ich habe noch keine verdammte Frau erlebt, die so viel Krach macht wie Sie –«

Diese Dreistigkeit ließ sie vergessen, dass sie eigentlich Angst vor ihm hatte. Jaine baute sich vor ihm auf, dankbar für die fünf Zentimeter hohen Absätze ihrer Schuhe, die sie auf Augenhöhe mit… seinem Kinn brachten. Jedenfalls beinahe.

Dann war er halt groß. Und wenn schon. Sie war stinkwütend, und *stinkwütend* konnte es noch jederzeit mit *groß* aufnehmen.

»Ich mache also Krach?«, schnauzte sie ihn mit zusammengebissenen Zähnen an. Es war nicht leicht, jemanden anzuschnauzen, wenn man die Zähne nicht auseinander bekam, aber sie gab sich redlich Mühe. »*Ich* mache Krach?« Sie piekte mit dem Finger in seine Richtung. Berühren wollte sie ihn auf gar keinen Fall, weil sein T-Shirt so zerrissen war und so… merkwürdige Flecken hatte. »Ich bin schließlich nicht diejenige, die mit diesem Schrotthaufen, den Sie Ihr Auto nennen, um drei Uhr früh die ganze Stadt aus dem Schlaf reißt. Kaufen Sie sich einen neuen Auspuff, Herr im Himmel! Und ich habe auch nicht erst die Autotür und dann dreimal die Fliegentür zugeknallt – weshalb eigentlich? Haben Sie den Schnaps draußen vergessen und mussten ihn noch mal holen gehen? – und anschließend die Verandalampe angelassen, die die ganze Nacht in mein Schlafzimmer geleuchtet und *mich* vom Schlafen abgehalten hat!«

Er klappte den Mund auf, um ihr Sperrfeuer zu erwidern, doch Jaine war noch nicht fertig. »Außerdem liegt es doch wesentlich näher, dass die Nachbarn um drei Uhr nachts schlafen als um zwei Uhr nachmittags oder –« Sie warf einen Blick auf die Uhr – »um sieben Uhr dreiundzwanzig am Morgen.« O Gott, sie würde definitiv zu spät kommen. »Also verziehen Sie sich, Freundchen! Kriechen Sie heim zu Ihrer Flasche. Kippen Sie sich einfach noch einen hinter die Binde, dann kann Sie bestimmt nichts mehr aufwecken.«

Er klappte den Mund erneut auf. Jaine vergaß alle ihre Vorsätze und piekte ihn tatsächlich. Igitt. Jetzt würde sie ihren Finger auskochen müssen. »Morgen kaufe ich Ihnen eine neue Mülltonne, also halten Sie den Mund. Und wenn Sie der Katze meiner Mutter auch nur ein Haar krümmen, dann zerfetze ich Sie in der Luft, und zwar Zelle für Zelle. Dann verstümmle ich Ihre DNA derart, dass Sie sich nie wieder reproduzieren können, womit ich der Menschheit wahrscheinlich einen großen Dienst erweisen würde.« Ihr sengender Blick harkte ihn ab und erfasste dabei seine dreckigen Lumpen und das unrasierte Kinn. »Haben Sie mich verstanden?«

Er nickte.

Sie atmete tief durch und versuchte, ihr Temperament wieder zu zügeln. »Okay. Also gut. Verdammt noch mal, jetzt habe ich Ihretwegen geflucht; dabei versuche ich, mir das Fluchen abzugewöhnen.«

Er sah sie eigenartig an. »Ja, beim Fluchen müssen Sie verdammt aufpassen.«

Sie strich ihre Haare aus dem Gesicht und versuchte sich zu entsinnen, ob sie sich heute Morgen gekämmt hatte. »Ich bin spät dran«, erklärte sie. »Ich habe nicht geschlafen, nicht gefrühstückt und noch keinen Kaffee getrunken. Ich sollte mich auf den Weg machen, bevor ich Ihnen noch was antue.«

Er nickte. »Gute Idee. Ich würde Sie nur ungern verhaften.«

Sie starrte ihn fassungslos an. »Wie bitte?«

»Ich bin Polizist«, sagte er, kehrte auf dem

Absatz um und verschwand wieder in seinem Haus.

Verdattert staunte Jaine ihm nach. Ein *Bulle?*

»Ach fuck«, sagte sie dann.

2

Jeden Freitag ging Jaine mit ihren drei Freundinnen, die genau wie sie bei Hammerstead Technology arbeiteten, nach Büroschluss zu Ernie's, einem Bar-Restaurant, auf ein Glas Wein, ein Abendessen, das sie nicht selbst zuzubereiten brauchten, und eine Runde Weibertratsch. Nachdem sie die ganze Woche in einer von Männern dominierten Umgebung gearbeitet hatten, brauchten sie den Weibertratsch wie die Luft zum Atmen. Hammerstead war ein Zulieferbetrieb, der die Automobilwerke von General Motors in der Detroiter Gegend mit Computertechnologie ausstattete, und Computer waren im Wesentlichen immer noch eine Männerdomäne. Noch dazu war das Unternehmen ziemlich groß, was zur Folge hatte, dass die Atmosphäre allgemein leicht angespannt war, weil die Computerfreaks, die noch nie etwas von dem Wort »zwischenmenschliche Umgangsformen« gehört hatten, sich nur schwer mit den durchschnittlichen Verwaltungstypen mischten.

Hätte Jaine in einer der Forschungs- oder Entwicklungsabteilungen gearbeitet, wäre keinem Menschen aufgefallen, dass sie an diesem Morgen zu spät kam. Blöderweise leitete sie die Gehaltsabrechnung, und ihre direkte Vorgesetzte war die Stechuhr in Person.

Da sie die Verspätung vom Morgen wieder hereinarbeiten musste, kam sie fast eine Viertelstunde zu spät ins Ernie's, wo die drei anderen, Gott sei Dank, schon einen Tisch erobert hatten. Im Lokal wurde es bereits voller, so wie regelmäßig am Wochenende, und selbst wenn Jaine gute Laune hatte – was heute eindeutig nicht der Fall war –, hatte sie keine Lust, an der Bar auf einen Tisch zu warten.

»Was für ein Tag«, seufzte sie, als sie sich auf den freien vierten Stuhl fallen ließ. Wenn sie schon dabei war, Gott zu danken, konnte sie ihrer Dankesliste gleich noch hinzufügen, dass es Freitag war. Ein schwarzer Freitag zwar, aber zumindest der letzte schwarze Tag – wenigstens bis Montag.

»Wem sagst du das«, murmelte Marci, rammte ihre Zigarette in den Aschenbecher und zündete prompt die nächste an. »Brick raubt mir zurzeit den letzten Nerv. Können Männer eigentlich auch PMS kriegen?«

»Das haben die doch gar nicht nötig«, erwiderte Jaine, in Gedanken bei ihrem Vollidioten von Nachbarn – einem *Bullen*-Vollidioten. »Die werden schon mit einer Testosteron-Vergiftung geboren.«

»Ach, das ist es also?« Marci verdrehte die Augen. »Und ich dachte schon, wir hätten Vollmond oder so. Soll ich euch was Unglaubliches erzählen? Kellman hat mich heute in den Arsch gekniffen.«

»Kellman?«, wiederholten die anderen drei fassungslos im Chor, sodass sich alle Köpfe nach ihren vereinten Stimmen umdrehten. Sie brachen in Lachen aus, denn von allen möglichen Kandidaten hätten sie auf Kellman zuallerletzt getippt.

Derek Kellman, dreiundzwanzig Jahre alt, war die Fleisch gewordene Definition der Worte *Langweiler* und *Spinner*. Er war groß, schlaksig und bewegte sich mit der Grazie eines betrunkenen Storches. Der Adamsapfel stach so prägnant aus seinem dünnen Hals, dass man meinen konnte, er hätte eine Zitrone verschluckt, die sich in seiner Kehle verklemmt hatte. Sein rotes Haar sah nicht so aus, als hätte es schon jemals Bekanntschaft mit einer Bürste gemacht; an manchen Stellen klebte es platt am Schädel, woanders stand es stachelig ab: ein unheilbarer Fall von Federbett-Fassonschnitt. Aber am Computer war er ein absolutes Genie, und eigentlich konnten ihn alle vier irgendwie gut leiden, auf mütterliche oder großschwesterliche Weise. Er war schüchtern, verklemmt und hatte von nichts Ahnung außer von Computern. Im Büro wurde gemunkelt, er hätte mal gehört, dass es zwei Geschlechter gebe, sei aber nicht sicher, ob an dem Gerücht was dran war. Kellman war der Letzte, den man als Hinternkneifer verdächtigen würde.

»Unmöglich«, widersprach Luna.

»Das hast du dir ausgedacht«, unterstellte ihr T.J.

Marci lachte ihr kehliges Raucherlachen und zog innig an ihrer Kippe. »Ich schwöre bei Gott, so war es. Dabei bin ich nur im Korridor an ihm vorbeigegangen. Und ehe ich mich versehe, grabscht er mit beiden Händen nach mir, bleibt stocksteif stehen und hält meinen Hintern umklammert, als wäre es ein Basketball und er wollte anfangen zu dribbeln.«

Die Vorstellung löste neues Gekicher aus. »Und wie hast du reagiert?«, fragte Jaine.

»Ehrlich gesagt gar nicht«, gestand Marci. »Das Problem war, dass dieser blöde Sack Bennett zugeschaut hat.«

Die Übrigen stöhnten auf. Bennett Trotter genoss es, auf all jenen herumzuhacken, die er für seine Untergebenen hielt, und der arme Kellman war sein Lieblingsopfer. »Was sollte ich denn machen?« Marci schüttelte den Kopf. »Ich konnte diesem Arschloch doch keine zusätzliche Munition gegen den armen Burschen verschaffen. Also habe ich Kellman die Wange getätschelt und ihm was Freundliches gesagt, so ähnlich wie: ›Ich wusste gar nicht, dass dich so was interessiert.‹ Woraufhin Kellman röter geworden ist als seine Haare und spontan ins Männerklo abgetaucht ist.«

»Und Bennett?«, fragte Luna.

»Er hat dieses eklige Grinsen aufgesetzt und trompetet, wenn er gewusst hätte, dass ich mich sogar mit Kellman abgeben würde, um meinem Notstand abzuhelfen, hätte er mir schon längst seine Dienste angeboten.«

Das löste eine Augenroll-Lawine aus. »In anderen Worten, er war ein Arschloch wie eh und je«, stellte Jaine angewidert fest.

Ideal und Wirklichkeit waren halt zwei Paar Stiefel, und in Wirklichkeit waren die Menschen eben so, wie sie waren. Manche von ihren Kollegen bei Hammerstead würden immer geifernde Säcke bleiben, daran würde kein Verhaltenstraining der Welt etwas ändern. Doch die meisten Männer in der Firma waren okay, und letzten Endes glich sich sowieso alles aus, weil einige ihrer Kolleginnen wahre Hyänen mit einem ganzen Pelz auf den Zähnen waren. Jaine hatte aufgehört, auf Perfektion zu hoffen, an ihrem Arbeitsplatz oder sonst wo. Luna fand ihre Einstellung zu zynisch, aber Luna war die Jüngste unter ihnen, und ihre rosa Brille war noch nicht zerplatzt – ein bisschen ausgebleicht vielleicht, aber noch nicht zerplatzt.

Oberflächlich betrachtet hatten die vier Freundinnen außer ihrem Arbeitgeber nichts gemeinsam. Marci Dean, Buchhaltungschefin, war einundvierzig und die Älteste des Quartetts. Sie war dreimal verheiratet und geschieden und bevorzugte seit ihrer letzten Stippvisite im Gerichtssaal weniger formelle Arrangements. Die Haare hatte sie platinblond gebleicht, ihrer Haut war inzwischen die Kettenraucherei anzusehen, und ihre Kleider saßen stets ein bisschen zu knapp. Sie hatte einen Hang zum Bier, zu einfachen Arbeitern, derbem Sex und stand zu ihrer Schwäche fürs Bowling. »Ich bin der Traum jeden Mannes«, sagte sie oft lachend. »Ich bin ein Bier-Fan mit einem Champagner-Etat.«

Marcis gegenwärtiger Lebensgefährte war ein Kerl namens Brick, ein grober, muskelbepackter Gorilla, den keine der drei anderen leiden konnte. Insgeheim fand Jaine, dass der Name in diesem Fall wohl Programm war, denn Brick war tatsächlich blöd wie ein Backstein. Er war zehn Jahre jünger als Marci, arbeitete höchstens gelegentlich und schlug meistens die Zeit tot, indem er Marcis Bier wegtrank und in ihren Fernseher glotzte. Laut Marci liebte er jedoch den Sex genau so, wie sie ihn haben wollte, was offenbar Grund genug war, es eine Weile mit ihm auszuhalten.

Luna Scissum, die Jüngste, war vierundzwanzig und das Wunderkind der Vertriebsabteilung. Sie war groß, gertenschlank und mit der Grazie und Würde einer Katze ausgestattet. Ihre makellose Haut hatte die Farbe von hellem Sahnekaramell, ihre Stimme klang sanft und gefühlvoll, und die Männer umschwärmten sie wie Motten das Licht. Alles in allem war sie das genaue Gegenteil von Marci. Marci war derb und offenherzig, Luna zurückhaltend und damenhaft. Nur ein einziges Mal hatte man Luna zornig gesehen – und zwar, als jemand sie »Afro-Amerikanerin« genannt hatte.

»Ich bin *Amerikanerin«,* hatte sie den Übeltäter zur Rede gestellt. »Ich war in meinem ganzen Leben noch nie in Afrika. Ich bin in Kalifornien geboren, mein Vater war Major bei den Marines, und ich bin bestimmt kein Bindestrich-Geschöpf. Ich mag schwarze Vorfahren haben, aber ich habe auch weiße.« Sie hatte ihren schlanken Arm ausgestreckt und ihn sinnend betrachtet. »Für mich sieht das einfach braun aus. Und braun sind wir schließlich alle mehr oder weniger, darum brauchen Sie gar nicht erst zu versuchen, mich auszusondern.«

Der Mann hatte eine Entschuldigung gestammelt, worauf Luna ihm, ganz Luna, ein gnädiges Lächeln geschenkt und so schnell verziehen hatte, dass er sie schließlich um ein Rendezvous gebeten hatte. Zurzeit ging sie mit einem Running Back aus der Footballmannschaft der Detroit Lions; leider Gottes hatte sie ihr Herz ganz und gar an Shamal King verloren, der dafür bekannt war, dass er bei jedem Auswärtsspiel wilde Partys mit anderen Frauen feierte. Viel zu oft lag ein kummervoller Schatten über Lunas haselnussbraunen Augen, trotzdem weigerte sie sich standhaft, Shamal in den Wind zu schießen.

T.J. Yother arbeitete in der Personalabteilung und war die Konventionellste unter den vieren. Sie war dreißig, also in Jaines Alter, und seit neun Jahren mit ihrem ehemaligen Schulfreund verheiratet. Die beiden lebten mit ihren zwei Katzen, einem Cocker-Spaniel und einem Papagei in einem adretten Häuschen in der Vorstadt. Der einzige Wermutstropfen für T.J. war, dass sie gern Kinder gehabt hätte, im Gegensatz zu Galan, ihrem Ehemann. Insgeheim war Jaine der Auffassung, dass T.J. etwas mehr Unabhängigkeit beweisen sollte. Obwohl Galan bei Chevrolet als Schichtleiter in der Spätschicht arbeitete und sowieso nicht zu Hause war, schaute T.J. ständig auf die Uhr, so als müsste sie zu einer festgelegten Zeit zu Hause sein. Soweit Jaine das mitbekam, war Galan nicht begeistert von ihren Freitagabend-Versammlungen. Dabei beschränkten sich ihre Treffen auf das gemeinsame Essen bei Ernie's, und es wurde nie später als neun Uhr; es war keineswegs so, als würden sie durch die Bars ziehen und bis zum Morgengrauen durchzechen.

Nun, kein Leben ist perfekt, dachte Jaine. Sie hatte sich in Herzensangelegenheiten schließlich ebenfalls eher schlecht als recht geschlagen. Dreimal war sie verlobt gewesen, aber bis zum Altar hatte sie es nie geschafft. Nach der dritten Trennung hatte sie beschlossen, vorerst die Finger von den Männern zu lassen und sich auf ihre Karriere zu konzentrieren. Seither waren sieben Jahre vergangen und sie konzentrierte sich immer noch. Sie war inzwischen kreditwürdig, konnte ein ansehnliches Bankkonto vorweisen und hatte vor kurzem ihr erstes eigenes Haus gekauft – in dem sie sich allerdings nicht ganz so wohl fühlte, wie sie geglaubt hatte, aber wie sollte sie das auch mit diesem mies gelaunten, rücksichtslosen Kretin nebenan. Selbst wenn er ein Bulle war, war ihr in seiner Gegenwart nicht ganz wohl. Denn ob Bulle oder nicht, er sah so aus, als würde er einem das Haus anzünden, wenn man ihn auf dem falschen Fuß erwischte. Und seit sie eingezogen war, hatte sie ihn pausenlos nur auf dem falschen Fuß erwischt.

»Ich hatte heute Morgen schon wieder eine Auseinandersetzung mit meinem Nachbarn.« Sie stemmte seufzend die Ellbogen auf den Tisch und ließ das Kinn auf die verschränkten Finger sinken.

»Was hat er jetzt schon wieder angestellt?«, meinte T.J. mitfühlend, denn alle wussten, dass Jaine an ihrer Wohnung festgekettet war und dass unangenehme Nachbarn einem das Leben zur Hölle machen konnten.

»Ich war in Eile und bin rückwärts in meine Mülltonne gerauscht. Wenn man spät dran ist, passiert einem immer was, das nie passieren würde, wenn man sich Zeit lassen würde, richtig? Und heute Morgen ging einfach alles schief. Jedenfalls hat meine Mülltonne seine umgeschmissen, und sein Deckel ist auf die Straße gerollt. Ihr könnt euch den Krach vorstellen. Er ist aus der Haustür gerumpelt wie ein Bär aus seiner Höhle und hat mich angebrüllt, er hätte noch nie eine Frau erlebt, die so viel Krach macht wie ich.«

»Du hättest seine beschissene Mülltonne zusätzlich umtreten sollen«, riet Marci. Sie hielt nichts davon, auch die andere Wange hinzuhalten.

»Dann hätte er mich wegen Ruhestörung verhaftet«, widersprach Jaine wehmütig. »Er ist Polizist.«

»Ist nicht wahr!« Die drei glotzten sie ungläubig an, doch andererseits hatten sie alle ihre Beschreibungen gehört, und rote Augen, Bartstoppeln und schmuddelige Kleidung hörten sich nicht gerade nach einem Polizisten an.

»Wahrscheinlich gibt es unter den Bullen nicht weniger Säufer als überall«, meinte T.J. zaghaft. »Wenn nicht noch mehr.«

Stirnrunzelnd dachte Jaine an die Begegnung vom Morgen zurück. »Wenn ich es mir recht überlege, hat er nicht nach Alkohol gerochen. Er hat zwar ausgesehen, als käme er von einer dreitägigen Zechtour, aber gerochen hat er nicht so. Scheiße, die Vorstellung, dass er *ohne* Kater so grantig sein kann, gefällt mir noch weniger.«

»Geld her«, forderte Marci.

»Ach, Scheiße!«, entfuhr es Jaine zornig. Sie hatte mit ihren Freundinnen vereinbart, dass sie für jeden Fluch einen Vierteldollar zahlen würde, um sich dadurch einen Anreiz zu geben, mit dem Fluchen aufzuhören.

»Das war Fluch Nummer zwei.« Prustend streckte T.J. die Hand aus.

Grummelnd, aber darauf bedacht, ihren Gedanken keine Worte zu verleihen, kramte Jaine für jede von ihnen fünfzig Cent hervor. In letzter Zeit achtete sie darauf, genug Kleingeld bei sich zu haben.

»Wenigstens ist er nur dein Nachbar«, meinte Luna besänftigend. »Du kannst ihm aus dem Weg gehen.«

»Bis jetzt hatte ich mit dieser Taktik keinen Erfolg«, gab Jaine mit einem finsteren Blick auf die Tischplatte zu bedenken. Dann richtete sie sich auf, fest entschlossen, einen Schlussstrich unter die vergangenen zwei Wochen zu ziehen und ihr Leben und ihre Gedanken nicht länger von diesem Blödmann terrorisieren zu lassen. »Reden wir nicht mehr darüber. Was gibt's Neues bei euch?«

Luna biss sich auf die Lippe, und eine Kummermiene überzog ihr Gesicht. »Ich habe gestern Shamal angerufen, und eine Frau ist an den Apparat gegangen.«

»Ach verflucht.« Marci beugte sich über den Tisch, um Lunas Hand zu tätscheln, und Jaine beneidete ihre Freundin einen Moment lang um ihre verbalen Freiheiten.

Der Kellner wählte ausgerechnet diesen Augenblick, um ihnen die überflüssigen Speisekarten zu bringen, da alle auswendig wussten, was sie essen wollten. Sie gaben ihre Bestellungen auf, er sammelte die nicht benötigten Speisekarten wieder ein, und sobald er weg war, beugten sich alle vor.

»Und was willst du jetzt tun?«, fragte Jaine. Sie war Expertin im Schlussmachen wie auch im Verlassenwerden. Ihr zweiter Verlobter, diese Superflasche, hatte bis zur Generalprobe der kirchlichen Zeremonie am Abend vor ihrer Hochzeit gewartet, ehe er ihr eröffnet hatte, dass er die Sache mit der Hochzeit nicht durchziehen konnte. Darüber hinwegzukommen, hatte eine ganze Weile gedauert, – und sie würde bestimmt nicht für alle Ausdrücke zahlen, die sie sich *dachte*, aber nicht aussprach. Zählte »Superflasche« eigentlich als Schimpfwort? Gab es irgendwo eine offizielle Liste unflätiger Ausdrücke, wo sie nachschlagen konnte?

Luna zuckte mit den Achseln. Sie war den Tränen nahe, versuchte aber, sich gelassen zu geben. »Wir sind nicht verlobt, wir gehen nicht mal richtig miteinander; ich habe kein Recht, mich zu beschweren.«

»Nein, aber du kannst dich selbst schützen und aufhören, ihn zu treffen«, schlug T.J. mitfühlend vor. »Ist er es denn wert, dass du dich so quälst?«

Marci schnaubte. »Das ist kein Mann.«

»Amen.« Jaine war in Gedanken immer noch bei ihren drei gescheiterten Verlobungen.

Luna zupfte rastlos mit ihren langen, schlanken Fingern an der Serviette. »Aber wenn wir zusammen sind, dann tut er so, als… als würde ich ihm wirklich was bedeuten. Dann ist er so süß und liebevoll und fürsorglich –«

»Das sind sie alle, bis sie kriegen, was sie wollen.« Marci stampfte ihre dritte Zigarette aus. »Ich spreche da aus persönlicher Erfahrung, musst du wissen. Du kannst deinen Spaß mit ihm haben, aber du darfst nicht erwarten, dass er sich ändert.«

»Ist doch wahr«, bestätigte T.J. grimmig. » Ändern tun sie sich nie. Ab und zu spielen sie dir was vor, aber sobald sie glauben, sie haben dich wieder eingelullt und ruhig gestellt, dann lassen sie sich gehen, und Mr Hyde zeigt von Neuem seine haarige Fratze.«

Jaine lachte. »Das hätte *ich* sagen können.«

»Nur dass T.J. dabei nicht geflucht hat«, merkte Marci an.

T.J. hob die Hand, um das Witzeln zu unterbinden. Luna sah noch elender aus als zuvor. »Also muss ich mich entweder damit abfinden, eine unter vielen zu sein, oder ich muss mit ihm Schluss machen?«

»Also… ja.«

»Aber so sollte es nicht sein! Wenn ihm echt

was an mir liegt, wie kann er sich dann für andere Frauen interessieren?«

»Ach, ganz einfach«, erklärte ihr Jaine. »Die einäugige Schlange verschlingt alles, was ihr unterkommt.«

»Süße.« Marci ließ ihre Raucherstimme so sanft wie nur möglich klingen. »Wenn du nach dem perfekten Mann suchst, dann wirst du immer nur Enttäuschungen erleben, denn Mr Perfekt gibt es nicht. Du musst einfach das Beste für dich raushandeln, aber Probleme wird es immer geben.«

»Ich weiß, dass er nicht perfekt ist, aber –«

»Aber so wünschst du ihn dir«, beendete T.J. den Satz für sie.

Jaine schüttelte den Kopf. »Da kannst du lange warten«, prophezeite sie. »Der perfekte Mann ist pure Science-Fiction. Nicht dass wir etwa perfekt wären«, ergänzte sie, »aber die meisten Frauen *versuchen* es wenigstens. Männer bemühen sich nicht mal. Darum habe ich sie aufgegeben. Beziehungen sind einfach nichts für mich.« Sie hielt inne und meinte dann versonnen: »Gegen einen Sexsklaven hätte ich allerdings nichts einzuwenden.«

Die anderen drei prusteten los, selbst Luna.

»Damit könnte ich mich auch anfreunden«, stimmte Marci ihr zu. »Was meinst du, wo man die wohl herkriegt?«

»Versuch's doch mal bei Sexslaves-R-Us«, schlug T.J. vor und löste damit neues Gelächter aus.

»Wahrscheinlich gibt es eine Website«, meinte Luna schnaufend.

»Aber natürlich gibt es die.« Jaines Miene war todernst. »Ich habe sie in meiner Favoritenliste gespeichert: *www.sexslaves.com*.«

»Du brauchst nur deine Wünsche einzutippen, und schon kannst du Mr Perfekt mieten – stunden- oder tageweise.« Enthusiastisch schwenkte T.J. ihr Bierglas durch die Luft.

»Einen ganzen Tag? Das glaubst du selber nicht!«, grölte Jaine. »Eine ganze Stunde würde schon an ein Wunder grenzen.«

»Außerdem gibt es keinen Mr Perfekt, vergesst das nicht«, mahnte Marci.

»Nicht in Wirklichkeit, nein, aber ein Sexsklave müsste schließlich so tun, als wäre er genau so, wie du ihn haben willst, nicht wahr?«

Marci tat keinen Schritt ohne ihre Weichleder-Aktentasche. Sie klappte sie auf, wühlte einen Notizblock nebst Stift hervor und knallte beides auf den Tisch. »Das müsste er unbedingt. Mal schauen, wie sollte Mr Perfekt denn aussehen?«

»Er müsste jedes zweite Mal den Abwasch machen, *ohne dass man ihn darum bitten muss!*« T.J.

klatschte die flache Hand auf die Tischplatte und zog damit neugierige Blicke auf sich.

Als sie endlich wieder genug Luft bekamen, um einen zusammenhängenden Satz herauszubringen, kritzelte Marci auf ihren Block: »Nummer eins: den Abwasch machen.«

»Hey, nein, den Abwasch machen kann unmöglich Nummer eins sein«, protestierte Jaine. »Erst müssen die wirklich wichtigen Punkte drankommen.«

»Genau«, bestätigte Luna. »Mal ganz im Ernst. Wie müsste der perfekte Mann eigentlich aussehen? Von dieser Seite habe ich die Sache noch nie betrachtet. Vielleicht wäre es ganz hilfreich, wenn ich mal klar vor Augen hätte, was mir an einem Mann gefällt.«

Alle verstummten. »Der perfekte Mann? Ganz im Ernst?« Jaine rümpfte die Nase.

»Ganz im Ernst.«

»Das erfordert einige Überlegung«, verkündete Marci.

»Keineswegs.« T.J. wurde schlagartig ernst. »Für mich wäre das Allerwichtigste, dass er dasselbe vom Leben will wie ich.«

Wie eine Welle in einem See breitete sich nachdenkliches Schweigen rund um den Tisch aus. Die Neugier, die sie mit ihrem Gelächter an den umliegenden Tischen erregt hatten, richtete sich auf andere Dinge.

»Will dasselbe vom Leben«, wiederholte Marci im Schreiben. »Das kommt also an erster Stelle? Sind alle einverstanden?«

»Wichtig ist das schon«, wandte Jaine ein. »Aber ich bin nicht sicher, ob es an erster Stelle kommt.«

»Was kommt denn für dich an erster Stelle?«

»Treue.« Sie musste an ihren zweiten Verlobten denken, die Superflasche. »Das Leben ist zu kurz, um es an jemanden zu verschwenden, dem man nicht über den Weg trauen kann. Eine Frau sollte sich darauf verlassen können, dass der Mann, den sie liebt, sie nicht anlügt oder betrügt. Solange diese Grundlage besteht, lässt sich an allem anderen arbeiten.«

»Für mich kommt das auch an erster Stelle«, bestätigte Luna leise.

T.J. dachte darüber nach. »Also gut«, sagte sie schließlich. »Wenn Galan mir nicht treu wäre, würde ich gar kein Baby mit ihm haben *wollen*.«

»Ich bin einverstanden«, sagte Marci. »Ich kann es nicht ausstehen, wenn einer meint, im Doppel spielen zu müssen. Nummer eins: Er ist treu. Betrügt nicht und lügt nicht.«

Alle nickten.

»Was noch?« Sie ließ den Stift über dem Papier schweben.

»Er sollte nett sein«, schlug T.J. vor.

»Nett?« Marci musterte sie fassungslos.

»Ja, *nett*. Wer möchte sein Leben schon mit einem Volltrottel verbringen?«

»Oder neben einem?«, brummte Jaine. Sie nickte. »Nett ist gut. Es hört sich nicht aufregend an, aber es hat was. Ich finde, Mr Perfekt sollte lieb zu Kindern und Tieren sein, alten Damen über die Straße helfen und nicht ausfallend werden, wenn du mal anderer Meinung bist als er. Nett sein ist so wichtig, dass es gleich nach Nummer eins kommt.«

Luna nickte.

»Also gut«, gab sich Marci geschlagen. »Scheiße, ihr habt sogar mich überzeugt. Ich schätze, ich bin einfach noch nie einem netten Mann begegnet. Nummer zwei: Nett.« Sie schrieb es auf. »Nummer drei? Da hätte ich schon was. Ich mag es, wenn ein Kerl zuverlässig ist. Wenn er irgendwas verspricht, dann sollte er sein Versprechen auch halten. Wenn er mich irgendwo um sieben treffen soll, dann sollte er auch um sieben da sein und nicht erst um halb zehn oder vielleicht gar nicht aufkreuzen. Können wir darüber abstimmen?«

Alle vier hoben zustimmend die Hand, und »Zuverlässig« landete an dritter Stelle. »Nummer vier?« »Ganz klar«, meldete sich Jaine zu Wort. »Ein fester Job.«

Marci verzog das Gesicht. »Autsch. Das tut weh.« Brick hockte sich zurzeit zu Hause den Hintern breit, statt eine Arbeit zu suchen.

»Eine feste Arbeit gehört mit zum Zuverlässigsein«, dozierte T.J. »Und ich stimme zu, es ist wichtig. Einer geregelten Arbeit nachzugehen, zeugt von Reife und Verantwortungsbewusstsein.«

»Geregelte Arbeit«, schrieb Marci murmelnd nieder.

»Er sollte Humor haben«, meinte Luna.

»Und zwar einen, der über Blondinenwitze hinausgeht!«, bestätigte Jaine.

Sie kicherten. »Was die Typen immer nur mit ihren Blondinenwitzen haben!« T.J. verdrehte die Augen. »Und mit ihren Furzgeschichten! Das muss auf Nummer eins, Marci – kein Toilettenhumor!«

»Nummer fünf: Humor.« Marci kicherte beim Schreiben. »Ehrlich gesagt finde ich es nicht fair, wenn wir vorschreiben wollen, welche Art von Humor er haben sollte.«

»Klar können wir das!«, stellte Jaine richtig. »Er soll schließlich unser Sexsklave sein, oder?«

»Nummer sechs.« Marci rief die Übrigen zur Ordnung, indem sie mit dem Stift gegen ihr Glas klopfte. »Zur Sache, Ladys. Was ist mit Nummer sechs?«

Alle sahen einander an und zuckten mit den Achseln. »Geld wäre ganz nett«, schlug T.J. schließlich vor. »Es ist nicht *unbedingt erforderlich*, nicht im wirklichen Leben, aber darum geht es hier auch nicht, oder? Der perfekte Mann sollte Geld haben.«

»Schweinemäßig viel Kohle oder nur ein komfortables Polster?« Das wollte bedacht sein.

»Ich persönlich ziehe stinkreich vor«, meinte Marci.

»Aber wenn er stinkreich ist, will er immer alles bestimmen, weil er das so gewohnt ist.«

»Das darf auf gar keinen Fall sein. Also gut, Geld ist ganz nett, aber es sollte nicht zu viel sein. Einfach genug. Mr Perfekt verfügt über ein komfortables finanzielles Polster.«

Vier Hände wurden gehoben, und »Geld« wurde in die Zeile neben die Sechs eingetragen.

»Da es hier nicht um das wahre Leben geht«, meinte Jaine, »sollte er gut aussehen. Nicht absolut super, weil das zum Problem werden könnte. Luna ist als Einzige unter uns hübsch genug, um neben einem Model-Typen zu bestehen.«

»Ich schaffe das genauso wenig.« In Lunas Stimme schwang Verbitterung. »Aber ja, damit Mr Perfekt wirklich perfekt ist, sollte er nett anzuschauen sein.«

»Hört, hört. Nummer sieben ist: Gut anzusehen.« Als Marci fertig geschrieben hatte, sah sie grienend auf. »Ich werde jetzt aussprechen, was wir alle denken. Er sollte super im Bett sein. Nicht einfach nur gut, sondern super. Er sollte so grandios sein, dass sich meine Zehennägel aufrollen und mir die Augen aus dem Schädel fliegen. Er sollte über die Ausdauer eines Marathonläufers und die Begeisterung eines Sechzehnjährigen verfügen.«

Sie hielten sich immer noch vor Lachen die Bäuche, als der Kellner ihre Bestellungen an den Tisch brachte. »Was ist denn so komisch?«, wollte er wissen.

»Das verstehen Sie sowieso nicht«, keuchte T.J.

»Schon kapiert«, meinte er altklug. »Sie quatschen über Männer.«

»Nein, über Science-Fiction«, widersprach Jaine, worauf sie erneut losbrüllten. Die Gäste an den anderen Tischen sahen wieder zu ihnen her und versuchten mitzubekommen, was wohl so lustig war.

Der Kellner zog ab. Marci beugte sich über den

Tisch. »Und wo wir schon dabei sind, Mr Perfekt sollte fünfundzwanzig Zentimeter vorweisen können!«

»O mein Gott!« T.J. tat so, als würde sie gleich in Ohnmacht fallen, und fächelte sich Luft zu. »Was könnte ich nicht alles mit fünfundzwanzig Zentimetern anfangen – oder besser, was *könnte* ich damit anfangen!«

Jaine lachte dermaßen, dass sie Seitenstechen bekam. Es kostete sie Mühe, nicht laut zu grölen, und ihre Stimme bebte. »Ach was! Alles über zwanzig Zentimeter ist doch reine Angeberei. Der Rest mag zwar da sein, aber du kannst nichts damit anfangen. Es macht sich vielleicht ganz gut in der Umkleidekabine, aber sehen wir der Sache mal ins Gesicht – die letzten fünf Zentimeter sind ein reines Anhängsel.«

»Anhängsel!«, prustete Luna, die Hände auf den Bauch gepresst und vor Lachen kreischend. »Wer stimmt für Anhängsel?«

»O Mann.« Marci wischte sich beim Schreiben die Tränen aus den Augen. »Jetzt geht's zur Sache. Was könnte Mr Perfekt sonst noch haben?«

T.J. meldete sich. »Mich«, bot sie japsend an. »Mich kann er haben.«

»Wenn wir dich nicht niedertrampeln, um vor dir bei ihm zu sein«, gluckste Jaine und hob das

Glas. Die anderen hoben die ihren, und alle stießen an. »Auf Mr Perfekt, wo immer er auch stecken mag!«

3

Der Samstagmorgen dämmerte hell und früh – viel zu hell und ganz entschieden zu früh. BooBoo weckte Jaine um sechs Uhr, indem er in ihr Ohr maunzte. »Hau ab«, knurrte sie und zog das Kissen über ihren Kopf.

BooBoo maunzte noch mal und knetete das Kissen mit seinen Pfoten. Sie verstand die Botschaft: Steh auf, sonst fahre ich die Krallen aus. Sie schleuderte das Kissen beiseite, setzte sich hin und spießte ihn mit ihrem Blick auf. »Du bist eine Ausgeburt der Hölle, weißt du das? Gestern hast du nicht kommen können, wie? Nein, damit musst du warten, bis ich mal freihabe und nicht früh aufstehen *muss.*«

Ihr Zornesausbruch schien ihn wenig zu beeindrucken. Das ist das Gemeine an Katzen; selbst der räudigste Kater hält sich von Natur aus für etwas Besseres. Sie schubberte BooBoo hinter den Ohren, und ein tiefes Schnurren brachte seinen ganzen Leib zum Beben. Die gelben Schlitzaugen schlossen sich selig. »Wart's nur ab«, warnte sie ihn. »Erst mache ich dich süchtig nach der Kraulerei, aber irgendwann hör ich einfach damit auf. Und dann gehst du auf kalten Entzug, Kumpel.«

Er sprang vom Bett und tappte zur offenen Schlafzimmertür, wo er stehen blieb und sich umdrehte, als wollte er sichergehen, dass sie auch wirklich aufstand. Jaine gähnte und schlug die Decke zurück. Wenigstens war sie in dieser Nacht nicht von der lärmenden Rostbeule ihres Nachbarn aus dem Schlaf gerissen worden, außerdem hatte sie die Jalousie heruntergezogen, um die Sonne auszusperren, sodass sie bis zu BooBoos Weckruf tief und fest geschlafen hatte. Sie ließ die Jalousie hochfahren und schielte durch die Gardinen nach draußen auf die Einfahrt neben ihrer. Dort stand der verbeulte braune Pontiac. Das bedeutete, dass sie entweder vor Erschöpfung wie tot geschlafen hatte, oder er hatte einen neuen Auspufftopf für das Ding besorgt. Das mit dem erschöpft-und-wie-tot-geschlafen war wesentlich wahrscheinlicher, als dass er einen neuen Auspuff besorgt hatte.

BooBoo war offensichtlich der Auffassung, dass sie unnötig Zeit verschwendete, und miaute mahnend. Seufzend strich sie sich die Haare aus dem Gesicht und stolperte in die Küche – mit der Betonung auf *stolpern*, weil BooBoo ihr den Weg weisen wollte, indem er sich zwischen ihren Füßen durchschlängelte. Sie brauchte unbedingt einen Kaffee, wusste aber aus Erfahrung, dass Boo-Boo ihr keine ruhige Sekunde gönnen würde, bis er was zu fressen hatte. Also öffnete sie eine Dose Katzenfutter, klatschte den Inhalt auf eine Untertasse und stellte diese auf dem Boden ab. Solange BooBoo beschäftigt war, setzte sie Kaffee auf und verschwand in der Dusche.

Nachdem sie ihren Sommer-Schlafanzug, bestehend aus T-Shirt und Höschen – im Winter kamen noch Socken dazu –, abgelegt hatte, trat sie unter die angenehm warme Dusche und ließ sich davon wach prasseln. Manche Menschen waren Lerchen; andere waren Eulen; Jaine war weder noch. Sie funktionierte morgens nicht ohne eine Dusche und eine Tasse Kaffee, und sie ging gern vor zehn ins Bett. BooBoo brachte die natürliche Ordnung der Dinge durcheinander, weil er darauf bestand, sein Futter zu bekommen, bevor sie irgendetwas anderes machte. Wie hatte Mutter ihr *das* nur antun können?

»Nur noch vier Wochen und sechs Tage«, grummelte sie vor sich hin. Wer hätte gedacht, dass ein so verschmuster Kater sich in einen derartigen Tyrannen verwandeln würde, nur weil er aus seiner gewohnten Umgebung gerissen wurde?

Nach einer ausgiebigen Dusche und zwei Tassen Kaffee begannen sich ihre Synapsen zu schließen, und ihr fiel wieder ein, was sie heute alles erledigen musste. Dem Vollidioten von nebenan eine neue Mülltonne kaufen – *notiert.* Lebensmittel einkaufen – *notiert.* Wäsche waschen – *notiert.* Rasen mähen – *notiert.*

Auf den letzten Punkt freute sie sich irgendwie. Endlich hatte sie einen Rasen zum Mähen, ihren ganz eigenen Rasen! Seit sie von zu Hause ausgezogen war, hatte sie immer nur in Mietwohnungen gelebt und nie einen eigenen Garten gehabt. Natürlich gab es meistens einen lächerlichen Grünstreifen zwischen Gehweg und Hausmauer, aber um den hatten sich stets die Hausmeister gekümmert. Verflucht – *verflixt*, die Dinger waren so winzig gewesen, dass man sie mit der Nagelschere schneiden konnte.

Zu ihrem neuen Heim gehörte dagegen ein eigener Garten. In Erwartung dieses bedeutenden Ereignisses hatte sie sich einen nagelneuen Rasenmäher zugelegt, mit Radantrieb und so supermodern, dass ihr Bruder David garantiert vor Neid grün anlaufen würde. Wenn er ihr jetzt noch voraus sein wollte, musste er sich schon einen Traktormäher kaufen, und da sein Rasen nicht größer war als ihrer, wäre ein Traktormäher eine ziemlich kostspielige Opfergabe an sein Ego. Jaine war ziemlich sicher, dass seine Frau Valerie einschreiten würde, bevor er sich zu einer solchen Dummheit hinreißen ließ.

Heute war der Tag der Mahd-Premiere gekommen. Sie konnte kaum erwarten, die pulsierende Kraft dieses roten Monsters unter ihren Händen zu spüren, während es Millionen von Grashalmen enthauptete. Sie hatte schon immer ein Faible für rote Maschinen gehabt.

Doch eines nach dem anderen. Erst musste sie zu Wal-Mart flitzen und dem Vollidioten eine neue Mülltonne kaufen. Versprochen war versprochen, und Jaine versuchte stets, ihr Wort zu halten.

Eine schnelle Schüssel Cornflakes später zog sie Jeans und ein T-Shirt an, schob die Füße in die Sandalen und machte sich auf den Weg.

Wer hätte geahnt, dass eine Metall-Mülltonne so schwer aufzutreiben war?

Wal-Mart hatte nur welche aus Plastik auf Lager. Sie kaufte eine für sich, wollte sich aber nicht das Recht herausnehmen, eigenmächtig über den Mülltonnentypus ihres Nachbarn zu entscheiden. Von dort aus fuhr sie weiter in einen Garten- und Heimwerkermarkt, wo sie ebenso wenig fündig wurde. Hätte sie ihre Metallmülltonne damals selbst gekauft, dann hätte sie gewusst, wo sie eine finden würde, doch sie hatte ihre als Einweihungsgeschenk von ihrer Mutter bekommen – Mom, wie stets die Königin der praktischen Geschenke.

Bis sie schließlich eine große Mülltonne aus Metall aufgetrieben hatte, und zwar in einem Eisenwarenladen – hm, *grr* –, war es neun Uhr, und die Temperatur wechselte bereits von Warm zu Ungemütlich. Wenn sie nicht bald mit dem Mähen anfing, würde sie warten müssen, bis die Hitze nach Sonnenuntergang wieder nachließ. Sie beschloss, dass die Einkäufe warten konnten, klemmte die Mülltonne auf die viel zu enge Rückbank und fuhr auf der Van Dyke in Richtung Süden bis zur Ten Mile Road, wo sie rechts abbog. Wenig später hatte sie ihre Straße erreicht und betrachtete lächelnd die kleinen alten Häuschen unter den alten, Schatten spendenden Bäumen.

Vor einigen Häusern lagen Fahrräder und Dreiräder auf dem Rasen. Seit sich die günstigen Preise der alten Häuser herumzusprechen begannen, erlebten die älteren Viertel einen Zustrom jüngerer Familien. Statt zu verfallen, wurden die Häuser renoviert und modernisiert; in ein paar Jahren würden die Grundstückspreise wieder in die Höhe schießen, doch im Augenblick war die Gegend einfach ideal für Menschen, die gerade eine Familie gegründet hatten.

Als Jaine aus dem Auto stieg, trat die Nachbarin, die auf der anderen Seite ihres Hauses wohnte, winkend an den brusthohen weißen Zaun, der die beiden Grundstücke voneinander trennte. »Guten Morgen!«, grüßte Mrs Kulavich.

»Guten Morgen«, erwiderte Jaine. Sie hatte das reizende ältere Paar schon am Tag ihres Einzugs kennen gelernt, und am nächsten Tag hatte Mrs Kulavich ihr einen großen Topf Eintopf und ein paar duftende, selbst gebackene Brötchen gebracht. Wenn der Vollidiot auf der anderen Seite nur etwas mehr wie die Kulavichs gewesen wäre, hätte Jaine im siebten Himmel geschwebt, obwohl allein die Vorstellung, er würde ihr selbst gebackene Brötchen bringen, ihre kühnsten Fantasien überstieg.

Sie stellte sich auf einen nachbarschaftlichen Schwatz an den Zaun. »Was für ein schöner Tag, nicht wahr?« Dem Himmel sei Dank für das Wetter, das jeden Gesprächseinstieg erleichterte.

»Ich sage Ihnen, heute wird es brütend heiß.« Mrs Kulavich strahlte sie an und streckte ihr die Pflanzkelle hin, die sie in ihrem Handschuh hielt. »Ich muss mich gleich an die Gartenarbeit machen, sonst ist es zu warm.«

»Genau das habe ich auch gedacht, ich muss nämlich heute früh den Rasen mähen.« Und damit war sie nicht allein, fiel ihr auf. Jetzt, wo sie die Ohren spitzte, konnte sie einen Rasenmäher drei Häuser hinter dem von Mrs Kulavich und einen weiteren auf der anderen Straßenseite hören.

»Kluges Mädchen. Geben Sie Acht, dass Sie sich keinen Hitzschlag holen; mein George legt sich beim Mähen immer ein nasses Handtuch in den Nacken, allerdings helfen ihm inzwischen unsere Enkel, darum mäht er längst nicht mehr so oft wie früher.« Sie zwinkerte. »Ich glaube, inzwischen schmeißt er den alten Mäher nur noch an, wenn er mal Lust auf richtige Männerarbeit hat.«

Jaine lächelte und wollte sich schon verabschieden, als ihr etwas in den Sinn kam und sie die alte Dame noch einmal ansprach: »Mrs Kulavich, kennen Sie eigentlich den Mann, der im Haus neben meinem wohnt?« Und wenn der Vollidiot sie angelogen hatte? Wenn er gar kein Bulle war? Sie sah im Geiste, wie er sich halb tot über sie lachte, während sie auf Zehenspitzen um ihn herumschlich und ihn bei Laune zu halten versuchte.

»Sam? Aber ja, den kenne ich schon sein ganzes Leben lang. Früher haben seine Großeltern in dem Haus gewohnt, müssen Sie wissen. Reizende Menschen. Ich habe mich ja so gefreut, dass Sam eingezogen ist, nachdem letztes Jahr seine Großmutter von uns gegangen ist. Seit ein Polizist in der Nachbarschaft wohnt, fühle ich mich viel sicherer, Sie nicht auch?«

Also, das versetzte ihrer Theorie den Todesstoß. Jaine rang sich ein Lächeln ab. »Ja, natürlich.« Sie wollte gerade eine Bemerkung über seine seltsamen Arbeitszeiten machen, da bemerkte sie das Glänzen in Mrs Kulavichs strahlend blauen Augen und verbiss sich ihren Kommentar. Das Letzte, was sie brauchte, war, dass ihre alte Nachbarin glaubte, sie würde sich in irgendeiner Weise für den Vollidioten interessieren, und am Ende mit *ihm* darüber sprach, da Mrs Kulavich offenbar auf gutem Fuß mit ihm stand. Sie schob dem einen Riegel vor, indem sie ergänzte: »Ich dachte schon, er sei ein Drogendealer oder so.«

Mrs Kulavich sah sie mit blankem Entsetzen an. »Sam ein Drogendealer? O Gott. Nein. So etwas würde er nie tun.«

»Dann ist es ja gut.« Jaine lächelte wieder. »Jetzt sollte ich wohl lieber anfangen zu mähen, bevor es noch heißer wird.«

»Passen Sie auf, dass Sie genug Wasser dabei trinken«, rief Mrs Kulavich ihr hinterher.

»Bestimmt.«

Sapperlot, dachte Jaine, während sie die Mülltonne von der Rückbank zerrte. Der Vollidiot war tatsächlich ein Bulle; er hatte sie nicht angelogen. Zerstoben war ihr Traum, mit ansehen zu dürfen, wie er in Handschellen abgeführt wurde.

Sie stellte seine Tonne auf seiner hinteren Veranda ab und befreite dann die Plastiktonne, die sie für sich selbst gekauft hatte, aus dem Kofferraum. Wäre die Tonne nicht aus Plastik gewesen, hätte sie nie im Leben dort hineingepasst, aber Plastik konnte man quetschen. Als der Kofferraum aufschnalzte, sprang die Tonne Jaine an, als wäre sie lebendig. Jaine stellte sie hinter der winzigen Küchenterrasse ab, wo man sie von der Straße aus nicht sah, und ging dann ins Haus, um Shorts und ein bauchfreies Top anzuziehen. So etwas trug die Dame aus der Vorstadt doch beim Rasenmähen, oder? Dann fielen ihr die älteren Nachbarn wieder ein, und sie ersetzte das Top durch ein T-Shirt; sie wollte nicht, dass ihretwegen irgendein alter Herr einen Herzinfarkt bekam.

Erfüllt von Vorfreude sperrte sie das Vorhängeschloss vor der Garagentür auf und huschte hinein, wo sie sich vortastete, bis sie den Schalter der nackten Deckenbirne erreicht hatte. Dort stand der ganze Stolz ihres Vaters, von vorn bis hinten abgedeckt mit einer maßgeschneiderten Leinwandpersenning, die innen mit Filz ausgeschlagen war, damit der Lack nicht verkratzte. Verdammt, wieso hatte er das Ding nicht bei David abgestellt. Das Auto machte ihr zwar weniger Scherereien als BooBoo, dafür aber umso mehr Sorgen.

Der entscheidende Grund, es bei ihr unterzustellen, war, dass ihre Garage noch altmodische Doppeltüren und kein modernes Kipptor hatte, so viel war ihr klar. Ihr Dad wollte auf keinen Fall, dass man das Auto von der Straße aus sah; und sie gelangte in ihre Garage, indem sie die Tür dreißig Zentimeter weit aufzog und dann durch den Spalt schlüpfte, während man in Davids Garage jedes Mal, wenn er das Tor hochklappte, alles sah. Bei nächster Gelegenheit würde sie sich ein automatisches Garagentor zulegen.

Sie hatte ihren neuen Rasenmäher mit einem Laken abgedeckt, damit er nicht einstaubte. Jetzt zog sie es ab und strich mit der Hand über das kühle Metall. Vielleicht war ihre technologisch simpel konstruierte Garage gar nicht der entscheidende Grund dafür, dass sie das Auto babysitten musste; vielleicht hatte ihr Vater Jaine ausgewählt, weil sie als Einziges unter seinen Kindern seine Begeisterung für Autos teilte. Sie war diejenige gewesen, die über dem Motor der Familienkutsche gehangen und in die mysteriösen mechanischen Eingeweide gespäht hatte, während Dad das Öl oder die Zündkerzen gewechselt hatte. Mit zehn Jahren hatte sie ihm regelmäßig geholfen. Mit zwölf hatte sie die Arbeiten übernommen. Eine Zeit lang hatte sie mit dem Gedanken gespielt, in den Fahrzeugbau zu gehen, aber die Ausbildung dauerte Jahre, und dafür war sie nicht ehrgeizig genug. Sie wollte einfach einen Job haben, in dem sie gut bezahlt wurde und der ihr nicht völlig zuwider war, und sie war mit Zahlen genauso geschickt wie mit Motoren. Sie liebte Autos; aber sie wollte keinen Beruf daraus machen.

Sie schob den Rasenmäher an Dads Wagen vorbei, immer darauf achtend, dass sie ihn nicht berührte. Die Persenning deckte ihn zwar von unten bis oben ab, aber bei Dads Auto ging sie lieber kein Risiko ein. Nachdem sie die Garagentür weit genug für den Rasenmäher aufgedrückt hatte, schob sie ihr neues Baby hinaus in die Sonne. Der rote Lack glänzte; die Chromstangen blitzten. Ach, wie schön er war.

Im letzten Moment fiel ihr ein wichtiger Bestandteil des Mäh-Rituals ein, und sie fuhr ihr Auto auf die Straße; schließlich konnte es jederzeit passieren, dass ein hochgeschleuderter Stein eine Scheibe springen ließ oder eine Kerbe in den Lack schlug. Sie warf einen Blick auf die Schrottlaube des Vollidioten von nebenan und zuckte mit den

Achseln; BooBoos Pfotenabdrücke mochten ihm auffallen, aber einen weiteren Kratzer würde er bestimmt nicht bemerken.

Mit einem glückseligen Lächeln startete sie den kleinen Motor.

Das Schöne am Rasenmähen, entdeckte sie, war das damit verbundene sofortige Erfolgserlebnis. Man konnte genau feststellen, wo man überall gewesen war und wie viel man schon vollbracht hatte. Während ihrer Kindheit hatten immer Dad und David diese Arbeit übernommen, zu ihrer großen Erleichterung übrigens, weil ihr Rasenmähen schrecklich langweilig vorgekommen war. Erst mit zunehmendem Alter hatte sie der Gedanke gelockt, einen eigenen Rasen zu haben, und jetzt, mit dreißig Jahren, hatte sie das Gefühl, endgültig erwachsen geworden zu sein. Sie war Hausbesitzerin. Sie mähte ihren eigenen Rasen. Cool.

Etwas klopfte ihr auf die Schulter.

Kreischend ließ sie den Rasenmähergriff los, machte einen Satz zur Seite und wirbelte zu ihrem Angreifer herum. Der Motor des Rasenmähers röchelte empört.

Vor ihr stand der Vollidiot, mit blutunterlaufenen Augen, fies feixend und in verdreckten Sachen: sein übliches Erscheinungsbild. Er fasste an ihr vorbei und schob den Motorhebel auf AUS, sodass die emsige kleine Maschine knurrend erstarb.

Stille.

Etwa eine halbe Sekunde lang.

»Was soll das, *verflucht* noch mal?«, brüllte sie ihn an, mit zornesrotem Gesicht, einen Schritt nach vorne machend und die Rechte, ohne dass sie es merkte, zur Faust geballt.

»Ich dachte, Sie wollten weniger fluchen«, spottete er.

»Sie würden eine Heilige zum Fluchen bringen!«

»Da haben Sie erst recht keine Chance, wie?«

»Da haben Sie verdammt Recht!«

Er fasste ihre rechte Hand ins Auge. »Wollen Sie die einsetzen, oder werden Sie vernünftig bleiben?«

»Was –?« Sie sah an sich herab und merkte, dass sie den rechten Arm angewinkelt und die Faust bereits zurückgezogen hatte. Mühsam entspannte sie ihre Finger. Sie formierten sich jedoch wie von selbst wieder zur Faust. Sie wollte ihm so, *so gern* eine reindreschen, und es machte sie noch wütender, dass ihr das verwehrt war. »Vernünftig?«, gellte sie ihn an und machte noch einen Schritt auf ihn zu. »Sie möchten, dass *ich* vernünftig bin? Sie haben schließlich *mir* einen Todesschrecken eingejagt und meinen Rasenmäher ausgeschaltet!«

»Ich versuche nur zu schlafen.« Er betonte jedes einzelne Wort und machte jeweils eine kleine Pause davor. »Ist ein bisschen Rücksicht wirklich zu viel verlangt?«

Sie riss die Augen auf. »Sie tun ja gerade so, als würde ich vor Tag und Tau mähen. Es ist gleich zehn Uhr vormittags!

Und ich bin nicht die Einzige, die das Kapitalverbrechen begeht, *Gras zu schneiden.* Hören Sie mal«, befahl sie und lauschte dem gedämpften Brummen der Rasenmäher in der Nachbarschaft.

»*Die* mähen aber nicht direkt vor meinem Schlafzimmerfenster.«

»Dann gehen Sie einfach früher ins Bett. Ich kann schließlich nichts dafür, wenn Sie bis tief in die Nacht aufbleiben!«

Sein Gesicht wurde so rot wie ihres. »Ich gehöre zu einem Einsatzkommando, Lady! Da hat man unregelmäßige Arbeitszeiten. Ich schlafe, wann immer ich kann, und seit Sie eingezogen sind, war das verdammt selten.«

Sie warf die Hände hoch. »Na schön! Gut! Dann mähe ich eben heute Abend fertig, wenn es kühler ist.« Sie wedelte ihn mit der Hand zurück. »Verkriechen Sie sich wieder ins Bett. Ich werde ins

Haus gehen und die nächsten elf Stunden reglos im *Sessel* sitzen bleiben. Oder stört auch das Ihren Schönheitsschlaf?«, wollte sie zuckersüß wissen.

»Nur wenn Sie sich Silvesterböller in den Arsch schieben«, fuhr er sie an und stakste zu seinem Haus zurück.

Wahrscheinlich gab es ein Gesetz, das verbot, Steine auf fremde Häuser zu schmeißen, dachte sie. Kochend vor Wut schob sie den Rasenmäher zurück in die Garage, ließ das Vorhängeschloss einschnappen und fuhr ihr Auto von der Straße wieder in die Einfahrt. Sie hätte ihm zu gern mal gezeigt, was sie mit ein paar Silvesterböllern anstellen konnte, und sie hätte sich ganz bestimmt nicht draufgesetzt.

Sie stapfte ins Haus und erdolchte BooBoo mit Blicken, der sich ungerührt die Pfoten leckte. »Ein Einsatzkommando«, knurrte sie. »Ich bin überhaupt nicht unvernünftig. Das hätte er mir nur ganz ruhig erklären zu brauchen, und ich hätte liebend gern erst später weitergemäht. Aber *nei-en,* er muss sich ja zum Arsch machen.«

BooBoo peilte sie an.

»Arsch ist kein Fluch«, verteidigte sie sich. »Außerdem kann ich nichts dafür. Soll ich dir mal ein Geheimnis über unseren Nachbarn verraten, BooBoo? Mr Perfekt ist er eindeutig nicht.«

4

Jaine schaffte es, das Wochenende ohne eine weitere Konfrontation mit ihrem nervtötenden Nachbarn zu überstehen, und erschien am Montag eine Viertelstunde zu früh in der Arbeit, um für ihr Zuspätkommen am Freitag zu sühnen, obwohl sie am Freitag bereits länger gearbeitet hatte, um die Zeit auszugleichen. Als sie am Tor anhielt, beugte sich der Pförtner aus seinem Fenster und fasste missbilligend ihre Viper ins Auge. »Wann schmeißen Sie endlich diese Schrottkiste weg und kaufen sich einen Chevrolet?«

So etwas bekam sie fast jeden Tag zu hören. Das war nicht zu vermeiden, wenn man in der Gegend um Detroit in einer Firma arbeitete, die auch nur entfernt mit der Autoindustrie zu tun hatte. Es wurde erwartet, dass man jenem der drei Autokonzerne, dem man direkt oder indirekt den Arbeitsplatz verdankte, Markentreue zollte. »Sobald ich es mir leisten kann«, antwortete sie wie immer. Was tat es schon zur Sache, dass die Viper ein Vermögen gekostet hatte, obwohl der Wagen gebraucht war und über siebzigtausend Kilometer auf dem Buckel gehabt hatte, als sie ihn kaufte. »Ich habe mir eben ein Haus gekauft, müssen Sie wissen. Wenn mein Dad mir das Auto nicht geschenkt hätte, würde ich es bestimmt nicht fahren.«

Das Letzte war eine direkte Lüge, mit der sie sich aber die meisten Leute für eine Weile vom Hals halten konnte. Gott sei Dank ahnte niemand hier, wer ihr Vater war, sonst hätten sie gewusst, dass er bis ins Mark ein Ford-Mann war. Er hatte es als persönliche Beleidigung empfunden, dass sie die Viper gekauft hatte, und versäumte nie, ein paar abfällige Bemerkungen darüber zu machen.

»Tja, da hat Ihr Dad wohl einen Fehler gemacht.«

»Er kennt sich mit Autos nicht aus.« Sie spannte die Muskeln an und machte sich auf den strafenden Blitz gefasst, der sie für diesen dicken Klops vom Angesicht der Erde tilgen musste.

Sie parkte die Viper im hintersten Eck des Geländes, wo die Wahrscheinlichkeit, dass jemand ihr eine Beule verpasste, am geringsten war. Ihre Kollegen bei Hammerstead witzelten gern, dass ihr Wagen wohl verfemt sei. Zugegeben, praktisch war der Parkplatz nicht, vor allem bei Regen, aber lieber wurde sie nass, als dass ihre Viper verletzt wurde. Bei der Anfahrt über die I-696 bekam sie schon genug graue Haare.

Hammerstead war in einem vierstöckigen roten Backsteingebäude mit grauem Bogenportikus untergebracht, vor dem sechs geschwungene Stufen zu einer eindrucksvollen Doppeltür führten. Dieser Eingang wurde allerdings ausschließlich von Besuchern benutzt. Alle Angestellten betraten das Haus durch eine Metallschiebetür mit elektronischem Schloss, hinter der man in einen schmalen, schleimgrünen Gang kam, wo sich die Büros der Putzkolonne und des Hausmeisters sowie ein dunkler, miefiger Raum mit der Aufschrift »Lager« befanden. Was genau dort gelagert wurde, wollte Jaine lieber nicht wissen.

Der schleimgrüne Gang endete mit drei Stufen, die zu einer weiteren Metalltür führten. Dahinter ging es in einen mit grauem Teppichboden ausgelegten Flur, der durch das ganze Gebäude verlief und von dem aus wie Adern weitere Gänge und die verschiedensten Büros abzweigten. Die beiden unteren Stockwerke waren den Computerfreaks vorbehalten, jenen befremdlichen und ehrfurchtslosen Wesen, die sich in einem unverständlichen Kauderwelsch über Bytes und USB-Ports unterhielten. Der Zugang zu diesen Stockwerken war eingeschränkt; man brauchte einen Firmenausweis, um in den schleimgrünen Gang zu kommen, und einen weiteren, um in irgendein Büro oder einen Raum zu gelangen. Es gab zwei Lifte und am anderen Ende des Gebäudes eine Treppe für die Gesundheitsapostel.

Als sie in den grauen Teppichbodenflur trat, fiel ihr ein handgeschriebenes Plakat ins Auge. Das Plakat hing direkt über den Aufzugknöpfen. In grünen und lila Wachsmalbuchstaben, ummalt mit schwarzem Markerstift, stand dort die neue Firmendirektive: *Ab sofort sind alle Angestellten verpflichtet, ein kombiniertes Ginseng-Viagra-Präparat einzunehmen, damit sie keine Sekunde vergessen, stets ihren Mann zu stehen!*

Sie musste kichern. Die Chaoten waren heute in Form. Sie rebellierten von Natur aus gegen jede Autorität und Struktur; solche Plakate tauchten ständig irgendwo auf, wenigstens bis jemand von der Verwaltung erschien und sie abhängte. Sie stellte sich vor, dass überall im Gang Augen durch Türspalte schielten und sich die Täter daran ergötzten, wie ihre Kollegen auf diesen neuesten Anschlag auf die Würde der Firma reagierten.

Die Tür ging hinter ihr auf, und Jaine wandte den Kopf, um festzustellen, wer nach ihr gekommen war. Es kostete sie Beherrschung, nicht die Nase zu rümpfen.

Leah Street arbeitete in der Personalabteilung, und man konnte sich darauf verlassen, dass sie nichts, aber auch gar nichts mit Humor nahm. Sie war groß gewachsen und hatte es sich in den Kopf gesetzt, irgendwann ins Management aufzusteigen, wenngleich sie nicht zu wissen schien, wie sie das anfangen sollte. Sie trug stets eher mädchenhafte Kleider statt Geschäftsfrauenkostüme, die ihre gertenschlanke Figur betont hätten. Sie war eine attraktive Frau mit blondem Federhaar und makelloser Haut, aber sie hatte absolut kein Gespür für Mode. Ihr herausstechendes Merkmal waren ihre Hände, die schlank und elegant wirkten und die stets perfekt manikürt waren.

Wie nicht anders zu erwarten, schnappte Leah nach Luft, als sie das Plakat sah, und lief rot an. »Frechheit«, fauchte sie und streckte schon die Hand aus, um es abzunehmen.

»Wenn Sie es berühren, sind Ihre Fingerabdrücke drauf«, warnte Jaine todernst.

Leah erstarrte, die Hand dicht über dem Papier.

»Kein Mensch weiß, wie viele Leute es schon gesehen haben«, fuhr Jaine fort und drückte dabei den »Aufwärts«-Knopf. »Bestimmt erfährt irgendwer aus der Geschäftsleitung davon und stellt Nachforschungen an, selbst wenn das Plakat nicht mehr da hängt. Wenn Sie nicht vorhaben, es aufzuessen – wovon ich abraten würde, auf dem Ding sind bestimmt Trilliarden Bazillen –, wie wollen Sie es dann ungesehen loswerden?«

Leah warf Jaine einen hasserfüllten Blick zu. »Sie finden diesen ekelhaften Müll wahrscheinlich lustig.«

»Um ehrlich zu sein, ja.«

»Es würde mich nicht überraschen, wenn Sie das Plakat selbst aufgehängt hätten.«

»Vielleicht sollten Sie mich verpfeifen«, schlug Jaine vor, während die Aufzugtür aufging und sie in die Kabine trat. »Sie können ja *0-800*-MIR-EGAL anrufen.«

Die Aufzugtür glitt zu, und Leah blieb vor Zorn kochend draußen stehen. Dies war der bislang giftigste Wortwechsel zwischen ihnen gewesen, allerdings war Leah nicht gerade dafür bekannt, dass sie gut mit anderen Menschen auskam. Wie sie je auf ihrem Posten im Personalbüro gelandet war, war Jaine ein Rätsel. Meist tat ihr die Frau einfach Leid.

Heute allerdings nicht.

Der Montag war in der Gehaltsabrechnung der anstrengendste Tag, weil dann alle Stechkarten der vergangenen Woche abgegeben wurden. Hammerstead belieferte General Motors mit Computertechnologie, doch die eigene Gehaltsabrechnung hatte man noch nicht computerisiert. Hier arbeitete man noch auf die altmodische Art, mit Stechkarten, die von einer Stechuhr gestempelt wurden. Es war eine Menge Papierkram, aber dafür waren sie bislang von jeglichen Software-Bugs und Hardware-Crashs verschont geblieben. Vielleicht hatte man bei Hammerstead aus diesem Grund nicht umgestellt: Die Gehaltsabrechnung durfte, wie die Post, auf gar keinen Fall ausfallen.

Um zehn Uhr war sie reif für eine Pause. In jedem Stockwerk gab es einen Pausenraum mit dem üblichen Sortiment an Verkaufsautomaten, billigen Cafeteria-Tischen mitsamt Metallstühlen, einem Kühlschrank, einer Kaffeemaschine und einem Mikrowellen-Ofen. Als Jaine eintrat, hockten mehrere Frauen und ein Mann um einen Tisch, wobei sich sämtliche Frauen schieflachten und der Mann verdrossen dreinblickte.

Jaine schenkte sich die lebenserhaltende Tasse Kaffee ein. »Was gibt's denn?«, fragte sie.

»Eine Sonderausgabe der Hauszeitung«, antwortete eine der Frauen, Dominica Flores. In ihren Augen standen Lachtränen. »Und zwar eine, die in die Geschichte eingehen wird.«

»Ich weiß nicht, was daran komisch sein soll«, wandte der Mann finster ein.

»*Du* natürlich nicht«, bestätigte eine Frau kichernd. Sie streckte Jaine die Hauszeitung entgegen. »Sieh dir das an.«

Die Hauszeitung war keineswegs ein offizielles Organ der Firma, das hätte jede Vorstellungskraft überstiegen. Sie wurde irgendwo in den beiden untersten Stockwerken verfasst; wo so viele Wirrköpfe mit einer Möglichkeit zum Desktop-Publishing versammelt waren, war so etwas unvermeidlich. Das Blatt erschien in unregelmäßigem Abstand, und meist stand irgendetwas darin, was das Management veranlasste, so viele Kopien wie möglich einzusammeln.

Jaine nahm einen weiteren Schluck Kaffee und nahm das Blatt entgegen. Die Jungs leisteten ziemlich professionelle Arbeit, allerdings wäre bei der Ausstattung und Software, die ihnen zur Verfügung stand, alles andere auch eine echte Schande gewesen. Die Hauszeitung trug den Namen *Hammerhead* und hatte einen gemein aussehenden Hai als Logo. Es war kein Hammerhai, aber das tat nichts zur Sache. Die Artikel waren in Spalten gesetzt, es gab ansehnliche Grafiken sowie einen halbwegs witzigen Cartoonisten, der seine Arbeit mit »Mako« signierte und normalerweise irgendeinen Aspekt des Firmenlebens aufs Korn nahm.

Heute war die Schlagzeile in fetten Großbuchstaben gesetzt: *Wer kann sich damit messen?* Darunter stand: »Was Frauen wirklich wollen«, und an der Seite war ein Maßband zu sehen, das sich wie eine angriffsbereite Kobra ringelte.

»Ihr könnt einpacken, Jungs«, begann der Artikel. »Die meisten von uns brauchen gar nicht erst an den Start zu gehen. Jahrelang hat man uns erzählt, dass nicht das zählt, was man hat, sondern wie man es einsetzt, doch nun wissen wir die Wahrheit. Unsere aus vier Frauen bestehende Expertinnenkommission, alles Kolleginnen von Hammerstead, haben die ultimative Liste ihrer Anforderungen für den perfekten Mann ausgearbeitet.«

Ach du Scheiße. Jaine hätte um ein Haar aufgestöhnt, schaffte es aber, jeden Kommentar zu unterdrücken und einfach nur interessiert auszusehen. Verdammt noch mal, was hatte Marci mit der Liste angestellt, die sie da aufgesetzt hatten? Alle Kollegen würden sie gnadenlos damit aufziehen, eine solche Sache hing einem ewig nach. Sie sah schon jeden Morgen Dutzende von Maßbändern auf ihrem Schreibtisch liegen.

Hastig überflog sie den Artikel. Gott sei Dank; ihre Namen wurden nicht genannt. Sie waren als

A, B, C und D aufgeführt. Jaine würde Marci trotzdem den Hals umdrehen, aber zumindest brauchte sie ihre Freundin nicht vierzuteilen, aufs Rad zu spannen und ihr die Zehennägel zu ziehen.

Die vollständige Liste war abgedruckt, beginnend mit »treu« auf Nummer eins. Die Liste selbst war nicht so schlimm, wenigstens bis Nummer acht, »super im Bett«, doch danach ging es rapide abwärts. Nummer neun war Marcis fünfundzwanzig-Zentimeter-Vorgabe, komplett mit allen begleitenden Kommentaren, ihrem eigenen über das fünf Zentimeter lange Anhängsel eingeschlossen.

Nummer zehn behandelte die Frage, wie lange Mr Perfekt im Bett durchhalten sollte. »Eindeutig länger als eine Werbepause im Fernsehen«, hatte T.J.s – Ms Ds – schneidendes Urteil gelautet. Sie hatten sich auf eine halbe Stunde als ideale Länge für den Sex geeinigt, das Vorspiel nicht eingerechnet.

»Warum auch nicht?«, wurde Ms C – also Jaine – zitiert. »Wir sprechen hier über Fantasien, oder? Und in der Fantasie sollte es *genau* so sein, wie man es haben will. Mein Mr Perfekt darf mich ruhig dreißig Minuten rannehmen – es sei denn, wir schieben einen Quickie, denn in dem Fall würden dreißig Minuten am Sinn der Sache vorbeigehen.«

Die Frauen grölten vor Lachen, daraus schloss Jaine, dass ihre Miene einiges verriet. Sie hoffte nur, dass es eher nach Erstaunen als nach Entsetzen aussah. Der Typ – Cary oder Craig, glaubte sie, irgendwas in der Richtung – wurde von Minute zu Minute röter.

»Ihr fändet es bestimmt nicht so komisch, wenn ein Haufen Kerle behaupten würde, dass die ideale Frau einen Atombusen haben müsste«, fuhr er sie im Aufstehen an.

»Ach, krieg dich ein«, meinte Dominica grinsend. »Als hätten die Männer nicht jedem großen Busen nachgesabbert, seit ihre Knöchel noch über den Boden geschleift haben. Ich finde es okay, mal mit gleicher Münze rauszugeben.«

Na toll. Eine neue Runde im Geschlechterkampf. Jaine konnte sich nur zu gut ausmalen, was für Gespräche gerade überall im Gebäude geführt wurden. Sie rang sich ein Lächeln ab und gab die Hauszeitung zurück. »Ich tippe, das wird eine ganze Weile die Runde machen.«

»Soll das ein Witz sein?« Dominica grinste immer noch. »Ich werde meine Kopie einrahmen und so aufhängen, dass mein Mann sie gleich nach dem Aufstehen vor Augen hat – und wenn er wieder ins Bett geht!«

Sobald Jaine wieder in ihrem Büro war, tippte sie Marcis Durchwahlnummer ein. »Rate mal, was ich eben in der Hauszeitung gelesen habe«, knurrte sie halblaut.

»Ach verdammt«, stöhnte Marci auf. »Wie schlimm ist es? Ich habe noch keine Ausgabe gekriegt.«

»Soweit ich erkennen konnte, ist es praktisch wortgetreu. Verflucht noch mal, Marci, wie konntest du nur?«

»Das macht fünfundzwanzig Cent«, entfuhr es Marci unwillkürlich. »Und es war keine Absicht. Ich kann jetzt nicht reden, aber wir können uns heute Mittag treffen, dann erzähle ich dir, wie es dazu gekommen ist.«

»Also gut. Um zwölf im Railroad Pizza. Ich rufe T.J. und Luna an; sie werden das wahrscheinlich auch hören wollen.«

»Das hört sich schwer nach einem Lynchkommando an«, meinte Marci betrübt.

»Schon möglich«, bestätigte Jaine und legte auf.

Railroad Pizza lag etwa eine halbe Meile von Hammerstead entfernt und war daher ein beliebter Treffpunkt bei den Angestellten. Man betrieb dort einen florierenden Mitnahmeservice, hatte aber auch sechs Tische in sechs einzelnen Sitzgruppen. Jaine entschied sich für den hintersten Tisch, wo sie am abgeschiedensten waren. Innerhalb weniger Minuten trudelten die drei anderen ein und rutschten nacheinander auf die Bank. T.J. setzte sich neben Jaine,

Marci und Luna saßen auf der Bank gegenüber.

»O Gott, es tut mir so Leid.« Marci sah elend aus.

»Ich fasse es nicht, dass du die Liste jemandem gezeigt hast!« T.J. war außer sich. »Wenn Galan jemals herausfindet –«

»Ich verstehe nicht, wieso du dich so aufregst«, meinte Luna verdutzt. »Na gut, es wäre schon ein bisschen peinlich, wenn herauskäme, dass die Liste von uns stammt, aber ich finde sie irgendwie wirklich witzig.«

»Würdest du sie auch noch witzig finden, wenn in sechs Monaten immer noch Typen bei dir auftauchen und dir anbieten, bei ihnen Maß anzulegen?«, wandte Jaine ein.

»Galan würde das gar nicht witzig finden.« T.J. schüttelte den Kopf. »Er würde mich *umbringen.«*

»Ja«, bestätigte Marci betroffen. »Brick ist zwar nicht gerade sensibel, aber er würde stinksauer, wenn ich ihm erklären würde, dass ich fünfundzwanzig Zentimeter haben will.« Sie lächelte trübsinnig. »Ganz im Vertrauen, da würde ich bei ihm zu kurz greifen.«

»Wie konnte das nur passieren?« T.J. ließ den Kopf in die Hände sinken.

»Ich war am Samstag einkaufen, und da ist mir Dawna Soundso über den Weg gelaufen, ihr wisst schon, diese Elvira-Imitation aus dem Erdgeschoss«, berichtete Marci. »Wir sind ins Plaudern gekommen, dann haben wir uns ein spätes Mittagessen und anschließend ein paar Bier genehmigt. Irgendwann habe ich ihr die Liste gezeigt, wir haben uns königlich amüsiert, und sie hat mich um eine Kopie gebeten. Ich hatte nichts dagegen einzuwenden. Nach ein paar Bier habe ich gegen vieles nichts einzuwenden. Sie hat mir ein paar Fragen dazu gestellt, und irgendwie kam es dann, dass ich alles aufgeschrieben habe, was wir geredet haben.«

Marci hatte ein fast fotografisches Gedächtnis. Leider beeinträchtigten auch ein paar Bier ihr Gedächtnis nicht, im Gegensatz zu ihrem Urteilsvermögen.

»Wenigstens hast du unsere Namen nicht verraten«, tröstete sich T.J.

»Sie weiß auch so, wer wir sind«, bemerkte Jaine. »Marci hatte die Liste, also kann sich jeder Idiot ausrechnen, dass sie eine der vier Freundinnen ist. Den Rest kannst du dir denken.«

T.J. schlug wieder die Hände vors Gesicht. »Ich bin so gut wie tot. Oder geschieden.«

»Ich glaube nicht, dass da noch was nachkommt«, meinte Luna beschwichtigend. »Wenn Dawna unsere Namen ausplaudern würde, dann hätte sie ihren Kumpels aus dem Erdgeschoss schon längst erzählt, wer wir sind. Uns passiert schon nichts. Galan wird nie ein Wort davon erfahren.«

5

Den ganzen restlichen Tag blieb Jaine angespannt, weil sie jede Minute damit rechnete, dass die Bombe platzte. Sie wollte sich lieber nicht ausmalen, welche Qualen T.J. durchstand, denn wenn die Sache jemals ans Licht kam und Galan davon Wind bekam, würde er T.J. bis in alle Ewigkeit das Leben zur Hölle machen. Unter dem Strich hatte T.J. von ihnen allen am meisten zu verlieren. Marci lebte ebenfalls in einer Beziehung, aber sie war wenigstens nicht mit Brick verheiratet. Was Luna mit Shamal King verband, war bestenfalls eine Wackelkontakt-Beziehung ohne weitere Verpflichtungen.

Jaine war von den vieren diejenige, die am wenigsten zu leiden hätte, falls ihre Identität bekannt werden sollte. Sie hatte keine Beziehung, da sie die Männer insgesamt aufgegeben hatte, und sie war nur sich selbst gegenüber verantwortlich. Sie würde zwar die Frotzeleien über sich ergehen lassen müssen, aber mehr auch nicht.

Nachdem sie die Situation analysiert und zu diesem Schluss gekommen war, machte sie sich nicht mehr so viele Sorgen. Was war schon dabei, wenn irgendein Büroclown seine geistige Brillanz an ihr beweisen wollte? Mit diesen Nieten konnte sie es jederzeit aufnehmen.

Ihre innere Gelassenheit hielt an, bis sie nach Hause kam und entdeckte, dass BooBoo eines der Sofakissen zerfetzt hatte, um ihr zu demonstrieren, wie sehr es ihn ärgerte, in einem fremden Haus Quartier nehmen zu müssen. Die Füllung lag in Flöckchen im ganzen Wohnzimmer verstreut. Sie machte die Augen zu und zählte erst bis zehn, dann bis zwanzig. Den Kater zu schimpfen, brachte nichts; er würde sie wahrscheinlich sowieso nicht verstehen, und selbst wenn, wäre es ihm egal. Genau wie sie war er einfach ein Opfer der Umstände. Als sie die Hand nach ihm ausstreckte, zischte er sie an. Normalerweise ließ sie ihn in Ruhe, wenn er so reagierte, aber diesmal nahm sie ihn in einem Anfall von Mitleid trotzdem auf und vergrub ihre Finger in seinem Fell, um die geschmeidigen Rückenmuskeln zu kneten. »Armes Kätzchen«, gurrte sie. »Du weißt gar nicht, wie dir geschieht, was?«

BooBoo fauchte sie erst an, doch die Geste verlor viel von ihrer Wirkung, als er gleich darauf in grummelndes Schnurren ausbrach.

»Du musst nur noch vier Wochen und fünf Tage durchhalten. Dreiunddreißig Tage. So lange wirst du mich doch ertragen können, oder?«

Er sah nicht so aus, als könnte er, aber offenbar war ihm alles egal, solange sie nur seinen Rücken knetete. Sie trug ihn in die Küche, wo sie ihm etwas zu naschen gab, dann setzte sie ihn auf dem Boden ab und schickte ihn in die Schlacht gegen eine struppige Spielzeugmaus.

Na gut. Die Katze arbeitete also ihr Haus auf. Das war kein Weltuntergang. Ihre Mutter wäre entsetzt über das Ausmaß des Schadens und würde natürlich dafür aufkommen, also hatte Jaine alles in allem bloß ein paar Unannehmlichkeiten.

Sie war selbst beeindruckt über ihren Sanftmut.

Sie schenkte sich ein Glas Wasser ein und sah, an der Spüle stehend, ihren Nachbarn heimkommen. Beim Anblick des braunen Pontiacs merkte sie, wie ihr Sanftmut durch den Ausguss davongurgelte. Aber das Auto war *wirklich* kaum zu hören, er hatte also offenbar den Auspuff austauschen lassen. Wenn er sich Mühe gab, konnte sie das auch. Im Geist drückte sie einen Stöpsel in den Ausguss.

Durchs Fenster beobachtete sie, wie er aus dem Auto stieg und die Küchentür aufschloss, die ihrer genau gegenüberlag. Er trug eine Baumwollhose sowie ein weißes Hemd, über dessen Ausschnitt lose eine Krawatte baumelte, und hatte sein Jackett über der Schulter hängen. Er sah müde aus, und als er sich umdrehte, um ins Haus zu gehen, sah sie die große schwarze Pistole im Halfter an seinem Gürtel. Es war das erste Mal, dass sie ihn nicht in schmuddeligen alten Sachen sah, deshalb fühlte sie sich leicht desorientiert, so als wäre die Welt ein wenig aus dem Lot geraten. Zu wissen, dass er Polizist war, und ihn als Polizist zu sehen, war zweierlei. Die Tatsache, dass er in Zivil und nicht in Uniform arbeitete, bedeutete, dass er kein Streifenpolizist war, sondern mindestens Detective sein musste.

Deswegen blieb er trotzdem ein Vollidiot, aber zumindest ein Vollidiot, der schwere Verantwortung trug, darum sollte sie ihm gegenüber vielleicht etwas nachsichtiger sein. Sie konnte unmöglich wissen, wann er gerade schlief, außer sie klopfte an seine Tür und fragte nach, was aber irgendwie kontraproduktiv war, wenn sie ihn nicht beim Schlafen stören wollte. Sie würde ihren Rasen einfach nicht mehr mähen, wenn er zu Hause war, basta. Das bedeutete nicht, dass sie ihm nicht die ungewaschenen Hammelbeine lang ziehen würde, wenn er *sie* störte, das war nur fair, aber dennoch würde sie wenigstens versuchen, mit ihm auszukommen. Immerhin würden sie wahrscheinlich viele, viele Jahre lang Nachbarn bleiben.

O Gott, was für ein deprimierender Gedanke.

Ihr Sanftmut und ihre Nächstenliebe der gesamten Welt gegenüber währten… ach, ein paar Stunden.

Um halb acht sank sie in den großen Sessel, um eine Weile fernzusehen und zu lesen. Oft tat sie beides zugleich, weil sie überzeugt war, dass sie es schon mitbekommen würde, wenn in der Glotze irgendwas Interessantes passierte. Neben ihrem Ellbogen dampfte sanft ein Becher mit grünem Tee, an dem sie ab und zu nippte, um sich zu entgiften.

Ein lautes Scheppern zerriss die Stille ihrer ruhigen Nachbarschaft.

Sie schoss aus dem Sessel, rammte die Füße in die Sandalen und rannte aus der Haustür. Sie kannte das Geräusch, sie hatte es während ihrer Kindheit hundert-, nein tausendmal gehört, wenn Dad sie mit ins Testlabor genommen hatte, wo sie zugeschaut hatte, wie die Techniker ein Auto nach dem anderen zu Schrott fuhren.

Überall an der Straße gingen die Verandaleuchten an; Türen schwangen auf, und neugierige Köpfe wurden herausgestreckt, so als würden lauter Schildkröten aus ihrem Panzer linsen. Fünf Häuser weiter sah sie im Schein der Laterne an der Straßenecke ein Wirrwarr von verbogenem Metall.

Mit klopfendem Herzen und zusammengekrampftem Magen lief Jaine die Straße hinunter, bemüht, sich gegen das zu wappnen, was sie erwarten mochte, während sie sich die grundlegenden Schritte in Erster Hilfe ins Gedächtnis rief.

Aus allen Häusern kamen jetzt Menschen angelaufen, meist älter, die Frauen in Pantoffeln und formlosen Kleidern oder Bademänteln, die Männer in ärmellosen Unterhemden. Hohe, aufgeregte Kinderstimmen waren zu hören, dazwischen die der Mütter, die ihre Kinder beisammenzuhalten versuchten, und die Warnungen der Väter: »Nicht so nah hingehen, nicht so nah hingehen, es könnte explodieren.«

Jaine hatte schon haufenweise Unfälle mit angesehen, darum war ihr klar, dass eine Explosion eher unwahrscheinlich war, doch einen Brand konnte man nie ausschließen. Kurz bevor sie das Unfallauto erreicht hatte, wurde die Fahrertür aufgestoßen, und ein aufgebrachter junger Mann zappelte hinter dem Lenkrad hervor.

»Was für eine *Scheiße!*«, brüllte er, als er dann die zerknüllte Front seines Autos inspizierte. Er war auf eines der am Straßenrand geparkten Autos aufgefahren.

Aus dem Haus gleich nebenan kam eine junge Frau gelaufen, die Augen vor Entsetzen weit aufgerissen. »Herrjemine, herrjemine! Mein Auto!«

Der aufgebrachte junge Mann fuhr herum. »Ist das dein Auto, du blöde Zicke? Wieso stellst du deine Scheißkarre mitten auf der Straße ab?«

Er war betrunken. Sowie Jaine der Alkoholdunst entgegenschlug, trat sie einen Schritt zurück. Sie konnte hören, wie die nachbarschaftliche Besorgnis allenthalben in Verärgerung umkippte.

»Jemand muss Sam holen«, hörte sie einen alten Mann murmeln.

»Ich gehe schon.« Mrs Kulavich machte sich auf den Weg, so schnell ihre Frotteepantoffeln sie trugen.

Genau, wo steckte ihr Nachbar eigentlich?, fragte sich Jaine. Alle anderen Anwohner waren längst auf der Straße.

Weinend, die Hände über den Mund geschlagen, starrte die junge Frau, deren Auto es getroffen hatte, auf das Wrack. Hinter ihr standen zwei kleine Kinder von vielleicht fünf und sieben Jahren unschlüssig auf dem Bürgersteig herum.

»Du verdammte blöde Schlampe«, knurrte der Besoffene und steuerte auf die junge Frau zu.

»Moment mal«, ließ sich ein älterer Herr vernehmen. »So können Sie nicht mit der Dame reden.«

»Fick dich, Opa.« Er hatte die junge Frau erreicht, umklammerte mit eiserner Hand ihre Schulter und wirbelte sie herum.

Flammen des Zorns in der Brust, preschte Jaine los. »Moment mal, Bürschchen«, wies sie ihn energisch zurecht. »Lassen Sie die Frau los.«

»Genau!«, bekräftigte eine zittrige ältere Stimme hinter ihr.

»Fick dich auch, blöde Schlampe«, lallte er. »Diese dämliche Kuh hat mein Auto geschrottet.«

»Ihr Auto haben Sie schon selbst zu Schrott gefahren. Sie sind betrunken und haben ein parkendes Auto gerammt.«

Ihr war klar, dass sie ihre Kraft verschwendete; einem Betrunkenen war mit Vernunft nicht beizukommen. Das Problem war, dass dieser Kerl betrunken genug war, um ausfallend zu werden, aber nicht betrunken genug, um umzufallen. Er schubste die junge Frau, die daraufhin rückwärts taumelte, sich mit dem Hacken in der heraussstehenden Wurzel eines der großen Bäume am Straßenrand verfing und der Länge nach auf den Bürgersteig schlug. Sie schrie auf, sodass ihre Kinder zu kreischen und zu weinen begannen.

Jaine ging zum Angriff über und rammte den Kerl mit voller Wucht von der Seite. Der Aufprall brachte ihn ins Straucheln. Er versuchte, das Gleichgewicht wiederzufinden, plumpste stattdessen aber auf den Hintern, die Füße hoch in die Luft gestreckt. Mühsam rappelte er sich wieder auf und ging mit einem weiteren wortgewaltigen Fluch auf Jaine los.

Sie duckte sich seitlich weg und streckte ein Bein aus. Er kam ins Stolpern, doch diesmal fing er sich noch rechtzeitig. Als er sich dieses Mal umdrehte, hatte er das Kinn bis fast auf den Brustkorb gesenkt, und seine Augen waren blutunterlaufen. Ach du Scheiße, jetzt war sie geliefert.

Automatisch begann sie wie eine Boxerin zu tänzeln, wie sie es in unzähligen Kämpfen mit ihrem Bruder gelernt hatte. Diese Kämpfe lagen jahrelang zurück, und sie konnte sich ausrechnen, dass er sie in den Boden stampfen würde, aber vielleicht gelang es ihr wenigstens, vor ihrem K.o. ein paar schmerzhafte Schläge zu landen.

Sie hörte aufgeregte, hysterische Stimmen rundherum, doch alle waren eigenartig entfernt, da Jaine vollauf damit beschäftigt war, am Leben zu bleiben.

»Jemand muss die Polizei rufen.«

»Sadie holt schon Sam. Der wird das regeln.«

»Ich habe schon die Polizei angerufen.« Es war die Stimme eines kleinen Mädchens.

Der Betrunkene griff an, und diesmal gab es kein Entrinnen. Strampelnd und boxend und seine Hiebe so weit wie möglich abblockend, ging sie unter der Wucht seiner Attacke zu Boden. Eine Faust traf Jaine in den Brustkorb, und die dahinter steckende Kraft verschlug ihr den Atem. Sofort waren sie von Nachbarn umringt, wobei die wenigen jüngeren Männer sich redlich Mühe gaben, den Betrunkenen von ihr wegzuzerren, und die Älteren ihnen zu Hilfe kamen, indem sie mit ihren Pantoffeln nach ihm traten. Jaine und der Betrunkene wälzten sich am Boden und mähten dabei ein paar von den älteren Nachbarn nieder, die im Fallen oben auf dem Haufen landeten.

Ihr Kopf rumste gegen den Boden, und ein Streifschlag brachte ihre Wange zum Brennen. Ihr einer Arm war unter einem gefallenen Nachbarn festgeklemmt, dafür gelang es ihr aber, mit der anderen Hand am Bauch ihres Gegners eine Faust voll Fleisch zu packen, so fest wie nur möglich zuzukneifen und sie herumzudrehen. Er brüllte auf wie ein verwundeter Wasserbüffel.

Dann war er von einer Sekunde auf die nächste verschwunden, in die Höhe gehoben wie ein Federkissen. Benommen beobachtete sie, wie er neben ihr auf den Boden prallte und sein Gesicht in den Dreck gepresst wurde, während jemand die Arme auf seinen Rücken drehte und Handschellen um seine Gelenke klickten.

Mühsam und unter Schmerzen setzte sie sich auf und fand sich praktisch Nase an Nase mit ihrem Vollidioten von Nachbarn wieder. »Verflucht noch mal, ich hätte mir denken können, dass Sie dahinter stecken«, grollte er. »Ich sollte Sie beide wegen Trunkenheit und Erregung öffentlichen Ärgernisses verhaften.«

»Ich bin nicht betrunken!«, protestierte sie entrüstet.

»Nein, *er* ist betrunken, und *Sie* sind ein öffentliches Ärgernis!«

Diese Anschuldigung war so gemein, dass sie vor Wut verstummte, was gar nicht so schlecht war, denn hätte sie ausgesprochen, was ihr in diesem Moment durch den Kopf schoss, hätte er sie wahrscheinlich tatsächlich verhaftet.

Rundherum halfen ängstliche Frauen ihren tattrigen Männern wieder auf die Füße, klopften sie ab und suchten nach Schürfwunden oder gebrochenen Knochen. Niemand schien bei dem Krawall wirklich zu Schaden gekommen zu sein, und Jaine vermutete, dass diese Aufregung ihre Herzen ein paar Jahre länger schlagen lassen würde.

Mehrere Frauen drängten sich gluckend und gackernd um die junge Mutter, die zu Boden geschubst worden war. Die Frau blutete am Hinterkopf, und ihre Kinder weinten immer noch. Aus Mitleid oder weil sie auch etwas beitragen wollten, stimmten ein paar andere Kinder mit ein. In der Ferne heulten Sirenen, die von Sekunde zu Sekunde näher kamen. Neben dem außer Gefecht gesetzten Betrunkenen kauernd, den er mit einer Hand am Boden hielt, sah Sam sich ungläubig um. »Herr im Himmel«, murmelte er kopfschüttelnd.

Das graue Haar auf Lockenwickler gedreht, beugte sich die alte Dame von gegenüber über Jaine. »Ist alles in Ordnung, meine Liebe? So etwas Tapferes habe ich noch nie gesehen! Sie hätten dabei sein sollen, Sam. Als dieser… Tunichtgut Amy umgestoßen hat, hat ihn diese junge Dame glatt auf den Allerwertesten befördert. Wie heißen Sie noch mal, meine Liebe?«, erkundigte sie sich, wieder an Jaine gewandt. »Ich bin Eleanor Holland; ich wohne Ihnen gegenüber.«

»Jaine«, antwortete sie und schoss einen finsteren Blick auf ihren direkten Nachbarn ab. »Ja, Sam, Sie hätten wirklich dabei sein sollen.«

»Ich war unter der Dusche«, grummelte er. Dann stutzte er. »Ist mit Ihnen *wirklich* alles in Ordnung?«

»Mir geht es gut.« Sie kam mühsam auf die Füße. Sie wusste nicht, ob es ihr wirklich gut ging oder nicht, aber sie schien sich nichts gebrochen zu haben und ihr war auch nicht schwindlig, schwere Schäden konnte sie also nicht davongetragen haben.

Er sah auf ihre nackten Beine. »Ihr Knie blutet.«

Sie sah nach unten und stellte fest, dass die linke Tasche ihrer Jeans-Shorts praktisch abgerissen war. Aus einer Schürfwunde an ihrem rechten Knie sickerte Blut. Sie riss die lose Tasche endgültig ab und presste den Fetzen aufs Knie. »Nur ein Kratzer.«

Die Kavallerie traf mit kreisenden Blaulichtern und in Gestalt von zwei Streifenwagen und einem Krankenwagen ein. Die uniformierten Beamten begannen sich durch die Menge vorzuarbeiten, während die Nachbarn die Sanitäter zu den Verletzten lotsten.

Dreißig Minuten später war alles vorbei. Ein Abschleppwagen hatte die beiden demolierten Autos abtransportiert, und die Streifenpolizisten hatten den Betrunkenen abtransportiert. Die verletzte junge Frau war gemeinsam mit ihren Kindern ins Krankenhaus gebracht worden, wo die Platzwunde an ihrem Hinterkopf vernäht wurde. Die kleineren Wunden waren bereits gereinigt und verbunden, und die alten Kämpen hatte man nach Hause geschickt.

Jaine wartete, bis die Sanitäter abgezogen waren, dann schälte sie den überdimensionalen Gaze- und Pflasterklumpen von ihrem Knie. Jetzt, nachdem sich die Aufregung gelegt hatte, merkte sie ihre Erschöpfung; sie sehnte sich nur noch nach einer heißen Dusche, einem Schokokeks und ihrem Bett. Gähnend und mit schweren Schritten schlug sie den Weg zu ihrem Haus ein.

Sam, der Vollidiot, war plötzlich an ihrer Seite. Sie sah kurz zu ihm auf und gleich wieder stur nach vorn. Ihr gefiel weder sein Gesichtsausdruck, noch wie er, einer düsteren Gewitterwolke gleich, neben ihr aufragte. Verflucht, war der Kerl groß, mindestens eins fünfundachtzig, wenn nicht eins neunzig, und seine Schultern waren praktisch einen Meter breit.

»Stürzen Sie sich öfter kopfüber in die Gefahr?«, fragte er fast beiläufig.

Sie sann über seine Frage nach. »Ja«, antwortete sie schließlich.

»Dachte ich mir.«

Sie blieb mitten auf der Straße stehen, stemmte die Hände in die Hüften und drehte sich zu ihm um. »Hören Sie, was hätte ich denn tun sollen –

einfach dumm rumstehen, während er die Frau zu Brei prügelt?«

»Ein paar Männer hätten ihn zurückhalten können.«

»Schon möglich, nur *hat* ihn keiner zurückgehalten, darum wollte ich nicht lange abwarten.«

Ein Auto bog um die Ecke und fuhr langsam auf sie zu. Er nahm sie am Arm und zog sie von der Straße. »Wie groß sind Sie eigentlich, eins sechzig?«, fragte er und musterte sie dabei.

Sie sah ihn finster an. »Eins fünfundsechzig.«

Er verdrehte die Augen, und seine Miene sagte ihr: *Na sicher*. Sie biss die Zähne zusammen. Sie war *wirklich* eins fünfundsechzig – wenigstens beinahe. Was taten ein, zwei Zentimeter schon zur Sache?

»Amy, die Frau, die er angegriffen hat, ist knapp zehn Zentimeter größer als Sie und gut zehn Kilo schwerer. Und Sie haben allen Ernstes gedacht, Sie könnten ihn überwältigen?«

»Habe ich nicht«, gab sie zu.

»Was haben Sie nicht? Gedacht? Das glaube ich auch.«

Ich darf keinen Bullen schlagen, hielt sie sich still am Riemen. *Ich darf keinen Bullen schlagen.* Sie wiederholte das immer wieder im Geist. Schließlich brachte sie, mit bewundernswert gleichmütigem Tonfall, über ihre Lippen: »Ich habe nicht gedacht, dass ich ihn überwältigen kann.«

»Aber Sie haben sich trotzdem auf ihn gehechtet.«

Sie zuckte mit den Achseln. »Ich muss wohl kurz von Sinnen gewesen sein.«

»Da kann ich nicht widersprechen.«

Das war genug. Sie blieb wieder stehen. »Hören Sie, ich habe Ihre superklugen Sprüche satt. Ich habe verhindert, dass er die Frau vor den Augen ihrer Kinder grün und blau prügelt. Ihn anzuspringen war vielleicht nicht besonders schlau, und mir ist durchaus klar, dass er mich hätte verletzen können. Trotzdem würde ich wieder genauso handeln. Und jetzt schieben Sie Ihren Arsch auf die andere Straßenseite, ich will nämlich nicht neben Ihnen gehen.«

»Blöd für Sie«, sagte er und hakte sich wieder bei ihr unter.

Sie musste neben ihm gehen oder sich schleifen lassen. Da er sie nicht allein nach Hause gehen lassen würde, legte sie einen Zahn zu. Je eher sie ihn los war, desto besser.

»Haben Sie's eilig?« Seine Hand unter ihrem Arm hielt sie zurück und zwang sie, sein gemächliches Tempo zu übernehmen.

»Ja. Sonst verpasse ich –« Sie versuchte sich zu

entsinnen, was gerade im Fernsehen lief, doch ihr fiel nichts ein. »BooBoo wird gleich einen Fellknäuel hochwürgen, da will ich dabei sein.«

»Sie mögen Fellknäuel, wie?«

»Sie sind interessanter als meine momentane Gesellschaft«, erwiderte sie zuckersüß.

Er verzog das Gesicht. »Autsch.«

Sie kamen vor ihrem Haus an, und er musste sie freigeben. »Legen Sie Eis auf Ihr Knie, damit es nicht anschwillt«, riet er.

Sie nickte, machte ein paar Schritte auf ihre Tür zu und drehte sich dann um. Er stand immer noch vor ihrem Garten und schaute ihr nach. »Danke, dass Sie Ihren Auspuff repariert haben.«

Er wollte etwas Sarkastisches entgegnen, das konnte sie ihm ansehen, doch dann zuckte er mit den Achseln und sagte nur: »Gern geschehen.« Und nach einer Pause: »Danke für die neue Mülltonne.«

»Gern geschehen.« Sie starrten einander an, als wollten sie abwarten, wer von beiden die Schlacht wieder eröffnen würde, doch Jaine brach das Duell ab, indem sie sich umdrehte und im Haus verschwand. Sie schloss die Tür ab und blieb einen Augenblick dahinter stehen, den Blick auf ihr gemütliches, schon vertrautes, heimeliges Wohnzimmer gerichtet. BooBoo hatte das Kissen erneut in der Mache gehabt; noch mehr Füllung lag über den Teppich verteilt.

Sie seufzte. »Pfeif auf den Schokokeks«, beschloss sie laut. »Da ist mindestens ein Eis fällig.«

6

Am nächsten Morgen wachte Jaine früh auf, ohne dass es Uhr oder Sonne dazu brauchte. Sie erwachte schlicht und ergreifend davon, dass sie sich im Bett umdrehen wollte und jeder Muskel in ihrem Körper aufjaulte. Die Rippen schmerzten, das Knie brannte, und die Arme taten bei jeder Bewegung weh; selbst am Hintern hatte sie blaue Flecken. So hatte sie nicht mehr leiden müssen, seit sie das erste Mal auf Rollerskates gestanden hatte.

Stöhnend setzte sie sich behutsam auf und schob ihre Beine Zentimeter um Zentimeter über die Bettkante. Wenn selbst sie sich so elend fühlte, dann wollte sie lieber nicht wissen, wie die alten Herren jetzt wohl litten. Die hatten zwar keine Hiebe abbekommen, aber der Sturz hatte sie bestimmt noch übler mitgenommen.

Kälte war für Muskelschmerzen besser als Wärme, aber sie glaubte nicht, dass sie sich einer kalten Dusche gewachsen fühlte. Lieber würde sie sich mit zehn rauflustigen Säufern anlegen, als sich nackt unter einen bitterkalten Wasserstrahl zu stellen. Sie entschied sich für einen Kompromiss, indem sie erst lauwarm duschte und dann das warme Wasser langsam abdrehte. Sich dem kalten Wasser stufenweise zu nähern, war auch nicht besser; sie hielt es genau zwei Sekunden darunter aus, bevor sie entschieden schneller aus der Dusche stieg, als sie hineingeklettert war.

Bibbernd trocknete sie sich ab und warf dann ihren langen blauen Morgenmantel mit Reißverschluss über. Im Sommer hatte sie nur selten Verwendung dafür, doch heute fühlte er sich gut an.

Früh aufzustehen hatte einen Vorteil: Auf diese Weise konnte sie BooBoo aufwecken statt umgekehrt.

Er konnte es gar nicht leiden, aus seinem Schönheitsschlaf gerissen zu werden. Der verstimmte Kater zischte sie an und stolzierte dann ab, um sich einen stilleren Winkel zum Schlafen zu suchen. Jaine grinste.

Sie brauchte sich nicht zu beeilen, da sie viel zu früh aufgestanden war, eine glückliche Fügung insofern, als ihre schmerzenden Muskeln keinen Zweifel daran ließen, dass Eile heute nicht auf der Tagesordnung stand. Sie trödelte über ihrem Kaffee, was unter der Woche so gut wie nie vorkam, und statt sich wie üblich mit einer Schale kalter

Cornflakes zu begnügen, schob sie eine Waffel aus der Tiefkühltruhe in den Toaster und schnitt für den Belag ein paar Erdbeeren in Scheiben. Schließlich hatte sich eine Frau nach einer anständigen Rauferei eine kleine Belohnung verdient.

Nachdem sie die Waffel aufgegessen hatte, gönnte sie sich eine zweite Tasse Kaffee und zog den Bademantel hoch, um ihr aufgeschürftes Knie zu untersuchen. Sie hatte wie befohlen Eis draufgelegt, trotzdem hatte sich ein hübscher blauer Fleck gebildet, und das ganze Knie fühlte sich steif und geschwollen an. Weil sie nicht den ganzen Tag auf einem Haufen Eiswürfeln herumlümmeln konnte, behalf sie sich mit ein paar Aspirin und stellte sich auf ein paar eher ungemütliche Tage ein.

Die erste richtige Überraschung erlebte sie, als sie sich anziehen wollte und ihren BH anlegte. Sobald sie den Haken geschlossen und das Band um ihren schmerzenden Brustkasten gespannt hatte, wusste sie, dass der BH heute daheim bleiben musste. Nackt bis auf ihr Höschen vor ihrem Kleiderschrank stehend, sah sie sich vor ein Dilemma gestellt: Was zog eine Frau ohne BH an, wenn niemand merken sollte, dass sie keinen BH anhatte?

Selbst in ihrem klimatisierten Büro war es zu heiß, als dass sie den ganzen Tag die Jacke anlassen konnte. Sie besaß ein paar hübsche Kleider, doch unter dem dünnen Stoff wären ihre Brustwarzen nur allzu gut zu erkennen. Hatte sie nicht irgendwo etwas von Pflastern über den Brustwarzen gelesen? Einen Versuch war das allemal wert. Sie schnitt zwei Pflaster ab, klebte sie über ihre Brustwarzen und streifte dann eines ihrer Kleider über, bevor sie sich im Spiegel musterte. Die Pflaster zeichneten sich klar und deutlich durch den Stoff ab.

Also gut, so ging es nicht. Vielleicht verhielt sich die Sache mit durchsichtigem, extrem flachem Pflaster anders, aber damit konnte sie nicht aufwarten. Außerdem fiel unter dem Kleid ihr aufgeschürftes Knie auf, und zwar nicht gerade vorteilhaft. Jaine schälte die Pflaster wieder ab und machte sich erneut an die Bestandsaufnahme ihrer Garderobe.

Nach langem Hin und Her entschied sie sich für einen langen, jägergrünen Rock und ein weißes Stricktop, das sie mit einer kadettenblauen Seidenbluse überdeckte. Sie verknotete die Zipfel der Bluse über der Taille, schob blaue und grüne Gummiband-Perlenkettchen über ihre Arme und war bei der neuerlichen Konsultation ihres Spiegels angenehm überrascht.

»Gar nicht schlecht«, befand sie, während sie sich zur Seite drehte, um das Ergebnis in Augenschein zu nehmen. »Wirklich gar nicht schlecht.«

Zum Glück war ihr Haar kein Problem. Es war dicht und glänzend, von einem hübschen dunklen Rotbraun und hatte jede Menge Volumen. Zurzeit trug sie einen modifizierten Fassonschnitt, der nur kurz durchgebürstet werden musste, was von Vorteil war, da ihr die Rippen wehtaten, sobald sie die Arme hob. Sie beschränkte das Bürsten auf das Allernotwendigste.

Aber auf ihrer Wange prangte ein Bluterguss. Finster starrte sie in den Spiegel und betastete behutsam den kleinen blauen Fleck. Er tat nicht weh, aber er war ganz eindeutig blau. Sie trug nur selten flächendeckend Schminke auf – im Büro war das reine Verschwendung! –, aber heute würde sie schwere Geschütze auffahren müssen.

Als sie schließlich in ihrem schicken, geschickt gewählten Aufzug und mit voller Kriegsbemalung aus der Tür scharwenzelte, sah sie ihrer bescheidenen Meinung nach verdammt gut aus.

Der Vollidiot – Sam – schob gerade den Schlüssel ins Autoschloss, als sie ins Freie trat. Sie drehte sich um und schloss ganz gemächlich die Haustür ab, in der Hoffnung, er möge einfach in sein Auto steigen und abzischen, aber das war wohl zu viel verlangt.

»Wie geht es Ihnen?«, fragte er, und zwar so dicht hinter ihr, dass sie vor Schreck fast tot umfiel. Mit einem quiekenden Aufschrei wirbelte sie herum. Was nicht besonders klug war. Ihre Rippen waren mit der Bewegung gar nicht einverstanden; unwillkürlich stöhnte sie auf und ließ die Schlüssel fallen.

»Verdammt!«, schnauzte sie ihn an, als sie wieder Luft bekam. »Schleichen Sie sich gefälligst nicht so an!«

»Anders kann ich nicht schleichen«, entgegnete er mit ausdrucksloser Miene. »Wenn ich warten würde, bis Sie sich umdrehen, dann wäre das kein Schleichen mehr.« Er machte eine kurze Pause. »Sie haben geflucht.«

Das hätte sie auch so gewusst. Kochend vor Wut kramte sie einen Vierteldollar heraus und klatschte ihn in seine Hand.

Perplex blickte er auf die Münze. »Wofür ist der?«

»Weil ich geflucht habe. Jedes Mal, wenn ich erwischt werde, muss ich einen Vierteldollar zahlen. Damit will ich mich zum Aufhören motivieren.«

»Dann schulden Sie mir aber wesentlich mehr als nur einen Vierteldollar. Sie haben gestern Abend ganz schön Dampf abgelassen.«

Sie zog einen Mundwinkel hoch. »Im Nachhinein abkassieren gilt nicht. Dann müsste ich mein ganzes Bankkonto plündern. Sie müssen mich schon auf frischer Tat ertappen.«

»Also gut, das habe ich. Am Samstag, als Sie Rasen gemäht haben. Da haben Sie mir nichts bezahlt.«

Schweigend und mit zusammengebissenen Zähnen wühlte sie einen weiteren Vierteldollar heraus.

Mit einem widerlich überheblichen Grinsen ließ er den halben Dollar in seine Hosentasche gleiten.

Bei anderer Gelegenheit hätte sie vielleicht gelacht, aber sie war immer noch sauer auf ihn, weil er sie so erschreckt hatte. Ihre Rippen schmerzten, und als sie sich bücken wollte, um ihre Schlüssel aufzuheben, schmerzten sie noch mehr. Und damit nicht genug, auch ihr Knie wollte nicht einknicken. Sie richtete sich auf und bedachte ihn mit einem Blick von so frustriertem Zorn, dass einer seiner Mundwinkel zuckte. Wenn er jetzt lacht, dachte sie, dann trete ich ihm gegen das Kinn. Da sie immer noch auf ihrem Treppenabsatz stand, wäre der Winkel perfekt.

Doch er lachte nicht. Wahrscheinlich bekamen Polizisten beigebracht, vorsichtig zu sein. Er bückte sich, um ihre Schlüssel aufzuheben. »Das Knie will wohl nicht, wie?«

»Die Rippen wollen auch nicht.« Grummelnd nahm sie die Schlüssel entgegen und wagte sich langsam die drei Stufen hinab.

Seine Brauen zogen sich zusammen. »Was ist mit Ihren Rippen?«

»Da hat er einen Schlag gelandet.«

Er atmete verärgert aus. »Warum haben Sie gestern Abend nichts davon gesagt?«

»Wieso denn? Sie sind nicht gebrochen, bloß ein bisschen geprellt.«

»Und das wissen Sie ganz sicher, wie? Sie glauben nicht, dass sie vielleicht angebrochen sein könnten?«

»Sie fühlen sich nicht gebrochen an.«

»Und Sie haben genug Erfahrung mit gebrochenen Rippen, um zu wissen, wie sie sich anfühlen.«

Sie schob den Unterkiefer vor. »Es sind *meine* Rippen, und ich sage, sie sind nicht gebrochen. Ende der Diskussion.«

»Sagen Sie mal«, meinte er beiläufig und neben ihr herschlendernd, während sie so graziös wie möglich zu ihrem Auto humpelte. »Gibt es eigentlich auch Tage, an denen Sie keinen Streit suchen?«

»Alle Tage, an denen ich Sie nicht sehen muss«, keifte sie zurück. »Und Sie haben angefangen! Ich

habe mich wirklich bemüht, eine nette Nachbarin
zu sein, aber Sie haben mich jedes Mal angeknurrt,
wenn Sie mich gesehen haben, selbst nachdem ich
mich entschuldigt hatte, dass BooBoo auf Ihr Au-
to gestiegen war. Außerdem habe ich Sie für einen
Säufer gehalten.«

Verdattert blieb er stehen. »Einen Säufer?«

»Blutunterlaufene Augen, dreckige Anziehsa-
chen, im Morgengrauen heimkommen, jede Men-
ge Krach machen, ständig griesgrämig, so als hät-
ten Sie einen Kater… was hätte ich denn sonst
denken sollen?«

Er rieb sich das Gesicht. »Verzeihen Sie, dass
ich nicht selbst darauf gekommen bin. Natürlich
hätte ich mich erst duschen, rasieren und einen
Anzug anziehen sollen, bevor ich vors Haus trete,
um Ihnen zu erklären, dass Sie mit Ihrem Lärm
Tote aufwecken könnten.«

»In ein Paar saubere Jeans zu schlüpfen hät-
te vollauf genügt.« Sie schloss die Viper auf und
sah sich vor ein neues Problem gestellt: Wie soll-
te sie in ihren praktisch kniehohen Boliden gelan
gen?

»Ich restauriere gerade meine Küchenschränke«,
eröffnete er ihr nach kurzem Schweigen. »Aber in
letzter Zeit musste ich so viele Schichten runter-
reißen, dass ich nur in Etappen dazu komme, und

manchmal schlafe ich darüber in meinen schmutzigen Sachen ein.«

»Haben Sie je erwogen, die Schränke unrestauriert zu lassen, bis Sie mal ein paar Tage freihaben, und sich stattdessen ein bisschen mehr Schlaf zu gönnen? Vielleicht wäre das Ihrer Laune ganz zuträglich.«

»Meine Laune ist wunderbar.«

»Klar, für ein tollwütiges Stinktier.« Sie öffnete die Autotür, schleuderte ihre Handtasche hinein und stimmte sich geistig auf die Mühsal ein, sich hinter das Lenkrad zu quetschen.

»Ein heißes Geschoss«, begutachtete er die Viper.

»Danke.« Sie sah zu seinem Pontiac hinüber, erwiderte aber nichts. Manchmal war Schweigen gnädiger als Worte.

Er bemerkte ihren Blick und grinste. Sie wünschte, er hätte sich sein Grinsen verkniffen; wenn er grinste, sah er fast wie ein Mensch aus. Sie wünschte, sie würden nicht draußen in der frühmorgendlichen Sonne stehen, denn hier konnte sie erkennen, wie dicht seine schwarzen Wimpern waren, und sie sah die dunkelbraunen Flammen in seinen Augen tanzen. Na gut, wenn seine Augen nicht gerötet waren und er sie nicht anraunzte, sah er gar nicht so übel aus.

Plötzlich kühlte sein Blick ab. Er streckte die

Hand aus und rieb vorsichtig mit dem Daumen über ihre Wange. »Sie haben da einen blauen Fleck.«

»Verda –« Sie konnte sich eben noch bremsen, bevor sie das Wort ausgesprochen hatte. »Verflixt, ich dachte, den hätte ich abgedeckt.«

»Das haben Sie, und gar nicht schlecht. Er ist mir erst aufgefallen, als Sie in der Sonne standen.« Er verschränkte die Arme und musterte sie streng. »Sonst noch irgendwelche Verletzungen?«

»Keine außer einem Muskelkater.« Sie sah betrübt auf ihren Wagen. »Ich habe echten Bammel vor dem Einsteigen.«

Er sah erst auf ihren Wagen und beobachtete dann, wie sie mit schmerzverzogenem Gesicht die offene Wagentür festhielt, langsam das rechte Bein anhob und es behutsam unter das Lenkrad schob. Er atmete tief durch, als wollte er sich für eine unangenehme Aufgabe wappnen, und nahm dann ihren Arm, um sie zu halten, während sie sich Zentimeter um Zentimeter auf den Fahrersitz sinken ließ.

»Danke«, sagte sie erleichtert, nachdem dieser Kraftakt vollbracht war.

»Gern geschehen.« Er ging vor der offenen Tür in die Hocke. »Wollen Sie ihn wegen Körperverletzung anzeigen?«

Sie kniff die Lippen zusammen. »Ich habe ihn zuerst angegriffen.«

Sie hatte das Gefühl, dass er schon wieder ein Grinsen unterdrückte. Mein Gott, sie hoffte, dass ihm das gelang; so schnell wollte sie ihn nicht wieder lächeln sehen. Am Ende würde sie noch glauben, er sei ein ganz normaler Mensch.

»So viel also dazu«, gab er sich geschlagen. Er richtete sich auf und wollte die Fahrertür für sie schließen. »Gegen den Muskelkater hilft eine Massage. Und ein Dampfbad.«

Sie sah ihn entrüstet an. »Dampf? Soll das heißen, ich habe heute Morgen *ganz umsonst* kalt geduscht?«

Er fing an zu lachen, obwohl sie sehnlichst wünschte, er würde das unterlassen. Er hatte ein angenehmes tiefes Lachen und blendend weiße Zähne.

»Kälte hilft auch. Versuchen Sie's abwechselnd mit Hitze und Kälte, um die Muskeln zu lockern. Und lassen Sie sich bei Gelegenheit eine Massage verpassen.«

Sie glaubte nicht, dass es auf dem Gelände von Hammerstead Technology ein verstecktes Kurbad gab, aber vielleicht würde sie sich später ans Telefon hängen und einen Termin für heute Nachmittag vereinbaren. Sie nickte. »Gute Idee. Vielen Dank.«

Er nickte, drückte die Autotür ins Schloss und trat einen Schritt zurück. Eine Hand grüßend erhoben, kehrte er zu seinem Wagen zurück. Noch bevor er den Schlag geöffnet hatte, raste Jaines Viper die Straße hinunter.

Vielleicht konnte man ja doch mit ihm auskommen, dachte sie leise lächelnd. Er und seine Handschellen waren am Abend zuvor jedenfalls ganz gelegen gekommen.

Obwohl sie mit dem Wortwechsel ein paar Minuten vertrödelt hatte, war sie immer noch früh in der Firma, wodurch ihr genügend Zeit blieb, sich aus dem Auto zu schälen. Heute stand auf dem Schild über den Aufzugknöpfen: *Fehler sind bei uns keine Katastrophe, sondern fester Bestandteil unserer Software.* Irgendwie glaubte sie, dass man in der Führungsetage dieses Plakat noch schlechter aufnehmen würde als das vom Vortag. Doch die Wahnsinnigen und Computerfreaks aus den beiden unteren Stockwerken fanden es wahrscheinlich umwerfend komisch.

Allmählich trudelten alle ein. Die Gespräche an diesem Morgen drehten sich ausschließlich um den Artikel in der Hauszeitung, und zwar entweder um den Inhalt oder um Spekulationen über die Identität der vier Frauen. Die meisten waren der Meinung, dass der gesamte Artikel ein Fantasieprodukt des Verfassers sei und dass die vier Freundinnen reine Fiktion waren, was Jaine sehr gelegen kam. Sie hielt den Mund und drückte sich selbst unter dem Tisch beide Daumen.

»Ich habe den Artikel gelesen und meiner Cousine in Chicago geschickt«, hörte sie jemanden im Gang sagen. Sie war ziemlich sicher, dass er nicht über einen Artikel in den *Detroit News* sprach.

Na super. Die Sache zog immer größere Kreise.

Weil ihr bei dem Gedanken, bei einem Mittagessen in einem Restaurant mehrmals in ihr Auto ein- und wieder aussteigen zu müssen, ganz schwach wurde, beschränkte sie sich auf ein paar Erdnusscracker und eine Limo im Pausenraum. Natürlich hätte sie T.J. oder eine der anderen bitten können, ihr einen Imbiss mitzubringen, aber sie hatte keine Lust auf lange Erklärungen, warum sie Probleme hatte, in ihr Auto zu steigen. Zu erzählen, dass sie einen Betrunkenen attackiert hatte, kam ihr wie Aufschneiderei vor, da sie in Wahrheit viel zu wütend gewesen war, um die Konsequenzen ihrer Tat zu überdenken.

Leah Street trat in den Pausenraum und holte ihr adrett verpacktes Mittagessen aus dem Kühlschrank. Bei ihr gab es heute ein Sandwich (Truthahnbrust und Kopfsalat auf Vollkornbrot), eine Schale Gemüsesuppe (die sie in der Mikrowelle erwärmte) und eine Orange. Jaine seufzte, hin- und hergerissen zwischen Hass und Neid. Wie sollte man jemanden mögen, der so gut organisiert war? Menschen wie Leah, dachte Jaine, waren nur auf der Welt, um allen anderen das Gefühl zu geben, unvollkommen zu sein. Wenn sie sich ein paar Gedanken gemacht hätte, dann hätte sie sich ebenfalls ein Mittagessen einpacken können, statt sich mit Erdnusscrackern und einer Diät-Limo vollstopfen zu müssen.

»Darf ich mich zu Ihnen setzen?«, fragte Leah, und Jaine spürte, wie ihr Gewissen sie piesackte. Da außer ihnen niemand im Pausenraum war, hätte sie Leah eigentlich anbieten müssen, ihr Gesellschaft zu leisten. Die meisten Leute bei Hammerstead hätten sich einfach an ihren Tisch gesetzt, aber vielleicht hatte man Leah schon so oft das Gefühl gegeben, nicht willkommen zu sein, dass sie inzwischen glaubte, erst fragen zu müssen.

»Klar.« Jaine versuchte, Wärme in ihre Stimme einfließen zu lassen. »Aber gern doch.« Wenn sie katholisch gewesen wäre, hätte sie diesen Satz definitiv beichten müssen; es war ein noch dickerer Klops als die Behauptung, ihr Vater würde nichts von Autos verstehen.

Leah arrangierte ihr nährstoffreiches, liebevoll

zubereitetes Mahl auf dem Tisch und ließ sich dahinter nieder. Sie nahm einen kleinen Bissen von ihrem Sandwich und kaute anmutig darauf herum, tupfte dann ihren Mund ab und verzehrte einen ebenso kleinen Löffel voll Suppe, wonach sie wieder den Mund abtupfte. Hypnotisiert schaute Jaine ihr zu. Bestimmt orientierte Leah Street sich mit ihren Tischmanieren an den Menschen im Zeitalter von Königin Victoria. Jaine wusste sich zwar durchaus zu benehmen, doch neben Leah kam sie sich wie eine Barbarin vor.

Nach dem zweiten Bissen sagte Leah: »Ich nehme an, Sie haben gestern diese widerwärtige Hauszeitung gelesen.«

Widerwärtig war eines von Leahs Lieblingsworten, das war Jaine schon aufgefallen.

»Ich nehme an, Sie meinen diesen einen Artikel«, antwortete sie, weil es sinnlos war, lange um den heißen Brei herumzureden. »Ich habe einen Blick darauf geworfen. Ich habe ihn nicht ganz gelesen.«

»Solche Menschen geben mir das Gefühl, mich schämen zu müssen, dass ich eine Frau bin.«

Also, *das* ging doch ein bisschen zu weit. Jaine war klar, dass sie das Thema auf sich beruhen lassen sollte, denn Leah blieb einfach Leah, daran würde niemand etwas ändern. Aber ein winziger Dämon in ihrem Inneren – also gut, derselbe Dämon, der sie jedes Mal dazu trieb, ihre Klappe aufzureißen, wenn es eigentlich ratsam war, sie zu halten – ließ sie sagen: »Wieso das denn? Ich fand sie nur ehrlich.«

Leah legte ihr Sandwich ab und sah Jaine indigniert an. »Ehrlich? Für mich klangen diese Frauen wie Straßenmädchen. Sie wollen nichts von einem Mann als Geld und einen großen… großen…«

»Penis«, ergänzte Jaine, da Leah das Wort offenbar nicht einfallen wollte. »Und ich bin nicht der Meinung, dass sie *nichts* anderes wollten. Ich meine mich zu erinnern, etwas von Treue und Zuverlässigkeit gelesen zu haben, von Humor –«

Leah tat den Einwand mit einem Handwedeln ab. »Wenn Sie das glauben möchten, bitte sehr, aber im Grunde drehte sich der Artikel ausschließlich um Sex und Geld. Das können Sie doch nicht leugnen. Außerdem war er gehässig und gemein, denn stellen Sie sich doch nur vor, wie sich Männer fühlen müssen, die nicht viel Geld haben und keinen großen… Dings –«

»Penis«, fiel Jaine ihr ins Wort. »Der Dings heißt Penis.«

Leah presste die Lippen aufeinander. »Über manche Dinge sollte man nicht in der Öffentlichkeit sprechen, aber mir ist schon aufgefallen, dass Sie gern unflätige Ausdrücke gebrauchen.«

»Das tue ich nicht!«, widersprach Jaine aufgebracht. »Zugegeben, manchmal fluche ich, aber ich gebe mir Mühe, damit aufzuhören, und *Penis* ist keinesfalls ein unflätiger Ausdruck; es ist die korrekte Bezeichnung für einen Körperteil, genau wie ›Bein‹. Oder haben Sie auch was gegen Beine?«

Leah packte die Tischkante mit beiden Händen und drückte sie so fest, dass ihre Knöchel weiß wurden. Sie atmete tief durch. »Wie schon gesagt, stellen Sie sich nur vor, was diese Männer jetzt wohl empfinden. Sie müssen doch glauben, sie seien nicht gut genug, sie seien irgendwie minderwertig.«

»Manche von ihnen sind es auch«, grummelte Jaine. Sie musste es wissen. Schließlich war sie mit drei Minderwertigen verlobt gewesen, und das bezog sich nicht auf die jeweiligen Genitalien.

»Niemand sollte so etwas empfinden müssen«, belehrte Leah sie mit erhobener Stimme. Sie biss erneut von ihrem Sandwich ab, und Jaine erkannte verblüfft, dass die Hände der Frau ihr gegenüber bebten. Sie regte sich wirklich auf.

»Also, ich glaube, die meisten, die den Artikel gelesen haben, fanden ihn witzig«, meinte sie versöhnlich. »Er war doch ganz offensichtlich als Satire gemeint.«

»Ich empfinde da ganz anders. Ich fand ihn widerlich, primitiv und gemein.«

So viel zur Versöhnung. »Ich nicht«, meinte Jaine nur, sammelte ihren Müll zusammen und entsorgte ihn in einem Abfalleimer. »Ich glaube, die Menschen sehen immer das, was sie zu sehen erwarten. Jemand, der primitiv ist, geht davon aus, dass alle anderen genauso primitiv sind, genau wie Menschen mit schmutziger Fantasie überall nur Schmutz sehen.«

Leah wurde erst weiß, dann rot. »Wollen Sie damit sagen, ich hätte eine schmutzige Fantasie?«

»Wem der Schuh passt, der zieht ihn sich an.« Jaine floh in ihr Büro zurück, bevor ihre kleine Meinungsverschiedenheit in einen offenen Krieg ausartete. Was war in letzter Zeit eigentlich mit ihr los? Erst ihr Nachbar, jetzt Leah. Sie schien mit niemandem mehr auszukommen, nicht mal mit BooBoo. Zugegeben, mit Leah kam kein Mensch aus, sie wusste also nicht, ob das zählte, aber sie musste sich ganz eindeutig mehr Mühe geben, mit Sam auszukommen. Er hatte sie also auf dem falschen Fuß erwischt; und sie war ihm offenbar ebenfalls auf dem falschen Fuß herumgetrampelt. Das Problem war, dass sie keine Übung mehr darin hatte, mit Männern auszukommen; seit ihre dritte Verlobung in die Brüche gegangen war, hatte sie die Nase gestrichen voll von diesem Geschlecht.

Aber welche Frau mit ihrer Vergangenheit hätte das nicht? Drei Verlobungen und drei Trennungen bis zum zarten Alter von dreiundzwanzig Jahren waren eine reife Leistung. Schließlich sah Jaine nicht aus wie etwas, das der Hund liegen gelassen hatte; sie besaß einen Spiegel, und dieser Spiegel zeigte ihr das Bild einer schlanken, hübschen Frau mit einem Ansatz zu Grübchen in den Wangen und einem Ansatz zu einem Grübchen im Kinn. In der High School war sie beliebt gewesen, so beliebt sogar, dass Brett, der beste Werfer des Baseball-Teams, sich in ihrem Abschlussjahr mit ihr verlobt hatte. Doch sie wollte danach aufs College gehen, während Brett sein Glück mit Baseball versuchen wollte, und so hatten sie sich allmählich auseinander gelebt. Was die steile Baseball-Karriere betraf, hatte Brett eine Bauchlandung hingelegt.

Danach war Alan gekommen. Damals war sie einundzwanzig und eben mit dem College fertig. Alan hatte bis zur Generalprobe am Abend vor ihrer Hochzeit gewartet, bevor er ihr eröffnet hatte, dass er immer noch in Jaines Vorgängerin verliebt war und nur mit Jaine gegangen war, um sich selbst zu beweisen, dass er endgültig über seine Ex hinweg war, und dass das leider nicht geklappt hatte, sorry, aber sei mir bitte nicht böse.

Klar. Das kannst du dir von der Backe putzen, du Weichei.

Nach Alan hatte sie sich schließlich mit Warren verlobt, aber vielleicht hatte sie bis dahin schon zu oft mit beiden Händen ins Klo gegriffen, um sich ganz und gar in eine Beziehung einzubringen. Wie dem auch sei, nachdem er sie gefragt und sie Ja gesagt hatte, hatten beide ganz langsam ihre Fühler wieder eingefahren, wodurch ihre Partnerschaft einem langsamen Tod entgegensiechte. Beide waren erleichtert gewesen, als sie die Beziehung schließlich zu Grabe tragen konnten.

Wahrscheinlich hätte sie die Sache durchziehen und Warren heiraten können, auch wenn es auf beiden Seiten an Glut fehlte, doch sie war froh, dass sie es nicht getan hatte. Und wenn sie Kinder bekommen und sich dann getrennt hätten? Falls sie jemals Kinder bekommen sollte, wollte Jaine glücklich verheiratet sein, genau wie ihre Eltern.

Sie hatte nie geglaubt, dass sie die Schuld am Dahinscheiden ihrer Verlobungen trug; zweimal hatte sie sich in beiderseitigem Einvernehmen getrennt, und einmal hatte ganz eindeutig Alan die Beziehung beendet, trotzdem… stimmte vielleicht irgendwas nicht mit ihr? Bei keinem der Männer, mit denen sie gegangen war, schien sie einen Sinnentaumel ausgelöst zu haben, und so etwas wie absolute Hingabe schon gar nicht.

Sie wurde abrupt aus ihren trübsinnigen Gedanken gerissen, da T.J. den Kopf zur Tür hereinstreckte. T.J. sah bleich aus.

»Ein Reporter von den *News* ist da und unterhält sich gerade mit Dawna«, platzte es aus ihr heraus. »Mein Gott, hältst du es für möglich –«

T.J. sah Jaine an; Jaine sah T.J. an.

»Ach verflucht«, sagte Jaine verärgert, und T.J. war so aufgebracht, dass sie ganz vergaß, ihren Vierteldollar einzufordern.

An diesem Abend starrte Corin auf die Hauszeitung und las sie wieder und immer wieder. Das war Schmutz, nichts als Schmutz.

Seine Hände zitterten so, dass die kleinen Worte ins Tanzen kamen. Wussten sie nicht, wie weh das tat? Wie konnten sie über so etwas *lachen?*

Er wollte die Hauszeitung wegwerfen, aber er schaffte es nicht. Die Qualen nagten an ihm. Er konnte nicht fassen, dass er tatsächlich mit jenen Menschen arbeiten musste, die diese Gemeinheiten von sich gegeben hatten, die sich über andere Menschen mokierten und sie terrorisierten –

Er atmete tief durch. Er durfte nicht die Kontrolle verlieren. Das hatten ihm die Ärzte immer wieder eingebläut. Nehmen Sie einfach Ihre Pillen und verlieren Sie nicht die Kontrolle. Was er auch tat. Er war schon lange ein braver, sehr braver Junge. Manchmal gelang es ihm sogar, sich selbst zu vergessen.

Aber jetzt nicht. Das hier konnte er nicht vergessen. Das hier war zu wichtig.

Wer waren diese Frauen?

Er musste es wissen. Er musste es wissen.

7

Es war, als würde ein Damoklesschwert über ihr hängen, dachte Jaine am nächsten Morgen düster. Noch hielt der dünne Seidenfaden, aber ihr war klar, dass er irgendwann reißen würde. Das »Wann« hing einzig und allein davon ab, wie lange Dawna brauchte, um auszuplaudern, dass sie die Liste von Marci hatte. Sobald Marcis Identität bekannt war, konnten sie sich genauso gut Abzeichen anstecken, auf denen stand: »Wir haben es getan.«

Die arme T.J. war krank vor Angst, und wäre Jaine mit Galan Yother verheiratet, wäre sie wahrscheinlich ebenfalls krank vor Angst gewesen. Wie war es möglich, dass etwas, das als unschuldiger Scherz unter Freundinnen begonnen hatte, sich zu einem Drama auswuchs, an dem eine Ehe zerschellen konnte?

Schon wieder hatte sie schlecht geschlafen. Sie hatte noch ein paar Aspirin gegen ihren Muskelkater eingeworfen, sich in einer heißen Wanne gar ziehen lassen und sich, als sie zu Bett ging, schon wieder halbwegs menschlich gefühlt. Doch dann hatte sie ewig lang wach gelegen, weil ihr ständig dieser Artikel im Kopf herumging, und war lang vor der Morgendämmerung wieder aufgewacht. Sie hatte regelrecht Darmsausen davor, die Morgenzeitung hereinzuholen, und was ihre Arbeit betraf – lieber hätte sie einen zweiten Betrunkenen niedergerungen. Auf reinem Rollsplitt.

Kaffee trinkend beobachtete sie, wie der Himmel sich aufhellte. BooBoo hatte ihr allem Anschein nach vergeben, dass sie ihn schon wieder aufgeweckt hatte, denn er saß neben ihr, leckte seine Pfoten und schnurrte jedes Mal, wenn sie ihn gedankenverloren hinter den Ohren kraulte.

Was dann geschah, war eindeutig nicht ihre Schuld. Sie stand gerade an der Spüle und wusch ihre Kaffeetasse aus, als in der Küche gegenüber das Licht anging und Sam in ihr Blickfeld trat.

Ihr stockte der Atem. Ihre Lungen blockierten, und sie hörte im wahrsten Wortsinn auf zu atmen.

»Heiliger Jesus und Maria«, krächzte sie und zwang sich, frischen Sauerstoff zu inhalieren.

Sie sah mehr von Sam, als sie je zu sehen erwartet hatte; um genau zu sein, sie sah einfach alles. Splitternackt stand er vor seinem Kühlschrank. Sie hatte kaum Zeit, seine Hinterbacken zu bewundern, da hatte er schon eine Flasche Orangensaft aus der Kühlschranktür geholt, den Deckel abgedreht, die Flasche an die Lippen gesetzt und sich umgewandt.

Im nächsten Moment hatte sie seinen Hintern vollkommen vergessen. Er war noch eindrucksvoller, wenn er von vorn kam – ohne jede Hintergedanken –, als wenn er sich verabschiedete, und das wollte einiges heißen, denn sein Hintern war ausgesprochen süß. Der Mann war wahrhaft großzügig ausgestattet.

»Mein Gott, BooBoo«, keuchte sie. »Sieh dir das an!« Um der Wahrheit die Ehre zu geben, Sam sah rundherum verflucht gut aus. Er war groß, schlank um die Taille und muskulös. Mit aller Kraft hob sie ihren Blick ein paar Grad nordwärts und stellte fest, dass er eine angenehm behaarte Brust hatte. Dass er ein äußerst ansehnliches, wenn auch leicht verlebtes Gesicht hatte, wusste sie bereits. Sexy dunkle Augen, weiße Zähne, ein schönes Lachen. Und noch mal: Er war wahrhaft großzügig ausgestattet.

Sie presste eine Hand gegen ihre Brust. Ihr Herz pochte nicht nur; es versuchte sich mit dem Vorschlaghammer durch das Brustbein zu arbeiten. Andere Körperteile schlossen sich dem Aufruhr an. In einem Moment geistiger Umnachtung spielte sie mit dem Gedanken, auf der Stelle zu ihm hinüberzurennen, um eine Probevorstellung auf seiner Matratze hinzulegen.

Ohne sich um den Tumult in Jaines Unterleib oder den atemberaubenden Anblick im Haus nebenan zu scheren, leckte BooBoo weiterhin seine Pfoten. Offenbar hatte er echt verquere Prioritäten.

Jane packte die Spüle mit beiden Händen, um nicht wie ein nasser Sack zu Boden zu sinken. Gut, dass sie sich die Männer abgewöhnt hatte, sonst wäre sie am Ende wirklich über die beiden Auffahrten geflitzt und hätte sich vor seiner Küchentür aufgebaut. Doch ob unbemannt oder nicht, sie wusste ein Kunstwerk zu schätzen, und ihr Nachbar war ganz eindeutig ein Kunstwerk, und als solches irgendwo angesiedelt zwischen einer klassisch griechischen Statue und einem Pornodarsteller.

Es war ihr zwar äußerst peinlich, doch sie würde ihn ermahnen müssen, die Vorhänge zuzuziehen; so und nicht anders würde eine gute Nachbarin doch reagieren, oder? Blindlings, weil sie sich die Vorführung keine Sekunde lang entgehen lassen wollte, tastete sie nach dem Telefon, hielt dann aber inne. Nicht nur, dass sie seine Telefonnummer nicht wusste, sie wusste nicht einmal, wie er mit Nachnamen hieß. Sie war wirklich eine tolle Nachbarin; jetzt wohnte sie schon zweieinhalb Wochen hier und hatte ihm immer noch keinen Antrittsbesuch gemacht, wohingegen er, falls er als Bulle keine absolute Niete war, ihren Namen bestimmt schon herausgefunden hatte. Andererseits war *er* genauso wenig vor ihrer Tür erschienen, um sich vorzustellen. Wenn Mrs Kulavich nicht gewesen wäre, hätte sie nicht einmal gewusst, dass er mit Vornamen Sam hieß.

Trotzdem wusste sie sich zu helfen. Auf dem Block neben dem Telefon hatte sie die Telefonnummer der Kulavichs notiert, und sie schaffte es, ihren Blick lang genug von dem Spektakel nebenan abzuwenden, um sie abzulesen. Sie hatte die Nummer eingetippt, bevor ihr einfiel, dass ihre Nachbarn unter Umständen noch im Tiefschlaf lagen.

Mrs Kulavich ging beim ersten Klingeln an den Apparat. »Hallo«, zirpte sie enthusiastisch, woraus Jaine erleichtert schloss, dass sie schon wach gewesen war.

»Hallo, Mrs Kulavich, hier ist Jaine Bright von nebenan. Wie geht es Ihnen?« Auch unter ungewöhnlichen Umständen wollten die gesellschaftlichen Umgangsformen gewahrt bleiben, und bei der älteren Generation konnte das einige Zeit in

Anspruch nehmen. Sie hoffte auf zehn bis fünfzehn Minuten. Einstweilen beobachtete sie, wie Sam die Flasche Orangensaft austrank und die leere Flasche wegwarf.

»Ach Jaine! Wie schön, mal wieder von Ihnen zu hören!«, freute sich Mrs Kulavich, als wäre Jaine außer Landes oder verschollen gewesen. Mrs Kulavich gehörte ohrenscheinlich zu den Menschen, die am Telefon immer nur in Ausrufesätzen sprachen. »Uns geht es ausgezeichnet, ganz ausgezeichnet! Und Ihnen?«

»Auch gut«, antwortete sie automatisch, ohne sich das Schauspiel gegenüber auch nur eine Sekunde lang entgehen zu lassen. Jetzt holte er die Milch raus. *Iiih!* Er würde doch hoffentlich nicht Orangensaft mit Milch mischen. Er öffnete die Milch und schnüffelte daran. Als er den Arm anwinkelte, wölbte sich sein Bizeps nach oben. »Mein Gott«, hauchte Jaine. Allem Anschein nach bestand die Milch den Geruchstest nicht, denn sein Kopf ruckte zurück, und er setzte den Karton ab.

»Was haben Sie gesagt?«, meldete sich Mrs Kulavich.

»Äh – ich sagte gut, sehr gut.« Jaine zwang ihre Aufmerksamkeit auf den rechten Weg zurück. »Mrs Kulavich, könnten Sie mir vielleicht verraten, wie Sam mit Nachnamen heißt? Ich muss ihn wegen einer Kleinigkeit anrufen.« Einer bemerkenswert großen Kleinigkeit.

»Donovan, meine Liebe. Sam Donovan. Aber ich kann Ihnen die Nummer auch geben. Es ist die Nummer, die früher seine Großeltern hatten. Mir kommt das sehr gelegen, so kann ich sie mir nämlich merken. Man wird leichter älter als klüger, wissen Sie?« Sie lachte über ihren eigenen Witz.

Jaine lachte ebenfalls, wenn sie auch nicht recht wusste, worüber. Sie tastete nach einem Stift. Mrs Kulavich sagte ihr langsam die Nummer vor, und Jaine kritzelte sie auf ihren Block, was gar nicht so einfach war, denn schließlich sah sie nicht, was sie schrieb. Ihre Halsmuskeln waren wie festgeschraubt, darum blieb ihr nichts anderes übrig, als durch das Küchenfenster nebenan zu starren.

Sie dankte Mrs Kulavich, verabschiedete sich und atmete dann tief ein. Es musste sein. So schmerzlich es auch war, sosehr sie den Anblick auch missen würde, sie musste ihn anrufen. Noch einmal atmete sie tief durch, dann wählte sie seine Nummer. Sie sah ihn durch die Küche laufen und ein schnurloses Telefon hochnehmen. Jetzt stand er im Profil zu ihr. O Mann. O Wahnsinnsmann.

Speichel sammelte sich in ihrem Mund. Der

verdammte Kerl brachte sie allen Ernstes zum Sabbern.

»Donovan.«

Seine tiefe Stimme klang eingerostet, so als wäre er noch nicht richtig wach, und dem knappen Wort war seine Verärgerung anzuhören.

»Ähm… Sam?«

»Ja?«

Nicht gerade eine viel versprechende Erwiderung. Sie versuchte zu schlucken, merkte aber, wie schwer ihr das mit heraushängender Zunge fiel. Sie rollte die Zunge wieder ein und seufzte bedauernd. »Hier ist Jaine von nebenan. Ich sage das nicht gern, aber vielleicht möchten Sie ja… Ihre Vorhänge zuziehen?«

Er drehte sich abrupt zum Fenster um, und sie starrten einander über die beiden Einfahrten hinweg an. Er huschte nicht zur Seite, duckte sich auch nicht nach unten weg oder tat irgendetwas, das nach Verlegenheit aussah. Stattdessen grinste er. Verdammt, sie wünschte, er würde das lassen.

»Da sind Ihnen die Augen übergegangen, wie?«, fragte er, während er ans Fenster trat und nach den Vorhängen fasste.

»Allerdings.« Sie hatte seit mindestens fünf Minuten nicht mehr geblinzelt. »Vielen Dank.« Er zog die Vorhänge zu, und ihr gesamter Körper erstarrte in Trauer.

»War mir ein Vergnügen.« Er lachte kurz. »Vielleicht revanchieren Sie sich ja irgendwann.«

Bevor sie darauf antworten konnte, hatte er aufgelegt, was nur gut war, denn ihr fehlten die Worte, während sie ihre Jalousien zuzog. Im Geist klatschte sie die flache Hand gegen die Stirn. *O Mann.* Sie hätte jederzeit ihre eigenen Jalousien zuziehen können.

»Von wegen, so blöd bin ich auch wieder nicht«, sagte sie zu BooBoo.

Der Gedanke, sich vor ihm auszuziehen, erschütterte sie – und erregte sie. War sie im Grunde ihres Herzens eine Exhibitionistin? Bis dato hatte sie noch nie exhibitionistische Neigungen an sich festgestellt, aber jetzt... Ihre Brustwarzen waren fest und ragten auf wie Himbeeren, und was den Rest anging... Nun ja. Sie hatte nie viel von One-Night-Stands gehalten, aber diese unvermutete Geilheit auf Sam, den Vollidioten, brachte sie vollkommen aus dem Konzept. Wie war es möglich, dass sich jemand vom Vollidioten zum Vollblut-Lover verwandelte, einfach indem er sich auszog?

»Bin ich wirklich so oberflächlich?«, fragte sie BooBoo und sann kurz über diese Frage nach, ehe sie nickte. »Hundert pro.«

O Gott. Wie sollte sie Sam je wieder ins Gesicht sehen, ohne daran denken zu müssen, wie er nackt ausgesehen hatte? Wie konnte sie ihm gegenübertreten, ohne zu erröten oder sich anmerken zu lassen, dass sein Anblick ihr feuchte Träume beschert hatte? Es war viel angenehmer, ihn als Feind zu haben, als ein Lustobjekt in ihm zu sehen. Sie bevorzugte ihre Lustobjekte in sicherer Entfernung... etwa auf einer Kinoleinwand.

Immerhin war ihm die Situation nicht peinlich gewesen, warum sollte sie ihr also peinlich sein? Sie waren schließlich beide erwachsen, oder? Sie hatte schon mehr nackte Männer gesehen. Nur *Sam* hatte sie noch nie nackt gesehen. Warum konnte er keinen Bierbauch und ein eingeschrumpeltes Würstchen haben statt felsenharter Bauchmuskeln und einer atemberaubenden Morgenlatte?

Sie begann schon wieder zu sabbern.

»Das ist doch widerwärtig«, sagte sie laut. »Ich bin dreißig Jahre alt, kein Backfisch, der sofort loskreischt, kaum erscheint... keine Ahnung, bei wem die Teenager heute loskreischen. Ich sollte mindestens in der Lage sein, meine Speicheldrüsen unter Kontrolle zu halten.«

Ihre Speicheldrüsen waren da anderer Meinung. Jedes Mal, wenn ihr Sams Anblick in den Sinn kam, was etwa alle zehn Sekunden geschah

– sie musste sich mindestens neun Sekunden lang an dem Bild erfreuen, ehe sie es wieder verbannen konnte –, musste sie schlucken. Und zwar mehrmals.

Gestern war sie früher ins Büro gefahren, und Sam hatte um die gleiche Zeit das Haus verlassen. Wenn sie heute zur üblichen Zeit losfuhr, müsste er folglich schon weg sein, oder?

Andererseits hatte er erzählt, dass er in einem Einsatzkommando war und unregelmäßige Arbeitszeiten hatte, also war unmöglich zu sagen, wann er zur Arbeit fahren würde. Sie konnte ihre Abfahrt nicht so legen, dass sie nicht mit seiner übereinstimmte; ihr würde nichts anderes übrig bleiben, als sich ganz normal zu verhalten und auf das Beste zu hoffen. Vielleicht wäre sie morgen in der Lage, ihm einigermaßen gefasst gegenüberzutreten, doch heute ganz bestimmt nicht; nicht solange ihr Körper mit Turboantrieb lief und ihre Speicheldrüsen Akkordschichten einlegten.

Sie stand vor ihrer offenen Schranktür und sah sich vor ein Dilemma gestellt. Was zog eine Frau an, wenn sie womöglich ihren Nachbarn treffen würde, den sie gerade nackt gesehen hatte?

Dem Himmel sei Dank für die Schürfwunde an ihrem Knie, beschloss sie letztendlich. Bis das Knie verheilt war, kamen nur lange Röcke oder

Hosen in Frage, weshalb sie nicht in dem schwarzen, schenkellangen Etuikleid mit Spaghettiträgern aus dem Haus tänzeln konnte, das sie sonst nur auf Partys trug, wenn sie schlank und intellektuell wirken wollte. Das schwarze Etuikleid war eine Art Ausrufezeichen, es schrie in die Welt hinaus: »Schaut mich an, bin ich nicht sexy?«, war aber im Büro ganz eindeutig fehl am Platz. Das aufgeschürfte Knie bewahrte sie davor, einen riesigen Fauxpas zu begehen.

Lieber einmal zu oft auf Nummer Sicher gehen, befand sie schließlich, und schlüpfte in das strengste, männlichste Hosen-Ensemble, das sie ihr Eigen nannte. Was tat es schon zur Sache, dass es ihr immer gefallen hatte, wie die Hose ihren Hintern umschmiegte, und dass dieses Outfit regelmäßig ein paar bewundernde Kommentare unter der männlichen Belegschaft auslöste; sie würde Sam heute sowieso nicht begegnen. Ihm musste der Vorfall schließlich noch unangenehmer sein als ihr. Wenn heute irgendwer irgendwem aus dem Weg gehen wollte, dann *er* doch *ihr*.

Doch hätte ein peinlich betroffener Mann mit einem so ironischen Grinsen reagiert? Er wusste, dass er gut aussah; sogar besser als gut, verdammt noch mal.

Weil sie nicht ständig daran denken wollte, wie

gut er aussah, schaltete sie den Fernseher ein, um während des Ankleidens einen Blick auf die Nachrichten zu werfen.

Sie deckte eben den blauen Fleck auf ihrer Wange mit Grundierung ab, als die Moderatorin des örtlichen Fernsehsenders frohgemut zwitscherte: »Freud blieb es ein ewiges Rätsel, was Frauen wirklich denken. Hätte er sich allerdings mit vier Frauen aus unserer Gegend unterhalten, hätte er eine klare Antwort auf seine berühmte Frage erhalten. Gleich nach der Werbung erfahren auch *Sie*, ob Ihr Mann oder Freund Mr Perfekt ist.«

Jaine war so baff, dass ihr nicht mal ein Fluch über die Lippen kommen wollte. Mit plötzlich schlotternden Beinen ließ sie sich auf den heruntergeklappten Klodeckel sinken. Dawna, diese blöde Kuh, hatte nicht mal eine Minute lang die Klappe halten können. Doch nein – wenn sie denen vom Fernsehen ihre Namen verraten hätte, dann hätte das Telefon Sturm geläutet. Bislang lebten sie noch in der Anonymität, aber das würde sich heute bestimmt ändern.

Sie eilte ins Schlafzimmer und wählte T.J.s Nummer, ein inständiges Gebet auf den Lippen, dass ihre Freundin noch nicht losgefahren war. T.J. wohnte weiter außerhalb als Jaine, darum machte sie sich morgens früher auf den Weg.

»Hallo?« T.J. schien in Eile zu sein und hörte sich leicht verärgert an.

»Ich bin's, Jaine. Hast du heute Morgen schon Nachrichten geschaut?«

»Nein, warum?«

»Sie bringen Mr Perfekt im Fernsehen.«

»Ach, du Scheiße.« T.J. klang, als würde sie gleich umkippen oder sich übergeben oder beides zugleich.

»Bis jetzt haben sie noch keine Namen, glaube ich, denn noch hat niemand bei mir angerufen. Aber irgendjemand bei Hammerstead wird uns bestimmt auffliegen lassen, was bedeutet, dass die frohe Botschaft bis heute Nachmittag die Runde gemacht hat.«

»Aber das werden sie doch nicht im Fernsehen bringen, oder? Galan schaut jeden Tag die Nachrichten an.«

»Wer weiß?« Jaine massierte ihre Stirn. »Ich schätze, das hängt davon ab, wie viel heute sonst noch passiert ist. Aber an deiner Stelle würde ich das Telefon ausstöpseln und den Anrufbeantworter ausschalten.«

»Worauf du dich verlassen kannst.« T.J. holte tief Luft und meinte dann trostlos: »Ich nehme an, jetzt wird sich zeigen, was Galan und mich wirklich verbindet, oder? Natürlich kann ich nicht erwarten, dass er vor Freude in die Luft springt, allerdings erwarte ich *sehr wohl* von ihm, dass er Verständnis zeigt. Nachdem wir uns letzte Woche über unseren jeweiligen Mr Perfekt unterhalten haben, habe ich mir so meine Gedanken gemacht, und, also ganz ehrlich…«

Besonders gut hatte Galan dabei nicht abgeschnitten, dachte Jaine bei sich.

»Wenn ich es recht bedenke«, meinte T.J. leiser, »werde ich das Telefon doch nicht abstellen. Wenn es sowieso nicht zu ändern ist, bringe ich es lieber gleich hinter mich.«

Nachdem sie aufgelegt hatten, machte sich Jaine eilig abfahrtsbereit. Der Anruf hatte nicht lange gebraucht, und die Werbepause ging eben zu Ende. Die frohgemute Stimme der Moderatorin ließ sie zusammenzucken.

»Vier Frauen aus unserer Gegend haben ihre Liste von Anforderungen für den perfekten Mann aufgestellt…«

Drei Minuten später schloss Jaine die Augen und sank erschöpft gegen die Frisierkommode. *Drei Minuten!* Drei Minuten Sendezeit waren eine halbe Ewigkeit! Und ausgerechnet heute gab es keine Schießereien, keine Massenkarambolagen auf dem Freeway, nicht mal einen Krieg oder eine Hungersnot – *irgendwas*, um einen so unbedeutenden Beitrag aus dem Programm zu kippen!

Die Berichterstatterin hatte sich nicht näher über die erotischen Anforderungen ausgelassen, doch sie hatte betont, dass die Zuschauer »die Liste«, wie sie genannt wurde, mitsamt dem vollständigen Begleitartikel auf der Webseite des Senders abrufen konnten. Man hatte Frauen und Männer nach ihrer Reaktion auf die verschiedenen Punkte der Liste befragt. Mit den ersten fünf Punkten schienen alle einverstanden zu sein, danach gingen die Meinungen allerdings diametral auseinander – wobei die meisten Frauen der einen und die meisten Männer der entgegengesetzten Ansicht waren.

Wenn sie eine Woche Urlaub nehmen würde, und zwar ab sofort, hätte sich der Sturm vielleicht verzogen, bis sie aus der Äußeren Mongolei heimgekehrt war.

Aber das wäre feige. Wenn T.J. ihren Beistand brauchte, musste Jaine für sie da sein. Möglicherweise stand Marci ebenfalls vor dem Scherbenhaufen einer Beziehung, allerdings war es Jaines Meinung nach kein allzu großer Verlust, Brick, die Dumpfbacke, zu verlieren, und außerdem hatte Marci durchaus ein bisschen Gegenwind verdient, da sie durch ihre Geschwätzigkeit schließlich die ganze Lawine ins Rollen gebracht hatte.

Die Schritte von düsteren Vorahnungen beschwert, zwang sie sich, zum Auto zu gehen. Gerade als sie den Schlüssel ins Schloss schob, hörte sie, wie hinter ihr eine Tür aufging, und schaute unwillkürlich über die Schulter zurück. Eine Sekunde lang sah sie Sam mit offenem Mund zu, wie er sich umdrehte und seine Küchentür absperrte; dann setzte ihre Erinnerung mit einem Kanonenschlag wieder ein, und sie zerrte panisch an ihrem Türgriff.

Es ging doch nichts über etwas schlechte Presse, um eine Frau vergessen zu lassen, dass sie einem gewissen Mann aus dem Weg gehen wollte, schoss es ihr durch den Kopf. Hatte er sie etwa *abgepasst?*

»Geht es Ihnen heute besser?« Er kam auf sie zugeschlendert.

»Wunderbar.« Sie schleuderte die Handtasche auf den Beifahrersitz und klemmte sich hinter das Lenkrad.

»Die würde ich nicht dort liegen lassen«, riet er ihr. »Wenn Sie an einer Ampel halten, kann jeder x-Beliebige Ihr Fenster einschlagen, die Tasche schnappen und abhauen, ehe Sie begreifen, wie Ihnen geschieht.«

Sie griff nach ihrer Sonnenbrille, setzte sie auf und war geradezu beschämend dankbar für den Schutz durch die dunklen Gläser, als sie einen

Blick auf ihn wagte. »Wo sollte ich sie denn hinlegen?«

»Im Kofferraum wäre es am sichersten.«

»Nicht gerade besonders praktisch.«

Er zuckte mit den Achseln. Bei der Bewegung wurde ihr erneut bewusst, wie breit seine Schultern waren, und das erinnerte sie wiederum an andere Körperteile. Ihre Wangen begannen zu glühen. Wieso war er nur kein Trinker? Wieso trug er heute keine Trainingshose und kein fleckiges, zerrissenes T-Shirt statt dieser beigen Leinenhose und dem mitternachtsblauen Seidenhemd? Um seinen kräftigen Hals baumelte lose eine cremefarben-blau-rote Krawatte, und in einer Hand hielt er ein Jackett. Die große schwarze Pistole ruhte in ihrem Halfter über seiner rechten Niere. Er sah männlich und kompetent aus und entschieden zu gut für ihren Seelenfrieden.

»Bitte verzeihen Sie, falls ich Sie heute Morgen in Verlegenheit gebracht habe«, sagte er. »Ich war noch im Halbschlaf und habe nicht an die Fenster gedacht.«

Sie zuckte nonchalant mit den Achseln. »Sie haben mich nicht in Verlegenheit gebracht. So was kann jedem mal passieren.« Sie wollte losfahren, doch er stand so dicht vor ihrem Auto, dass sie die Tür nicht zubrachte.

Er ging in dem Winkel zwischen Auto und offener Tür in die Hocke. »Und Sie sind wirklich wieder okay? Sie haben mich immer noch nicht beleidigt, und wir unterhalten uns jetzt schon« – er warf einen Blick auf seine Uhr – »seit dreißig Sekunden.«

»Ich bin heute milde gestimmt«, antwortete sie knapp. »Ich spare mir meine Energie lieber für Wichtigeres auf.«

Er grinste. »So mag ich mein Mädel. Da geht es mir gleich besser.« Er streckte die Hand aus und berührte vorsichtig ihre Wange. »Der blaue Fleck ist schon wieder verschwunden.«

»Ist er nicht. Make-up ist etwas Wunderbares.«

»Das ist es wirklich.« Sein Finger wanderte langsam abwärts zu dem Grübchen in ihrem Kinn und tippte kurz darauf, um sich dann zurückzuziehen. Jaine saß wie erstarrt da, vollkommen überrumpelt durch die Erkenntnis, dass er mit ihr *flirtete,* um Himmels willen, und dass sich ihr Herz schon wieder wie ein Schlagbohrer aufführte.

O Mann.

»Küssen Sie mich bloß nicht«, warnte sie ihn, weil er plötzlich näher gekommen zu sein schien, ohne dass ihr eine Bewegung aufgefallen wäre, und weil sein Blick mit jener Intensität auf ihr Gesicht gerichtet war, die Männern immer eigen ist, bevor sie zum Angriff übergehen.

»Das habe ich auch nicht vor«, erwiderte er mit einem Schmunzeln. »Ich habe nämlich Stuhl und Peitsche vergessen.« Er richtete sich auf und trat zurück, eine Hand auf der Autotür, so als wollte er sie schließen. Dann hielt er inne und sah sie an. »Außerdem habe ich im Moment keine Zeit. Wir müssen beide zur Arbeit, und ich kann Hudelei nicht ausstehen. Für Sie bräuchte ich mindestens ein paar Stunden.«

Sie wusste genau, dass sie ihren Mund halten sollte. Sie wusste, dass sie einfach die Autotür zuziehen und losfahren sollte. Stattdessen wiederholte sie wie von Sinnen: »Ein paar *Stunden?«*

»Klar.« Wieder ließ er eines seiner trägen, gefährlichen Lächeln aufleuchten. »Drei Stunden wären sogar noch besser, weil ich annehme, dass wir *beide* nackt enden, wenn ich Sie erst küsse.«

8

»Oh«, murmelte Jaine vor sich hin, während sie wie auf Autopilot zur Arbeit fuhr, was angesichts des Detroiter Verkehrs nicht ganz ungefährlich war. *»Oh?«* Eine schlagfertigere Antwort war ihr nicht eingefallen? Warum hatte sie nicht etwas erwidert wie: »Du träumst wohl, Kumpel«, oder »Ach du Schreck, sind Ostern und Weihnachten auf denselben Tag gefallen, ohne dass ich es gemerkt habe?« Alles, absolut *alles* wäre besser gewesen als *»Oh«,* Sackzement noch mal. Normalerweise war sie sogar im Schlaf noch besser.

Außerdem hatte sie es nicht einmal lässig dahingesagt, so als hätte sie ihn um eine Auskunft gebeten und eine unbrauchbare Antwort erhalten. Nein, diese verdammte Silbe war so hilflos von ihren Lippen gepurzelt, dass das Pendel des Haarzahn-Meters weit ins Negative ausschlagen musste.

Und was das Allerschlimmste war – unter Umständen hatte er sogar Recht.

Nein. Nein, nein, nein, nein, *nein.* Sie hielt nichts von One-Night-Stands, und sie war eine Niete in ernsthaften Beziehungen, womit die Herzschmerz-Abteilung so ziemlich abgedeckt war. Auf gar keinen Fall würde sie sich auf eine Affäre mit ihrem Nachbarn einlassen, den sie noch gestern – oder war es vorgestern gewesen – unter »Vollidiot« eingeordnet hatte.

Sie konnte ihn nicht einmal leiden. Wenigstens nicht besonders. Zugegeben, es hatte sie ziemlich beeindruckt, wie er den Betrunkenen mit dem Gesicht auf den Boden geknallt hatte. Manchmal war brutale Gewalt die einzige befriedigende Reaktion; und es hatte sie ausgesprochen befriedigt zuzuschauen, wie der Betrunkene in den Dreck geschleudert und vollkommen mühelos außer Gefecht gesetzt worden war.

Gab es noch etwas, das ihr an Sam gefiel, mal abgesehen von seinem Körper – daran war nicht zu rütteln – und seiner Fähigkeit, mit Betrunkenen fertig zu werden? Sie ließ sich die Frage durch den Kopf gehen. Natürlich hatte ein Mann, der seine Küchenschränke restaurierte, etwas Anrührendes, auch wenn sie nicht genau zu sagen vermochte, warum; wegen der damit verbundenen Anmutung von Häuslichkeit vielleicht? Es konnte jedenfalls nicht schaden, wenn es irgendwo ein Ge-

gengewicht zu seinem üblichen Macho-Geprotze gab. Nur dass er keineswegs protzte; er wirkte vollkommen natürlich. Mit einer Pistole vom Format eines Friseurföhns hatte es sowieso kein Mann nötig zu protzen. Was Phallussymbole anging, hatte er so ziemlich das große Los gezogen – nicht dass er ein Symbol nötig gehabt hätte, in Anbetracht des Prachtexemplars, das er da in seiner Hose spazieren trug…

Sie krampfte die Hände um das Lenkrad und versuchte, nicht zu hyperventilieren. Sie schaltete die Klimaanlage an und stellte die Düsen so ein, dass ihr die kalte Luft direkt ins Gesicht wehte. Ihre Brustwarzen spannten, und ihr war klar, dass sie nur kurz nachzufühlen bräuchte, um festzustellen, dass sie wie brave kleine Soldaten in Habtachtstellung verharrten.

Also gut. Sie hatte es also mit einer schweren Attacke von Mannstollheit zu tun. Daran war nicht zu rütteln, damit musste sie sich abfinden, und das bedeutete, dass sie wie eine vernünftige, intelligente Erwachsene handeln und so schnell wie möglich die Pille besorgen musste. Ihre Periode musste irgendwann in den nächsten Tagen einsetzen, was nur gut war; auf diese Weise konnte sie sich gleich die Pille verschreiben lassen und sofort mit dem Einnehmen anfangen. Nicht dass sie *ihm* ein Wort davon verraten würde. Die Pille war eine reine Vorsichtsmaßnahme und nur für den Fall gedacht, dass ihre Hormone sämtliche grauen Gehirnzellen außer Gefecht setzten. So etwas Dummes war ihr noch nie passiert, aber andererseits hatte sie auch noch nie eine derartige Kernschmelze angesichts eines männlichen Brennstabes erlebt.

Was zum Teufel war eigentlich mit ihr los, überlegte sie mit heiligem Zorn. Dies war schließlich nicht das erste männliche Geschlechtsorgan, das sie zu Gesicht bekam. Zugegeben, Sams Exemplar war beeindruckend, aber als ausgesprochen neugierige junge Frau hatte sie während ihrer Collegezeit eine ganze Reihe von Pornofilmen angeschaut und auch hin und wieder im Playgirl geblättert, sie hatte also schon größere gesehen. Außerdem war, trotz ihrer Albereien über Mr Perfekt und seine Idealmaße, der Penis längst nicht so wichtig wie der Mann, an dem er hing.

Mr Perfekt. Die Erinnerung traf sie wie eine Ohrfeige. Verdammt, wie hatte sie den nur vergessen können?

Genauso, wie sie vorhin Sam und seinen Mr Happy vergessen hatte, nur weil die dämlichen Nachrichten sie abgelenkt hatten, und nicht anders. Was den Ablenkungsfaktor anging, konnten es beide Themen locker mit, nun ja, einem mittleren Wohnungsbrand aufnehmen.

Heute würde wahrscheinlich nicht viel passieren, rechnete sie sich aus. Aller Wahrscheinlichkeit nach hatten unter den achthundertdreiundvierzig Menschen bei Hammerstead einige aus ihrem Bekanntenkreis die Nachrichtensendung gesehen und konnten sich zusammenreimen, wer die vier Frauen waren. Irgendwer würde Dawna auf den Kopf zu fragen, sie würde aus dem Nähkästchen plaudern, und die Information würde sich via E-Mail wie ein Lauffeuer im ganzen Haus verbreiten. Doch solange dieses Wissen auf Hammerstead beschränkt blieb, bestand für T.J. wenigstens eine theoretische Chance, dass Galan nichts davon erfuhr. Abgesehen von seinen obligatorischen Besuchen auf der Betriebsweihnachtsfeier, wo er regelmäßig mit gelangweilter Miene in der Ecke stand, mischte er sich nicht mit ihren Kollegen.

Bestimmt würde heute noch irgendetwas Wichtigeres geschehen, zumindest in Detroit, wenn schon nicht auf landesweiter Ebene. Sie steckten mitten in der Sauregurkenzeit: Der Kongress hatte Sommerpause, und alle Senatoren und Abgeordneten hockten entweder zu Hause oder jetteten um die Welt, weshalb es, solange sich keine Katastrophe ereignete, so gut wie keine Inlandsnachrichten gab. Sie wünschte sich keinen Flugzeugabsturz oder etwas Ähnliches, aber vielleicht würde ja irgendwas passieren, das keine Todesopfer forderte.

Sie begann um eine nervenaufreibende Börsenschwäche zu beten – wobei sich der Markt natürlich bis zum Abend erholen musste. Eine turbulente Achterbahnfahrt, bevor der Aktienindex auf einem neuen Höchstkurs schloss, wäre geradezu ideal. Damit sollten die Nachrichtenfritzen lange genug beschäftigt sein, um Mr Perfekt zu vergessen.

Sobald sie jedoch zum Tor von Hammerstead einbog, sah sie, dass ihre Hoffnung auf einen ruhigen Tag allzu optimistisch gewesen war. Drei Fernseh-Übertragungswagen waren neben der Einfahrt geparkt. Drei vergammelt aussehende Männer mit Minicams filmten insgesamt drei Individuen, zwei davon männlich, eines weiblich, die sich so vor dem Zaun positioniert hatten, dass im Hintergrund der Hammerstead-Schriftzug zu erkennen war. Die drei Reporter standen weit genug auseinander, um sich gegenseitig nicht ins Bild zu kommen, und alle sprachen mit ernster Miene in ihre Mikrofone.

Jaines Magen sackte ins Bodenlose. Trotzdem hatte sie immer noch Hoffnung; die Börse hatte noch nicht eröffnet.

»Was ist da los?«, hörte sie als Erstes, nachdem sie ins Gebäude getreten war. Zwei Männer gingen vor ihr im Gang. »Was wollen die ganzen Fernsehfritzen? Sind wir aufgekauft worden oder machen wir zu oder was?«

»Hast du heute Morgen nicht die Nachrichten gesehen?«

»Keine Zeit.«

»Sieht so aus, als hätten ein paar Frauen, die hier arbeiten, ihre ganz eigene Definition von Mr Perfekt ausgearbeitet. Alle Sender berichten darüber.«

»Und wie definieren sie Mr Perfekt? Als Mann, der immer den Klodeckel runterklappt?«

Huch, dachte Jaine. Das hatten sie total vergessen.

»Nein, soweit ich gehört habe, ist es der alte Pfadfinder-Scheiß: treu und ehrlich und hilft alten Damen über die Straße, solches Zeug.«

»He, das schaffe sogar ich«, meinte der erste Mann erstaunt.

»Und warum tust du's dann nicht?«

»Ich habe nicht gesagt, dass ich es will.«

Sie lachten. Jaine vertrieb sich die Zeit mit einer kleinen Träumerei, in der sie alle beide durch die Tür vor ihnen schubste, begnügte sich aber mit der Frage: »Soll das heißen, dass Sie Ihre Frau betrügen? Wow, ein echter Supermann!«

Beide drehten sich um, als hätten sie Jaine gar nicht bemerkt, doch ihnen konnte unmöglich entgangen sein, dass jemand die Tür geöffnet hatte und hinter ihnen ging, darum fiel Jaine auf ihr Unschuldsgetue nicht rein. Sie kannte die Gesichter, aber nicht die Namen; beide waren Jungmanager in sündteuren französischen blauen Anzughemden und mit konservativen Krawatten.

»Verzeihung«, heuchelte der erste Mann Zerknirschung. »Wir haben Sie gar nicht bemerkt.«

»Na klar.« Sie verdrehte die Augen. Dann riss sie sich am Riemen; es war besser, sich nicht in diese Unterhaltungen hineinziehen zu lassen. An diesem Krieg der Geschlechter beteiligte sie sich lieber nicht; je weniger Aufmerksamkeit sie und die anderen drei erregten, umso besser für sie.

Schweigend trabten sie und die beiden Männer zum Aufzug. Heute war kein Schild aufgehängt, und sie fühlte sich betrogen.

Marci wartete mit angespannter Miene in ihrem Büro auf sie.

»Ich nehme an, du hast die Nachrichten gesehen«, begrüßte sie Jaine.

Jaine nickte. »Ich habe T.J. angerufen und sie vorgewarnt.«

»Ich kann dir gar nicht sagen, wie Leid mir das

alles tut.« Marci senkte die Stimme, weil jemand an der offenen Tür vorbeiging.

»Ich weiß«, sagte Jaine seufzend. Es brachte nichts, weiterhin sauer auf Marci zu sein; das machte nichts ungeschehen. Und die Sache war kein Weltuntergang, nicht mal für T.J. Wenn Galan Wind davon bekam und derart ausklinkte, dass er sich von T.J. scheiden ließ, dann war ihre Ehe so oder so zum Scheitern verurteilt gewesen.

»Dawna hat ihnen meinen Namen verraten«, fuhr Marci fort. »Das Telefon hat mich heute Morgen zum Wahnsinn getrieben. Alle Sender wollen ein Interview und die *News* auch.« Sie hielt inne. »Hast du den Artikel heute Morgen gesehen?«

Jaine hatte die Morgenzeitung vollkommen vergessen; die Peepshow nebenan war viel zu faszinierend gewesen. Sie schüttelte den Kopf. »Ich habe noch keine Zeitung gelesen.«

»Ehrlich gesagt fand ich ihn gar nicht schlecht aufgemacht. Sie haben ihn auf die Seite gesetzt, wo sie sonst Kochrezepte und solche Sachen abdrucken, vielleicht haben ihn also nicht allzu viele Leute gelesen.«

Das hörte sich ganz gut an; man sah die Liste nicht als Nachricht, sondern eher als Füllsel, und die wenigsten Leute lasen jenen Abschnitt der Zeitung, der immer noch als »Frauenteil« galt. Solange kein Tier oder Baby involviert war, waren diese Geschichten schnell wieder vergessen. Diese Meldung hatte ihre natürliche Lebenserwartung jedenfalls schon weit überschritten.

»Und willst du mit ihnen reden? Den Reportern, meine ich.«

Marci schüttelte den Kopf. »Kommt nicht in Frage. Wenn ich allein wäre, dann schon, ich fände das witzig – wen kümmert's, wenn Brick ausflippt? Aber ihr steckt da auch mit drin, und das ist was anderes.«

»T.J. macht sich die meisten Sorgen. Ich habe mir die Sache gestern durch den Kopf gehen lassen. Ich habe nichts zu verlieren, falls mein Name bekannt wird, meinetwegen brauchst du dir also nicht den Kopf zu zerbrechen. Luna schien sich auch nicht allzu große Sorgen zu machen. Aber T.J. –«

Jaine schüttelte den Kopf. »Die hat ein Problem.«

»Und zwar ein gehöriges. Ich persönlich würde es für keinen großen Verlust halten, wenn Galan sich von ihr trennt, aber ich bin nicht sie, und sie denkt wahrscheinlich ebenso über Brick.« Marci grinste. »Scheiße, meistens denke sogar *ich* ebenso über ihn.«

Da konnte sie ihr kaum widersprechen, dachte Jaine.

Gina Landretti, die ebenfalls in der Lohnbuchhaltung arbeitete, betrat das Büro. Dem Aufleuchten in ihren Augen nach zu schließen, als sie Marci und Jaine beieinander stehen sah, fiel in diesem Moment der Groschen. »Hey!« Ein breites Grinsen breitete sich auf ihrem Gesicht aus. »Ihr seid das! Ich meine, ihr seid die vier Freundinnen. Das hätte ich mir gleich denken können, als ich Marcis Namen gelesen habe, aber erst jetzt hat's klick gemacht. Die beiden anderen sind die Hübsche aus dem Vertrieb und die eine aus der Personalabteilung, stimmt's? Ich habe euch zusammen mittagessen gehen sehen.«

Es hatte wenig Sinn, irgendetwas abstreiten zu wollen. Jaine und Marci blickten einander an, und Jaine zuckte mit den Achseln.

»Ich finde die Liste total cool!« Gina war ganz aus dem Häuschen. »Gestern habe ich die Hauszeitung meinem Mann gezeigt, und als er zu Nummer acht kam, wurde er stinksauer, dabei dreht er sich ständig nach irgendwelchen großbusigen Frauen um! Ich musste so lachen. Er redet immer noch nicht mit mir.« Das schien sie wenig zu stören.

»Wir haben bloß ein bisschen rumgeblödelt«,

erklärte Jaine. »Irgendwie ist die Sache dann aus dem Ruder gelaufen.«

»Ach, das finde ich nicht. Ich finde die Geschichte super. Ich habe meiner Schwester in New York davon erzählt, und sie wollte eine Kopie des ganzen Artikels, nicht nur des kleinen Ausschnitts, der heute Morgen in der Zeitung abgedruckt wurde.«

»Deine Schwester?« Jaines Magen ging erneut in den Sturzflug. »Etwa die Schwester, die beim Fernsehen ist?«

»Bei ABC. Sie ist in der Redaktion von *Good Morning America.*«

Jetzt war es auch mit Marcis Ruhe vorbei. »Äh – sie hat doch nur aus persönlichem Interesse gefragt, oder?«

»Sie fand den Artikel zum Brüllen. Es würde mich allerdings nicht überraschen, wenn ihr auch von denen angerufen werdet. Sie hat was davon gesagt, dass die Liste einen Super-Beitrag abgeben würde.« Glücklich, ihnen noch mehr Publicity verschafft zu haben, segelte Gina an ihren Schreibtisch.

Jaine wühlte einen Dollar aus ihrem Portemonnaie, reichte ihn Marci und stieß dann vier nicht zitierfähige Ausdrücke aus.

»Wow.« Marci sah sie tief beeindruckt an. »Das habe ich dich noch nie sagen hören.«

»Die hebe ich mir für Notfälle auf.«

Ihr Telefon läutete. Jaine sah misstrauisch auf den Hörer. Es war noch nicht acht Uhr, das Telefon hatte also nicht zu läuten. Es konnte nur was Unangenehmes sein, wenn sie hinging.

Beim dritten Klingeln riss Marci den Hörer hoch. »Lohnbuchhaltung«, raunzte sie in die Sprechmuschel. »Oh – T.J. Hier ist Marci. Wir haben gerade darüber geredet – ach du Scheiße, Liebes, das tut mir Leid.« Schlagartig klang sie ebenso betroffen wie hilflos.

Jaine entriss ihr den Hörer. »Was ist denn los?«, wollte sie wissen.

»Ich bin geoutet worden«, meinte T.J. trostlos. »Ich habe eben meine Nachrichten auf der Voicemail abgehört – ich habe sieben Anrufe von irgendwelchen Reportern bekommen. Ich wette, du hast die Gleichen auf deinem Anrufbeantworter.«

Jaine blickte auf das Lämpchen für eingegangene Nachrichten. Es blinkte, als hätte es einen nervösen Tick.

»Vielleicht würden die Reporter ja dich und Luna in Frieden lassen, wenn Marci und ich mit ihnen reden würden«, überlegte sie. »Schließlich wollen sie nur ihre Story, oder? Und dafür brauchen sie ein Gesicht; danach ist der Spuk vorbei und sie beschäftigen sich hoffentlich mit irgendwas anderem.«

»Aber sie haben alle unsere Namen.«

»Deshalb brauchen sie doch keine vier Interviews. *Jeder* Kommentar müsste sie zufrieden stellen.«

Marci hatte das Gespräch verfolgt, oder wenigstens Jaines Antworten, und schlug vor: »Wenn du glaubst, dass das den Reportern genügt, kann ich die Interviews auch alleine machen.«

T.J. hatte Marcis Angebot mitbekommen. »Einen Versuch wäre es jedenfalls wert, denke ich. Aber ich werde mich nicht verstecken. Wenn sie nicht wieder abziehen, nachdem sie mit dir und Marci oder mit Marci allein geredet haben, dann setzen wir uns zu viert zusammen und geben ihnen das Interview, und danach soll einfach kommen, was kommen muss. Ich weigere mich, ein schlechtes Gewissen zu haben oder Angst haben zu müssen, nur weil wir ein bisschen rumgealbert und eine blödsinnige Liste aufgestellt haben.«

»Okay«, bekräftigte Marci, nachdem Jaine aufgelegt hatte. »Ich rufe Luna an und rede mit ihr, und dann rufe ich die Reporter zurück und mache einen Termin für heute Mittag aus. Ich werde mich ins Sperrfeuer stürzen und die Sache so weit wie möglich runterspielen.« Sie kreuzte die Finger. »Das könnte klappen.«

Den ganzen Vormittag über streckten Jaines Kollegen den Kopf zur Tür herein und gaben lachend irgendwelche Bemerkungen von sich; wenigstens die Frauen. Zwei Männer boten Jaine, wie nicht anders zu erwarten, an, Maß nehmen zu lassen, und ein paar andere gaben sarkastische Kommentare zum Besten. Leah Street musterte sie mit blankem Entsetzen und wich ihr so weit wie möglich aus, was Jaine nur recht war, wenngleich es sie nicht gewundert hätte, wenn irgendwann das Zeichen »Hure von Babylon« auf ihrem Schreibtisch erschienen wäre. Leah hatte an dieser Geschichte noch mehr zu knabbern als T.J., und das wollte einiges heißen.

Die Nachrichten auf ihrem Anrufbeantworter stammten ausschließlich von verschiedenen Reportern; sie löschte alle und sparte sich den Rückruf. Marci hatte sich offenbar umgehend daran gemacht, zu retten, was zu retten war, denn ab neun Uhr trudelten keine weiteren Anrufe ein. Die Haie hatten Blut gewittert und umkreisten jetzt allesamt Marci.

Nur für den Fall, dass die Barbaren immer noch vor den Toren lauerten, verschanzte sich Jaine hinter den Mauern und versorgte sich mittags ein weiteres Mal aus den Verkaufsautomaten. Falls Marcis Ablenkungsmanöver fehlschlug und ihr nur noch die Ruhe vor dem Sturm vergönnt war, wollte sie so viel davon haben wie möglich. Wie sich herausstellte, war es mit der Ruhe nicht weit her, denn der Pausenraum war an diesem Tag gesteckt voll mit Angestellten, die ihr Mittagessen selbst mitgebracht hatten, darunter auch Leah Street, die allein in der Ecke saß, während alle anderen Tische dicht besetzt waren.

Das halblaute Geplauder schlug bei Jaines Erscheinen in ein Gemisch von Buhrufen und Applaus um. Wie nicht anders zu erwarten, kam der Applaus ausschließlich von den Frauen.

Ihr blieb nichts anderes übrig, als sich zu verbeugen, so weit ihr aufgeschrammtes Knie und die schmerzenden Rippen das zuließen. »*Thank you very much*«, bedankte sie sich mit ihrer besten Elvis-Stimme. Sie fütterte einen der Automaten mit Münzen, floh anschließend so schnell wie möglich und überhörte dabei geflissentlich alle Bemerkungen wie: »Das war wirklich zu komisch« oder: »Klar, aber ihr Frauen regt euch auf, wenn ein Typ mal eine Bemerkung macht –«

Auch der Pausenraum verwandelte sich in Windeseile in ein Schlachtfeld, wobei die Linien exakt zwischen den Geschlechtern verliefen.

»Verflucht und zugenäht«, knurrte Jaine auf dem Rückweg zu ihrem Büro, eine Diät-Limo und Crackers in der Hand haltend. Wem musste sie eigentlich etwas zahlen, wenn sie vor sich hinfluchte, überlegte sie. Sollte sie im Falle zukünftiger Verstöße vielleicht den Betrag in einen Fond einzahlen?

Die Mittagszeit war lange vorbei, es ging schon auf zwei Uhr zu, als Marci endlich anrief. Sie hörte sich müde an. »Die Interviews wären erledigt«, sagte sie. »Mal sehen, ob die Sache jetzt abkühlt.«

Als Jaine nach Hause fuhr, waren die Reporter vor dem Tor abgezogen. Sie raste nach Hause, um auf keinen Fall die Lokalnachrichten zu verpassen, und kam schlitternd und Schotter aufwirbelnd in ihrer Einfahrt zum Stehen. Zum Glück war Sam nicht zu Hause, sonst wäre er bestimmt postwendend angetanzt, um ihr eine Standpauke über öffentliche Ruhestörung zu halten.

BooBoo hatte schon wieder das Kissen in der Mangel gehabt. Jaine ignorierte die in Flöckchen auf dem Teppich verteilte Füllung und grabschte nach der Fernbedienung, bevor sie sich mit einer halben Pobacke auf dem Fernsehsessel niederließ. Sie musste erst den gesamten Börsenbericht durchstehen – kein Crash, nicht mal ein dramatischer Kurseinbruch, verdammt –, dann das Wetter und den Sport. Gerade als sie Hoffnung zu schöpfen begann, dass Marcis Interview es nicht in die Sendung geschafft hatte, verkündete die Ansagerin mit dramatischer Stimme: »Gleich nach der Werbung: Die Liste. Vier Frauen aus Detroit verraten, was sie sich wirklich von einem Mann wünschen.«

Stöhnend ließ sie sich in den Sessel zurückfallen. BooBoo hüpfte auf ihren Schoß, zum ersten Mal, seit er unfreiwillig bei ihr Quartier genommen hatte. Automatisch kraulte sie ihn hinter den Ohren, und er begann zu vibrieren.

Die Werbeunterbrechung war zu Ende, und das Nachrichtenstudio wurde wieder eingeblendet. »Vier Frauen aus unserer Gegend, Marci Dean, Jaine Bright, T.J. Yother und Luna Scissum, haben eine Liste wünschenswerter Eigenschaften zusammengestellt, die der perfekte Mann besitzen sollte. Die vier Freundinnen arbeiten bei Hammerstead Technology, und ›Die Liste‹, wie sie inzwischen genannt wird, ist das Ergebnis eines Brainstormings während der Mittagspause.«

Ganz falsch, dachte Jaine. Sie hatten nach der Arbeit bei Ernie's gesessen. Entweder hatte die Reporterin nicht recherchiert und einfach angenommen, dass sie zusammen mittaggegessen hatten, oder ›Mittagspause‹ hörte sich einfach besser an als

›bei einem Bier nach der Arbeit‹. Wenn sie es recht bedachte, konnte T.J. das mit der Mittagspause nur recht sein, schließlich hielt Galan nicht viel von ihren freitäglichen Feierabend-Absackern.

Marcis Gesicht blitzte auf dem Bildschirm auf. Sie lächelte ganz entspannt, und auf die Frage der Reporterin hin warf sie den Kopf zurück, um herzhaft zu lachen.

»Welche Frau möchte denn keinen Mr Perfekt?«, fragte sie zurück. »Natürlich hat jede Frau da andere Vorstellungen, darum muss das, was wir zusammengestellt haben, nicht notwendigerweise auf der Liste jeder Frau erscheinen.«

Okay, eine diplomatische Antwort, musste Jaine einräumen. Sehr gut; bislang konnte niemand daran Anstoß nehmen.

Doch dann holte Marci zum Rundumschlag aus. Die Reporterin, politisch korrekt bis zu den Zehennägeln, wagte eine Bemerkung, dass die genannten physischen Anforderungen doch eher trivial seien. Worauf Marci die Brauen hochzog und ein perlengleicher Glanz in ihre Augen trat. Jaine stöhnte hilflos vor dem Fernseher auf, denn das waren Marcis Warnzeichen, bevor sie zum Angriff überging.

»Trivial?«, wiederholte Marci langsam. »Ich finde die Liste nur ehrlich. Ich glaube, jede Frau träumt insgeheim von einem Mann mit, sagen wir, einem gewissen Hang zur Größe, meinen Sie nicht?«

»Wieso habt ihr das nicht rausgeschnitten?«, schrie Jaine ihren Fernseher an. Sie war aus dem Sessel gesprungen und hatte dabei den armen BooBoo zu Boden geschleudert. Der Kater konnte sich gerade noch in Sicherheit bringen und drehte sich mit einem entrüsteten Fauchen zu ihr um. Sie achtete gar nicht auf ihn. »Zu dieser Zeit sitzen Kinder vor dem Apparat! Wie könnt ihr so was nur ausstrahlen?«

Weil sie Quote machen wollten, darum. Solange der Nachrichtenmarkt leer gefegt war, gingen die Fernsehsender für ein paar Zuschauer über Leichen. Sex verkauft sich eben immer, und Marci hatte eben welchen verkauft.

9

Das Telefon läutete. Jaine zögerte und haderte mit sich, ob sie an den Apparat gehen sollte oder nicht. Eigentlich konnten es keine Reporter mehr sein, denn denen hatte Marci alles gegeben, was sie sich nur wünschen konnten, und der Zeitpunkt des Anrufes ließ darauf schließen, dass er von irgendeinem Bekannten kam, der eben ihren Namen im Fernsehen gehört hatte und nun mit ihr reden wollte, so als würden ihre fünfzehn Minuten zweifelhafter Berühmtheit dadurch irgendwie auf ihn oder sie abfärben. Sie wollte kein Wort mehr über diese gottverdammte Liste hören; sie wollte nur noch sterben.

Andererseits konnte es auch Luna oder T.J. oder Marci sein.

Beim siebten Läuten ging sie schließlich an den Apparat, bereit, mit italienischem Akzent zu sprechen oder sofort wieder aufzulegen.

»Wie konntest du mir das nur antun?«, fuhr ihr Bruder David sie an.

Jaine blinzelte und bemühte sich, den Gang zu wechseln. Mein Gott, würde er denn nie verwinden, dass Dad sein Auto in ihrer Garage abgestellt hatte? »Ich habe dir überhaupt nichts getan. Ich kann doch nichts dafür, dass Dad sein Auto hier lassen wollte. Mir wäre es viel lieber, wenn der Wagen bei dir stünde, glaub mir, denn jetzt darf ich mein eigenes Auto in der Auffahrt parken, weil meine Garage belegt ist.«

»Ich rede nicht von dem Auto!« Er kreischte beinahe. »Sondern von dieser Sache im Fernsehen! Wie konntest du nur? Was glaubst du, wie ich jetzt dastehe?«

Das wurde ja immer bizarrer. Sie überlegte hektisch, inwiefern sich die Liste auf David auswirken könnte, aber die einzige Möglichkeit war, dass er unter Umständen nicht alle dort aufgeführten Kriterien erfüllte und er Valerie nicht wissen lassen wollte, dass es solche Kriterien *gab.* Sie hatte nicht die geringste Lust, über den Körperbau ihres Bruders zu diskutieren.

»Bestimmt wird Valerie keine Vergleiche anstellen«, antwortete sie so diplomatisch wie möglich. »Äh, ich habe einen Topf auf dem Herd stehen und muss unbedingt –«

»Valerie?«, wiederholte er fassungslos. »Was hat die denn damit zu tun? Soll das heißen, dass sie bei dieser, dieser *Listen*-Geschichte mitgemacht hat?«

Bizarrer und bizarrer. Sie kratzte sich am Kopf. »Ich weiß wirklich nicht, wovon du sprichst«, sagte sie schließlich.

»Von dieser Sache im Fernsehen!«

»Und was ist damit? Inwiefern betrifft dich das?«

»Du hast deinen Namen angegeben! Wenn du jemals geheiratet hättest, dann würdest du jetzt wenigstens nicht mehr Bright heißen, aber nein, du musstest ja Single bleiben und weiter so heißen wie ich. Bright ist nicht gerade ein gängiger Name, wie dir vielleicht schon aufgefallen ist! Kannst du dir vorstellen, was ich deinetwegen im Büro zu hören bekommen werde?«

Das ging ein bisschen zu weit, selbst für Davids Verhältnisse. Normalerweise war seine Paranoia weit weniger ausgeprägt. Sie liebte ihn, aber er hatte nie wirklich die Überzeugung abgelegt, dass sich das Universum ausschließlich um ihn drehte. Auf der High School hatte sie das nachvollziehen können, denn er war groß und gut aussehend und der Schwarm aller Mädchen gewesen, aber in die High School ging er seit fünfzehn Jahren nicht mehr.

»Ich denke nicht, dass das irgendwem auffallen wird«, wandte sie so vorsichtig wie möglich ein.

»Genau das ist dein Problem; du *denkst* nicht, bevor du deine große Klappe aufreißt –«

In diesem Moment dachte sie ganz bestimmt nicht nach; sie reagierte einfach automatisch »Leck mich am Arsch«, beschied sie ihm und knallte den Hörer auf die Gabel.

Nicht die besonnenste Reaktionsweise, dachte sie, dafür umso befriedigender.

Das Telefon läutete schon wieder. Unter gar keinen Umständen würde sie noch einmal ans Telefon gehen, beschloss sie und wünschte zum ersten Mal in ihrem Leben, sie hätte ein Anruf-Erkennungssystem. Vielleicht brauchte sie jetzt eines.

Das Klingeln wollte kein Ende nehmen. Nachdem sie bis zwanzig gezählt hatte, riss sie den Hörer hoch und brüllte: »Was?« Falls David glaubte, ihr derart zusetzen zu können, würde sie mal ausprobieren, was er davon hielt, um zwei Uhr früh aus dem Bett geläutet zu werden. Brüder!

Shelley war am Apparat. »Diesmal bist du wirklich zu weit gegangen«, eröffnete sie das Schwestern-Duell.

Jaine rieb sich zwischen den Augenbrauen; sie bekam definitiv Kopfschmerzen. Nach dem Wortwechsel mit David meinte sie schon zu wissen, wie sich diese Unterhaltung entwickeln würde.

»Ich werde nicht mehr hoch erhobenen Kopfes in die Kirche gehen können.«

»Ehrlich? O Shelley, das tut mir so Leid«, antwortete Jaine zuckersüß. »Ich hatte ja keine Ahnung, dass du unter Genickmuskelschwund leidest. Seit wann weißt du es?«

»Du bist eine solche Angeberin. Immer denkst du nur an dich. Ist dir *auch nur einmal* in den Sinn gekommen, was das für Folgen für mich und die Kinder haben könnte? Stefanie würde vor Scham am liebsten im Boden versinken. Alle ihre Freundinnen wissen, dass du ihre Tante bist –«

»Woher wissen sie das? Ich habe ihre Freundinnen nie kennen gelernt.«

Shelley stutzte kurz. »Ich nehme an, Stefanie hat es ihnen erzählt.«

»Sie schämt sich so sehr, dass sie allen erzählt, sie sei mit mir verwandt? Seltsam.«

»Seltsam oder nicht«, fing Shelley sich wieder, »jedenfalls ist es widerwärtig, so etwas öffentlich zu verbreiten.«

Geschwind ließ Jaine im Geist Marcis Fernsehauftritt ablaufen. Derart ins Detail war sie eigentlich nicht gegangen. »Ich fand Marci gar nicht so schlimm.«

»Marci? Wovon redest du?«

»Von dem Beitrag im Fernsehen. Gerade eben.«

»Ach. Du willst damit sagen, es kommt auch im Fernsehen?« Shelleys Stimme stieg hörbar an. »O Gott!«

»Wenn du nicht den Beitrag im Fernsehen gesehen hast, wovon redest dann *du?*«

»Von dieser Seite im Internet. Stefanie hat es von dort.«

Das *Internet.* Ihre Kopfschmerzen erblühten schlagartig zu voller Pracht. Wahrscheinlich hatte einer der Freaks in ihrer Arbeit den gesamten Artikel aus der Hauszeitung ins Internet gestellt. Da waren der vierzehnjährigen Stefanie bestimmt die Augen übergegangen.

»Ich habe ihn nicht ins Internet gesetzt«, wehrte sie müde ab. »Das muss jemand aus der Firma gewesen sein.«

»Ganz gleich, wer es getan hat, dass diese ... diese Liste überhaupt existiert, ist dir zu verdanken.«

Plötzlich hatte Jaine die Nase gestrichen voll; sie fühlte sich, als würde sie seit Tagen auf einem Drahtseil spazieren, sie stand ständig unter Strom, und ausgerechnet jene Menschen, die sich am meisten um sie sorgen und ihr beistehen sollten, machten ihr die Hölle heiß. Sie hielt es einfach nicht mehr aus, und ihr fiel nicht einmal mehr eine beißende Bemerkung ein. »Weißt du«, sagte sie leise und mitten in Shelleys Litanei hinein, »ich habe es satt, dass du und David automatisch annehmen, ich hätte an allem Schuld, ohne dass ihr auch nur fragt, wie es dazu gekommen ist. Er ist wegen des Autos sauer auf mich, du bist wegen der Katze sauer auf mich, darum geifert ihr mich an, ohne auch nur einmal zu fragen, ob ich glücklich darüber bin, dass diese Liste solche Kreise zieht. Und wenn ihr auch nur eine Sekunde lang nachgedacht hättet, dann wüsstet ihr genau, dass ich kein bisschen glücklich darüber bin. Ich habe David gerade erklärt, dass er mich am Arsch lecken kann, und weißt du was, Shelley? Du kannst mich auch am Arsch lecken.« Damit beendete sie, ohne eine Antwort abzuwarten, das Gespräch mit ihrem zweiten Geschwister. Gott sei Dank hatte sie nicht noch mehr davon.

»So viel zu meinen Fähigkeiten als Friedensstifterin und Vermittlerin«, sagte sie zu BooBoo, bevor sie einen untypischen feuchten Schleier aus ihrem Auge wegblinzelte.

Das Telefon klingelte erneut. Sie zog den Stecker. Die Ziffern auf der Anzeige ihres Anrufbeantworters verrieten ihr, dass viel zu viele Nachrichten eingegangen waren. Sie löschte alle, ohne auch nur eine davon anzuhören, und schlich dann ins Schlafzimmer, um ihre Büro-Kleidung auszuziehen. BooBoo tappte ihr hinterher.

Die Annahme, bei BooBoo Trost finden zu können, war gewagt, trotzdem nahm sie ihn hoch und drückte ihr Kinn gegen seinen Kopf. Er duldete die Liebkosung ein paar Sekunden – schließlich war es nicht das, was *wirklich* gut kam, nämlich Ohrenkraulen –, dann wand er sich aus ihrem Griff und hüpfte elegant zu Boden.

Sie war zu angespannt und deprimiert, um sich entspannt hinzusetzen und oder auch nur zu essen. Durch eine Autowäsche würde sie hoffentlich etwas von ihrer aufgestauten Energie verbrennen, darum zog sie schnell Shorts und ein T-Shirt an. Die Viper war nicht wirklich schmutzig – es hatte seit über zwei Wochen nicht geregnet –, aber Jaine legte Wert darauf, dass das Auto funkelte und blinkte. Das ganze Waschen und Polieren baute nicht nur Stress ab, es erfüllte sie auch mit innerer Zufriedenheit. Und etwas innere Zufriedenheit konnte sie im Moment dringend brauchen.

Kochend vor Wut sammelte sie alles zusammen, was sie zur Pflege ihres Autos brauchen würde. Es würde Shelley nur recht geschehen, wenn Jaine BooBoo zu ihr brachte, damit er *ihre* Kissen zerfetzte; da Shelley neue Möbel hatte – irgendwie schien sie ständig neue Möbel zu haben –, würde sie den Verlust ihrer Kissenfüllung keinesfalls so gelassen hinnehmen wie Jaine. Nur eines hielt Jaine davon ab, BooBoo abzutreten – die Tatsache, dass Mutter ihre geliebte Katze *ihr* anvertraut hatte, nicht Shelley.

Und was David anging – da war die Situation ähnlich. Sie hätte Dads Auto auf der Stelle in Davids Garage abgestellt, wenn ihr Vater nicht ausdrücklich sie darum gebeten hätte, darauf aufzupassen; infolgedessen würde sie sich doppelt schuldig fühlen, falls dem Auto irgendetwas zustieß, während es in Davids Obhut war. Wie sie es auch drehte und wendete, sie saß in der Klemme.

Nachdem sie Lederlappen, Eimer, Autowaschseife, die den Lack glänzen ließ wie neu, Wachs und Scheibenwaschmittel beisammen hatte, ließ sie BooBoo auf die Küchenterrasse hinaus, damit er ihr zuschauen konnte. Da Katzen wenig für Wasser übrig hatten, würde ihn ihre Vorführung wohl kaum interessieren, doch ihr war nach Gesellschaft. Der Kater ließ sich in einem winzigen Fleck Spätnachmittagssonne nieder und versank auf der Stelle in tiefen Schlummer.

In der Einfahrt nebenan war weit und breit nichts von einem verbeulten braunen Pontiac zu sehen, weshalb sie keine Angst zu haben brauchte, das Ding versehentlich nass zu spritzen und dadurch Sams Zorn zu erregen, obwohl dem Auto ihrer Meinung nach eine gründliche Wäsche bestimmt nicht schaden konnte. *Nützen* würde sie allerdings auch nichts – der Zeitpunkt, bei dem so oberflächliche Verschönerungsmaßnahmen noch halfen, war bei dieser Karre längst verstrichen –, doch sie empfand ein schmutziges Auto als Beleidigung. Und Sams Auto beleidigte sie ungemein.

Sie beschloss, das Auto geflissentlich Teil für Teil einzuschäumen und abzubrausen, damit die Seife nicht antrocknete und Flecken hinterlassen konnte. Eigentlich dürfte diese Seife sowieso keine Flecken machen, doch darauf wollte Jaine sich nicht verlassen. Ihr Dad hatte ihr beigebracht, ein Auto auf diese Weise zu waschen, und sie hatte noch von keiner besseren Methode gehört.

»Hey.«

»Scheiße!«, kreischte sie auf, machte vor Schreck einen Luftsprung und ließ den Seifenlappen fallen. Ihr Herz drohte den Brustkorb zu sprengen. Den Wasserschlauch in der Hand, wirbelte sie herum.

Sam machte einen Satz zurück, weil Wasser über sein Hosenbein sprühte. »Passen Sie doch verflucht noch mal auf, wohin Sie spritzen!«, fuhr er sie an.

Jaine war unverzüglich auf hundertachtzig. »Also gut«, meinte sie liebenswürdig und spritzte ihm ins Gesicht.

Er schnappte nach Luft und tauchte seitlich weg. Breitbeinig dastehend und den Wasserschlauch in der Hand wiegend, schaute sie zu, wie er mit der Hand sein tropfnasses Gesicht trockenrieb. Die erste, zufällige Wasserattacke hatte seine Hose von den Knien abwärts durchnässt. Die zweite hatte sein T-Shirt durchweicht. Vorne war es triefnass und klebte wie Gips auf seiner Haut. Sie versuchte, nicht allzu auffällig auf die harten Muskeln in seiner Brust zu starren.

Sie standen einander in drei Metern Abstand gegenüber wie Cowboys beim Duell. »Verfickt noch mal, sind Sie total durchgeknallt?«, schnauzte er sie an.

Offenbar hatte er noch nicht genug. Diesmal zielte sie ganz genau und jagte ihn mit dem Wasserstrahl, als er sich wegduckte und seitlich auszuweichen versuchte.

»Sagen Sie bloß nicht, ich sei durchgeknallt!«, schrie sie ihn an, einen Finger über die Schlauchmündung gepresst, um den Strahl kleiner und dadurch kräftiger zu machen. »Ich habe es so verflucht *satt*, dass man mir für alles die Schuld in die Schuhe schiebt!« Sie erwischte ihn wieder im Gesicht. »Ich habe Sie satt und Shelley und David und meine Kollegen und die blöden Reporter und dass BooBoo andauernd meine Kissen zerfleddert! Ich habe es satt, verstanden?«

Abrupt wechselte er die Taktik und ging von Flucht zum Angriff über. Wie ein Footballspieler lief er geduckt auf sie zu, ohne dem Wasserstrahl auszuweichen, den sie auf ihn gerichtet hatte. Etwa eine halbe Sekunde zu spät versuchte sie schließlich zur Seite zu springen. Seine Schulter krachte mit einer solchen Wucht in ihren Bauch, dass sie mit dem Rücken gegen die Viper gepresst wurde. Schnell wie eine Schlange schnappte er ihr den Schlauch aus der Hand. Sie wollte dem Schlauchende noch hinterhertauchen, doch er hatte sie schon gepackt und drückte sie mit seinem ganzen Gewicht gegen die Viper.

Beide atmeten schwer. Er war von Kopf bis Fuß so durchtränkt, dass das Wasser aus seinen Kleidern in ihre sickerte und sie beinahe genauso nass wurde wie er. Wütend sah sie zu ihm auf, wütend sah er auf sie herab, und ihre Nasenspitzen waren nur Zentimeter voneinander entfernt.

Auch an seinen Wimpern hingen glitzernde Tröpfchen. »Sie haben mich nass gespritzt!«, beschwerte er sich, als könne er nicht fassen, dass sie das gewagt hatte.

»Sie haben mir einen Schrecken eingejagt«, warf sie ihm vor. »Es war ein Versehen.«

»Vielleicht beim ersten Mal. Beim zweiten Mal war es Absicht.«

Sie nickte.

»Außerdem haben Sie ›Scheiße‹ und ›verflucht‹ gesagt. Sie schulden mir fünfzig Cent.«

»Ich habe die Regeln geändert. Sie können mich nicht erst aufstacheln und anschließend Geld kassieren wollen, weil ich geflucht habe.«

»Wollen Sie etwa mit mir feilschen?« Das schien er nicht glauben zu können.

»Worauf Sie sich verlassen können. Schließlich sind Sie an allem schuld.«

»Ach, und wieso?«

»Sie haben mir absichtlich einen Schrecken eingejagt, daran ist nicht zu rütteln. Deshalb war der erste Fluch Ihre Schuld.« Sie zappelte probehalber, um sich unter seinem erdrückenden Gewicht hervorzuwinden. Verdammt, war der Mann schwer – und genauso unnachgiebig wie das Blech in ihrem Rücken.

Er vereitelte ihren Fluchtversuch bereits im Ansatz, indem er sich noch enger an sie presste. Wasser triefte aus seinen Kleidern auf ihre Beine.

»Und was ist mit dem Zweiten?«

»Da haben Sie verfi-« Sie konnte sich gerade noch bremsen. »Da haben Sie zuerst geflucht. Und meine zwei Wörter sind zusammengenommen längst nicht so schlimm wie Ihr eines.«

»Ach was, haben Sie jetzt ein Punktesystem eingeführt?«

Sie bedachte ihn mit einem vernichtenden Blick. »Was zählt, ist, dass ich beide Male nicht geflucht hätte, wenn Sie *a)* mir keinen Schreck eingejagt und *b)* nicht zuerst geflucht hätten.«

»Wenn wir schon bei der Schuldzuweisung sind – ich hätte bestimmt nicht geflucht, wenn Sie mich nicht nass gespritzt hätten.«

»Und ich hätte Sie nicht nass gespritzt, wenn Sie mich nicht erschreckt hätten. Sehen Sie, es ist allein Ihre Schuld«, triumphierte sie mit trotzig erhobenem Kinn.

Er atmete tief ein. Seine Rippen pressten beim Ausdehnen ihre Brüste noch flacher, als sie ohnehin schon waren, wobei Jaine unvermittelt ihre Brustwarzen spürte. Und ihre Brustwarzen spürten *ihn*, und zwar nur allzu deutlich. Erschrocken riss sie die Augen auf.

Er sah sie mit nicht zu deutender Miene an. »Lassen Sie mich los.« Ihre Stimme hörte sich nervöser an, als ihr lieb sein konnte.

»Nein.«

»Nein!«, wiederholte sie fassungslos. »Sie können nicht einfach Nein sagen. Es ist gegen das Gesetz, mich gegen meinen Willen festzuhalten.«

»Ich halte Sie nicht gegen Ihren Willen fest; ich halte Sie gegen Ihr Auto.«

»Aber mit Gewalt!«

Das gestand er achselzuckend zu. Die Vorstellung, dass er möglicherweise gegen ein Gesetz über die Misshandlung von Nachbarinnen verstieß, schien ihn nicht besonders zu beängstigen.

»Lassen Sie mich los«, wiederholte sie.

»Das kann ich nicht.«

Sie fixierte ihn misstrauisch. »Wieso nicht?« Im Grunde ihres Herzens befürchtete sie zu wissen, wieso nicht. »Wieso nicht« drückte schon seit einer geraumen Weile gegen seine nasse Jeans. Sie tat ihr Allerbestes, um das Pochen zu ignorieren, und von der Taille an aufwärts gelang ihr das – bis auf die rebellischen Brustwarzen – ganz gut. Von der Taille an abwärts versagte sie vollkommen.

»Weil ich gleich etwas tue, was ich bestimmt bereuen werde.« Er schüttelte den Kopf, als würde er sich selbst nicht verstehen. »Ich habe immer noch keine Peitsche und keinen Stuhl dabei, aber was soll's, ich werde es trotzdem riskieren.«

»Nicht!«, quiekte sie, aber es war zu spät.

Sein dunkler Kopf senkte sich herab.

Der Spätnachmittag kreiselte davon. Irgendwo

auf der Straße hörte sie das kreischende Lachen eines Kindes. Ein Auto fuhr vorbei. Aus der Ferne drang das Geräusch einer Heckenschere an ihre Ohren. Alles wirkte unendlich weit weg und von der Realität wie abgeschnitten. Real war nur noch Sams Mund auf ihrem, seine Zunge über ihrer, der warme männliche Duft in ihrer Nase und in ihrer Lunge. Und sein Geschmack – ach, sein Geschmack. Er schmeckte wie Schokolade, so als hätte sie eben einen Schokoriegel genascht. Am liebsten hätte sie ihn auf der Stelle mit Haut und Haar verschlungen.

Sie merkte, dass sie in ihrer Faust nasse Baumwolle umkrampfte. Ganz langsam, und ohne den Kuss zu unterbrechen, löste er ihre beiden Hände nacheinander von seinem Hemd und legte sie um seinen Hals, sodass sie sich vom Knie bis zur Schulter an ihn schmiegen konnte.

Wie konnte ein einziger Kuss sie derart erregen? Allerdings war es nicht nur ein Kuss; er arbeitete mit vollem Körpereinsatz, rieb seine Brust gegen ihren Busen, bis ihre Brustwarzen unter der Berührung schmerzhaft voll und prall hervorstanden, und ließ die Wölbung in seiner Hose über ihrem Bauch in einem langsamen, unaufdringlichen Rhythmus kreisen, der sie überrollte wie eine Flutwelle.

Jaine hörte das fiebrige, erstickte Geräusch, das aus ihrer Kehle aufstieg, und versuchte sich an Sam hochzuziehen, um so weit nach oben zu gelangen, dass die Wölbung dort zu liegen kam, wo sie die beste Wirkung zeigte. Sie verglühte, sie verbrannte, sie war wie von Sinnen durch diese plötzliche Explosion von sexuellem Notstand und Frustration.

Er hielt immer noch den Gartenschlauch in der Hand. Nichtsdestotrotz legte er beide Arme um Jaines Hintern und hob sie auf die gewünschte Höhe. Der Wasserstrahl tanzte durch die Luft, erfasste BooBoo, der mit einem entrüsteten Fauchen abzischte, und klatschte dann gegen die Autokarosserie, wobei alle beide von Neuem durchnässt wurden. Ihr war alles egal. Seine Zunge war in ihrem Mund, und ihre Beine waren um seine Hüften geschlungen, und die Wölbung befand sich genau dort, wo Jaine sie haben wollte.

Er bewegte sich – wieder mit einem dieser leisen, rollenden Stöße – und brachte sie dadurch beinahe an Ort und Stelle zum Höhepunkt. Ihre Nägel bohrten sich in seinen Rücken, sie gab einen kehligen Laut von sich und bog sich in seinen Armen nach hinten.

Schließlich riss er seinen Mund von ihrem los. Er keuchte, und seine Augen glühten. »Gehen wir rein«, raunte er so tief und leise, dass sie sein Knurren beinahe nicht verstand.

»Nein«, stöhnte sie. »Hör nicht auf!« O Gott, sie war so knapp davor, so unendlich knapp. Sie drückte sich an ihn.

»Herr im Himmel!« Er schloss die Augen, und aus seiner Miene sprach mühsam gezügelte Lust. »Jaine, ich kann dich nicht hier draußen vögeln. Wir müssen reingehen.«

Vögeln? Drinnen?

O mein Gott, sie würde gleich mit ihm schlafen, und sie nahm noch nicht mal die Pille!

»Moment!« Mit einem panischen Schrei drückte sie sich von seinen Schultern ab und löste wild strampelnd die Beine von seinen Hüften. »Hör auf! Lass mich los!«

»Hör auf?« Er klang ebenso entrüstet wie fassungslos. »Vor einer Sekunde hast du noch gesagt: ›Hör nicht auf!‹«

»Ich habe meine Meinung geändert.« Sie drückte sich immer noch von seinen Schultern ab. Sie war immer noch keinen Zentimeter weiter gekommen.

»Du kannst nicht plötzlich deine Meinung ändern!« Das klang beinahe verzweifelt.

»Doch, kann ich.«

»Hast du Herpes?«

»Nein.«
»Syphilis?«
»Nein.«
»Gonorrhöe?«
»Nein.«
»AIDS?«
»Nein!«

»Dann kannst du nicht deine Meinung ändern.«

»Dafür habe ich ein reifes Ei.« Das war wahrscheinlich gelogen. Ganz bestimmt gelogen. Wahrscheinlich würde sie morgen ihre Periode bekommen, das kleine Ei war also längst nicht mehr lebensfähig, aber sie wollte keinerlei Risiko eingehen, was eine potentielle Nachkommenschaft anging. Falls in dem kleinen DNA-Bündel auch nur ein letztes Lebensfünkchen glühte, würde es von Sams Sperma unter Garantie zum Großfeuer angefacht. Manche Dinge waren einfach gegeben.

Die Nachricht vom reifen Ei ließ ihn stutzen. Und nachdenken. Dann bot er an: »Ich kann ein Kondom benutzen.«

Sie bedachte ihn mit einem Blick, der alles zum Welken bringen konnte. Bislang schien er jedoch noch in voller Blüte zu stehen. »Kondome sind nur zu neunzig bis vierundneunzig Prozent zuverlässig. Das bedeutet, dass sie eine Fehlerquote von bestenfalls sechs Prozent haben.«

»Ich finde das ein ziemlich gutes Verhältnis.«

Ein weiterer Welkblick. »Ach ja? Kannst du dir vorstellen, was passieren würde, wenn auch nur *einer* von deinen kleinen Marodeuren mein Mädel anspringt?«

»Sie würden sich miteinander anlegen und raufen wie zwei Wildkatzen.«

»Ganz recht. Genau wie wir gerade eben.«

Er sah entsetzt aus. Plötzlich ließ er sie los und trat einen Schritt zurück. »Sie wären miteinander in der Kiste, noch bevor sie sich gegenseitig vorgestellt hätten.«

»*Wir* haben uns auch noch nicht gegenseitig vorgestellt«, fühlte sie sich bemüßigt zu bemerken.

»Scheiße.« Er fuhr sich mit der Hand über das Gesicht. »Ich bin Sam Donovan.«

»Das weiß ich längst. Mrs Kulavich hat es mir erzählt. Ich bin Jaine Bright.«

»Ich weiß. Sie hat es mir erzählt. Sie hat mir sogar deinen Namen buchstabiert.«

Woher in aller Welt wusste Mrs Kulavich, wie man ihren Namen schrieb? »Eigentlich sollte ich Janine heißen«, erläuterte sie. »Aber auf der Geburtsurkunde wurde das ›n‹ vergessen, und Mom gefiel der Name so noch besser.« Jaine wünschte, man hätte sie Janine getauft. »Shelley«, »David« und »Janine«; das passte zusammen. »Jaine« fiel dagegen eindeutig aus der Reihe; es wirkte wie angehängt.

»Mir gefällt ›Jaine‹ besser«, urteilte er. »Es passt zu dir. Du bist keine Janine.«

Ganz genau, dachte sie verdrießlich. Das war das Problem.

»Und was für ein Problem hast du mit… wem war das noch? Ach ja. Shelley, David, allen in der Firma, den Reportern und BooBoo. Wieso hast du Ärger mit Reportern?«

Sein Gedächtnis beeindruckte sie. *Sie* hätte bestimmt keine Liste von Namen herunterrattern können, die man ihr ins Gesicht gebrüllt hatte, während sie mit kaltem Wasser abgespritzt wurde.

»Shelley ist meine ältere Schwester. Sie ist sauer auf mich, weil Mom mich gebeten hat, auf BooBoo aufzupassen, obwohl Shelley das gern übernommen hätte. David ist mein Bruder. Er ist sauer auf mich, weil Dad mich und nicht ihn gebeten hat, auf sein Auto aufzupassen. Wer BooBoo ist, weißt du selbst.«

Er schaute über ihre Schulter. »Die Katze auf deinem Auto.«

»Auf meinem –« Erschrocken fuhr sie herum.

BooBoo tappte eben mit Samtpfoten über die Motorhaube der Viper. Jaine riss ihn herunter, bevor er entwischen konnte, und setzte ihn entrüstet im Haus ab. Dann lief sie zu ihrer Viper zurück und beugte sich über die Karosserie, um die Motorhaube nach möglichen Kratzern abzusuchen.

»Du magst es also auch nicht, wenn eine Katze auf deinem Auto sitzt«, bemerkte Sam selbstgefällig.

Sie wollte ihm einen weiteren Verwelkblick zuschießen, obwohl ihr nicht entgangen war, dass er auf die Eier-Nachricht ohnehin sichtlich dahingewelkt war. »Dein und mein Auto kann man überhaupt nicht miteinander vergleichen«, knurrte sie und sah dann verdutzt auf die leere Einfahrt nebenan. Kein brauner Pontiac. Aber Sam war hier. »Wo *ist* dein Auto überhaupt?«

»Der Pontiac gehört mir nicht. Sondern der Stadt.«

Ihr wurden die Knie weich vor Erleichterung. Gott sei Dank. Mit dem Besitzer eines solchen Schrotthaufens auf Rädern zu schlafen, wäre ein Tiefschlag für ihr Selbstwertgefühl gewesen. Andererseits brauchte sie den Pontiac vielleicht als mentale Bremse für ihren Geschlechtstrieb. Hätte er dort gestanden, wäre die Episode von eben wohl nicht derart eskaliert.

»Und wie bist du dann heimgekommen?« Sie schaute sich suchend um.

»Ich parke meinen Pick-up lieber in der Garage. Da ist er geschützt vor Staub und Blütenpollen und Vogeldreck.«

»Pick-up? Was für ein Pick-up?«

»Ein Chevy.«

»Mit Vierradantrieb?« Er sah eindeutig nach Vierradantrieb aus.

Er feixte herablassend. »Gibt es denn einen anderen?«

»O Mann«, seufzte sie. »Kann ich ihn sehen?«

»Nicht bevor wir unsere Verhandlungen abgeschlossen haben.«

»Verhandlungen?«

»Genau. Darüber, wann wir das zu Ende bringen, was wir eben angefangen haben.«

Ihre Kinnlade klappte nach unten. »Soll das heißen, ich darf dein Auto nicht sehen, bevor ich eingewilligt habe, mit dir zu schlafen?«

»Ganz genau.«

»Wenn du glaubst, dass ich so was tun würde, nur um dein blödes Auto zu sehen, bist du total übergeschnappt!«, blaffte sie ihn an.

»Es ist rot.«

»O Mann«, jammerte sie.

Er verschränkte die Arme. »Einschlagen oder die Klappe halten.«

»Meinst du nicht eher ›zuschlagen‹?«

»Ich habe gesagt, dass wir einen Termin vereinbaren sollten. Ich habe nicht gesagt, dass wir es gleich tun müssen.

Deinem Ei würde ich nicht mal für viel Geld nahe kommen wollen.«

Sie sah ihn nachdenklich an. »Wenn du mir deinen Pick-up zeigst, zeige ich dir mein kleines Kraftwerk.«

Er schüttelte den Kopf. »Kommt nicht in Frage.«

Sie hatte noch niemandem von dem Auto ihres Vaters erzählt. Alle ihre Freunde glaubten, dass er einfach paranoide Angst um seine Familienkutsche hatte. Dabei war dieses Auto der Poker-Einsatz, der alle anderen Einsätze übertraf, es war das As im Ärmel, das garantiert zum Erfolg verhalf. Außerdem war Sam Polizist; wahrscheinlich war es gar nicht schlecht, ihn einzuweihen, denn auf diese Weise wusste er, dass ihre Garage rund um die Uhr bewacht werden musste. Der Wagen war zwar für ein Vermögen versichert, aber er war auch unersetzlich.

»Ich zeige dir das Auto meines Vaters, wenn du mir deinen Pick-up zeigst«, schlug sie listig vor.

Ohne es zu wollen, ließ er Interesse erkennen. Wahrscheinlich verriet ihm ihre Miene, dass das Auto ihres Vaters kein gewöhnlicher Wagen war.

»Was für einer ist es denn?«

Sie zuckte mit den Achseln. »Ich spreche das Wort nie laut aus.«

Er beugte sich herunter und hielt ihr sein Ohr hin. »Du kannst es mir ja ins Ohr flüstern.«

Sie legte den Mund an sein Ohr und merkte, wie der männliche Duft, der ihr dabei in die Nase stieg, ihre Knie weich werden ließ. Sie flüsterte zwei Worte.

Er richtete sich so abrupt auf, dass er dabei ihre Nase rammte. »Autsch!« Sie rieb über die schmerzende Spitze.

»Ich will ihn sehen«, flehte er heiser.

Sie verschränkte die Arme, genau wie er vorhin. »Sind wir uns einig? Du darfst das Auto meines Vaters sehen, und ich darf dafür deinen Pick-up sehen?«

»Scheiße, dafür darfst du meinen Pick-up *fahren*!« Er drehte sich um und staunte ihre Garage an, als wäre es der Heilige Gral. »Steht er da drin?«

»Sicher und wohl behütet.«

»Und es ist ein Original? Kein Nachbau?«

»Original.«

»Mann.« Er war schon auf dem Weg zum Garagentor.

»Ich hole den Schlüssel.« Sie flitzte ins Haus, schnappte sich den Schlüssel für das Vorhängeschloss und sah ihn bei ihrer Rückkehr ungeduldig vor dem Tor ausharren.

»Du darfst die Tür nur so weit aufmachen, dass du durchpasst«, warnte sie ihn. »Ich will nicht, dass ihn jemand von der Straße aus sieht.«

»Schon gut.« Er nahm ihr den Schlüssel ab und steckte ihn ins Vorhängeschloss.

Sie betraten die dunkle Garage, und Jaine tastete nach dem Lichtschalter. Die Neonröhren blinkten an und beleuchteten den flachen, mit einer Persenning abgedeckten Rumpf.

»Woher hat er ihn?«, fragte Sam halb flüsternd, als wäre er in der Kirche. Er fasste nach einer Ecke der Abdeckung.

»Er war mit im Entwicklungsteam.«

Er sah sie scharf an. »Dein Dad ist Lyle Bright?«

Sie bestätigte das mit einem Nicken.

»Mann«, seufzte er und hob die Persenning an.

Ein kehliges Raunen stieg aus seinem Brustkorb auf.

Sie wusste, wie ihm zumute war. Auch ihr stockte regelmäßig der Atem, wenn sie das Auto sah, dabei war sie damit aufgewachsen.

Der Wagen wirkte nicht protzig. Die Autolacke hatten damals noch nicht so geglänzt wie heute. Er war silbriggrau und spröde und konnte keines der Extras aufweisen, die heutzutage jeder Autokäufer erwartet. Nirgendwo war auch nur ein einziger Dosenhalter zu entdecken.

»Mann«, sagte er schon wieder und beugte sich über die Instrumententafel. Er achtete penibel darauf, das Auto nicht zu berühren. Die meisten Menschen, etwa neunundneunzig von hundert, hätten der Versuchung nicht widerstehen können. Manche hätten sogar forsch ein Bein über die niedrige Seitenwand geschwungen und sich in den Fahrersitz gleiten lassen. Sam behandelte den Wagen mit der ihm zustehenden Ehrerbietung, und sie merkte, wie ihr eigenartig warm ums Herz wurde. Sie fühlte sich ein bisschen beschwipst, weil alles in der Garage irgendwie verschwommen wirkte, nur Sams Gesicht nicht. Sie konzentrierte sich auf ihre Atmung, blinzelte ein paar Mal, und gleich darauf war die Welt wieder ins Lot gerückt.

Wow. Was war das eben gewesen?

Zärtlich wie eine Mutter ihr schlafendes Baby deckte er den Wagen wieder zu. Ohne ein weiteres Wort angelte er die Schlüssel aus seiner Jeanstasche und reichte sie ihr. Sie nahm sie entgegen und sah dann an sich herab. »Ich bin nass.«

»Ich weiß«, sagte er. »Ich starre schon die ganze Zeit auf deine Brustwarzen.«

Ihr blieb der Mund offen stehen, dann schlug sie verspätet beide Hände über die hervorstechenden Abschnitte ihres T-Shirts. »Warum hast du nichts gesagt?«, wollte sie erbost wissen.

Er schnaubte abfällig. »Ich bin doch nicht verrückt!«

»Es würde dir ganz recht geschehen, wenn ich deinen Pick-up fahren würde, ohne mich vorher umzuziehen!«

Er zuckte mit den Achseln. »Nachdem du mir das hier *und* deine Brustwarzen gezeigt hast, bin ich dir wohl was schuldig.«

Sie wollte schon widersprechen, dass sie ihm ihre Brustwarzen nicht *gezeigt* hatte, sondern dass er sie ohne ihre Erlaubnis angeglotzt hatte; dann fiel ihr wieder ein, dass sie am Morgen wesentlich mehr als nur seine Brustwarzen gesehen hatte, und sie beschloss, die Sache auf sich beruhen zu lassen.

Als würde er sie damit durchkommen lassen. »Außerdem«, bemerkte er, »hast du dafür meinen Schwanz gesehen. Das gibt mehr Punkte als Brustwarzen.«

»Pah!«, meinte sie abfällig. »Der Wert liegt stets im Auge des Betrachters. Und ich *habe* dir gesagt, dass du die Vorhänge zuziehen sollst, wie du dich bestimmt erinnerst.«

»Nachdem du wie lange zugeschaut hast?«

»Gerade lange genug, um Mrs Kulavich anzurufen und nach deiner Nummer zu fragen«, beschied sie ihm selbstgerecht, denn dies war schließlich die lautere Wahrheit. Was tat es schon zur Sache, dass sie ein wenig mit Mrs Kulavich geplaudert hatte? »Und *du* hast es ja offenbar nicht für nötig gehalten, deine Blöße zu bedecken. Nein, du musstest damit rumwedeln wie mit einer Startfahne.«

»Ich wollte dich heiß machen.«

»Wolltest du nicht! Du hast gar nicht gewusst, dass ich zuschaue.«

Er zog eine Braue hoch.

Sie schleuderte ihm die Schlüssel entgegen. »Ich würde deine Schrottkarre nicht mal fahren, wenn du mich auf Knien darum anbetteln würdest! Wahrscheinlich sitzen Flöhe in den Polstern! Du Ekel, du widerwärtiger… widerwärtiger *Penis-Schwenker* –«

Er fing die Schlüssel mit einer Hand auf. »Soll das heißen, ich habe dich nicht heiß gemacht?«

Sie hätte gern behauptet, sie hätte nicht einmal einen Funken von Erregung empfunden, aber ihre Zunge weigerte sich, jenen Satz auszusprechen, der die größte Lüge ihres Lebens gewesen wäre.

Er schmunzelte. »Hab ich mir gedacht.«

Ihr blieb nur eine Möglichkeit, wieder die Oberhand zu gewinnen. Jaine stemmte die Hände in die Hüften und drückte die Brustwarzen gegen die dünnen, nassen Stoffschichten von BH und T-Shirt. Zielsicher wie eine lasergelenkte Rakete landete sein Blick erneut auf ihrer Vorderseite. Sie sah, wie er schluckte.

»Das ist nicht fair«, murmelte er mit belegter Stimme.

Sie zahlte ihm sein Schmunzeln mit einem Gegenschmunzeln heim. »Vergiss das nie«, sagte sie und drehte sich um, weil sie ins Haus gehen wollte.

Er huschte an ihr vorbei. »Lass mich vorgehen«, verlangte er. »Ich will sehen, wie du in die Sonne trittst.«

Ihre Hände ruckten wieder in Position über ihren Brüsten.

»Spielverderberin«, brummelte er und schob sich seitlich durch die schmale Öffnung. Er kam so unvermittelt zurück, dass sie mit ihm zusammenprallte.

»Du hast ein doppeltes Problem«, sagte er.

»Ach ja?«

»Ja. Erstens hast du das Wasser angelassen. Du kannst dich auf eine astronomische Wasserrechnung gefasst machen.«

Sie seufzte. Bestimmt war inzwischen die ganze Einfahrt überflutet. Sam hatte ihr ganz offensichtlich alle Sinne geraubt, sonst wäre ihr das nie im Leben passiert.

»Und zweitens?«

»Ist dein Garten gesteckt voll mit den Reportern, von denen du gesprochen hast.«

»Ach du Scheiße«, stöhnte sie.

10

Sam erledigte das für sie. Er verschwand nach draußen und ließ als Erstes das Vorhängeschloss wieder einschnappen, damit kein neugieriger Reporter seine Nase in die Garage stecken und Jaine entdecken konnte – wobei sie sich allerdings nicht des Eindrucks erwehren konnte, dass er eher das Auto als sie beschützen wollte. Ein Ohr an das Garagentor gepresst, hörte sie, wie er zu ihrer Viper schlenderte und sagte: »Verzeihung, aber ich muss kurz zum Hahn, um das Wasser abzudrehen. Würden Sie bitte den Weg frei machen?« Er war ausgesprochen höflich. Jaine wunderte sich, warum er nie so höflich war, wenn er mit *ihr* sprach. Natürlich sagte er es so, dass es eher wie ein Befehl als wie eine Bitte klang, aber trotzdem…

»Was kann ich für Sie tun?«

»Wir wollten mit Jaine Bright über die Liste sprechen«, hörte sie eine ihr unbekannte Stimme.

»Ich kenne keine Jaine Bright«, log Sam.

»Sie wohnt aber hier. Den Grundbuchakten

nach hat sie dieses Haus vor ein paar Wochen gekauft.«

»Falsch. Ich habe dieses Haus vor ein paar Wochen gekauft. Verdammt, da ist bei der Eintragung des Verkaufs anscheinend was schief gelaufen. Ich muss das unbedingt korrigieren lassen.«

»Heißt das, Jaine Bright wohnt nicht hier?«

»Ich habe Ihnen doch erklärt, ich kenne keine Jaine Bright. Und wenn es Ihnen jetzt genehm wäre, würde ich gern mein Auto fertig waschen.«

»Aber –«

»Vielleicht sollte ich mich erst einmal vorstellen.« Schlagartig wurde Sams Stimme butterweich. »Ich bin Detective Donovan, und Sie befinden sich auf meinem Grundstück. Sie begehen gerade Hausfriedensbruch. Müssen wir das noch ausführlicher diskutieren?«

Offenbar nicht. Ohne sich zu rühren, lauschte Jaine, wie die Motoren angelassen wurden und die Autos abfuhren. Es war ein Wunder, dass die Reporter nicht mitbekommen hatten, wie sie und Sam sich in der Garage unterhielten; offensichtlich hatten sie ebenfalls miteinander geredet, sonst wäre ihnen der Wortwechsel nicht entgangen. Jedenfalls waren sie und Sam so in ihr Gespräch vertieft gewesen, dass sie die Ankunft der Reporter nicht mitbekommen hatten.

Sie wartete darauf, dass Sam endlich die Garagentür aufschloss. Doch das tat er nicht. Sie hörte Wasser plätschern und ein tonloses Pfeifen.

Der Vollidiot wusch ihr Auto.

»Wehe dir, du machst was falsch«, zischte sie mit zusammengebissenen Zähnen. »Wenn du die Seife antrocknen lässt, ziehe ich dir das Fell über die Ohren.«

Hilflos wartete sie ab, denn sie wagte nicht zu schreien oder mit den Fäusten gegen die Tür zu trommeln, schließlich konnte immer noch irgendwo ein Reporter lauern. Falls einer von ihnen auch nur einen Funken Verstand hatte, würde er sich ausrechnen, dass Sam sich zwar vielleicht mit aller Gewalt in die Viper quetschen konnte, dass er aber nie im Leben einen solchen Haufen Geld für ein Auto ausgeben würde, in dem er beim Fahren die Knie bis zu den Ohren hochziehen musste. Eine Viper war nichts für einen großen Footballspieler-Typen. Sam passte viel besser in einen Pick-up. Sie dachte an den roten Vierrad-Chevy und begann zu schmollen. Um ein Haar hätte sie ebenfalls einen gekauft, doch dann hatte die Viper ihr Herz gewonnen.

Sie hatte ihre Armbanduhr nicht an, doch sie schätzte, dass mindestens eine Stunde, eher anderthalb Stunden vergingen, ehe er die Tür wieder aufsperrte. Die Abenddämmerung wich bereits der Nacht, und ihr T-Shirt war schon wieder getrocknet, so lange hatte sie ungeduldig auf ihre Befreiung gewartet.

»Du hast dir ganz schön Zeit gelassen«, zischte sie ihn an, als sie aus der Garage stolzierte.

»Gern geschehen.« Er lächelte. »Ich habe erst dein Auto fertig gewaschen, und anschließend habe ich es gewachst und poliert.«

»Herzlichen Dank. Hast du es auch ordentlich gemacht?« Sie eilte zu ihrem Auto, doch es war nicht mehr hell genug, um festzustellen, ob irgendwo Streifen zu sehen waren.

Er verübelte ihr nicht, dass sie ihm so wenig vertraute. Stattdessen meinte er: »Möchtest du mir erzählen, was all die Reporter von dir wollen?«

»Nein. Ich möchte lieber alles vergessen.«

»Das wird wohl kaum geschehen. Sobald sie noch mal in den Akten nachgeschaut und sich überzeugt haben, dass mir in Wahrheit das Haus nebenan gehört – was spätestens morgen früh der Fall sein wird –, sind sie wieder da.«

»Dann bin ich in der Arbeit.«

»Jaine.« Jetzt sprach er mit Polizistenstimme.

Seufzend ließ sie sich auf die Verandastufen sinken. »Es geht um diese blöde Liste.«

Er ließ sich neben ihr nieder und streckte die langen Beine aus. »Was für eine blöde Liste?«

»Die über den perfekten Mann.«

Schlagartig war er hellwach. »*Diese* Liste? Die aus der Zeitung?«

Sie nickte.

»Die hast du geschrieben?«

»Eigentlich nicht. Ich bin eine von den vier Frauen, die sie zusammengestellt haben. Und diese ganze Hysterie beruht ausschließlich auf einem Zufall. Eigentlich sollte niemand diese Liste zu Gesicht bekommen, aber irgendwie ist sie erst in unsere Hauszeitung gelangt, dann erschien sie sogar im Internet, und nun ist die Lawine ins Rollen gekommen.« Sie schlang die Arme um die angezogenen Knie und ließ ihr Kinn darauf sinken. »Es ist ein einziges Chaos. Leider ist auf der Welt überhaupt nichts los, sonst würde diese Liste doch nie so hochgespielt. Ich bete schon seit Tagen um einen Börsencrash.«

»Na, na.«

»Einen klitzekleinen.«

»Ich begreife das nicht«, meinte er nach kurzem Überlegen. »Was ist so interessant an der Liste? ›Treu, nett, fester Job.‹ Na toll.«

»Da war noch mehr als das, was in der Zeitung stand«, gestand sie geknickt.

»Mehr? Wie mehr?«

»Du weißt schon. Eben mehr.«

Er sann darüber nach und fragte dann vorsichtig: »Mehr körperlich?«

»Mehr körperlich«, bestätigte sie.

Wieder überlegte er. »Wie viel mehr?«

»Ich will nicht darüber sprechen.«

»Dann schaue ich im Internet nach.«

»Wie du willst. Mach nur. Ich will nicht darüber sprechen.«

Seine große Hand senkte sich in ihren Nacken und drückte sacht zu. »So schlimm kann es doch nicht sein.«

»Doch, kann es. Vielleicht wird T.J. deswegen geschieden. Shelley und David sind sauer auf mich, weil sie sich bloßgestellt fühlen.«

»Ich dachte, sie sind sauer wegen der Katze und wegen des Autos.«

»Das auch. Sie nehmen die Katze und das Auto als Vorwand, um wegen der Liste noch saurer sein zu können.«

»Hört sich nach zwei echten Nervensägen an.«

»Aber sie sind meine Geschwister, und ich liebe sie.« Sie zog die Schultern hoch. »Ich hole schnell dein Geld.«

»Was für Geld?«

»Für die Flüche.«

»Du willst bezahlen?«

»Das bin ich mir schuldig. Aber jetzt kennst du meine neue Regel, dass man mich nicht zum Fluchen anstacheln darf, darum kriegst du in Zukunft kein Geld mehr, wenn du an meinen Flüchen schuld bist. Fünfundsiebzig Cent, stimmt's? Mit den zweien von vorhin, als du die Reporter gesehen hast.«

»Hört sich gut an.«

Sie ging ins Haus und wühlte fünfundsiebzig Cent hervor. Ihr waren die Vierteldollar ausgegangen; jetzt musste sie ihn mit Zehn- und Fünf-Cent-Münzen bezahlen. Als sie wieder nach draußen kam, saß er immer noch auf der Stufe, stand aber auf, um das Kleingeld in die Hosentasche zu schieben. »Willst du mich nicht ins Haus bitten und vielleicht zum Abendessen einladen?«

Sie schnaubte. »Du spinnst wohl.«

»Nichts anderes habe ich erwartet. Also gut, willst du dann mit mir einen Happen essen gehen?«

Sie dachte darüber nach. Für sein Angebot sprach einiges, dagegen auch einiges. Der offensichtlichste Vorteil war, dass sie nicht allein zu essen brauchte, falls ihr danach gewesen wäre, sich etwas zu kochen, wonach ihr aber nicht war. Das gewichtigste Gegenargument war, dass sie dadurch noch mehr Zeit mit ihm verbringen würde. Mit Sam die Zeit zu verbringen, konnte gefährlich werden. Vorhin hatte sie allein die Tatsache gerettet, dass sie auf der Straße gestanden hatten. Kein Mensch konnte vorhersagen, was passieren würde, wenn er sie allein in seinem Pick-up hatte. Andererseits würde sie auf diese Weise dazu kommen, in seinem Pick-up zu fahren…

»Ich habe dich nicht gebeten, den Sinn des Lebens zu ergründen«, meinte er gereizt. »Willst du dir einen Hamburger reinschieben oder nicht?«

»Wenn ich mitkomme, darfst du mich nicht berühren«, warnte sie ihn.

Er hob beide Hände. »Ehrenwort. Ich habe doch schon gesagt, dass ich mich nicht mal für viel Geld in die Nähe deines Sperma-fressenden Eis wagen würde. Wann fängst du eigentlich an, die Pille zu nehmen?«

»Wer hat gesagt, dass ich das will?«

»Ich sage, dass du das unbedingt tun solltest.«

»Bleib mir einfach vom Leib, dann brauchst du dir darüber nicht den Kopf zu zerbrechen.« Nie im Leben würde sie ihm verraten, dass sie längst vorhatte, die Pille zu nehmen. Heute hatte sie vergessen, in der Klinik anzurufen, aber gleich morgen früh würde sie sich ans Telefon hängen.

Er grinste. »Du hast eine ziemlich große Klappe, Baby, aber wir befinden uns Baseball-technisch schon am Ende des neunten Durchgangs, und ich liege zehn zu null vorn. Dir bleibt nichts anderes übrig, als deine Niederlage einzugestehen.«

Wäre ihr ein anderer Mann so gekommen, hätte sie ihm das Ego in Fetzen gerissen. Doch Sam konnte sie bestenfalls kurzfristig abwehren. »Aber ich bin noch am Schlag?«

»Klar, aber zweimal hast du schon daneben gehauen, und du hast nur drei Versuche.«

»Trotzdem kann ich noch einen Homerun schaffen.«

»Kaum.«

Sie knurrte, weil er ihren Widerstand so leicht zu brechen glaubte. »Das werden wir ja sehen.«

»Ach zum Teufel. Du willst einen richtigen Wettkampf daraus machen, wie?«

»Du hast schließlich damit angefangen. Am Ende des neunten Durchgangs, und du liegst zehn zu null vorn, leck mich am Arsch.«

»Das macht fünfundzwanzig Cent.«

»›Arsch‹ ist kein Fluch.«

»Wer sagt das?« Er brach unvermittelt ab und seufzte schwer. »Vergiss es. Du hast mich vom Thema abgebracht. *Willst du jetzt mit mir essen gehen oder nicht?*«

»Lieber chinesisch als einen Hamburger.«

Ein weiterer Seufzer. »Gut. Dann gehen wir eben zum Chinesen.«

»Zum Beispiel zu dem an der Twelve Mile Road.«

»Schon gut!«, brüllte er.

Sie strahlte ihn an. »Ich ziehe mich nur schnell um.«

»Ich mich auch. Fünf Minuten.«

Jaine eilte ins Haus, denn ihr war wohl bewusst, dass er sich ebenfalls beeilte. Er glaubte wohl nicht, dass sie sich in fünf Minuten umziehen konnte? Sie würde es ihm schon zeigen.

Noch auf dem Weg zum Schlafzimmer zog sie sich splitternackt aus. BooBoo trottete ihr mit klagendem Maunzen hinterher. Es war weit über seine normale Essenszeit hinaus. Sie zog ein trockenes Höschen an, hakte dann einen trockenen BH zu, schlüpfte in ein rotes, kurzärmliges Stricktop, zerrte eine weiße Jeans über die Beine und rammte die Füße in die Sandalen. Dann rannte sie zurück in die Küche, öffnete BooBoo eine Dose Katzenfutter, klatschte alles auf seinen Teller, schnappte ihre Handtasche und trat eben aus dem Haus, als Sam von seiner Küchenveranda hüpfte und auf seine Garage zuging.

»Du kommst zu spät«, sagte er.

»Überhaupt nicht. Außerdem musstest du dir

nur was anderes anziehen. Ich habe mich umgezogen *und* die Katze gefüttert.«

Er hatte ein supermodernes Garagentor. Er brauchte nur auf den Knopf der Fernbedienung in seiner Hand zu drücken, schon glitt es auf wie geölte Seide. Sie seufzte, denn plötzlich zwickte sie übelster Garagentor-Neid. Dann erblickte sie im Schein der beim Öffnen des Tores automatisch eingeschalteten Beleuchtung das glänzende rote Monster. Mit verchromtem Doppelauspuff. Verchromtem Überrollbügel. So großen Reifen, dass sie nur mit dem Trampolin auf den Beifahrersitz gekommen wäre, hätte der Wagen nicht auch noch verchromte Haltegriffe für jene Beifahrer gehabt, die mit weniger langen Beinen beschenkt waren.

»Oh«, hauchte sie und faltete die Hände. »Genauso einen habe ich mir auch gewünscht, bis ich die Viper gesehen habe.«

»Durchgehende Sitzbank«, bemerkte er mit einer boshaft hochgezogenen Augenbraue. »Wenn du ganz lieb bist, darfst du mich in meinem Auto verführen, aber erst wenn du die Pille nimmst und deine Eier unter Kontrolle hast.«

Sie schaffte es, darauf nicht zu reagieren. Gott sei Dank ahnte er nicht, wie schwer ihr die Selbstbeherrschung fiel, obwohl ihr eher die Vorstellung, ihn zu verführen, als der vorgeschlagene Ort des Geschehens zu schaffen machte.

»Du widersprichst nicht?«, fragte er.

Sie schüttelte den Kopf.

»O verdammt.« Er legte beide Hände um ihre Taille und hob sie völlig mühelos in die Kabine. »Jetzt mache ich mir wirklich Sorgen.«

Marcis Plan war nicht aufgegangen. Nachdem der dritte Reporter angerufen hatte, stellte sich T.J. dem Unvermeidlichen. Mein Gott, nahm diese Geschichte denn gar kein Ende? Was war denn so faszinierend an einer albernen Liste? Nicht dass Galan sie albern finden würde, dachte sie deprimiert. Er schien überhaupt nichts mehr lustig zu finden, außer es passierte bei ihm in der Arbeit.

Dabei war er so amüsant gewesen, als sie sich kennen gelernt hatten; immerzu hatte er gelacht und Witze gerissen. Wo war sein Frohsinn nur abgeblieben?

Noch dazu sahen sie einander kaum mehr. Sie arbeitete von acht bis siebzehn Uhr, er von fünfzehn bis dreiundzwanzig Uhr. Wenn er abends nach Hause kam, schlief sie schon. Er stand erst auf, wenn sie schon in die Arbeit gefahren war. Am bezeichnendsten war ihrer Ansicht nach aber, dass er gar nicht in der Spätschicht arbeiten *musste*. Er hatte sich das so ausgesucht. Wenn er damit beabsichtigt hatte, sie auf Abstand zu halten, war ihm das wunderbar gelungen.

Vielleicht war ihre Ehe schon längst gescheitert, und sie hatte sich dieser Erkenntnis nur noch nicht gestellt. Vielleicht wollte Galan bloß keine Kinder haben, weil er bereits wusste, dass das Schiff ihrer Ehe auf Grund gelaufen war.

Bei dem Gedanken wurde ihr schwer ums Herz, sehr schwer. Sie liebte ihn. Genauer gesagt liebte sie den Menschen, der, wie sie wusste, in jener verkniffenen Hülle steckte, die sie während der letzten Jahre zu Gesicht bekommen hatte. Wenn sie beim Einschlafen war oder an etwas anderes dachte und er ihr in den Sinn kam, dann sah sie immer das Gesicht eines jüngeren, lachenden Galan vor sich, jenes Jungen, in den sie sich in der High School bis über beide Ohren verliebt hatte. Sie liebte jenen unbeholfenen, grabschenden, eifrigen, liebenden Galan, der sie – und sich selbst – auf der Rückbank des alten Oldsmobiles seines Vaters entjungfert hatte. Sie liebte jenen Mann, der ihr an ihrem ersten Jahrestag eine einzelne rote Rose geschenkt hatte, weil er sich kein ganzes Dutzend leisten konnte.

Jenen Mann, der seit ewigen Zeiten nicht mehr »Ich liebe dich« gesagt hatte, liebte sie nicht.

Verglichen mit ihren Freundinnen, kam sich

T.J. unbeholfen vor. Falls irgendein Kerl Marci dumm kam, dann schickte sie ihn zum Teufel und suchte sich einen neuen, um die Lücke in ihrem Herzen oder eher in ihrem Bett zu füllen. Luna regte sich oft über Shamal auf, aber sie blieb nicht tatenlos zu Hause sitzen und wartete auf ihn; sie führte ihr eigenes Leben. Und was Jaine anging – Jaine ruhte auf eine Weise in sich, wie T.J. das nie geschafft hätte. Was das Leben Jaine auch entgegenschleudern mochte, sie reagierte mit Humor und Mumm. Keine der drei hätte sich jenes Elend bieten lassen, das T.J. seit drei Jahren stillschweigend mit Galan ertragen hatte.

Es ärgerte sie, dass sie so schwach war. Was würde schon geschehen, wenn sie und Galan sich trennten? Sie würden das Haus verkaufen, und sie liebte ihr Haus, aber was war schon dabei? Sie konnte auch in eine Wohnung ziehen. Jaine hatte jahrelang in einer gehaust. T.J. konnte auch alleine leben, obwohl sie das noch nie getan hatte. Sie würde lernen, alles selbst in die Hand zu nehmen. Sie würde sich eine Katze zulegen – nein, einen Hund, zum Schutz. Und sie würde mit anderen Männern ausgehen. Wie es wohl wäre, mit einem Mann zusammen zu sein, der sie nicht jedes Mal beleidigte, wenn er den Mund aufmachte?

Als das Telefon klingelte, war ihr klar, dass Galan anrief. Mit ruhiger Hand nahm sie den Hörer auf.

»Hast du den Verstand verloren?«, waren seine ersten Worte. Er atmete schwer, woraus sie schloss, dass er sich in Rage gesteigert hatte.

»Nein, ich glaube nicht«, antwortete sie gelassen.

»Du hast mich in der ganzen Fabrik lächerlich gemacht –«

»Wenn jemand über dich lacht, dann nur, weil du es zulässt«, fiel sie ihm ins Wort. »Ich werde mit dir nicht am Telefon darüber sprechen. Falls du dich in *normalem Ton* mit mir unterhalten willst, nachdem du heimkommst, dann werde ich auf dich warten. Wenn du aber nur zetern und toben willst, dann weiß ich was Besseres, als dir zuzuhören.«

Er legte einfach auf.

Beim Auflegen des Hörers zitterte ihre Hand ganz leicht. Tränen standen ihr in den Augen. Wenn er glaubte, sie würde ihn um Verzeihung anbetteln, dann hatte er sich gründlich getäuscht. Drei Jahre lang hatte sie sich Galans Maßstäben anzupassen versucht und sich grässlich dabei gefühlt. Vielleicht war es allmählich an der Zeit, dass sie nach ihren eigenen Vorstellungen lebte. Vielleicht würde sie Galan dabei verlieren, aber dafür würde sie wenigstens ihre Selbstachtung behalten.

Eine halbe Stunde später klingelte das Telefon erneut.

T.J. zog die Stirn in Falten, als sie den Hörer abnahm. Sie glaubte nicht, dass Galan noch mal anrufen würde, doch vielleicht hatte er ja über ihre Antwort nachgedacht und eingesehen, dass sie diesmal nicht klein beigeben und sich tot stellen würde, nur weil er sie anbrüllte.

»Hallo?«, fragte sie.

»Welche bist du?«

Das gespenstische Flüstern ließ sie erstarren. »Wie bitte? Wer ist da?«

»Bist du A? Oder B? Welche bist du?«

»Fick dich selbst«, raunzte die neue T.J. und knallte den Hörer auf die Gabel.

11

Am nächsten Morgen sprang Jaine vor Tag und Tau aus dem Bett, weil sie unbedingt in der Arbeit sein wollte, ehe Sam sich regte. Zwar beschleunigte der Gedanke an ein weiteres Wortgefecht ihren Puls ganz ungemein, doch ihr Verstand warnte sie, dass er höchstwahrscheinlich noch gestern Abend die Liste aus dem Netz gezogen hatte, gleich nachdem sie von ihrem Ausflug zum Chinesen zurückgekehrt waren, wo sie winzige Donuts gemümmelt hatten. Er konnte sich hartnäckiger in eine Sache verbeißen als ein Pitbull, und er hatte sie während des gesamten Essens ununterbrochen wegen der letzten Punkte auf der Liste gepiesackt. Sie wollte *nicht* wissen, was er über die Punkte nach Nummer sieben dachte.

Sie stürmte gerade zur gottlosen Zeit von sieben Uhr früh zur Haustür, als sie bemerkte, dass ihr Anrufbeantworter schon wieder zum Bersten voll war. Ihr Daumen schwebte schon über dem Knopf zum Löschen, doch dann zögerte sie. Schließlich waren ihre Eltern auf Reisen, und alles Mögliche konnte passiert sein: Vielleicht war einer von beiden krank geworden, oder es gab irgendeinen anderen Notfall. Wer wollte das schon sagen? Vielleicht hatten sogar Shelley oder David angerufen, um sich zu entschuldigen.

»Wer's glaubt«, grummelte sie und drückte die Wiedergabetaste.

Drei Nachrichten stammten von verschiedenen Reportern, einmal von der Zeitung und zweimal vom Fernsehen, die um ein Interview baten. Zweimal hintereinander hatte jemand wortlos wieder aufgelegt. Der sechste Anruf kam von Pamela Morris, die sich als Gina Landrettis Schwester vorstellte. Ihre Stimme hatte den sanften, wohltönend vollen Klang einer Fernsehmoderatorin, und sie setzte Jaine davon in Kenntnis, dass man sie *schrecklich* gern als Gast bei *Good Morning America* hätte, um über die Liste zu sprechen, die das ganze Land *absolut in Atem* hält. Die siebte Nachricht kam vom *People Magazine*, wo man ebenfalls um ein Gespräch bat.

Als gleich darauf wieder drei wortlose Anrufe folgten, musste Jaine ihre aufsteigende Panik niederkämpfen. Wer immer da anrief, wartete lange und ohne einen Ton zu sagen, ehe er wieder auflegte. Arschloch.

Sie löschte die Anrufe; sie hatte nicht vor, auch nur einen davon zu erwidern. Das alles war nicht mehr komisch, sondern schlichtweg lächerlich.

Sie schaffte es bis auf die Straße, ohne von Sam gesehen zu werden, was bedeutete, dass der Tag in relativer Gelassenheit begann. Sie fühlte sich so gut, dass sie auf der Fahrt einen Country-Sender einschaltete und zuhörte, wie die Dixie Chicks sangen, dass Earl sterben müsse. Sie sang sogar mit, nicht ohne sich zu fragen, ob Sam, der Polizist, Earls Tod wohl für vertretbare Notwehr halten würde. Eventuell ließ sich ja auch darüber streiten.

Sie wusste, dass es sie voll erwischt hatte, denn allein der Gedanke, mit Sam zu streiten, war aufregender als, nun ja, ein Lottogewinn. Ihr war bislang noch kein Mann begegnet, der nicht nur alles vollkommen gelassen aufnahm, was sie von sich gab, sondern der es auch durchaus mit ihr aufnehmen konnte – verbal natürlich –, ohne dabei in Bedrängnis zu kommen. Es war eine sehr befreiende Vorstellung, all ihre Gedanken aussprechen zu können, ohne dass sie ihn schockierte. Manchmal hatte sie das Gefühl, dass es ihm Spaß machte, sie auf hundertachtzig zu bringen. Er war ziemlich aufgeblasen – in mehr als einer Hinsicht –, provokativ, machohaft, gewitzt und höllisch sexy. Und er erwies dem Auto ihres Vaters die gebührende Ehrerbietung, ganz abgesehen davon, dass er die Viper durchaus annehmbar gewaschen und poliert hatte.

Sie musste sich schleunigst die Pille verschreiben lassen.

Vor den Toren von Hammerstead Technology warteten noch mehr Reporter als am Vortag. Jemand musste der Bande einen Tipp gegeben haben, was für ein Auto sie fuhr, denn als sie abbremste, damit der Pförtner die Schranke heben konnte, explodierten Blitzlichter in ihr Gesicht. Der Pförtner grinste sie an. »Wie wär's mit einer Testfahrt, auf der Sie Maß nehmen können?«, fragte er.

»Ich melde mich dann bei Ihnen«, antwortete sie. »Für die nächsten zweieinhalb Jahre bin ich leider ausgebucht.«

»Kann ich mir vorstellen.« Er zwinkerte.

Sie war so früh dran, dass der schleimgrüne Gang leer war. Allerdings nicht so früh, dass ihr nicht ein paar Freaks zuvorgekommen wären. Sie blieb stehen, um das neueste Schild neben dem Aufzug zu lesen: *Seien sie freundlich zu den Leuten, die sie beim Aufstieg treffen – sie könnten ihnen beim Abstieg wieder begegnen.*

Schon ging es ihr wieder besser; ein Tag ohne Aufzugsplakat war kaum auszuhalten.

Erst als sie in ihrem Büro stand, fiel ihr auf, dass die Reporter und der Pförtner sie vollkommen kalt gelassen hatten. Sie zählten nicht. Ihre Schlacht mit Sam war weitaus interessanter, vor allem da beide wussten, wohin sie letzten Endes führen würde. Jaine hatte noch nie eine Affäre gehabt, aber sie tippte, dass die mit Sam heiß genug werden würde, um die Laken anzukokeln. Nicht dass sie ihm die Sache allzu leicht machen wollte; er würde um sie kämpfen müssen, auch nachdem sie die Pille nahm. Das war schließlich der Witz an der ganzen Sache.

Außerdem machte es ungeheuren Spaß, ihn zu frustrieren.

Auch Gina Landretti kam schon früh ins Büro. »Ach, gut!« Ihre Augen leuchteten auf, als sie Jaine an ihrem Schreibtisch sah. »Ich muss unbedingt mit dir reden. Ich habe gehofft, dass du früher kommst, damit uns niemand belauscht.«

Jaine stöhnte insgeheim auf. Sie konnte schon meilenweit erkennen, was da auf sie zukam.

»Pam hat mich gestern Abend angerufen«, begann sie. »Du weißt schon, meine Schwester. Jedenfalls hat sie versucht, dich zu erreichen, und weißt du was? Sie möchte dich in ihrer Sendung haben! In *Good Morning America!* Ist das nicht super? Also, am liebsten natürlich euch alle vier, aber ich habe ihr erklärt, du wärst wahrscheinlich die Sprecherin.«

»Äh… ich glaube, so was wie eine Sprecherin haben wir nicht.« Jaine staunte über Ginas Vermutung.

»Ach so. Egal, wenn ihr eine hättet, dann wärst du sie. Die Sprecherin.«

Gina sah sie so stolz an, dass Jaine nach einem möglichst diplomatischen Weg suchte, »Kommt gar nicht in die Tüte« zu sagen.

»Ich wusste gar nicht, dass deine Schwester in der Redaktion arbeitet.«

»Ach, das tut sie auch nicht, aber sie hat mit der Redakteurin geredet, und *die* ist auch sehr interessiert. Dadurch hätte Pam bei ihr was gut«, vertraute Gina ihr an. »Pam hat Wind davon bekommen, dass die anderen großen Sender heute bei euch anrufen wollen, deshalb wollte sie ihnen zuvorkommen. Das könnte ihr beruflich eine Menge bringen.«

Was bedeutete, dass sämtliche Stolpersteine in der beruflichen Laufbahn von Ginas Schwester zukünftig allein auf Jaines Konto gingen, sollte sie nicht mitmachen.

»Es könnte da ein Problem geben.« Jaine gab sich alle Mühe, zerknirscht auszusehen. »T.Js Mann ist gar nicht glücklich über den ganzen Trubel –«

Gina zuckte mit den Achseln. »Dann tretet ihr eben zu dritt in der Sendung auf. Ehrlich gesagt reicht es wahrscheinlich, wenn du allein –«

»Luna sieht viel besser aus.«

»Schon, mag sein, aber sie ist so jung. Sie hat nicht deine Autorität.«

Na toll. Jetzt hatte Jaine auch noch »Autorität«.

Sie versuchte, etwas von ihrer Autorität einzusetzen und ihrer Stimme Nachdruck zu verleihen. »Ich weiß nicht. Mir behagt dieser ganze Trubel auch nicht. Mir wäre es am liebsten, wenn Gras über die ganze Sache wächst.«

Gina sah sie entsetzt an. »Das ist doch nicht dein Ernst! Möchtest du denn nicht reich und berühmt werden?«

»Gegen reich hätte ich nichts einzuwenden. Berühmt auf keinen Fall. Und ich wüsste nicht, wie ein Auftritt bei *Good Morning America* mich reich machen könnte.«

»Vielleicht bekommst du ja einen Buchvertrag angeboten! Eine von diesen Vorauszahlungen über ein paar Millionen Dollar, du weißt schon, genau wie die Frauen, die dieses Benimm-Buch verfasst haben.«

»Gina!«, fuhr Jaine sie beinahe an. »Hallo, hallo, Erde an Gina! Wie sollte ich denn ein Buch über die Liste schreiben, es sei denn, ich lasse mich auf dreihundert Seiten über die Größe eines männlichen Schwanzes aus?«

»Dreihundert!« Gina sah sie zweifelnd an. »Ich glaube, hundertfünfzig wären mehr als genug.«

Jaine sah sich nach etwas um, wogegen sie ihren Kopf schlagen konnte.

»Bitte, bitte, versprich, dass du Pam zusagen wirst«, flehte Gina sie an, die Hände in klassischer Bittstellerpose gefaltet.

Aus einer plötzlichen Eingebung heraus antwortete Jaine: »Da muss ich erst mit den anderen drei reden. Entweder alle oder keine.«

»Aber du hast doch gesagt, T.J. –«

»Erst rede ich mit den drei anderen«, bekräftigte Jaine.

Gina wirkte nicht besonders glücklich, erkannte aber augenscheinlich jene mysteriöse Autorität an, die Jaine ihrer Meinung nach besaß. »Und ich dachte, du freust dich darüber«, murmelte sie.

»Tue ich nicht. Ich lege Wert auf meine Privatsphäre.«

»Warum hast du die Liste dann in die Hauszeitung gesetzt?«

»Habe ich doch gar nicht. Marci hatte einen zu viel getrunken und die Liste Dawna Sowieso gegenüber erwähnt.«

»Ach so.« Gina schaute noch unglücklicher drein, denn ihr schien eben aufgegangen zu sein, dass Jaine noch weniger erfreut über die ganze Situation war, als Gina zuvor angenommen hatte.

»Meine ganze Familie ist deswegen sauer auf mich«, knurrte Jaine.

Auch wenn Gina enttäuscht war, so war sie doch eine nette Kollegin. Sie ließ sich auf der Ecke von Jaines Schreibtisch nieder, und ihre Miene wechselte zu mitleidig. »Warum? Was hat die denn damit zu tun?«

»Ganz meine Meinung. Meine Schwester behauptet, ich hätte sie in Verlegenheit gebracht, deshalb könnte sie nicht mehr mit hoch erhobenem Kopf in der Kirche sitzen. Und meine vierzehnjährige Nichte hat sich den vollständigen Artikel aus dem Netz gezogen, was Shelley auch nicht gefällt. Mein Bruder ist sauer, weil ich ihn vor den Kollegen in seiner Firma bloßgestellt habe –«

»Ich wüsste nicht, wie, es sei denn, sie hätten auf der Toilette nachgemessen, und er hätte dabei den Kürzeren gezogen«, kommentierte Gina und fing an zu kichern.

Jaine meinte: »Das möchte ich mir lieber nicht vorstellen«, und begann ebenfalls zu kichern. Sie und Gina sahen sich an und brachen in Gelächter aus. Sie lachten und lachten, bis ihnen die Tränen übers Gesicht liefen und die Mascara verschmierten. Schniefend und giggelnd eilten sie auf die Damentoilette, um den Schaden zu reparieren.

Um neun Uhr wurde Jaine ins Büro ihres Abteilungsleiters gerufen.

Er hieß Ashford M. deWynter. Jedes Mal, wenn sie den Namen hörte, meinte sie von Manderley zu träumen. Es hätte sie brennend interessiert, ob das »M« in seinem Namen für *Max* stand, doch zugleich fürchtete sie sich vor der Antwort. Vielleicht versuchte er absichtlich, der Romanvorlage von Daphne du Maurier gerecht zu werden, denn er war immer ausgesprochen europäisch gekleidet und hatte unter Zeugen wiederholt den Halbsatz »Ist es nicht?« angehängt.

Außerdem war er ein Arschloch.

Manche Menschen sind es von Natur aus. Andere strengen sich an, eines zu sein. Auf Ashford deWynter traf beides zu.

Er bat Jaine nicht, Platz zu nehmen. Sie setzte sich trotzdem und handelte sich für ihre Anmaßung ein Stirnrunzeln ein. Sie meinte den Grund für diese Mini-Konferenz zu kennen und wollte es wenigstens bequem haben, während sie zusammengestaucht wurde.

»Ms Bright«, begann er mit einer Miene, als stiege ihm ein ätzender Gestank in die Nase.

»Mr deWynter«, antwortete sie.

Ein weiterer strenger Blick, aus dem sie schloss, dass sie noch nicht an der Reihe gewesen war.

»Die Situation vor dem Tor ist eine Zumutung.«

»Da bin ich ganz Ihrer Meinung. Vielleicht sollten Sie eine einstweilige Verfügung beantragen…« Sie ließ den Vorschlag ausklingen, denn sie wusste ganz genau, dass er ohne seine Vorgesetzten keine beantragen konnte, selbst wenn er damit Aussicht auf Erfolg gehabt hätte, was sie bezweifelte. Die »Situation« stellte keine Gefährdung dar, und die Nachrichtenfritzen behinderten auch nicht die Angestellten.

Der strenge Blick wurde zum Zornesfunkeln. »Ihre Eulenspiegeleien sind unangebracht. Sie wissen ebenso gut wie ich, dass diese Situation Ihnen zuzuschreiben ist. Sie ist ungebührlich und eine Ablenkung, und die Belegschaft ist gar nicht erbaut darüber.«

»Belegschaft«, dachte sie, war in diesem Fall zu übersetzen mit »seine Vorgesetzten«.

»Inwiefern ist sie mir zuzuschreiben?«, fragte sie freundlich.

»Diese vulgäre Liste, die Sie da erstellt haben…«

Vielleicht waren er und Leah als Zwillinge bei

der Geburt getrennt worden, sinnierte sie. »Ich habe die Liste genauso wenig erstellt wie Marci Dean. Es war eine Gemeinschaftsarbeit.« Was war eigentlich mit den Leuten los, dass jeder sie allein für die Liste verantwortlich machte? Hatte sie auch das ihrer mysteriösen »Autorität« zu verdanken? Falls sie tatsächlich diese Macht besaß, sollte sie unbedingt öfter Gebrauch davon machen. Sie könnte an der Kasse die Wartenden zwingen, sie vorzulassen, oder sie könnte im Winter ihre Straße als Erste räumen lassen.

»Ms Bright«, lamentierte Ashford deWynter. »Bitte.« Womit er meinte, bitte halten Sie mich nicht für einen Idioten. Zu spät; das tat sie bereits.

»Ihre Art von Humor ist unschwer zu erkennen«, führte er aus. »Vielleicht waren Sie nicht als Einzige beteiligt, aber Sie waren unleugbar die treibende Kraft. Daher obliegt es Ihnen auch, die Situation wieder ins Lot zu bringen.«

Vor ihren Freundinnen mochte Jaine über Dawna klagen, doch gegenüber deWynter würde sie bestimmt keinen weiteren Namen nennen. Die der drei anderen wusste er bereits. Wenn er unbedingt glauben wollte, dass Jaine die größte Schuld traf, dann konnte ihn sowieso nichts von seinem Glauben abbringen.

»Also gut«, sagte sie. »Dann gehe ich in der Mittagspause raus und erkläre den Reportern, dass Sie diese Art von öffentlicher Aufmerksamkeit nicht gutheißen und dass sie alle vom Hammerstead-Gelände verschwinden sollen, weil Sie sonst alle verhaften lassen.«

Er sah aus, als hätte er eine ganze Makrele verschluckt. »Äh... ich glaube nicht, dass dies die beste aller Lösungen darstellt.«

»Was schlagen Sie dann vor?«

Das war eine gute Frage. Seine Miene verlor jeden Ausdruck.

Sie verbarg ihre Erleichterung. Es hätte ihr Ego empfindlich getroffen, wenn Mr deWynter eine realistische Lösung angeboten hätte, wo ihr nicht einmal eine unrealistische einfallen wollte.

»Wir haben einen Anruf aus der Redaktion von *Good Morning America* bekommen«, fuhr sie fort. »Ich werde absagen. Auch die Zeitschrift *People* hat sich gemeldet, aber ich werde nicht zurückrufen. So viel Publicity kann dem Unternehmen nur schaden...«

»Das Fernsehen? Eine so bekannte Sendung?«, fragte er kläglich. Er reckte den Hals in die Höhe wie ein Truthahn. »Äh... das wäre doch *wirklich* eine fantastische Gelegenheit, meinen Sie nicht auch?«

Sie zuckte mit den Achseln. Sie wusste nicht, ob

sie fantastisch war oder nicht, doch eine Gelegenheit war es ganz bestimmt. Natürlich hatte Jaine sich eben selbst ein Bein gestellt; nichts wollte sie weniger als noch mehr Publicity. Gewiss hatte sie einen schweren Charakterfehler, denn sie hätte einfach nicht ertragen, dass Ashford deWynter ihr in irgendeiner Hinsicht über war.

»Vielleicht sollten Sie diesen Vorschlag den zuständigen Gremien unterbreiten«, schlug sie noch im Aufstehen vor. Wenn sie Glück hatte, würde irgendjemand weiter oben diesen Unfug unterbinden. Er war hin- und hergerissen zwischen Begeisterung und seinem Widerwillen, ihr einzugestehen, dass er überhaupt jemanden fragen musste – als hätte sie nicht genau gewusst, welche Position er einnahm und wie weit seine Vollmachten reichten. Ashford deWynter war mitten im mittleren Management stecken geblieben, und Mittelmaß würde er stets bleiben.

Sobald Jaine wieder an ihrem Schreibtisch saß, berief sie einen Kriegsrat ein. Luna, Marci und T.J. waren einverstanden, sich mittags in Marcis Büro zu treffen.

Sie unterrichtete Gina vom Stand der Dinge und brachte den Rest des Vormittags damit zu, mit Ginas Hilfe Anrufe abzuwehren.

Mittags versammelten sich alle vier, mit einem

Sortiment von Keksen und Diät-Limos ausstaffiert, in Marcis Büro.

»Ich glaube, wir können die Situation offiziell für außer Kontrolle erklären«, eröffnete Jaine das Gespräch düster, bevor sie den Übrigen von Ginas Schwester und den vormittäglichen Anrufen großer Fernsehsender und vom *People Magazine* berichtete, die Gina schon prophezeit hatte.

Alle blickten auf T.J.

T.J. zuckte mit den Achseln. »Es hat wohl keinen Zweck mehr, das Feuer austreten zu wollen. Galan weiß Bescheid. Er ist gestern Abend nicht heimgekommen.«

»Ach du Ärmste«, meinte Marci mitfühlend und legte die Hand auf T.J.s Arm. »Das tut mir so Leid.«

T.J.s Augen waren geschwollen, als hätte sie die ganze Nacht geweint, doch sie wirkte gefasst. »Mir nicht«, entgegnete sie. »Jetzt ist die Sache wenigstens auf dem Tisch. Entweder liebt er mich oder er liebt mich nicht. Wenn nicht, dann sollte er schleunigst aus meinem Leben verschwinden, statt meine Zeit zu stehlen.«

»Wow.« Luna blinzelte T.J. mit ihren bezaubernden Augen an. »Gut gegeben, Mädchen.«

»Was ist mit dir?«, fragte Jaine Marci. »Gibt es mit Brick auch Ärger?«

Marci reagierte mit einem trockenen Hab-schon-alles-gesehen-und-das-meiste-ausprobiert-Grinsen. »Mit Brick habe ich sowieso nichts als Ärger. Sagen wir einfach, er hat typisch ›Brickig‹ reagiert, will heißen, er hat rumgebrüllt und jede Menge Bier getrunken. Er hat noch geschlafen, als ich heute früh los bin.«

Alle sahen Luna an.

»Ich habe noch nichts von ihm gehört.« Sie grinste Jaine an. »Du hast Recht gehabt, was die Angebote und Witze angeht. Aber ich antworte den Typen einfach, ich hätte vierzig Zentimeter gefordert und ihr hättet mich überstimmt. Das nimmt ihnen meistens den Wind aus den Segeln.«

Als sie aufgehört hatten zu lachen, meinte Marci: »Also gut, mein Interview mit den Leuten vom Lokalfernsehen hat nichts gebracht. Was soll's – was haltet ihr davon, wenn wir aufhören, die Wogen glätten zu wollen, und stattdessen auf der Welle mitreiten?«

»DeWynter wirbt gerade bei den Pappnasen von ganz oben für die Möglichkeit, gratis landesweit Reklame zu machen«, verriet Jaine.

»Ich wette, die werden sich darauf stürzen wie eine Frau in der Hungerkur auf einen Schokoriegel«, schnaubte T.J.

»Ich bin Marcis Meinung. Wir sollten die Liste ganz groß rausbringen und *wirklich* das Beste für uns rausholen; ihr wisst schon, noch ein paar Punkte anfügen, unsere Diskussionen und Erklärungen ausfeilen.«

David und Shelley würden die Motten kriegen, dachte Jaine. Na ja, beide konnten ein paar neue Anziehsachen gebrauchen.

»Ich bin dabei«, sagte sie.

»Ich auch«, pflichtete Luna bei.

Sie sahen einander grinsend an, dann zückte Marci Block und Bleistift. »Warum machen wir uns nicht gleich an die Arbeit und liefern ihnen etwas, das sich wirklich zu drucken lohnt?«

T.J. schüttelte kummervoll den Kopf. »Damit werden wir die Psychopathen endgültig aus ihren Höhlen locken. Habt ihr gestern Abend auch so komische Anrufe bekommen? Von einem Kerl – ich glaube, es war ein Kerl, es könnte aber auch eine Frau gewesen sein –, der in den Hörer flüsterte: ›Welche bist du?‹ Er wollte wissen, ob ich Ms A. bin.«

Luna sah sie verdutzt an. »So einen habe ich auch gekriegt. Und dann hat jemand ein paar Mal aufgelegt; ich glaube, das könnte er auch gewesen sein. Aber du hast Recht: So wie er geflüstert hat, konnte man nicht genau feststellen, ob es ein Mann oder eine Frau war.«

»Auf meinem Anrufbeantworter hatte ich fünf Anrufe, ohne dass jemand was gesagt hätte«, bestätigte Jaine. »Ich hatte das Telefon ausgestöpselt.«

»Ich war nicht zu Hause«, schloss Marci. »Und Brick hat den Anrufbeantworter an die Wand gepfeffert, darum bin ich zurzeit ohne. Heute Nachmittag auf dem Heimweg kaufe ich einen neuen.«

»Also sind wir wohl alle von demselben Typen angerufen worden.« Jaine war ein bisschen mulmig, und sie war froh, einen Polizisten zum Nachbarn zu haben.

T.J. zog grinsend die Achseln hoch. »Der Preis des Ruhmes.«

12

Die ganze Heimfahrt über grummelte Jaine vor sich hin, dennoch vergaß sie nicht, an der Klinik Halt zu machen und eine Dreimonats-Packung Anti-Baby-Pillen abzuholen. Die Geschäftsführung war zu dem Schluss gekommen, dass es keinesfalls schaden konnte, aus der Situation so viel Kapital zu schlagen wie möglich, und von da an hatten sich die Dinge überschlagen. Im Namen aller vier hatte sie ein Interview mit *Good Morning America* vereinbart, obwohl ihr nicht einleuchten wollte, wieso sich ein Morgenmagazin, wo man die spritzigeren Punkte auf der Liste unmöglich beim Namen nennen konnte, für das Thema interessierte. Vielleicht drehte sich beim Fernsehen einfach alles nur darum, den anderen eine Nasenlänge voraus zu sein. Sie konnte verstehen, dass sich die Zeitschriften dafür interessierten – etwa *Cosmopolitan* oder auch der *Playboy*. Was aber wollte man in *People* abdrucken, abgesehen von etwas allgemeinem Blabla über die vier Freundinnen und darüber, wie sich die Liste auf ihr Privatleben ausgewirkt hatte?

Offenbar verkaufte sich Sex sogar, wenn man nicht darüber reden durfte.

Alle vier wurden zu der angeblich durchaus nicht ungewöhnlichen Uhrzeit von vier Uhr morgens im Detroiter Ableger des Senders ABC erwartet, wo das Interview aufgezeichnet werden sollte. Man erwartete außerdem, dass sie sich vor ihrer Ankunft selbst einkleideten, frisierten und schminkten. Ein Moderator von ABC, allerdings keiner der ganz großen, würde eigens nach Detroit geflogen kommen, um sie zu interviewen, sodass sie nicht mit Ohrstöpseln in einem leeren Studio sitzen und über eine Standleitung mit jemandem plaudern würden, der tausend Meilen entfernt in New York saß. Offenbar war es eine große Ehre, von einem Menschen in Fleisch und Blut interviewt zu werden. Jaine war redlich bemüht, sich geehrt zu fühlen, fühlte aber bei der Aussicht, um zwei Uhr morgens aufstehen zu müssen, um sich selbst einzukleiden, zu frisieren und zu schminken, nichts als Erschöpfung.

In der Einfahrt nebenan stand kein brauner Pontiac, und auch im Haus rührte sich nichts.

Mist.

BooBoo hatte bei ihrer Begrüßung noch Kissenfüllung in den Schnurrhaaren. Jaine schaute gar nicht erst ins Wohnzimmer. Einstweilen konnte sie die Überreste ihres Sofas nur schützen, indem sie die Tür zum Wohnzimmer zuschloss, damit die Katze nicht hineinkam, doch dann würde BooBoo seine Frustration an irgendeinem anderen Möbelstück auslassen. Das Sofa war bereits hinüber; sollte er sich weiter daran austoben.

Ein plötzlich auftretendes, verdächtiges Gefühl und ein Abstecher ins Bad verrieten ihr, dass ihre Periode pünktlich eingesetzt hatte. Sie seufzte erleichtert. Ein paar Tage war sie vor ihrer unerklärlichen Schwäche für Sam sicher. Vielleicht sollte sie auch aufhören, ihre Beine zu rasieren; mit stachligen Waden würde sie sich ganz bestimmt nicht auf eine Affäre einlassen. Sie wollte ihn mindestens noch ein paar Wochen auf Abstand halten, nur um ihn zu frustrieren. Es gefiel ihr einfach, Sam zu frustrieren.

Beim Gang in die Küche schielte sie kurz aus dem Fenster. Immer noch kein brauner Pontiac, obwohl er möglicherweise wie gestern seinen Pickup fuhr. Die Vorhänge vor dem Küchenfenster waren zugezogen.

Es war nicht leicht, einen Mann zu frustrieren, der nicht zu Hause war.

Ein Auto bog in ihre Einfahrt und parkte hinter der Viper. Ein Mann und eine Frau stiegen aus. Der Mann hatte eine Kamera über die Schulter gehängt und trug einen ganzen Satz verschiedenster Taschen. Die Frau war mit einer Reisetasche ausstaffiert und hatte trotz der Hitze ein Jackett an.

Es hatte keinen Zweck, die Reporter noch länger abweisen zu wollen, aber auf gar keinen Fall würde Jaine einen davon in ihr mit Kissenfüllung beschneites Wohnzimmer lassen. Sie ging zur Küchentür, öffnete sie und trat auf den Treppenabsatz. »Kommen Sie rein«, sagte sie müde. »Möchten Sie vielleicht einen Kaffee? Ich wollte gerade welchen aufsetzen.«

Corin starrte das Gesicht im Spiegel an. Manchmal war er für Wochen oder Monate verschwunden, doch plötzlich war er wieder da, so als wäre er nie weg gewesen. Heute hatte er nicht zur Arbeit gehen können, denn er hatte Angst davor, was geschehen würde, wenn er ihnen leibhaftig begegnete. Diesen vier Schlampen. Wie konnten sie wagen, ihn lächerlich zu machen, ihn mit ihrer Liste zu peinigen? Für wen hielten sie sich? Sie glaubten nicht, dass er perfekt war, doch da hatten sie sich geirrt.

Schließlich hatte seine Mutter ihn erzogen.

Als T.J. zu Hause eintraf, war Galan noch da. Einen Moment lang krampfte sich ihr Magen zusammen, doch sie erlaubte sich kein Zögern. Hier ging es schließlich um ihre Selbstachtung.

Sie schloss das Garagentor und betrat das Haus wie üblich durch die Schmutzschleuse. Aus dem kleinen Vorraum gelangte sie direkt in die Küche, ihre wunderschöne Küche mit den weißen Hängeschränken und Einbaugeräten und den glänzenden Kupfertöpfen, die über der Kochinsel in der Mitte aufgehängt waren. Ihre Küche sah aus wie aus einer Innenarchitektur-Zeitschrift und war ihr der liebste Raum im ganzen Haus – nicht weil sie so gern kochte, sondern weil ihr das Ambiente behagte. Es gab einen kleinen Erker voller Farne, Kräuter und kleiner Blumen, die der Luft Frische und Duft verliehen. Darunter hatte sie zwei Sessel und einen kleinen Tisch geklemmt, komplett mit einem dick gepolsterten Schemel für schmerzende Füße und müde Beine. Der Erker bestand zum Großteil aus aufgerautem Glas, wodurch viel Licht ins Haus fiel, Hitze und Kälte aber abgewiesen wurden. Hierher zog sie sich gern mit einem guten Buch und einer Tasse Tee zurück, vor allem im Winter, wenn draußen alles mit Schnee bedeckt war, während sie es drinnen in ihrem Wintergarten kuschelig warm und bequem hatte.

Galan war nicht in der Küche. Wie jeden Abend legte T.J. ihre Handtasche und die Schlüssel auf der Kochinsel ab, streifte die Schuhe von den Füßen und setzte heißes Wasser für den Tee auf.

Sie rief ihn nicht und ging ihn nicht suchen. Wahrscheinlich hatte er sich in seinen Bau verzogen, wo er fernsah und seinen Groll nährte. Wenn er mit ihr reden wollte, würde er schon aus seiner Höhle kommen müssen.

Sie zog Shorts und ein hautenges, bauchfreies Top an. Ihr Körper war immer noch in Form, wenn auch muskulöser, als ihr lieb war, was auf die Jahre in der Mädchenfußballmannschaft zurückzuführen war. Lunas gertenschlanke Figur oder Jaines feingliedrige Kurven wären ihr lieber gewesen, aber alles in allem war T.J. mit sich zufrieden. Wie die meisten verheirateten Frauen hatte sie es sich allerdings abgewöhnt, körperbetonte Sachen zu tragen, sondern zog im Winter meist ein Sweatshirt und im Sommer ein weites T-Shirt an. Vielleicht war es an der Zeit, dass sie wieder das Beste aus ihrem Typ machte, so wie damals, als sie Galan kennen gelernt hatte.

Sie war es nicht gewohnt, Galan zum Abendessen zu Hause zu haben. Normalerweise ließ sie sich etwas liefern, oder sie wärmte sich irgendwas in der Mikrowelle auf. Sie tippte, dass er sowieso nichts essen würde, selbst wenn sie sich an den Herd stellte – Mannometer, das würde *ihr* ganz schön zusetzen, wenn er hungrig blieb! –, darum kehrte sie in die Küche zurück und nahm ein Fertiggericht aus dem Gefrierfach. Es war fett- und kalorienarm, deshalb konnte sie sich danach noch ein Eis gönnen.

Gerade als sie den letzten Klecks Eis vom Stiel leckte, tauchte Galan aus seinem Bau auf. Er stand nur da und schaute sie an, als würde er darauf warten, dass sie aufsprang und ihn um Verzeihung anflehte, damit er seine eingeübte Tirade abspulen konnte.

Den Gefallen tat T.J. ihm nicht. Stattdessen sagte sie: »Bist du krank, oder weshalb bist du nicht in der Arbeit?«

Seine Lippen wurden dünn. Er sah immer noch gut aus, fuhr es ihr leidenschaftslos durch den Kopf. Er war muskulös, braun gebrannt, und sein Haar war kaum dünner als mit achtzehn. Er zog sich stets gut an, in modischen Farben und Stoffen, und trug meist teure Lederslipper.

»Wir müssen miteinander reden«, meinte er grimmig.

Sie zog höflich fragend die Brauen hoch, so wie Jaine es getan hätte. Jaine konnte mit einer hochgezogenen Braue mehr ausrichten als die meisten Menschen mit einem Vorschlaghammer. »Deshalb musstest du doch nicht extra freinehmen.«

Sie konnte an seinem Gesicht ablesen, dass dies nicht die Replik war, die er ihr zugeschrieben hatte. Von ihr wurde erwartet, dass sie ihrer Ehe – und seinen Launen – mehr Bedeutung zumaß. Na ja, Pech gehabt.

»Dir ist wohl nicht bewusst, wie lächerlich du mich in der Firma gemacht hast«, begann er. »Ich weiß nicht, ob ich dir je verzeihen kann, dass du mich derart bloßgestellt hast. Aber lass dir eines gesagt sein: Solange du mit diesen drei Gänsen herumhängst, die du Freundinnen nennst, bringen wir unsere Ehe bestimmt nicht wieder ins Lot. Ich möchte nicht, dass du diese Weiber wiedersiehst, hast du verstanden?«

»Ach, so ist das also.« Jetzt ging T.J. ein Licht auf. »Du meinst, du kannst diesen Vorfall dazu benützen, mir vorzuschreiben, mit wem ich befreundet sein darf und mit wem nicht. Also gut. Mal sehen… wenn ich Marci aufgebe, dann wirst du dafür Jason aufgeben müssen. Für Luna… wie wär's mit Curt? Und Jaine – also, wenn ich Jaine aufgeben soll, dann wirst du mindestens Steve aufgeben müssen; obwohl ich persönlich nie eine besonders hohe Meinung von Steve hatte, also finde ich, du solltest noch einen deiner Kumpel drauflegen, damit das Verhältnis ausgewogen bleibt.«

Er gaffte sie an, als wäre ihr plötzlich ein zweiter Kopf gewachsen. Er und Steve Rankin waren seit Jugendtagen die besten Freunde. Im Sommer gingen sie gemeinsam zu den Spielen der *Tigers* und im Winter zu den Spielen der *Lions*. Sie waren Männerfreunde wie aus dem Bilderbuch. »Du spinnst ja!«, brach es aus ihm heraus.

»Weil ich von dir verlange, deine Freunde aufzugeben? Stell dir mal vor: Wenn ich es muss, musst du es auch.«

»Ich bin schließlich nicht derjenige, der unsere Ehe aufs Spiel setzt, indem er blöde Listen aufstellt, wer ein perfekter Mann ist!«, brüllte er.

»Nicht ›wer‹«, verbesserte sie. »›Wie.‹ Du weißt schon, da geht es um Dinge wie Fürsorge. Und Treue.« Bei dem letzten Wort fasste sie ihn genau ins Auge, weil sie sich unvermittelt fragte, ob es für Galans zweijährigen Zuneigungs-Entzug vielleicht einen ganz handfesten Grund gab, der weit über einfaches Auseinanderleben hinausging.

Sein Blick wurde unsicher und verlor den Halt.

T.J. kämpfte gegen den glühenden Schmerz. Sie zwängte ihn in eine kleine Schachtel, die sie tief in ihrem Inneren verstaute, weil sie andernfalls die nächsten paar Minuten und Tage und Wochen nicht überleben würde.

»Wer ist sie?«, fragte sie so gelassen, als würde sie sich erkundigen, ob er die Wäsche aus der Reinigung geholt hatte.

»Wer ist wer? Welche ›Sie‹?«

»Die berühmte andere Frau. Die, mit der du mich ständig im Geist vergleichst.«

Er wurde knallrot und stopfte die Hände in die Hosentaschen. »Ich habe dich noch nie betrogen«, brummelte er. »Du willst bloß vom Thema ablenken –«

»Selbst wenn du mich nicht körperlich betrogen hast, was ich dir nicht unbedingt glaube, dann gibt es trotzdem jemanden, zu dem du dich hingezogen fühlst, habe ich Recht?«

Er wurde noch röter.

T.J. ging an den Schrank, um eine Tasse und einen Teebeutel herauszuholen. Sie hängte den Beutel in die Tasse und goss Wasser ein. Nach kurzem Überlegen erklärte sie: »Ich finde, du solltest ins Motel gehen.«

»T.J. –«

Sie hob die Hand, ohne ihn auch nur anzusehen. »Ich werde keine übereilte Entscheidung wegen einer Scheidung oder auch nur Trennung fällen. Ich will nur, dass du heute Abend in einem Motel übernachtest, damit ich in aller Ruhe nachdenken kann, ohne dass du versuchst, mir das Wort im Mund herumzudrehen und mir die Schuld an allem zu geben.«

»Und was ist mit dieser gottverdammten Liste –«

Sie wedelte mit der Hand. »Die Liste ist absolut unwichtig.«

»Einen Scheißdreck ist sie! Alle Typen in der Arbeit ziehen mich damit auf, dass du auf Monsterschwänze stehst –«

»Und du hättest nur zu antworten brauchen: ›Na logisch, ich habe sie verwöhnt‹«, erwiderte sie ungeduldig. »Also gut, die Liste ist ein bisschen gewagt. Na und? Ich finde sie ziemlich ulkig, und die meisten Menschen sind offenbar meiner Meinung. Morgen früh treten wir in *Good Morning America* auf. Auch *People* will was über uns bringen. Wir haben beschlossen, mit allen zu reden, die ein Interview haben wollen, denn auf diese Weise stirbt die ganze Sache umso schneller. In ein paar Tagen macht irgendeine andere Geschichte Schlagzeilen, aber bis dahin wollen wir das Beste daraus machen.«

Er schüttelte den Kopf. »Du bist nicht mehr die Frau, die ich geheiratet habe«, stellte er anklagend fest.

»Das ist schon okay, schließlich bist du auch nicht der Mann, den *ich* geheiratet habe.«

Er drehte sich um und stapfte aus der Küche. T.J.s Blick senkte sich auf die Teetasse in ihrer Hand, und sie blinzelte die Tränen zurück. So, jetzt war es wenigstens auf dem Tisch. Ihr hätte schon längst ein Licht aufgehen müssen. Schließlich wusste sie wohl am besten, wie Galan sich benahm, wenn er verliebt war.

Brick lag nicht wie sonst schlafend auf dem Sofa, als Marci heimkam, doch sein alter Pick-up parkte in der Einfahrt. Sie ging gleich weiter ins Schlafzimmer, wo er gerade seine Sachen in einen Reisesack stopfte. »Willst du irgendwohin?«, fragte sie.

»Ja«, antwortete er mürrisch.

Sie schaute ihm beim Packen zu. Wenn man auf Kneipentypen stand, sah er mit seinen langen dunklen Haaren, dem unrasierten Kinn, den nicht allzu feinen Gesichtszügen und dem Standard-Ensemble von engen Jeans, engem T-Shirt und abgetretenen Stiefeln ziemlich gut aus. Er war zehn Jahre jünger als sie, hatte es noch nie lange in einem Job ausgehalten und wenig Sinn für alles, was nichts mit Sport zu tun hatte – mal ehrlich, er war nicht gerade der Jahrhundertgewinn. Gott sei Dank war sie nicht in ihn verliebt. Sie war seit Jahren in niemanden mehr verliebt gewesen. Eigentlich wollte sie nur etwas Geselligkeit und Sex. Das mit dem Sex brachte Brick noch hin, das mit der Geselligkeit ließ hingegen zu wünschen übrig.

Er zog den Reißverschluss des Reisesacks zu, packte ihn an den Henkeln und zwängte sich an ihr vorbei.

»Kommst du irgendwann wieder?«, fragte sie. »Oder soll ich dir deine restlichen Sachen nachschicken?«

Er sah sie muffig an. »Wieso interessiert dich das? Vielleicht hast du ja schon wen in Reserve, der meinen Platz einnimmt, hä? Einen mit fünfundzwanzig-Zentimeter-Schwanz, so wie du ihn gern hast.«

Sie verdrehte die Augen. »Heiliger Jesus«, murmelte sie. »Bewahre mich vor einem verletzten Männer-Ego.«

»Du würdest das sowieso nicht verstehen«, sagte er, und zu ihrer Überraschung entdeckte sie in seiner Stimme einen Anflug von Gekränktheit.

Marci stand blinzelnd in der Tür, während Brick aus dem Haus stürmte und die Tür seines Pickups zudonnerte. Er setzte so resolut aus der Einfahrt, dass der Kies unter den Reifen aufspritzte.

Sie war entgeistert. Brick, gekränkt? Wer hätte das gedacht?

Also, entweder würde er irgendwann wiederkommen oder auch nicht. Sie zuckte im Geist mit den Schultern, öffnete den Karton mit ihrem neuen Anrufbeantworter und hatte ihn wenig später angeschlossen. Während sie die Ansage aufnahm, fragte sie sich, wie viele Anrufe sie wohl verpasst hatte, weil Brick ihren alten Anrufbeantworter gegen die Wand geschleudert hatte. Selbst wenn er in der Zwischenzeit ans Telefon gegangen wäre, hätte er bestimmt keine Nachrichten für sie entgegengenommen, nicht in seiner gegenwärtigen Verfassung.

Wenn es irgendwas Wichtiges gab, dachte sie bei sich, würden die Anrufer es bestimmt noch mal versuchen.

Kaum hatte sie den Gedanken gefasst, da läutete das Telefon. Sie nahm den Hörer ab. »Hallo?«

»Welche bist du?«, flüsterte eine gespenstische Stimme.

13

Jaine hievte mühsam ein halbes Lid in die Höhe und lugte grimmig auf die Uhr, die ein ausgesprochen störendes, hohes Piepen von sich gab. Nach geraumer Weile erkannte sie, dass es sich um das Wecksignal handelte – schließlich hatte sie es noch nie um zwei Uhr früh gehört –, fuhr die Hand aus und brachte den Wecker mit einem energischen Hieb zum Schweigen. Sie rollte sich in der erholsamen Stille zusammen und fragte sich verschlafen, warum in aller Welt der Wecker zu dieser gottlosen Stunde losgegangen war.

Weil sie ihn so eingestellt hatte, dass er zu dieser gottlosen Stunde losging, darum.

»Nein«, ächzte sie in die Dunkelheit hinein. »Ich kann noch nicht aufstehen. Ich bin erst seit vier Stunden im Bett!«

Sie stand trotzdem auf. Gott sei Dank hatte sie die Geistesgegenwart besessen, die Kaffeemaschine vor dem Schlafengehen zu füllen und die Zeitschaltuhr auf ein Uhr fünfzig zu stellen. Der Kaffeeduft lockte sie, wenn auch strauchelnd, in Richtung Küche. Sie schaltete das Deckenlicht ein und musste die Augen gegen die gleißende Helligkeit zusammenkneifen.

»Diese Fernsehtypen müssen vom Mars kommen«, knurrte sie, während sie nach einem Kaffeebecher tastete. »Kein normaler Mensch würde so was jeden Tag mitmachen.«

Mit einer Tasse Kaffee im Bauch schaffte sie es schließlich unter die Dusche. Erst als das Wasser auf ihren Kopf prasselte, fiel ihr wieder ein, dass sie gar nicht vorgehabt hatte, ihre Haare zu waschen. Da sie bei ihren Berechnungen, wie lange sie zum Aufstehen brauchte, keine Zeit zum Waschen und Föhnen einkalkuliert hatte, war sie schon jetzt offiziell im Verzug. Stöhnend sank sie gegen die Wand. »Ich schaffe das einfach nicht.«

Eine Minute später redete sie sich gut zu, dennoch ihr Bestes zu versuchen. In aller Eile seifte sie sich ein und rubbelte den Schaum mit ihrem Luffa-Schwamm wieder ab, und drei Minuten später war sie aus der Dusche gesprungen. Eine zweite Tasse Kaffee neben sich, föhnte sie ihr Haar trocken und glättete dann die abstehenden Strähnen mit einem Klecks Haargel. Wenn man so früh aufstand, war Make-up unverzichtbar, um die damit verbundene Miene ungläubigen Entsetzens zu kaschieren;

sie trug es schnell und großzügig auf, denn sie hatte sich für den glamourösen Komme-gerade-von-einer-irren-Party-Look entschieden. Das Ergebnis war eher ein Habe-einen-Riesenkater-Look, aber sie wollte nicht noch mehr Zeit auf ein hoffnungsloses Unterfangen verschwenden.

Nichts Weißes oder Schwarzes, hatte die Dame vom Fernsehen befohlen. Jaine zog einen langen, schmalen schwarzen Rock an, weil sie davon ausging, dass die Dame gemeint hatte, sie solle in der oberen Hälfte, die im Bild erscheinen würde, nichts Schwarzes anziehen. Sie komplettierte den schwarzen Rock durch einen roten Sweater mit Dreiviertel-Ärmeln und U-Ausschnitt, schlang anschließend einen engen Gürtel um die Taille und schlüpfte zuletzt, noch während sie klassische Goldkreolen durch ihre Ohrlöcher schob, mit den Füßen in schwarze Pumps.

Sie warf einen Blick auf die Uhr. Drei Uhr. Verdammt, sie war wirklich gut!

Aber sie würde sich eher die Zunge abbeißen, als das jemandem zu erzählen.

Also gut, was noch? Essen und Wasser für BooBoo, der sich irgendwo versteckt hielt. Schlaues Kätzchen, dachte sie.

Nachdem diese kleine Obliegenheit erledigt war, schloss sie um fünf nach drei die Tür hinter sich ab. Die Einfahrt nebenan war immer noch leer. Kein brauner Pontiac stand dort, und sie hatte während der Nacht auch kein anderes Fahrzeug gehört. Sam war nicht nach Hause gekommen.

Wahrscheinlich hatte er eine Freundin, dachte sie zähneknirschend. *Scheiße!* Wie blöd war sie eigentlich? Natürlich hatte er eine Freundin. Männer wie Sam hatten immer eine Frau, oder zwei oder drei, am Gängelbändchen. Bei ihr hatte er infolge ihrer mangelnden Verhütung nicht landen können, darum war er einfach zur nächsten Blume weitergesummt.

»Vollidiot«, knurrte sie und ließ sich in ihre Viper sinken. Wie hatte sie nur ihre Erlebnisse aus den Beziehungskriegen vergessen und sich so einspinnen lassen können? Ganz offensichtlich hatten die Hormone ihr Hirn vernebelt und ihr eine Überdosis Eierstock-Wein eingeschenkt, die stärkste, jeden gesunden Menschenverstand ausschaltende Substanz im Universum. Oder anders ausgedrückt, sie hatte nur einen Blick auf seinen nackten Körper geworfen und war rollig geworden.

»Vergiss die ganze Sache«, murmelte sie vor sich hin, während sie durch die stillen Wohnstraßen kreuzte. »Denk einfach nicht mehr dran.« Na klar. Nichts einfacher, als den Anblick dieses stolz und schamlos herumgeschwenkten Joysticks zu vergessen.

Die Aussicht, diese Ehrfurcht gebietende, den Mund wässrig machende Erektion abschreiben zu müssen, ohne auch nur einmal in ihren Genuss gekommen zu sein, brachte sie fast zum Heulen, doch dies war sie ihrem Stolz schuldig. Auf gar keinen Fall wollte sie eine unter vielen im Kopf oder gar im Bett eines Mannes sein.

Seine einzige Entschuldigung, dachte sie, war es, wenn er irgendwo im Krankenhaus lag und zu schwer verletzt war, um ein Telefon in die Hand zu nehmen. Keinesfalls hatte man ihn niedergeschossen oder etwas Ähnliches; wenn ein Polizist verletzt worden wäre, hätten sie das in den Nachrichten gebracht. Und falls er in einen Verkehrsunfall verwickelt war, hätte Mrs Kulavich ihr davon erzählt. Nein, er war gesund und munter und steckte weiß Gott wo. Das weiß Gott wo und vor allem das Stecken war das Problem.

Nur um alle Unwägbarkeiten abzudecken, versuchte sie ein winziges bisschen Angst um ihn zu entwickeln, doch was sie zustande brachte, war lediglich der aus tiefstem Herzen emporsteigende Wunsch, ihn zu erwürgen.

Sie wusste nur zu gut, dass es sich nicht lohnte, wegen eines Mannes den Kopf zu verlieren. Genau das war jedoch gleichzeitig das Deprimierende: Sie *wusste* es. Drei aufgelöste Verlobungen hatten sie gelehrt, dass eine Frau all ihre Sinne beisammen halten musste, sobald es um die männliche Gattung ging, andernfalls konnte sie sich schwere seelische Verletzungen zuziehen. Noch hatte Sam sie nicht verletzt – jedenfalls nicht schwer –, aber sie war knapp davor gewesen, einen gravierenden Fehler zu begehen, und der Gedanke, dass sie so gutgläubig war, ärgerte sie.

Verflucht noch mal, warum hatte er nicht wenigstens angerufen?

Wenn sie eine Haarsträhne von ihm gehabt hätte, überlegte sie, hätte sie ihm einen bösen Fluch anhängen können, aber unter Garantie würde er sie mit einer Schere nicht in seine Nähe kommen lassen.

Sie vertrieb sich die Zeit damit, fantasievolle Verwünschungen zu erfinden, nur für den Fall, dass sie irgendwann ein Haar von ihm in die Finger bekam. Am besten gefiel ihr der Fluch, bei dem sie ihm eine ganz bestimmte Art von Gliederschwäche anhängte. Hah! Wenn sich sein Joystick erst in eine melancholische Nudel verwandelte, würde er schon sehen, wie viele Frauen ihn noch anschmachteten.

Andererseits reagierte sie möglicherweise zu

heftig. Ein einziger Kuss machte noch keine Beziehung. Sie konnte keinerlei Ansprüche auf ihn, seine Zeit oder seine Erektionen geltend machen.

Von wegen.

Also gut, so viel zur Logik. Offenbar musste sie auf ihren Instinkt vertrauen, weil kaum Raum für etwas anderes blieb.

Ihre Gefühle Sam gegenüber sprengten jede Norm und setzten sich gleichermaßen aus Zorn und Leidenschaft zusammen. Er konnte sie schneller und heftiger in Rage bringen als jeder andere Mensch in ihrem Leben. Auch mit seiner Annahme, wenn er sie küsste, würden sie beide irgendwann nackt enden, hatte er ins Schwarze getroffen. Hätte er sich einen besseren Schauplatz ausgesucht, hätten sie nicht mitten auf ihrer Einfahrt gestanden, dann wäre sie nicht mehr rechtzeitig zur Besinnung gekommen, um ihm Einhalt zu gebieten.

Wenn sie schon so ehrlich zu sich war, dann konnte sie auch gleich zugeben, dass ihre Streits sie ausgesprochen fröhlich stimmten. Bei allen drei Verlobten – um genau zu sein, bei fast allen Menschen – hatte sie sich zurückhalten und die verbalen Tiefschläge verkneifen müssen. Sie wusste, dass sie eine große Klappe hatte; Shelley wie auch David hatten ihr das oft und lang genug vorgehalten. Ihre Mutter hatte versucht, Jaine dazu zu bringen, ihre Zunge im Zaum zu halten, was ihr zum Teil auch gelungen war. Während ihrer gesamten Schulzeit hatte sie sich angestrengt, den Mund zu halten, weil die Schulkameraden ihren Gedankengängen nicht zu folgen vermochten und auf ihre Geistesblitze nur mit ungläubigem Staunen reagierten. Außerdem wollte Jaine niemandem wehtun, was sie, wie sie schon früh gemerkt hatte, allein dadurch bewerkstelligen konnte, dass sie ihren Gedanken Worte verlieh.

Ihr lag so viel an der Freundschaft mit Marci, T.J. und Luna, weil die drei anderen, so unterschiedlich sie auch sein mochten, selbst ihre schärferen Bemerkungen akzeptierten, ohne sich davon einschüchtern zu lassen. Im Umgang mit Sam empfand Jaine dieselbe Art von Erleichterung, denn Sam besaß ebenfalls eine große Klappe und war verbal genauso gewandt und fix wie sie.

Das wollte sie nicht aufgeben. Nachdem sie sich das erst eingestanden hatte, war ihr klar, dass ihr genau zwei Möglichkeiten blieben: entweder sie zog den Schwanz ein, was ihr erster Impuls gewesen war, oder sie konnte ihm eine Lektion erteilen... eine Lektion, nicht auf ihren Gefühlen herumzutrampeln, verdammt noch mal! Wenn es etwas gab, auf dem niemand herumtrampeln durfte, dann waren das ihre Gefühle. Also gut, zwei Sachen – auf der Viper durfte auch niemand herumtrampeln. Aber Sam… für Sam lohnte sich ein Kampf. Falls er außer ihr noch andere Frauen im Kopf und im Bett hatte, dann würde Jaine ihre Rivalinnen einfach aus dem Feld schlagen müssen und ihn anschließend für ihre Mühen bezahlen lassen.

So. Schon ging es ihr besser. Sie hatte sich zum Handeln entschlossen.

Schneller als erwartet traf sie vor dem Sender ein, doch andererseits war so früh am Morgen kaum jemand auf den Freeways und Straßen unterwegs. Luna war schon da und kletterte aus ihrem weißen Camaro, frisch und ausgeruht, als wäre es neun Uhr vormittags und nicht kurz vor vier Uhr nachts. Sie trug ein Etuikleid aus goldener Seide, das ihre Milchkaffeehaut zum Leuchten brachte.

»Unheimlich, wie?«, fragte sie, als Jaine sich zu ihr gesellt hatte und sie gemeinsam wie angewiesen zum Hintereingang des Senders stöckelten.

»Abartig«, stimmte Jaine ihr zu. »Es ist absolut unnatürlich, dass jemand zu so früher Stunde aufstehen und funktionieren soll.«

Luna lachte. »Bestimmt haben alle anderen auf der Straße nur Böses im Schilde geführt, wieso sollten sie denn sonst so früh auf sein?«

»Drogendealer und Perverse, jeder Einzelne davon.«

»Nutten.«

»Bankräuber.«

»Mörder und Frauenschläger.«

»Fernsehmenschen.«

Sie lachten immer noch, als Marci auf den Parkplatz einbog. Marcis erste Worte waren: »Habt ihr die ganzen schrägen Vögel auf der Straße bemerkt? Ich glaube, die trauen sich alle nur um Mitternacht raus.«

»Das Thema hatten wir schon«, bestätigte Jaine grinsend. »Ich glaube, wir können mit Fug und Recht behaupten, dass wir alle keine Partygirls sind, die regelmäßig erst im Morgengrauen nach Hause kriechen.«

»Ich bin oft genug heimgekrochen«, widersprach Marci fröhlich. »Bis ich es leid war, ständig Schuhabdrücke auf meinen Handrücken zu finden.« Sie sah sich um. »Das gibt es doch nicht, dass ich vor T.J. hier bin: Die kommt doch immer zu früh, und ich komme fast immer zu spät.«

»Vielleicht hatte Galan einen Wutanfall und ihr verboten herzukommen«, riet Luna.

»Nein, wenn sie nicht kommen würde, hätte sie angerufen«, wandte Jaine ein. Sie schaute auf die Uhr: fünf vor vier. »Gehen wir rein. Vielleicht gibt es drinnen Kaffee; bei mir darf der Nachschub nicht abreißen, wenn ich auch nur einen zusammenhängenden Satz von mir geben soll.«

Jaine war schon einmal in einem Fernsehsender gewesen, darum überraschten sie die höhlenartigen Räume, die Dunkelheit und die schlangengleichen Kabel überall auf dem Boden nicht. Kameras und Strahler standen wie Wachposten verteilt, während die Monitore jede Bewegung aufzeichneten. Es waren ein paar Leute da, die meisten in Jeans und Turnschuhen, plus eine Frau im schicken apricotfarbenen Kostüm. Sie kam mit einem strahlenden, professionellen Lächeln und ausgestreckter Hand auf sie zu.

»Hallo, ich bin Julia Belotti hier von GMA. Ich nehme an, Sie sind die Ladys von der Liste?« Sie lachte über ihren eigenen Scherz und schüttelte reihum Hände. »Ich mache das Interview. Aber sind Sie nicht zu viert?«

Jaine verkniff sich den Impuls, alle Nasen abzuzählen und zu antworten: »Nein, ich glaube, wir sind nur zu dritt.«

Diese vorwitzigen Kommentare behielt sie normalerweise für sich.

»T.J. hat sich verspätet«, erläuterte Marci.

»T.J. Yother, richtig?« Ms Belotti wollte demonstrieren, dass sie ihre Hausaufgaben gemacht hatte. »Dass Sie Marci Dean sind, weiß ich; ich habe den Bericht im Lokalfernsehen gesehen.« Sie sah Jaine prüfend an. »Und Sie sind...?«

»Jaine Bright.«

»Die Kamera wird Ihr Gesicht lieben«, prophezeite Ms Belotti und strahlte im nächsten Moment Luna an. »Dann müssen Sie Luna Scissum sein. Ich muss schon sagen, wenn Ms Yother ebenso attraktiv ist, dann wird das ein echter Hit. Sie wissen doch, wie viel Wind Ihre Liste in New York macht?«

»Eigentlich nicht«, antwortete Luna. »Wir sind schon überrascht, dass sie in Detroit so viel Aufmerksamkeit erregt.«

»Dazu müssen Sie während der Aufnahme unbedingt etwas sagen«, befahl Ms Belotti und blickte auf ihre Uhr. Eine winzige ärgerliche Falte begann sich zwischen ihren Brauen zu furchen; doch in diesem Moment ging die Tür auf, und T.J. trat ein, makellos frisiert und geschminkt und in ein strahlend blaues Kleid gehüllt, das ihrem warmen Teint schmeichelte.

»Ich bitte die Verspätung zu entschuldigen«, sagte sie, als sie zu ihnen gestoßen war. Sie bot keine weitere Erklärung an, und auf einen prüfenden Blick hin entdeckte Jaine die Müdigkeit unter ihrer Schminke. In Anbetracht der frühen Stunde hatten sie allen Grund, müde auszusehen, doch bei T.J. verstärkte Stress die Erschöpfung.

»Wo ist hier die Toilette?«, erkundigte sich Jaine. »Wenn die Zeit noch reicht, würde ich gern meinen Lippenstift nachziehen und mir dann eine Tasse Kaffee besorgen, falls es irgendwo welchen gibt.«

Ms Belotti lachte. »In einem Fernsehstudio gibt es immer Kaffee. Die Damentoilette ist dort hinten.« Sie deutete in einen langen Gang.

Sobald die Tür sich hinter ihnen geschlossen hatte, sahen alle T.J. an. »Bist du in Ordnung?«, fragte Jaine.

»Wenn ihr wegen Galan fragt: Ja, ich bin in Ordnung. Ich habe ihn gestern Abend ins Motel geschickt. Vielleicht hat er von dort aus seine Freundin angerufen, damit sie ihm Gesellschaft leistet, aber das muss er selbst wissen.«

»Freundin!«, wiederholte Luna mit entsetzten, weit aufgerissenen Augen.

»Leck mich am Arsch«, meinte Marci und überließ es T.J. zu entscheiden, ob sie mit diesem Ausruf Empörung oder Fassungslosigkeit ausdrücken wollte.

Jaine meinte: »Jetzt kann er dir eigentlich kaum mehr Vorhaltungen wegen der Liste machen, oder?«

T.J. lachte. »Gar keine, und das weiß er auch.« Sie schaute reihum in die besorgten Gesichter. »Hey, es ist schon gut. Falls er sich scheiden lassen will, bringe ich die Sache lieber gleich hinter mich, bevor ich noch mehr Zeit darauf verschwende, unsere Ehe retten zu wollen. Seit ich mir darüber im Klaren bin, mache ich mir keine Sorgen mehr.«

»Wie lange hat er denn schon eine Affäre?«, fragte Marci.

»Er schwört, dass er keine hat, dass er mich nie betrogen hat. Fragt mich mal, ob ich ihm glaube.«

»Na klar«, meinte Jaine. »Ich glaube ja auch, dass die Sonne im Westen aufgeht.«

»Er könnte die Wahrheit sagen«, wandte Luna ein.

»Durchaus möglich, aber nicht wahrscheinlich.« Aus Marci sprach die Stimme der Erfahrung.

»Ganz gleich, wie viel sie zugeben, es ist immer nur die Spitze des Eisbergs. Das liegt in der Natur des Menschen.«

T.J. prüfte ihren Lippenstift. »Ich weiß nicht, ob das überhaupt von Bedeutung ist. Wenn er in eine andere verliebt ist, was tut es dann zur Sache, ob er mit ihr geschlafen hat oder nicht? Ganz egal, vergesst ihn. Ich tue es jedenfalls; wenn es irgendwelche Versöhnungsversuche geben soll, dann müssen sie von ihm ausgehen. Ich werde so viel wie überhaupt nur möglich aus dieser Listen-Geschichte rausholen. Und wenn man uns irgendeinen Buchvertrag anbietet, bin ich dafür, ihn anzunehmen. Wir haben so viel durchgemacht, dass dabei ruhig was für uns rausspringen könnte.«

»Amen«, schloss Marci und ergänzte dann: »Brick ist ausgezogen. Ich habe seine Gefühle verletzt.«

Die drei anderen staunten sie an und versuchten, sich Brick mit Gefühlen vorzustellen.

»Wenn er nicht zurückkommt«, beschwerte sie sich, »muss ich den ganzen Dating-Zirkus noch mal mitmachen. O Mann, was für ein grauenvoller Gedanke. Zum Tanzen gehen, mich von fremden Männern einladen lassen… einfach schrecklich.«

Lachend kamen sie wieder aus der Damentoilette. Ms Belotti erwartete sie bereits. Sie geleitete sie zur Kaffeemaschine, wo jemand vier Tassen für sie aufgebaut hatte. »Wenn Sie so weit sind, haben wir einen kleinen Set für die Aufnahme vorbereitet«, sagte sie, womit sie ihnen höflich zu verstehen gab, dass sie den Mund halten und sich hinsetzen sollten. »Der Toningenieur muss noch die Mikros anbringen und einen Soundcheck machen, und wir müssen das Licht einstellen. Wenn Sie bitte mitkommen würden…«

Die Handtaschen wurden außer Sichtweite verstaut, dann ließen sie sich mit den Kaffeetassen in der Hand in einem kleinen Set nieder, der mit seinem Sofa und den zwei Sesseln, den künstlichen Farnpflanzen und der diskreten, nicht eingeschalteten Stehlampe wie ein gemütliches Wohnzimmer wirken sollte. Ein junger Mann, dem Aussehen nach höchstens zwanzig, begann ihnen jeweils ein winziges Mikrofon anzuheften. Ihr eigenes Mikrofon klipste Ms Belotti am Aufschlag ihrer Kostümjacke fest.

Keine von ihnen war so vorausschauend gewesen, ein Jackett anzuziehen. Lunas goldenes Etuikleid war okay, genau wie der am Schlüsselbein angesetzte Ausschnitt von T.J.s Kleid. Marci trug einen ärmellosen Rollkragen-Pollunder, weshalb das Mikrofon nur direkt unter ihrem Hals befestigt werden konnte. Sie würde darauf achten müssen, nicht den Kopf zu bewegen, sonst würde das Rumpeln alles andere übertönen. Dann erblickte der Toningenieur Jaines roten Sweater mit U-Ausschnitt und sagte: »Oje.«

Grinsend streckte Jaine die Hand aus. »Ich werde es selbst anstecken. Möchten Sie es an der Seite oder lieber in der Mitte haben?«

Er erwiderte ihr Grinsen. »Ich hätte es gern genau in der Mitte.«

»Keine Zweideutigkeiten«, ermahnte sie ihn,

wobei sie das Mikrofon unter ihren Sweater schob und es zwischen ihren Brüsten am Ausschnitt befestigte. »Dazu ist es zu früh.«

»Ich werde mich bemühen.« Mit einem Zwinkern befestigte er die Leitung an ihrer Seite und kehrte dann hinter sein Mischpult zurück. »Okay, wenn Sie jetzt alle nacheinander etwas sagen würden, damit ich den Ton abstimmen kann.«

Ms Belotti fing ein unverfängliches Gespräch an, indem sie fragte, ob sie alle aus der Gegend um Detroit stammten. Nachdem der Ton eingestellt und die Kameras in Position waren, sah Ms Belotti zum Aufnahmeleiter hinüber, der den Countdown abzählte, und begann auf dessen Fingerzeig hin ohne zu zögern mit dem Einleitungstext über die berühmte – »oder berüchtigte, je nach Blickwinkel –« Liste, die das ganze Land in Aufruhr versetzte und über die in allen Staaten am Frühstückstisch gesprochen wurde. Dann stellte sie die vier Freundinnen der Reihe nach vor und fragte: »Ist eine von Ihnen im richtigen Leben mit einem Mr Perfekt zusammen?«

Alle prusteten los. Wenn die wüsste!

Luna stupste mit ihrem Knie Jaine an. Auf dieses Zeichen hin sagte Jaine: »Kein Mensch ist perfekt. Wir haben damals gewitzelt, dass diese Liste reine Science-Fiction ist.«

»Science-Fiction oder nicht, die Menschen nehmen die Liste durchaus ernst.«

»Das ist deren Sache«, mischte sich Marci ein. »Die Eigenschaften, die wir aufgeführt haben, sind *unsere* Vorstellungen, wie ein perfekter Mann sein sollte. Vier andere Frauen hätten wahrscheinlich ganz andere Eigenschaften genannt oder sie in einer anderen Reihenfolge aufgeführt.«

»Sie haben bestimmt mitbekommen, dass die feministischen Gruppen sich besonders über die körperlichen und sexuellen Wünsche auf der Liste ereifern. Nachdem sie jahrelang darum gekämpft haben, nicht nach ihrem Aussehen oder ihrer BH-Größe beurteilt zu werden, haben sie nun das Gefühl, dass Sie ihre Position schwer beschädigt haben, indem Sie die Männer nach körperlichen Merkmalen einordnen.«

Luna zog eine makellose Braue hoch. »Ich dachte, die feministische Bewegung hätte stets dafür gekämpft, dass Frauen ehrlich sagen dürfen, was sie wollen. Wir haben aufgeschrieben, was wir uns wünschen. Wir waren nur ehrlich.« Diese Art von Fragen kam ihr sehr entgegen; sie hielt politisch korrektes Denken für eine Perversion und hatte in dieser Hinsicht noch nie ein Blatt vor den Mund genommen.

»Außerdem konnten wir nicht wissen, dass die

Liste solche Kreise ziehen würde«, warf T.J. ein. »Dass sie veröffentlicht wurde, ist nämlich purer Zufall.«

»Wenn Sie gewusst hätten, dass die Liste veröffentlicht würde, wären Sie also nicht so ehrlich gewesen?«

»Nein«, platzte Jaine dazwischen. »Dann hätten wir unsere Anforderungen noch höher geschraubt.« Und wenn schon; warum sollten sie nicht das Beste aus der Situation machen, genau wie T.J. vorgeschlagen hatte?

»Sie haben gesagt, in Ihrem Leben gäbe es keinen Mr Perfekt«, meinte Ms Belotti aalglatt. »Haben Sie überhaupt einen Mann?«

Alle Achtung, diese Spitze hatte Ms Belotti mit der Raffinesse einer wahren Künstlerin gesetzt, erkannte Jaine und fragte sich sofort, ob sie in diesem Interview vielleicht als Frauen hingestellt werden sollten, die keinen Mann bei der Stange halten konnten. Mit einem leisen Lächeln musste sie zugeben, dass Ms Belotti unter den gegebenen Umständen ins Schwarze getroffen hatte. Aber wenn sie ihrem Interview ein wenig Würze verleihen wollte, dann sollte sie die bekommen. »Nicht direkt«, antwortete sie. »Die wenigsten können sich da messen.«

Marci und T.J. lachten. Luna beschränkte sich

auf ein Lächeln. Aus dem Off war ein hastig unterdrücktes Kichern zu vernehmen.

Ms Belotti wandte sich an T.J. »Soweit ich weiß, sind Sie die Einzige aus Ihrer Gruppe, die verheiratet ist, Ms Yother. Was hält Ihr Mann von dieser Liste?«

»Nicht viel«, gab T.J. fröhlich zu. »Genauso wenig, wie es mir gefallen würde, wenn er sich auf der Straße nach einem großen Busen umdrehen würde.«

»Sie wollten ihn mit dieser Liste also auch ermahnen, sich am Riemen zu reißen?«

Zu spät ging Ms Belotti auf, dass diese Wortwahl nicht die allerglücklichste war. »Bevor T.J. es tut«, erwiderte Marci tiefernst. Zum Glück wurde das Interview nicht live gesendet.

»Die Sache ist so«, führte Luna aus, »die meisten unserer Anforderungen betreffen Eigenschaften, die jeder Mensch besitzen sollte. An oberster Stelle stand Treue, das dürfen Sie nicht vergessen. Wenn man in einer Beziehung lebt, sollte man treu sein.«

»Ich habe den ganzen Artikel über die Liste gelesen, und wenn Sie ehrlich sind, werden Sie zugeben, dass sich der größte Teil Ihrer Unterhaltung nicht um Treue oder Zuverlässigkeit gedreht hat. Die heftigsten Diskussionen gab es um die körperlichen Merkmale des idealen Mannes.«

»Wir haben rumgeblödelt«, erklärte Jaine ganz ruhig. »Und wir sind nicht verrückt; natürlich wollen wir einen Mann, der gut aussieht.«

Ms Belotti warf einen Blick in ihre Unterlagen. »In dem Artikel werden Sie nicht namentlich genannt. Sie werden als *A,B,C* und *D* aufgeführt. Wer von Ihnen ist *A*?«

»Das wollen wir nicht verraten«, wehrte Jaine ab. Sie spürte, wie sich Marci neben ihr versteifte.

»Die Menschen interessieren sich sehr dafür, wer was gesagt hat«, erläuterte Marci. »Ich habe schon anonyme Anrufe bekommen, bei denen ich gefragt wurde, welche ich bin.«

»Ich auch«, warf T.J. ein. »Aber das bleibt unser Geheimnis. Wir waren nicht immer einer Meinung; vielleicht hat die eine oder andere bei manchen Punkten abweichend von den Übrigen empfunden. Doch in dieser Hinsicht möchten wir uns nicht entblößen.«

Auch das war nicht wirklich glücklich ausgedrückt. Als das Gelächter abgeflaut war, kam Ms Belotti noch einmal auf persönliche Dinge zu sprechen. »Haben Sie einen festen Freund?«, fragte sie Luna.

»Nicht nur einen.« Nimm das, Shamal.

Sie sah Marci an. »Und Sie?«

»Nicht mehr.« Nimm das, Brick.

»Also ist Ms Yother die Einzige in einer festen Beziehung. Glauben Sie, das könnte bedeuten, dass Sie Ihre Ideale zu hoch angesetzt haben?«

»Warum sollten wir die Latte tiefer legen?«, fragte Jaine mit blitzenden Augen zurück, und von da an ging es mit dem Interview bergab.

»Mein Gott, bin ich müde«, verkündete T.J. gähnend, als sie um halb sieben das Studio verließen. Ms Belotti hatte jede Menge Material für die kurze Sendestrecke, die dann tatsächlich ausgestrahlt würde. Irgendwann hatte sie ihre Unterlagen vollkommen vergessen und leidenschaftlich den politisch korrekten Standpunkt verteidigt. Jaine bezweifelte, dass ein Morgenmagazin irgendetwas von dem gebrauchen konnte, was sie von sich gegeben hatten, aber die Mannschaft im Studio war fasziniert gewesen.

Was immer brauchbar davon war, sollte am kommenden Montag gesendet werden. Vielleicht würde danach das Interesse erlahmen. Wie lange konnte man denn auch über eine Liste diskutieren? Die Menschen hatten schließlich anderes zu tun, und die Liste hatte die ihr zustehende Viertelstunde längst überlebt.

»Diese Anrufe machen mir zu schaffen.« Marci sah streng in den hellen, wolkenlosen Morgenhimmel auf. »Es gibt schon komische Menschen. Wer weiß, wem wir jetzt schon wieder auf den Schwanz steigen.«

Jaine wusste schon jemanden, dem sie gern auf den Schwanz steigen würde. Falls irgendwas von dem, was sie gesagt hatte, gesendet würde, dann würde Sam das als persönliche Herausforderung auffassen. Hoffentlich – denn genauso war es gemeint gewesen.

14

»Also gut«, sagte Marci, nachdem man ihnen in dem Restaurant, wo sie zum Frühstücken eingekehrt waren, Kaffee serviert und das bestellte Essen gebracht hatte, »erzähl uns von Galan.«

»Da gibt es nicht viel zu erzählen«, erwiderte T.J. achselzuckend. »Als ich gestern nach Hause kam, war er noch da. Zuerst hat er von mir verlangt, dass ich meine Freundinnen aufgebe – vor allem drei, und ratet mal, *welche*. Ich habe ihm geantwortet, dass er für jede von meinen Freundinnen einen von seinen Freunden aufgeben muss. Dann – ich schätze, das war weibliche Intuition, habe ich mich ganz plötzlich gefragt, ob nicht eine andere Frau dahinter steckt, dass er seit zwei Jahren so unterkühlt ist.«

»Was ist eigentlich los mit dem Mann?«, ereiferte sich Luna. »Begreift er denn nicht, wie glücklich er sich schätzen kann, dich zu haben?«

T.J. lächelte. »Danke für das Vertrauensvotum. Ich habe noch nicht aufgegeben, müsst ihr wissen. Vielleicht können wir unsere Beziehung wieder ins Lot kriegen, aber falls nicht, dann werde ich mich nicht davon zerstören lassen. Ich habe gestern Nacht lange nachgedacht, und Galan ist nicht allein an allem schuld. Ich bin genauso wenig Mrs Perfekt, wie er Mr Perfekt ist.«

»Aber *du* triffst dich nicht mit einem anderen Mann«, bemerkte Jaine spitz.

»Ich habe nicht gesagt, dass wir *gleich* schuldig sind. Wenn ihm etwas daran liegt, mit mir verheiratet zu bleiben, hat er eine Menge wieder gutzumachen. Aber auch ich habe einiges gutzumachen.«

»Zum Beispiel?«, fragte Marci.

»Na ja, ich habe mich zwar nicht völlig gehen lassen, aber ich habe auch keinerlei Anstrengung unternommen, ihn zu halten. Außerdem habe ich ihm dauernd nur zugestimmt, einfach um ihn bei Laune zu halten, und mal ehrlich, das mag eine Weile ganz angenehm sein, aber wenn ein Mann eine gleichwertige Partnerin möchte, muss ihn das zum Wahnsinn treiben. Mit euch spinne ich Ideen, so wie früher mit ihm, aber inzwischen ist es so, als würde ich alles Interessante an mir vor ihm verschließen. Ich spiele die Köchin und Haushälterin für ihn, nicht die Geliebte und Partnerin, und das tut einer Ehe nicht gut. Kein Wunder, dass ihm langweilig geworden ist.«

»Weißt du, wie typisch das ist?« In Jaines Stimme schwang tiefe Entrüstung. »Was auch passiert, Frauen geben sich selbst die Schuld.« Sie rührte in ihrem Kaffee und stierte wütend in die Tasse. »Ich weiß, ich weiß, manchmal haben wir es verdient. Ich hasse es, wenn ich mich irre, verdammt.«

»Fünfundzwanzig Cent!«, antworteten drei Stimmen im Chor.

Sie suchte in ihrer Tasche nach Kleingeld, förderte aber nur vierundsechzig Cent zu Tage. Also klatschte sie einen Dollar auf den Tisch. »Eine von euch kann für die anderen beiden wechseln. Ich muss mir frisches Kleingeld besorgen. Sam hat mir alles abgeknöpft.«

Lange blieb es still, und sechs Augen waren wie gebannt auf sie gerichtet. Schließlich fragte Luna taktvoll: »Sam? Wer ist Sam?«

»Ihr wisst schon. Sam. Mein Nachbar.«

Marci kniff die Lippen zusammen. »Ist das zufällig derselbe Nachbar, der eigentlich Polizist ist, den du aber pausenlos als Vollidioten bezeichnet hast, als Säufer, Drogendealer, als miese, kleine Ratte, als Drecksmacho, der in diesem Jahrtausend noch keinen Rasierapparat und keine Dusche gesehen hat –«

»Schon gut, schon gut«, bremste Jaine sie. »Ja, genau der.«

»Aber inzwischen nennt ihr euch beim Vornamen?«, fragte T.J. erstaunt.

Jaines Gesicht wurde heiß. »Schon irgendwie.«

»O mein Gott!« Lunas Augen waren kreisrund. »Sie wird rot.«

»Das ist ja beängstigend«, bestätigte Marci, und sechs Augen blinzelten perplex.

Jaine wand sich auf ihrer Sitzbank und merkte, wie ihr Gesicht noch intensiver zu glühen begann. »Ich kann nichts dafür«, platzte es aus ihr heraus. »Er hat einen roten Pick-up. Mit Vierradantrieb.«

»Das erklärt natürlich alles.« T.J. blickte zur Decke auf.

»Na gut, er ist kein *absoluter* Vollidiot«, verteidigte sich Jaine. »Und wenn schon? Also genau gesagt ist er ein Vollidiot, aber er hat auch gute Eigenschaften.«

»Und die beste hängt in seiner Hose, stimmt's?«, konstatierte Marci, die wie ein Pitbull-Terrier immer zuerst auf die Weichteile losging.

Luna bewies einen erschreckenden Mangel an sittlicher Reife, indem sie erst laut jauchzte und dann: *»Uh-hu-huhuu!«* grunzte wie Tarzan persönlich.

»Aufhören!«, zischte Jaine. »So tief bin ich nicht gesunken!«

»Oho!« T.J. beugte sich vor. »Und wie tief *bist* du gesunken?«

»Es war nur ein Kuss, Schlaumeier, mehr nicht.«

»Ein Kuss bringt niemanden zum Erröten«, wandte Marci grinsend ein. »Vor allem *dich* nicht.«

Jaine schniefte. »Offenbar bist du noch nie von Sam geküsst worden, sonst würdest du keine so weltfernen Behauptungen aufstellen.«

»So gut, wie?«

Sie konnte nichts gegen das Seufzen tun, das aus ihrer Brust aufstieg, genauso wenig wie gegen das Lächeln, das um ihre Lippen zu spielen begann. »Ja. So gut.«

»Und wie lange hat es gedauert?«

»Ich habe euch doch gesagt, wir haben es nicht miteinander gemacht! Es war nur ein Kuss.« Und die Viper war nur ein Auto und der Mount Everest nur eine kleine Erhebung.

»Ich meinte den Kuss«, hakte Marci ungeduldig nach. »Wie lange hat der gedauert?«

Jaine hatte nicht die leiseste Ahnung. Sie hatte nicht auf die Uhr geschaut, und außerdem hatte diese andere Sache, wie ein unmittelbar bevorstehender, aber im letzten Moment verwehrter Höhepunkt, sie abgelenkt. »Weiß nicht. Fünf Minuten vielleicht, würde ich tippen.«

Alle blinzelten sie an. »Fünf Minuten?«, krächzte T.J. »Ein einziger Kuss?«

Schon wieder schoss ihr dieses verdammte Blut in die Wangen; sie spürte, wie ihr Gesicht in Flammen stand.

Luna schüttelte ungläubig den Kopf. »Ich hoffe, du verhütest, denn du befindest dich eindeutig im roten Bereich. Er könnte jeden Augenblick zuschlagen.«

»Das glaubt *er* auch«, bestätigte Jaine finster. »Zufällig habe ich mir gestern die Pille verschreiben lassen.«

»Offenbar ist er nicht der Einzige, der das glaubt«, prustete T.J. los und grinste breit. »Hey, das müssen wir feiern!«

»Ihr führt euch ja auf, als wäre ich von den Toten auferstanden.«

»Sagen wir mal, dein Liebesleben war eindeutig scheintot«, meinte Marci.

»War es nicht!«

»Wann bist du das letzte Mal mit einem Mann ausgegangen?«

Damit hatte sie Jaine an der Angel, denn ihr war bewusst, dass das schon ziemlich lange her war, so lange sogar, dass sie sich nicht mehr genau daran erinnern konnte. »Ich gehe halt nicht viel aus. Aber aus freien Stücken, nicht aus Mangel an Gelegenheiten. Bei der Auswahl meiner Männer hatte ich bis dato keine besonders glückliche Hand, vergesst das nicht.«

»Und was ist an diesem Sam-Polizisten-Nachbarn anders?«

»Eine Menge«, antwortete Jaine ausweichend, weil sie ihn im Geist nackt sah. Nach einem kurzen, verträumten Moment rief sie sich in die Wirklichkeit zurück. »Die meiste Zeit würde ich ihm am liebsten den Kopf abreißen.«

»Und den Rest?«

Sie grinste. »Die Kleider vom Leib reißen.«

»Hört sich für mich nach der Basis für eine gute Beziehung an«, befand Marci. »Jedenfalls ist es mehr, als mich mit Brick verbunden hat, und mit dem habe ich es immerhin ein volles Jahr ausgehalten.«

Jaine war erleichtert, dass das Thema Sam damit fürs Erste erledigt war. Wie sollte sie etwas erklären, das sie selbst nicht verstand? Er trieb sie zum Wahnsinn, bei jeder Begegnung flogen die Fetzen, und er war die ganze Nacht nicht heimgekommen. Eigentlich sollte sie schreiend die Flucht ergreifen, statt Pläne zu schmieden, wie sie ihn für sich gewinnen könnte.

»Was hat er gesagt?«

»Nicht viel, was mich wirklich überrascht hat.

Wenn Brick sauer wird, kann man mit ihm ungefähr so vernünftig reden wie mit einem tobsüchtigen Zweijährigen.« Marci stützte das Kinn auf die gefalteten Hände. »Zugegeben, er hat mich kalt erwischt. Auf Gebrüll und Gezeter war ich vorbereitet, auf ein verletztes Ego nicht.«

»Vielleicht liegt ihm mehr an dir, als du gedacht hast«, sagte Luna, aber selbst ihr war der Zweifel anzuhören.

Marci schnaubte. »Was uns verbunden hat, war für beide Seiten ausgesprochen praktisch, aber nicht gerade die Lovestory des Jahrhunderts. Wie ist es mit dir? Hast du was von Shamal gehört?« Marcis Themenwechsel ließ darauf schließen, dass sie das Thema Brick genauso gern verlassen wollte, wie Jaine es eilig gehabt hatte, über jemand anderen als Sam zu sprechen.

»Das habe ich tatsächlich.« Luna wirkte nachdenklich. »Er schien… ich weiß nicht… irgendwie beeindruckt von meiner plötzlichen Berühmtheit. Als wäre ich plötzlich irgendwie ein viel wertvollerer Mensch, versteht ihr? Er wollte mich zum Essen ausführen, statt wie sonst nur kurz vorbeizukommen.« Für kurze Zeit breitete sich ein Tuch des Schweigens über ihren Tisch. Alle sahen einander an, denn keine wusste Shamals plötzlich verändertes Verhalten zu deuten.

Luna wirkte nach wie vor nachdenklich. »Ich habe abgelehnt. Wenn ich davor nicht interessant genug für ihn war, bin ich es jetzt auch nicht.«

»Sehr gut«, bekräftigte Jaine erleichtert. Alle klatschten sich gegenseitig auf die erhobenen Hände. »Und jetzt? Ist Shamal damit offiziell Vergangenheit, oder hast du ihn nur auf Eis gelegt?«

»Er liegt erst mal auf Eis. Aber ich werde ihn bestimmt nicht anrufen; falls er mich sehen will, muss er schon selbst zum Hörer greifen.«

»Aber du hast ihn doch weggeschickt«, wandte Marci ein.

»Ich habe schließlich nicht gesagt, er soll in den Wind schießen; ich habe bloß sein Angebot abgelehnt und ihm erklärt, ich hätte was anderes vor.« Sie zuckte mit den Achseln. »Wenn er wirklich eine Beziehung will, dann brauchen wir neue Spielregeln, und diesmal will ich auch ein paar aufstellen, statt ständig nur nach seinen zu spielen.«

»Wir sind unmöglich«, seufzte Jaine und suchte Zuflucht in den Tiefen ihrer Kaffeetasse.

»Wir sind ganz normal«, korrigierte T.J.

»Meine Rede.«

Sie kicherten immer noch, als die Kellnerin ihr Frühstück brachte und die Teller vor ihnen auf den Tisch scheppern ließ. In Liebesdingen waren sie alle miteinander eine Katastrophe, aber was machte das schon? Nach ein paar Rühreiern und Bratkartoffeln würde die Welt viel besser aussehen.

Weil es Freitag war, hielten sie an ihrer Tradition fest, nach der Arbeit bei Ernie's einzukehren. Jaine konnte kaum glauben, dass gerade mal eine Woche vergangen war, seit sie so unbekümmert die Liste zusammengestellt hatten. In dieser Woche hatte sich eine Menge geändert. Zum einen die Atmosphäre bei Ernie's: Bei ihrem Eintritt gab es Applaus, vermischt mit Buh-Rufen. Ein paar Frauen, offenbar sittenstrenge Vorkämpferinnen für politische Korrektheit, buhten ebenfalls mit.

»Ist das zu glauben?«, murmelte T.J., als sie an ihrem Tisch saßen. »Wenn wir Prophetinnen wären, würde man uns wahrscheinlich steinigen.«

»Gesteinigt wurden damals die gefallenen Frauen«, merkte Luna an.

»Das würde genauso passen«, lachte Marci. »Dann reagieren die Menschen eben auf uns. Na und? Wenn jemand uns seine Meinung ins Gesicht sagen will, werden wir ihm die Antwort bestimmt nicht schuldig bleiben.«

Derselbe Kellner wie immer brachte ihnen das Gleiche zu trinken wie immer. »Hey, Sie sind ja inzwischen berühmt«, begrüßte er sie fröhlich. Falls er mit gewissen Punkten auf der Liste nicht einverstanden war, ließ er sich das jedenfalls nicht anmerken. Natürlich bestand die Möglichkeit, dass er keine Ahnung hatte, *welche* Punkte darauf standen.

Jaine sagte: »Ob Sie's glauben oder nicht, an dem Tisch dort drüben haben wir letzten Freitag alles ausgebrütet.«

»Im Ernst?« Er sah auf den fraglichen Tisch. »Das muss ich unbedingt dem Boss erzählen.«

»Klar, vielleicht möchte er den Tisch ja sterilisieren lassen.«

Der Kellner schüttelte langsam und zweifelnd den Kopf. »Das glaube ich nicht. Macht man so was nicht mit Hunden?«

Sie war todmüde, was sie dem Erwachen zur gottlosen Stunde von zwei Uhr nachts zu verdanken hatte, darum brauchte sie eine geschlagene Sekunde, bis sie verstand, was er meinte. »Nicht mit dem Messer, mit einem Desinfektionsmittel.«

»Ach so.« Er wirkte zutiefst erleichtert. »Ich habe mich schon gefragt, wie man so etwas mit einem Tisch anstellen will.«

»Na ja, vor allem braucht man dazu vier Leute«, erläuterte Jaine. »Jeder muss ein Bein festhalten.«

T.J. steckte den Kopf unter den Tisch, sodass man nur die Schultern unter ihrem erstickten Lachen beben sah. Marcis Augen kullerten in den

Höhlen herum, doch sie schaffte es, ihre Bestellung todernst und mit nur leicht bebender Stimme aufzugeben. Luna, die ihre Fassung besser als die Übrigen zu wahren verstand, wartete, bis alle Bestellungen notiert und der Kellner in der Küche verschwunden war, ehe sie die Hand vor den Mund schlug und lachte, bis ihr die Tränen übers Gesicht liefen.

»An jedem Bein einen«, wiederholte sie japsend und prustete erneut los.

Das Essen verlief weniger entspannt als sonst, weil dauernd jemand an ihren Tisch kam und einen entweder abfälligen oder anerkennenden Kommentar abgab. Als ihre Bestellungen serviert wurden, war das Essen angebrannt; offensichtlich zählte der Koch zu den Buh-Rufern.

»Nichts wie raus hier«, beschloss Marci schließlich angeekelt. »Selbst wenn wir diese Holzkohle runterwürgen könnten, kämen wir gar nicht dazu, weil wir pausenlos unterbrochen werden.«

»Müssen wir dafür zahlen?« Luna untersuchte den Eishockey-Puck, der ihr als Hamburger serviert worden war.

»Normalerweise würde ich mich weigern«, antwortete Jaine. »Aber wenn wir heute Abend Stunk machen, steht das morgen garantiert in der Zeitung.«

Seufzend stimmten ihr die anderen zu. Obwohl sie ihre Gerichte kaum angerührt hatten, bezahlten sie die Rechnung und gingen. Normalerweise blieben sie nach dem Essen noch sitzen; doch als sie diesmal aufbrachen, war es erst kurz nach sechs; die Sommersonne hing immer noch über dem Horizont, und es war sengend heiß.

Alle flohen in ihre jeweiligen Autos. Jaine ließ die Viper an und lauschte ein paar Sekunden reglos dem tiefen Schnurren des kraftvollen, gut eingestellten Motors. Dann drehte sie die Klimaanlage voll auf und stellte die Düsen so ein, dass sie ihr direkt ins Gesicht pusteten.

Sie hatte keine Lust, heimzufahren und die Nachrichten zu sehen, in denen womöglich schon wieder über die Liste berichtet würde. Darum beschloss sie, ihre Wochenend-Einkäufe sofort statt erst morgen früh zu erledigen, und bog in Richtung Norden auf die Van Dyke, wo sie an den GM-Werken zu ihrer Linken vorbeizischte und der Versuchung widerstand, rechts in jene Straße abzubiegen, die zum Polizeirevier von Warren führte. Sie wollte gar nicht wissen, ob ein roter Pick-up oder ein verbeulter brauner Pontiac auf dem Parkplatz stand. Sie wollte einfach nur ein paar Lebensmittel einkaufen und dann heim zu BooBoo fahren; sie war mittlerweile so lange weg, dass er wahrscheinlich schon das nächste Polster geschreddert hatte.

Jaine vertat keine Zeit beim Einkaufen. Lebensmittel einzukaufen war ihr eine Qual, darum zischte sie meist wie auf einer Rennstrecke durch den Supermarkt. Ihren Einkaufswagen wie einen Formel-1-Boliden manövrierend, flitzte sie durch die Gemüseabteilung, schleuderte Kohl und Blattsalat und allerlei Obst in den Korb, um dann die nächsten Gänge hinauf- und hinunterzurattern. Sie kochte so gut wie nie, weil sich das für sie alleine nicht lohnte, aber ab und zu machte sie einen kleinen Braten oder etwas Ähnliches, den sie dann die Woche über kalt auf Toast verzehrte. BooBoos Katzenfutter durfte sie allerdings auf keinen Fall vergessen –

Ein Arm schlang sich um ihre Taille, und eine tiefe Stimme fragte: »Hast du mich vermisst?«

Sie schaffte es beinahe, ihren Aufschrei zu unterdrücken, der sich darum nur als Quieken äußerte, doch sie sprang mindestens fünfzig Zentimeter in die Höhe und wäre um ein Haar in einem Stapel Sheba-Katzenfutter gelandet. Sie fuhr herum, brachte eilig den Einkaufswagen zwischen ihnen in Position und sah ihn mit großen Augen an. »Verzeihung«, erwiderte sie, »aber ich kenne Sie nicht. Sie müssen mich mit jemandem verwechseln.«

Sam starrte sie finster an. Die übrigen Kunden beobachteten sie aufmerksam und äußerst interessiert; zumindest eine Dame sah aus, als wollte sie die Polizei rufen, sobald er auch nur eine falsche Bewegung machte.

»Sehr komisch«, knurrte er und schob langsam das Jackett zurück, bis der Halfter an seiner Hüfte und die große schwarze Pistole darin zu sehen war. Da er am Gürtel auch seine Dienstmarke trug, entspannte sich die explosive Situation in Gang Nummer sieben langsam wieder, und aus mehreren Richtungen drang ein halblaut gemurmeltes »Er ist Polizist« an ihre Ohren.

»Verschwinde«, sagte Jaine. »Ich habe zu tun.«

»Das sehe ich. Was treibst du da, Einkaufswagen-Jogging? Ich hetze dir schon seit fünf Minuten durch alle Gänge nach.«

»Tust du nicht«, gab sie mit einem Blick auf ihre Uhr zurück. »Ich bin noch keine fünf Minuten hier.«

»Also gut, seit drei. Ich habe diesen roten Flitzer die Van Dyke hochrasen sehen und kehrtgemacht, um ihm nachzufahren, weil ich mir schon gedacht habe, dass du es bist.«

»Hast du Radar im Auto?«

»Ich bin mit meinem Pick-up da, nicht mit dem Dienstwagen.«

»Dann kannst du nicht beweisen, dass ich zu schnell gefahren bin.«

»Verdammt noch mal, ich will dir doch keinen Strafzettel verpassen«, schnauzte er sie an. »Aber wenn du nicht bald langsamer wirst, dann rufe ich einen Streifenbeamten, der das für mich erledigt.«

»Du bist also extra hier reingekommen, um mich zu belästigen?«

»Nein«, stritt er übertrieben geduldig ab, »ich bin hier reingekommen, weil ich weg war und mich zurückmelden wollte.«

»Weg?« Sie riss die Augen auf, so weit es nur ging. »Das habe ich gar nicht mitbekommen.«

Er biss die Zähne zusammen. Sie konnte das deutlich daran erkennen, wie seine Kiefer mahlten. »Also gut, ich hätte anrufen sollen.« Er hörte sich an, als müsste er jedes Wort unter Schmerzen aus seinem Leib reißen.

»Ach ja? Und warum?«

»Weil wir…«

»Nachbarn sind?«, schlug sie vor, als er die gesuchten Worte nicht zu finden schien. Allmählich begann ihr die Sache Spaß zu machen, so viel Spaß sie eben haben konnte, wenn ihr vor Müdigkeit fast die Augen zufielen.

»Weil wir diese Sache da laufen haben.« Er sah

düster auf sie herab, als wäre er ganz und gar nicht glücklich über »diese Sache«.

»*Sache?* Ich mache keine *Sachen.*«

»Mit mir wirst du es«, erwiderte er kaum hörbar. Sie hörte ihn trotzdem und wollte gerade den Mund aufsperren, um ihn verbal niederzumähen, als ein etwa acht Jahre alter Junge auf sie zugelaufen kam und ihr eine Plastik-Laserkanone in die Rippen bohrte, die jedes Mal, wenn er den Abzug drückte, ein elektronisches Sirren von sich gab.

»Du bist tot!«, verkündete er triumphierend.

Seine Mutter kam ihm eilig hinterher, gehetzt und hilflos wirkend. »Damian, hör auf damit!« Sie sah ihren Sohn mit einem Lächeln an, das schon an eine Fratze grenzte. »Hör auf, andere Leute zu ärgern.«

»Halt den Mund«, befahl er barsch. »Siehst du nicht, dass das Terroner von Vaniot sind?«

»Bitte entschuldigen Sie«, bat die Mutter, während sie ihren Nachwuchs fortzuzerren versuchte. »Damian, du kommst jetzt mit, oder du musst sofort auf dein Zimmer, wenn wir zu Hause sind.«

Jaine musste sich beherrschen, um nicht die Augen zu verdrehen. Das Kind bohrte ihr die Waffe von neuem in die Rippen. »Autsch!«

Wieder produzierte Damian dieses ekelhafte

Sirren, wobei er sich unbestreitbar an ihrem Unbehagen zu laben schien.

Sie setzte ein riesiges Lächeln auf, beugte sich zu dem süßen kleinen Damian hinab und gurrte in ihrer außerirdischsten Stimme: »Sieh da, ein kleiner Erdling.« Dann richtete sie sich auf und sah Sam herrisch an. »Töte ihn.«

Damian klappte die Kinnlade herunter. Als er die Pistole an Sams Gürtel hängen sah, wurden seine Augen groß wie Kieselsteine. Aus seinem weit aufgerissenen Mund drang eine Folge schriller Laute, die an einen Feueralarm erinnerten.

Sam fluchte leise in sich hinein, packte Jaine am Arm und beförderte sie praktisch im Laufschritt aus dem Laden. Sie schaffte es eben noch, im Vorbeirennen ihre Handtasche aus dem Einkaufswagen zu retten.

»Hey, meine Einkäufe!«, protestierte sie.

»Du kannst morgen noch mal drei Minuten herkommen und sie abholen«, schlug er mit aufgestautem Groll vor. »Im Moment versuche ich dich vor einer Verhaftung zu bewahren.«

»Wofür denn?«, fragte sie entrüstet, als er sie durch die Automatiktüren geschleift hatte. Ein paar Leute schauten ihnen verwundert nach, doch die meisten strebten Damians Sirenengeheul entgegen in den Gang Nummer sieben.

»Vielleicht dafür, dass du gedroht hast, diesen Bengel umzubringen, und einen Aufstand angezettelt hast?«

»Ich habe überhaupt nicht gedroht, ihn umzubringen! Ich habe es *dir* befohlen.« Es fiel ihr nicht leicht, mit ihm Schritt zu halten; ihr langer Rock war nicht gerade ein Renntrikot.

Sobald sie außer Sichtweite waren, drückte er sie an die Seitenwand des Gebäudes und presste sie gegen die Mauer. »Ich verstehe wirklich nicht, wie mir so was fehlen konnte«, erklärte er erhitzt.

Sie sah zornig zu ihm auf, ohne einen Ton von sich zu geben.

»Ich war in Lansing«, knurrte er und beugte sich dabei so tief herunter, dass seine Nase beinahe ihre berührte. »Ich habe mich um einen Job beim Staat beworben.«

»Du schuldest mir keine Erklärungen.«

Er richtete sich auf und blickte himmelwärts, als hoffe er auf Beistand von oben. Sie beschloss, ein winziges bisschen nachzugeben. »Also gut, ich hätte einen Anruf nicht *allzu* aufdringlich gefunden.«

Er brummelte etwas vor sich hin. Sie konnte sich gut vorstellen, was, aber leider konnte man bei ihm nicht für jeden Fluch kassieren. Andernfalls wäre sie auf Jahre hinaus saniert gewesen.

Sie packte ihn an den Ohren, zog seinen Kopf herunter und küsste ihn.

Im nächsten Moment drückte er sie gegen die Wand und hatte die Arme so fest um sie geschlungen, dass sie kaum noch Luft bekam, aber Luft zu bekommen stand in diesem Moment ganz unten auf ihrer Prioritätenliste. Ihn zu spüren und zu schmecken war viel wichtiger. Die Pistole hing seitlich an seinem Gürtel, daher wusste sie, dass das, was da gegen ihren Bauch drängte, nicht seine Waffe sein konnte. Sie wand sich ein bisschen, nur um ganz sicherzugehen. Nein, ganz eindeutig keine Pistole.

Als er den Kopf wieder hob, war er außer Atem. »Du suchst dir auch die unmöglichsten Orte aus«, erklärte er im Umsehen.

»*Ich*? Ich war da drin, vollkommen unschuldig, und habe ganz friedlich eingekauft, als ich nicht nur von einem, sondern gleich von *zwei* Wahnsinnigen angegriffen worden bin –«

»Magst du keine Kinder?«

Sie blinzelte. »Wie bitte?«

»Ob du keine Kinder magst. Das da sollte ich für dich umbringen.«

»Die meisten Kinder mag ich durchaus«, erwiderte sie ungeduldig. »Nur diesen Bengel nicht. Er hat mich in die Rippen gepiekt.«

»Und ich pieke dich in den Bauch.«

Ihr süßes Lächeln jagte ihm einen Schauer über den Rücken. »Schon, aber nicht mit einer Plastiklaserpistole.«

»Wir sollten von hier verschwinden«, meinte er stöhnend und zog sie eilig zu ihrem Auto.

15

»Möchtest du einen Kaffee?«, fragte Jaine, nachdem sie die Küchentür aufgesperrt und ihn ins Haus gelassen hatte. »Oder lieber einen Eistee?«, ergänzte sie, weil sie sich bei der sengenden Hitze draußen nach einem großen, eiskalten Glas sehnte.

»Tee.« Damit hatte er ihrer Annahme, dass Polizisten ausschließlich von Donuts und Kaffee existierten, den Todesstoß versetzt. Er sah sich in ihrer Küche um. »Wie kommt es, dass deine Wohnung viel wohnlicher aussieht als meine, obwohl du erst vor ein paar Wochen eingezogen bist?«

Sie gab vor, über die Antwort nachzusinnen. »Ich glaube, man bezeichnet das als Auspacken.«

Er verdrehte die Augen. »Und das soll mir gefehlt haben?«, brummelte er in erneuter Hoffnung auf eine Erleuchtung zur Gipsdecke hinauf.

Jaine musterte ihn mehrmals verstohlen, während sie zwei Gläser aus dem Schrank holte und mit Eis füllte. Das Blut sirrte in ihren Adern, so wie üblich, wenn er in ihrer Nähe war, entweder vor Zorn oder Freude oder Lust oder einer Kombination von alledem. In der Enge ihrer gemütlichen Küche kam er ihr noch größer vor, seine Schultern schienen den Türrahmen fast zu sprengen, und ihr kleiner, für vier Personen gedachter Küchentisch mit der bunt gekachelten Tischplatte wirkte zwergenhaft vor seinem athletischen Körper.

»Für was für einen Job hast du dich beworben?«

»Bei der State Police, als Ermittler.«

Sie holte den Krug mit dem Tee aus dem Kühlschrank und schenkte beide Gläser voll. »Zitrone?«

»Nein danke, ohne alles.« Als er ihr das Glas abnahm, strichen seine Finger über ihre. Das reichte aus, damit ihre Brustwarzen sich pochend aufstellten. Sein Blick lag wie festgefroren auf ihrem Mund. »Herzlichen Glückwunsch«, sagte er.

Sie blinzelte ihn an. »Wozu denn?« Sie hoffte, dass er damit nicht den Lärm um die Liste meinte – o Gott, die Liste. Die hatte sie völlig vergessen. Hatte er sie etwa ganz gelesen? So sicher wie der Papst katholisch war.

»Du hast noch kein einziges Mal geflucht, dabei sind wir schon über eine halbe Stunde zusammen.

Du hast nicht mal gezetert, als ich dich aus dem Supermarkt gezerrt habe.«

»Wirklich?« Sie lächelte selbstzufrieden. Möglicherweise wirkten sich die vielen Bußgelder doch irgendwie auf ihr Unterbewusstsein aus. Sie *dachte* immer noch viele Flüche, aber das Bußgeld war nur fällig, wenn sie einen davon aussprach. Sie machte Fortschritte.

Er erhob das Glas und trank. Wie hypnotisiert verfolgte sie die Schluckbewegungen in seinem kräftigen Hals. Sie musste gegen den mächtigen Drang ankämpfen, ihm die Kleider vom Leib zu reißen. Was war eigentlich mit ihr los? Sie hatte schon Millionen Männer trinken sehen, doch noch nie hatte ihr der Anblick derart zugesetzt, nicht mal bei ihren drei Ex-Verlobten.

»Noch was?«, fragte sie, nachdem er sein Glas geleert und abgestellt hatte.

»Nein danke.« Der heiße, düstere Blick tastete sie ab und blieb schließlich auf ihrem Busen liegen. »Du siehst heute aber schnieke aus. War irgendwas Besonderes?«

Sie würde dem Thema nicht ausweichen, so gefährlich es auch war. »Wir sind heute Morgen von *Good Morning America* interviewt worden – um vier Uhr früh, ist das zu glauben? Ich musste um zwei Uhr aufstehen«, beschwerte sie sich, »weshalb ich den Tag größtenteils im Koma verbracht habe.«

»Die Liste wirbelt so viel Staub auf?«, fragte er überrascht.

»Leider«, bestätigte sie geknickt und ließ sich am Tisch nieder.

Er entschied sich gegen den Platz ihr gegenüber, sondern setzte sich auf den Stuhl neben ihrem. »Ich habe sie im Web nachgelesen. Ich fand sie ganz witzig – *Ms C.*«

Sie starrte ihn mit offenem Mund an. »Woher weißt du das?«

Er schnaubte. »Als würde ich deine große Klappe nicht auch in gedruckter Form erkennen. ›Alles über zwanzig Zentimeter ist doch reine Angeberei‹«, zitierte er.

»Dass du nur die Sex-Sachen im Kopf behältst, hätte ich mir denken können.«

»Ich habe in letzter Zeit fast ausschließlich Sex im Kopf. Und nur der Vollständigkeit halber – ich habe nichts zum Angeben.«

Wenn nicht, dann wenigstens fast, dachte Jaine, die sich voller Wärme an seinen Anblick im Profil erinnerte.

Er fuhr fort: »Ich bin ja schon froh, wenn die Frauen bei meinem Anblick nicht laut lachen.«

Jaine kreischte johlend auf und warf sich so

energisch in ihrem Stuhl nach hinten, dass der umkippte und sie prompt auf dem Boden landete. Dort blieb sie sitzen, ihre Rippen haltend, die bis dahin praktisch nicht mehr geschmerzt hatten, nun aber beschlossen, angesichts dieser groben Behandlung wieder damit anzufangen; trotzdem konnte sie nicht aufhören zu lachen. Boo-Boo näherte sich misstrauisch, kam aber zu dem Schluss, dass er lieber nicht in ihre Reichweite geraten wollte, und suchte stattdessen unter Sams Stuhl Zuflucht.

Sam beugte sich nach unten, hob den Kater auf, setzte ihn auf seinem Schoß ab und streichelte den langen, geschmeidigen Leib. BooBoo schloss die Augen und stimmte ein Kreissägenschnurren an. Die Katze schnurrte, Sam schaute Jaine zu, und beide warteten geduldig, bis ihre Lachsalven zu einem keuchenden Kichern abgeflaut waren.

Die Arme um die Rippen geschlungen und mit Tränen in den Augen blieb sie auf dem Boden sitzen. Falls sie überhaupt noch eine Spur Mascara im Gesicht hatte, dann höchstens als schwarzes Rinnsal auf ihren Wangen, dachte sie. »Brauchst du Hilfe beim Aufstehen?«, fragte er. »Ich muss dich allerdings warnen – wenn meine Hände deinen Körper berühren, könnten sie schwer wieder abzuschütteln sein.«

»Ich schaffe das schon, danke.« Vorsichtig und nicht ohne einige Behinderungen durch ihren langen Rock erhob sie sich wieder und tupfte ihre Augen mit einer Serviette trocken.

»Sehr gut, ich hätte deinen Kater nur ungern gestört. Wie heißt er noch… BooBoo? Wie kann man einem Kater einen so bescheuerten Namen geben?«

»Dafür kann ich nichts; das war meine Mutter.«

»Ein Kater sollte einen Namen haben, an dem er sich messen kann. Einen Kater BooBoo zu nennen ist, als würdest du deinen Sohn Alice taufen. BooBoo sollte eigentlich Tiger heißen oder Romeo –«

Jaine schüttelte den Kopf. »*Romeo* ist passé.«

»Du meinst, er ist –«

Sie nickte.

»In diesem Fall ist BooBoo vielleicht ganz treffend, obwohl Buhuu noch passender gewesen wäre.«

Sie musste ihre Rippen ganz, ganz fest halten, um nicht wieder in Lachen auszubrechen. »Du bist vielleicht ein Typ!«

»Was zum Teufel soll ich denn sonst sein, eine Ballerina vielleicht?«

Nein, sie wollte auf keinen Fall, dass er irgendetwas anderes war, als er war. Kein anderer Mann hatte jemals ihr Blut wie Champagner in ihren Adern prickeln lassen, und das war eine ganz beträchtliche Leistung, wenn man berücksichtigte, dass sie noch vor einer Woche ausschließlich Beleidigungen mit ihm ausgetauscht hatte. Erst zwei Tage waren seit ihrem ersten Kuss vergangen, zwei Tage, die ihr wie eine Ewigkeit vorgekommen waren, weil es keine weiteren Küsse gegeben hatte, bis sie ihn hinter dem Supermarkt an den Ohren gepackt und auf ihre Höhe heruntergezogen hatte.

»Wie geht's deinem Ei?« Seine Lider hingen schwer über den dunklen Augen, daraus schloss sie, dass seine Gedanken nicht weit von ihren entfernt waren.

»Das ist schon Geschichte«, antwortete sie.

»Dann lass uns ins Bett gehen.«

»Du glaubst wohl, du brauchst nur zu sagen: ›Dann lass uns ins Bett gehen‹, und schon liege ich flach auf dem Rücken?«, fragte sie entrüstet.

»Also, eigentlich habe ich auf eine Gelegenheit gehofft, noch so dies und das mit dir anzustellen, bevor du flach auf dem Rücken liegst.«

»Ich werde mich überhaupt nicht hinlegen.«

»Warum nicht?«

»Weil ich meine Tage habe.« Komisch, sie

konnte sich nicht entsinnen, das jemals zu einem Mann gesagt zu haben, vor allem ohne jede Verlegenheit.

Seine Brauen gingen auf Tauchstation. »Wie bitte?«, fragte er mit hörbarem Groll.

»Ich habe meine Tage. Ich menstruiere. Vielleicht hast du schon mal davon gehört. Das tun Frauen, wenn –«

»Ich habe zwei Schwestern; danke, ich weiß darüber Bescheid. Und unter anderem meine ich gehört zu haben, dass das Ei etwa in der Mitte des Zyklus fruchtbar ist und nicht ein paar Tage vor dem Ende.«

Erwischt. Jaine kniff die Lippen zusammen. »Gut, dann habe ich eben geschwindelt. Aber es besteht stets die Möglichkeit, dass sich der Zyklus verschiebt, und ich wollte kein Risiko eingehen, in Ordnung?«

Das war ganz offensichtlich überhaupt nicht in Ordnung. »Du hast mich abblitzen lassen«, stöhnte er und schloss die Augen wie unter schlimmen Schmerzen. »Ich bin fast gestorben, und du hast mich *abblitzen lassen!*«

»Bei dir klingt das fast wie Hochverrat.«

Er sah sie scharf an. »Und wie ist es jetzt?«

Er war etwa so romantisch wie ein brünftiges Rhinozeros, dachte sie, wie konnte sie so etwas überhaupt antörnen? »Deine Vorstellung von einem Vorspiel beschränkt sich wahrscheinlich auf: ›Bist du wach?‹«, grummelte sie.

Er machte eine hitzige Geste. *»Und wie ist es jetzt?«*

»Nein.«

»Mann!« Er ließ sich in den Stuhl zurücksinken und kniff die Augen zu. »Was ist jetzt schon wieder los?«

»Ich habe dir doch gesagt, dass ich meine Tage habe.«

»Und?«

»Und… nein.«

»Und warum nicht?«

»Weil ich nicht will!«, brüllte sie ihn an. »Und jetzt lass mich in Frieden!«

Er seufzte. »Ich hab's begriffen. PMS.«

»PMS hat eine Frau *davor*, du Idiot.«

»Das behauptest du. Jeder Mann wird dir was anderes erzählen.«

»Klar, Männer sind da Experten«, schnaufte sie.

»Süße, Männer sind die *einzigen* Experten, was PMS angeht. Darum sind sie auch so gut im Kriegführen; das Tarnen und Täuschen haben sie schon zu Hause gelernt.«

Sie spielte mit dem Gedanken, eine Bratpfanne

nach ihm zu schleudern, doch BooBoo saß in der Schusslinie, und außerdem hätte sie dazu erst eine Bratpfanne finden müssen.

Er grinste über ihre Miene. »Weißt du eigentlich, warum Frauen ihre Tage haben?«

»Wage es bloß nicht«, drohte sie. »Ausschließlich Frauen dürfen Menstruations-Witze reißen.«

»Als Gott entdeckte, dass Eva den Apfel geklaut hatte, sagte er: ›Dafür sollst du bluten.‹ Und Eva antwortete: ›Okay, kann ich in Raten zahlen?‹«

Scheiß auf die Bratpfanne. Ihr Blick suchte nach dem nächsten Messer. »Raus aus meinem Haus.«

Er stellte BooBoo auf dem Boden ab und stand auf, ganz aufs Tarnen und Täuschen eingestellt. »Krieg dich wieder ein«, sagte er und schob dabei vorsichtshalber den Stuhl zwischen sie beide.

»Mich wieder einkriegen, leck mich! Verdammt noch mal, wo ist das Fleischmesser?« Frustriert sah sie sich um. Wenn sie nicht erst hier eingezogen wäre, hätte sie gewusst, wo sie was hingetan hatte!

Er wagte sich hinter dem Stuhl hervor, kam um den Tisch herum und hatte ihre beiden Handgelenke gepackt, ehe ihr wieder eingefallen war, in welcher Schublade sie die Küchenmesser verstaut hatte. »Du schuldest mir fünfzig Cent.« Grinsend zog er sie an seine Brust.

»Halt die Luft an! Ich zahle bestimmt nicht, schließlich war das deine Schuld!« Sie blies sich die losen Strähnen aus den Augen, damit sie ihn zorniger anstarren konnte.

Er senkte den Kopf und küsste sie.

Wieder stand die Zeit still. Er musste ihre Handgelenke freigegeben haben, denn ihre Arme schlangen sich um seinen Hals. Sein Mund schmeckte heiß und hungrig, und er küsste sie, wie es keinem Mann auf freiem Fuß erlaubt sein sollte. Er roch warm und männlich und nach purem Sex, ein Duft, der ihre Lungen erfüllte und durch ihre Poren drang. Er legte eine große Hand um ihre Hinterbacke und hob sie hoch, bis ihre Körper und besonders ihre Unterleiber sich ganz und gar aneinander schmiegten.

Der lange Rock schränkte ihre Bewegungsfreiheit ein und hinderte sie daran, ihre Beine um ihn zu schlingen. Verzweifelt drückte Jaine den Rücken durch, am liebsten wäre sie in Tränen ausgebrochen. »Es geht nicht«, flüsterte sie heiser, als er seinen Mund ein winziges bisschen anhob.

»Wir können was anderes machen«, erwiderte er murmelnd und setzte sich mit ihr auf dem Schoß hin, sodass sie halb über seinem Arm zu liegen kam. Geschickt ließ er eine Hand in den U-Ausschnitt ihres Sweaters gleiten.

Sie schloss verzückt die Augen, als seine raue Handfläche über ihre Brustwarze wanderte. Er atmete in einem langen, tiefen Seufzen aus; dann war es, als würden sie beide den Atem anhalten, bis seine Hand sich über ihrer Brust geschlossen hatte, um deren Größe, das weiche Fleisch und die Beschaffenheit ihrer Haut zu erfassen.

Ohne ein Wort zog er die Hand wieder zurück und streifte den Sweater über ihren Kopf, bevor er behände ihren BH aufhakte und ihn über ihre Schultern schob.

Halb nackt über seinem Schoß liegend, schaute sie ihm schnell und flach atmend zu, wie er sie betrachtete. Sie kannte ihre Brüste, aber wie sahen sie wohl aus dem Blickwinkel eines Mannes aus? Groß waren sie nicht, dafür aber fest und vorstehend. Die Nippel waren klein und rosa-bräunlich, samtweich und ungeheuer empfindlich, verglichen mit der rauen Fingerspitze, mit der er eine davon umkreiste, bis die Aureole noch intensiver pochte.

Begierde durchbohrte sie wie ein Speer und zwang sie, die Beine fest zusammenzupressen, um nicht die Kontrolle zu verlieren.

Er hob sie an, sodass sie sich noch mehr über seinen Arm streckte, und senkte dann den Kopf auf ihren Busen.

Er war zärtlich und ohne jede Hast. Nach den gierigen Küssen kam seine plötzliche Besonnenheit vollkommen überraschend. Er vergrub sein Gesicht an der Unterseite ihrer Brüste, küsste die Mulde darunter und leckte liebevoll an ihren Nippeln, bis sie knallrot und so prall waren, dass sie unmöglich noch praller werden konnten. Als er schließlich langsam, aber kräftig daran zu saugen begann, stand sie derart unter Strom, als hätte er sie an ein Elektrokabel angeschlossen. Sie hatte jede Macht über ihren Körper verloren; ohne es zu wollen, wand sie sich wild in seinen Armen; ihr Herz ratterte wie verrückt, und ihr Puls raste so schnell, dass ihr schwindelig wurde.

Sie war vollkommen hilflos; sie hätte praktisch alles getan, was er von ihr verlangen konnte. Als er aufhörte, geschah das aus eigenem Antrieb, nicht auf ihre Bitte hin. Sie spürte, wie er bebte, wie sein starker, kräftiger Körper unter ihrem erschauerte, so als würde er in Eis getaucht, obwohl seine Haut glühend heiß war. Er setzte Jaine auf, presste mit fest geschlossenen Augen seine Stirn gegen ihre und streichelte mit den Händen rastlos über ihre Hüften und ihren nackten Rücken.

»Wenn du mich jemals reinlässt«, prophezeite er gepresst, »werde ich es höchstens zwei Sekunden aushalten. Wenn überhaupt.«

Sie war verrückt. Sie musste verrückt sein, weil die Aussicht auf zwei Sekunden mit Sam besser klang als alles, was sie sich im Moment vorstellen konnte. Sie schaute ihn mit glasigen, flehenden Augen an und spürte ihre geschwollenen Lippen. Sie wollte diese zwei Sekunden erleben. Um jeden Preis.

Er sah auf ihre Brust und gab ein Geräusch von sich, das irgendwo zwischen einem Jaulen und einem Stöhnen lag. Mit einem leisen Fluch beugte er sich vor, schnappte ihren Sweater vom Boden und hielt ihn vor ihren Rumpf. »Du solltest dich lieber wieder anziehen.«

»Das sollte ich wohl.« Selbst in ihren Ohren hörte sich das an wie unter Drogen. Die Arme schienen ihr nicht zu gehorchen wollen; sie blieben eigensinnig um Sams Hals geschlungen.

»Entweder du ziehst dich auf der Stelle wieder an, oder wir gehen ins Schlafzimmer.«

Das war keine besonders wirksame Drohung, dachte sie, wo doch jede Zelle in ihrem Körper schrie: »Ja! Ja! Ja!« Solange sie ihren Mund davon abhalten konnte, die Worte laut auszusprechen, drohte keine Gefahr, aber sie hatte inzwischen erhebliche Zweifel, ob sie Sam wirklich noch ein paar Tage auf Abstand halten konnte, von den geplanten

Wochen ganz zu schweigen. Ihn auf die Folter zu spannen, erschien ihr längst nicht mehr so verlockend, denn inzwischen war ihr klar, dass sie sich damit auch selbst foltern würde.

Er stopfte ihre Arme in den Sweater, zerrte ihn über ihren Kopf und rückte das Muster gerade. Das Innere des Sweaters war nach außen gekrempelt, aber wen interessierte das schon? Sie jedenfalls nicht.

»Du willst mich umbringen«, krächzte er. »Das wirst du mir teuer bezahlen.«

»Und wie?«, erkundigte sie sich interessiert und an ihn gelehnt. Die Lähmung, die ihre Arme befallen hatte, hatte auch ihr Rückgrat erfasst; sie konnte sich einfach nicht mehr aufrecht halten.

»Statt der halben Stunde, die du angeblich rangenommen werden möchtest, werde ich nach neunundzwanzig Minuten aufhören.«

Sie kicherte. »Ich dachte, du würdest es höchstens zwei Sekunden aushalten.«

»Nur beim ersten Mal. Beim zweiten Mal wird das Bett brennen.«

Es geziemte sich wohl, allmählich von seinem Schoß zu steigen. Seine Erektion klemmte wie eine Eisenstange unter ihrer Hüfte, und dieses Gerede über Sex machte die Sache nicht gerade leichter. Wenn sie wirklich, wirklich nicht auf der Stelle mit ihm ins Bett gehen wollte, dann musste sie jetzt aufstehen. Aber sie wollte ja wirklich, wirklich *gern* mit ihm ins Bett gehen, und nur ein verschwindend kleiner Bereich ihres Gehirns wollte noch abwarten.

Dieser verschwindend kleine Bereich ließ sich allerdings um keinen Preis zum Schweigen bringen. Sie hatte am eigenen Leibe erfahren, dass sie nicht anzunehmen brauchte, ihr würde ein märchenhaftes Happy End vergönnt sein, und dass sie beide scharf aufeinander waren, hieß noch lange nicht, dass sie mehr als bloßer Sex verband.

Sie räusperte sich. »Ich sollte lieber aufstehen, wie?«

»Wenn du dich unbedingt bewegen musst, dann bitte langsam.«

»So knapp, wie?«

»Du kannst Ätna zu mir sagen.«

»Wer ist Edna?«

Er lachte, wie beabsichtigt, doch es klang gekünstelt. Behutsam erhob sie sich von seinem Schoß. Er zuckte zusammen und stand ungelenk auf. Seine Hose sah vorne vollkommen deformiert aus, fast wie ein Zirkuszelt. Jaine gab sich alle Mühe, nicht zu glotzen.

»Erzähl mir von deiner Familie«, platzte es aus ihr heraus.

»Was?« Er schien Mühe zu haben, den abrupten Themenwechsel nachzuvollziehen.

»Deine Familie. Erzähl mir von ihr.«

»Warum?«

»Um dich abzulenken… du weißt schon, wovon.« Sie deutete auf das fragliche »Du weißt schon, wovon«. »Du hast gesagt, dass du zwei Schwestern hast.«

»Und vier Brüder.«

Sie blinzelte. »Sieben. Wow.«

»Ja. Leider war Dorothy, meine älteste Schwester, das dritte Kind. Also haben meine Leute mit aller Gewalt versucht, ein zweites Mädchen zu zeugen, damit sie nicht so allein ist. Bei dem Versuch, Doro ein Schwesterchen zu schenken, haben sie drei weitere Jungs produziert.«

»Und wo stehst du in der Reihenfolge?«

»An zweiter Stelle.«

»Seht ihr euch oft?«

»Einigermaßen. Wir leben alle in Michigan, außer Angie, unserem Nesthäkchen. Sie geht in Chicago aufs College.«

Die Ablenkung hatte ihren Zweck erfüllt; er wirkte etwas entspannter als noch eben, obwohl sein Blick immer wieder magnetisch von ihren

BH-freien Brüsten angezogen wurde. Um ihn abzukühlen, schenkte sie ein weiteres Glas Eistee voll und drückte es ihm in die Hand.

»Warst du schon mal verheiratet?«

»Einmal, vor ungefähr zehn Jahren.«

»Und wieso bist du es nicht mehr?«

»Neugierig bist du gar nicht, wie?« Er grinste. »Es hat ihr nicht gefallen, die Braut eines Bullen zu sein; und mir hat es nicht gefallen, mit einer Zicke zusammen zu sein. Ende der Geschichte. Sobald wir die Papiere unterschrieben hatten, ist sie abgedampft in Richtung Westküste. Und wie ist es mit dir?«

»Neugierig bist du gar nicht, wie?«, gab sie zurück und zögerte dann kurz. »Hältst du mich für zickig?« Sie hatte ihm gegenüber weiß Gott nicht immer das beste Benehmen an den Tag gelegt. Wenn sie es recht bedachte, hatte sie ihm gegenüber *nie* das beste Benehmen an den Tag gelegt.

»Nee. Du kannst einem Mann verdammt Angst machen, aber zickig bist du nicht.«

»Vielen tausend Dank«, grummelte sie; dann erklärte sie, weil das nur fair war: »Nein, verheiratet war ich noch nicht, aber dafür dreimal verlobt.«

Das Glas stoppte auf dem Weg zu seinem Mund, und er sah sie verdutzt an. »*Dreimal?*«

Sie nickte. »Ich bin vermutlich nicht besonders gut in dieser Mann-Frau-Sache.«

Sein Blick zuckte wieder auf ihre Brüste. »Ach, ich weiß nicht. Du bist ziemlich gut darin, mein Interesse wach zu halten.«

»Vielleicht bist du ja ein Mutant.« Sie zuckte hilflos mit den Achseln. »Mein zweiter Verlobter hat ganz plötzlich erkannt, dass er immer noch in seine Ex verliebt war, die offenbar gar nicht so ex war, aber was mit den anderen beiden passiert ist, weiß ich selbst nicht so genau.«

Er schnaubte. »Wahrscheinlich haben sie Angst bekommen.«

»Angst!« Aus einem unverständlichen Grund tat das ein bisschen weh. Sie spürte, wie ihre Unterlippe zu beben begann. »So schlimm bin ich doch gar nicht, oder?«

»Schlimmer«, verkündete er fröhlich. »Du bist wie eine hochgezüchtete Rennmaschine. Hast du ein Glück, dass ich auf heiße Öfen stehe. Und wenn du jetzt deine Sachen richtig rum anziehst, dann würde ich dich zum Essen ausführen. Wie würde sich ein Hamburger anhören?«

»Für mich Chinesisch«, erwiderte sie, während sie durch den kurzen Gang in ihr Schlafzimmer verschwand.

»Das passt.«

Er hatte die Antwort halblaut vor sich hingebrummelt, doch sie hörte ihn trotzdem und lächelte, als sie die Schlafzimmertür zudrückte und den roten Sweater abstreifte. Wenn er wirklich auf heiße Öfen stand, dann würde sie ihm zeigen, wie schnell sie abzischen konnte. Das Problem war nur, dass er sie irgendwann auch einholen musste.

16

Corin konnte nicht schlafen. Er stieg aus dem Bett, knipste das Licht im Bad an und starrte in den Spiegel, um sich zu überzeugen, dass er immer noch da war. Das Gesicht, das ihm entgegenblickte, war das eines anderen Menschen, doch die Augen wirkten vertraut. Diese Augen hatten ihn beinahe sein ganzes Leben lang angesehen, nur war er selbst manchmal nicht da, sodass sie ihn nicht finden konnten.

Ein Sortiment von braunen Medizinfläschchen stand der Größe nach aufgereiht auf seiner Kommode, damit er sie jeden Tag gleich beim Aufstehen sah und nicht vergaß, seine Medikamente einzunehmen. Inzwischen waren mehrere Tage vergangen – wie viele genau, konnte er nicht sagen –, seit er das letzte Mal seine Pillen genommen hatte. Jetzt konnte er sich sehen, doch wenn er die Pillen nahm, vernebelte sich sein Geist, und er verschwand hinter einem Schleier.

Es war besser, hatte man ihm eingebläut, wenn

er versteckt hinter dem Schleier blieb. Die Pillen wirkten so gut, dass er manchmal seine Existenz vollkommen vergaß. Doch immer hatte er das Gefühl, dass irgendetwas nicht ganz stimmte, so als wäre das Universum irgendwie aus den Fugen gekippt. Endlich wusste er, was es war. Die Pillen mochten ihn unsichtbar machen, aber sie konnten ihn nicht auslöschen.

Seit er die Pillen nicht mehr nahm, hatte er nicht mehr schlafen können. O, er döste, aber richtigen Schlaf fand er nicht. Manchmal hatte er das Gefühl, innerlich so zu zittern, dass sein Körper zu zerspringen drohte, doch wenn er seine Hände ausstreckte, waren sie vollkommen ruhig. War in den Pillen irgendein Sucht erregender Stoff? Hatte man ihn angelogen? Auf gar keinen Fall wollte er drogenabhängig werden; Abhängigkeit war ein Zeichen von Schwäche, hatte seine Mutter ihm dauernd vorgehalten. Er durfte nie abhängig werden, weil er nie schwach werden durfte. Er musste stark sein, er musste perfekt sein.

Wie ein Echo hörte er ihre Stimme in seinem Kopf. »Mein perfekter kleiner Mann«, so hatte sie ihn genannt und dabei seine Wange gestreichelt.

Immer wenn er seine Mutter enttäuscht hatte, immer wenn er sich nicht perfekt verhalten hatte, wurde sie von einem so vernichtenden Zorn gepackt, dass seine Welt an den Nähten zu zerreißen drohte. Er hatte stets sein Bestes getan, um sie nicht zu enttäuschen, doch ein schreckliches Geheimnis hatte er vor ihr bewahrt: Manchmal hatte er absichtlich gegen ihre Regeln verstoßen, nur ein bisschen, damit sie ihn bestrafte. Selbst jetzt jagte ihm der Gedanke an diese Strafen einen Schauer über den Rücken. Sie wäre zutiefst enttäuscht gewesen, wenn sie von seiner klammheimlichen Lust gewusst hätte, darum hatte er diese Leidenschaft stets zu verheimlichen versucht.

Manchmal vermisste er sie geradezu unerträglich. Sie hatte zu jeder Zeit gewusst, was zu tun war.

Zum Beispiel hätte sie genau gewusst, was mit diesen vier Schlampen geschehen sollte, die sich in ihrer Liste über den perfekten Mann mokiert hatten. Als hätten sie eine Ahnung von Perfektion! Er kannte sich da aus. Seine Mutter hatte ihm alles beigebracht. Er hatte sich stets solche Mühe gegeben, ein perfekter kleiner Mann, ein perfekter Sohn zu sein, dennoch hatte er nie ihren Ansprüchen gerecht werden können, nicht einmal, wenn er nicht absichtlich gegen ihre Regeln verstoßen hatte, um bestraft zu werden. Ewig hatte er gespürt, dass er mit einem Makel behaftet war, den er nie korrigieren konnte, dass er seine Mutter einfach durch seine Existenz zutiefst enttäuschte.

Sie hielten sich für oberschlau, diese vier Schlampen – ihm gefiel diese Bezeichnung, die vier Schlampen, das hörte sich nach einer perversen altrömischen Gottheit an. Die Furien, die Grazien, die Schlampen. Sie hielten sich für so gerissen, nur weil sie sich hinter den Buchstaben *A,B,C* und *D* versteckten, statt ihre Namen zu verraten. Am erbittertsten hasste er die eine, die gesagt hatte: »Wenn ein Mann nicht perfekt ist, muss er sich eben einfach mehr anstrengen.« Was wussten sie schon? Hatten sie je versucht, sich an einem Ideal zu messen, das so unerreichbar war, dass nur die wahre Perfektion ihm gerecht werden konnte, weshalb sie jeden einzelnen Tag ihres Lebens zum Scheitern verurteilt waren? *Hatten sie das?*

Wussten sie vielleicht, wie es gewesen war, ständig das Beste zu geben und dabei genau zu wissen, dass er scheitern würde, bis er schließlich gelernt hatte, die Bestrafungen zu genießen, weil sie anders einfach nicht zu ertragen waren? *Wussten sie das?*

Schlampen wie sie hatten es nicht verdient zu leben.

Wieder begann er innerlich zu zittern und schlang die Arme um seinen Leib, um nicht zu zerbrechen. Sie waren schuld, dass er nicht schlafen konnte. Immerzu musste er an sie und an das denken, was sie von sich gegeben hatten.

Welche war es wohl gewesen? Vielleicht diese gebleichte Blondine, Marci Dean, die mit ihrem Arsch vor den Kerlen herumwackelte, als wäre sie eine Göttin und die Männer nichts als Hunde, die angehechelt kamen, wann immer es ihr gefiel? Er hatte gehört, dass sie mit jedem schlief, der sie haben wollte, aber dass die meiste Zeit die Männer nichts bei ihr zu melden hatten. Seine Mutter wäre schockiert über dieses flittchenhafte Benehmen.

»Manche Menschen haben es einfach nicht verdient zu leben.«

Er konnte sie in seinem Kopf flüstern hören, wie so oft, wenn er die Pillen nicht nahm. Nicht nur er verschwand, sobald er wie vorgeschrieben seine Medikamente nahm; auch seine Mutter verschwand. Vielleicht verschwanden sie ja gemeinsam. Er wusste es nicht, aber er hoffte es. Vielleicht bestrafte sie ihn dafür, dass er die Pillen nahm und sie verschwinden ließ. Vielleicht nahm er gerade darum die Pillen, damit er mit seiner Mutter verschwinden konnte und… Nein, so war es nicht. Wenn er die Pillen nahm, war es, als würde er überhaupt nicht existieren.

Er spürte, wie ihm der Gedanke entglitt. Er wusste nur, dass er die Pillen nicht nehmen wollte. Er wollte wissen, welches Weib welches war. Das klang so komisch, dass er den Satz ein paarmal wiederholte und leise in sich hineinlachte. Welches Weib welches war. Der Satz gefiel ihm.

Wo sie wohnten, wusste er. Er hatte ihre Adressen aus den Akten im Büro. Für jemanden, der sich damit auskannte, war das überhaupt kein Problem, und natürlich hatte kein Mensch Verdacht geschöpft.

Er würde zu ihr nach Hause fahren und herausfinden, ob sie diejenige war, die diese grässliche Dummheit von sich gegeben hatte. Er war ziemlich sicher, dass es Marci gewesen war. Er würde diesem blöden, gemeinen Luder eine Lektion erteilen. Mutter wäre stolz auf ihn.

Marci war eine Nachteule, selbst unter der Woche. Sie brauchte nicht viel Schlaf, und auch wenn sie längst nicht mehr so ausgiebig feierte wie früher – will heißen, vor ihrem vierzigsten –, ging sie selten vor ein Uhr früh ins Bett. Sie sah gern alte Filme im Fernsehen an; sie las drei bis vier Bücher pro Woche; sie hatte sogar einen gewissen Gefallen am Sticken gefunden. Wenn sie zu ihrem Stickrahmen griff, musste sie lachen, denn was hätte besser bewiesen, dass das Partygirl von früher alt geworden war? Doch das Sticken befreite ihren Geist. Wer brauchte schon Meditation, um innere Gelassenheit zu entwickeln, wenn sie denselben Effekt dadurch hervorrufen konnte, dass sie mit Nadel und Faden eine aufgedruckte Vorlage von bunten Kreuzen nachfuhr? Wenigstens hatte sie etwas vorzuweisen, wenn sie fertig mit einem Muster war. In ihrer Jugend hatte sie eine Menge Dinge ausprobiert, die man nicht von ihr erwarten würde. Meditation. Yoga. Autosuggestion. Schließlich war sie zu der Erkenntnis gelangt, dass ein Bier genauso wirkte und dass ihr Inneres so heiter und gelassen war, wie es nur sein konnte. Sie war so, wie sie war. Und wem das nicht gefiel, der konnte sie kreuzweise.

Normalerweise wären Brick und sie an einem Freitagabend durch die Bars gezogen, um ein bisschen zu tanzen und ein paar Bier zu zischen. Brick war ein sehr guter Tänzer, was man ihm nicht zutraute, weil er aussah, als würde er lieber tot umfallen als sich auf eine Tanzfläche wagen, ungefähr wie eine Kreuzung zwischen Lastwagenfahrer und Rocker. Was Small Talk anging, war er eine Niete, doch er verstand sich ganz eindeutig zu bewegen.

Sie hatte mit dem Gedanken gespielt, sich allein ins Getümmel zu stürzen, doch die Vorstellung war wenig verlockend. Nach dem ganzen Heckmeck, das es die Woche über wegen dieser verdammten Liste gegeben hatte, fühlte sie sich ausgelaugt. Lieber schnappte sie sich ein Buch und entspannte. Vielleicht würde sie morgen wieder ausgehen.

Sie vermisste Brick. Jedenfalls vermisste sie seine Anwesenheit, auch wenn ihr der Rest weniger fehlte. Außer in der Kiste oder auf der Tanzfläche war er ein ziemlicher Langweiler. Entweder schlief er, oder er trank Bier, oder er schaute fern. Basta. Er war auch kein begnadeter Liebhaber, doch das machte er durch seinen Eifer wett. Er war nie zu müde und immer gewillt, alles auszuprobieren, was ihr in den Sinn kam.

Trotzdem war Brick ein weiterer Beweis dafür, dass sie in der Auswahl ihrer Männer keine glückliche Hand hatte. Wenigstens war sie inzwischen nicht mehr so blöd, sie zu heiraten. Dreimal reichte vollkommen, vielen Dank. Jaine nörgelte herum, weil sie dreimal verlobt gewesen war, aber das war immer noch besser, als dreimal *verheiratet* gewesen zu sein. Außerdem hatte Jaine einfach noch keinen Mann getroffen, der es mit ihr aufnehmen konnte. Vielleicht würde ja dieser Bulle…

Ach Quatsch, wahrscheinlich nicht. Das Leben hatte Marci gelehrt, dass sich die Dinge selten nach Wunsch entwickelten. Auf jeder Straße gab es Schlaglöcher, und in jeder Software eine Macke.

Als die Türglocke anschlug, war es schon nach

Mitternacht. Marci klemmte ein Lesezeichen zwischen die Seiten, damit sie die Stelle wiederfand, und rappelte sich von dem Sofa hoch, auf dem sie gelegen hatte. Wer in aller Welt mochte das sein? Brick bestimmt nicht, der hatte einen Schlüssel.

Dabei fiel ihr ein: Sie musste die Schlösser auswechseln lassen. Sie war zu vorsichtig, um nur ihren Schlüssel zurückzuverlangen; er konnte sich leicht einen Nachschlüssel gemacht haben. Bislang hatte noch nichts darauf hingedeutet, dass er klaute, aber man wusste nie, wozu ein Mann fähig war, wenn er wütend auf eine Frau war.

Weil sie vorsichtig war, blickte sie erst durch den Spion. Sie zog die Stirn in Falten und trat zurück, um die Tür zu entriegeln und die Kette auszuhaken. »Hey«, sagte sie im Öffnen. »Ist irgendwas?«

»Nein«, antwortete Corin und ließ den Hammer, den er gegen sein Bein gepresst hatte, auf ihren Kopf krachen.

17

Am Montag war neben dem Aufzug zu lesen: Um befördert zu werden, genügt es nicht, keine Ideen zu haben. Man muss auch unfähig sein, sie auszudrücken.

Jaine kicherte immer noch, als die Aufzugtür aufglitt. Sie fühlte sich, als würde Champagner in ihren Adern prickeln, was direkt auf das von Sam erfüllte Wochenende zurückzuführen war. *Sie* war immer noch nicht von Sam erfüllt gewesen, dafür hatte sie aber heute Morgen mit der Anti-Baby-Pille angefangen. Nicht dass sie ihm das verraten hätte. Die Frustration trieb sie noch in den Wahnsinn, doch die Vorfreude brachte ihre Welt zum Strahlen. Sie konnte sich nicht entsinnen, sich schon jemals so lebendig gefühlt zu haben, so als würde jede einzelne Zelle in ihrem Körper singen und jubilieren.

Derek Kellman trat gerade aus dem Aufzug, als sie einsteigen wollte. »Hi, Kellman«, begrüßte sie ihn fröhlich. »Wie geht's so?«

Er wurde knallrot, und sein Adamsapfel ruckte in der Kehle auf und ab. »Äh – okay«, murmelte er mit eingezogenem Kopf und eilte davon.

Lächelnd schüttelte Jaine den Kopf und drückte auf den Knopf für den dritten Stock. Sie konnte sich beim besten Willen nicht vorstellen, dass Kellman den Mut aufbrachte, Marci in den Hintern zu kneifen; sie und jeder andere bei Hammerstead hätte einiges springen lassen, um das sehen zu dürfen.

Wie gewöhnlich war sie die Erste im Büro; montags, wenn die Wochenlöhne ausgezahlt wurden, fing sie lieber etwas früher an. Falls sie es schaffte, ihre Gedanken nicht allzu oft von der Arbeit abschweifen zu lassen, lag sie gut in der Zeit.

Vielleicht legte sich die Aufregung um die Liste ja allmählich. Alle, die ein Interview gewollt hatten, hatten eines bekommen, nur das *People Magazine* nicht. Sie hatte am Morgen nicht ferngesehen, darum hatte sie keine Ahnung, welche Fitzelchen ihres Interviews vom Freitag letztendlich ausgestrahlt worden waren. Aber das würde ihr bestimmt jemand erzählen, und falls sie je den Drang verspüren sollte, die Sendung anzuschauen, was sie für wenig wahrscheinlich hielt, dann hatte garantiert eine der drei anderen sie aufgenommen.

Komisch, wie gleichgültig ihr das alles plötzlich war. Doch wie sollte sie sich auch den Kopf über die Liste zerbrechen, wenn Sam ihre Gedanken und Zeit derart in Anspruch nahm? Er raubte ihr den letzten Nerv, aber er war auch witzig und sexy, und sie war süchtig nach ihm.

Nachdem sie am Freitagabend zusammen essen gegangen waren, hatte er sie am Samstagmorgen um halb sieben geweckt, indem er mit dem Gartenschlauch gegen ihr Schlafzimmerfenster spritzte. Anschließend hatte er sie eingeladen, ihm beim Autowaschen zu helfen. Weil sie das Gefühl hatte, in seiner Schuld zu stehen, nachdem er ihre Viper gewaschen hatte, zog sie schnell etwas über, setzte Kaffee auf und ging zu ihm nach draußen. Er wollte sein Auto nicht nur waschen; er wollte es auch wachsen und polieren, das Chrom säubern und zum Strahlen bringen, den Innenraum saugen und alle Fenster reinigen. Nach zwei Stunden harter Arbeit hatte der Pick-up geblinkt und gefunkelt. Daraufhin hatte er ihn zurück in die Garage gefahren und sie gefragt, was sie ihm zum Frühstück machen würde.

Den ganzen Tag hatten sie streitend und lachend miteinander verbracht; am Nachmittag hatten sie dann irgendein Ballspiel im Fernsehen angeschaut und wollten gerade zum Essen ausgehen, als sein Piepser losging. Er rief von ihrem Telefon aus zurück, und ehe sie es sich versah, war er mit einem schnellen Kuss und den Worten »Ich weiß nicht, wann ich zurückkomme« verschwunden.

Er war Polizist, ermahnte sie sich. Solange er Polizist blieb – und daran schien er nichts ändern zu wollen, wie sie aus seiner Bewerbung bei der State Police schloss –, wäre sein Leben eine einzige Serie von Unterbrechungen und dringenden Einsätzen. Geplatzte Verabredungen waren da mit inbegriffen. Sie hatte darüber nachgedacht und war zu dem Schluss gekommen, dass ihr das egal war, sie war hart im Nehmen, sie konnte damit umgehen. Aber falls er in Gefahr geriet… ob sie damit auch umgehen konnte, wusste sie nicht. War er immer noch in diesem Einsatzkommando? War man bei so etwas langfristig, oder verpflichtete man sich nur auf Zeit dafür? Sie wusste kaum etwas über die Polizei, aber sie würde bestimmt bald mehr darüber erfahren.

Am Sonntagnachmittag war er müde und mürrisch heimgekehrt und hatte wenig Lust gezeigt, ihr zu erzählen, was er erlebt hatte. Statt ihn mit Fragen zu löchern, hatte sie ihn in ihrem Ohrensessel schlummern lassen, während sie sich auf den beiden übrig gebliebenen Polstern ihrer Couch zusammenrollte und ein Buch las.

Mit ihm zusammen zu sein, so ganz ohne Verabredung und alles, einfach nur mit ihm *zusammen zu sein*, hatte sich irgendwie… richtig angefühlt. Ihm beim Schlafen zuzuschauen. Seinem Atem zu lauschen. Und – noch – nicht den Mut aufzubringen, ihre Gefühle für ihn mit dem L-Wort zu beschreiben. Dazu war es zu früh, sie war nach ihren bisherigen Erfahrungen zu misstrauisch, um blindlings darauf zu vertrauen, dass jenes Hochgefühl, das sie in seiner Gegenwart empfand, ewig anhalten würde. Ihr Misstrauen war auch der entscheidende Grund, warum sie noch nicht mit ihm schlafen wollte. Ja, ihn zu frustrieren war lustig, und sie genoss die Hitze in seinem Blick, wenn er sie ansah, aber im Innersten hatte sie nach wie vor Angst, ihn zu nahe an sich heranzulassen.

Vielleicht nächste Woche.

»Hey Jaine!«

Die Brauen über den großen Augen hochgezogen, streckte Dominica Flores den Kopf zur Tür herein.

»Ich habe gerade euer Ding da im Fernsehen gesehen, allerdings nur ein Stück; ich musste los, bevor es zu Ende war, aber ich habe den Rest aufgenommen. Das war vielleicht cool! Du hast total super ausgesehen. Ihr habt alle verdammt gut ausgesehen, ehrlich, aber Mann, du warst echt super.«

»Ich habe es nicht gesehen«, gestand Jaine.

»Im Ernst? Also, wenn ich im Fernsehen auftreten würde, dann würde ich mir extra Urlaub nehmen, um mich selbst anzuschauen.«

Nicht wenn dir die ganze Sache so unendlich auf den Geist gehen würde wie mir, dachte Jaine. Trotzdem rang sie sich ein Lächeln ab.

Um halb neun rief Luna an. »Hast du was von Marci gehört?«, fragte sie. »Sie ist noch nicht im Büro, und als ich bei ihr zu Hause angerufen habe, ist auch niemand ans Telefon gegangen.«

»Nein, ich habe sie seit Freitag nicht gesehen.«

»Sie hat noch nie blaugemacht.« Luna klang besorgt. Sie und Marci standen sich erstaunlich nahe, wenn man bedachte, wie viele Jahre zwischen ihnen lagen. »Und sie hat auch nicht angerufen und sich entschuldigt oder krank gemeldet.«

Das sah Marci ganz und gar nicht ähnlich. Sie war nicht durch Unzuverlässigkeit zur Buchhaltungschefin aufgestiegen. »Hast du es auf ihrem Handy probiert?«

»Das ist ausgeschaltet.«

Der erste Gedanke, der Jaine in den Sinn kam, war der an einen Unfall. Während der Rushhour war der Verkehr in Detroit eine Qual. »Ich starte mal einen Rundruf und schaue, ob ich sie auftreiben kann«, versprach sie, ohne Luna ihre Befürchtungen zu gestehen.

»Okay. Gib mir Bescheid.«

Kaum hatte sie aufgelegt, überlegte Jaine angestrengt, wen sie anrufen konnte, um festzustellen, ob es auf dem Freeway zwischen Sterling Heights und Hammerstead einen Unfall gegeben hatte. Und würde Marci über die Van Dyke fahren, bis sie auf die I-*696* stieß, oder würde sie eine der Mile Roads rüber nach Troy nehmen, wo sie auf die I-*75* wechseln konnte?

Sam würde wissen, wen man da anrufen musste.

Schnell schlug sie die Telefonnummer des Polizeireviers von Warren nach, wählte und fragte nach Detective Donovan. Dann landete sie in der Warteschleife. Ungeduldig mit dem Stift auf den Schreibtisch pochend wartete sie mehrere Minuten. Schließlich erklärte ihr dieselbe Stimme wie zuvor, Detective Donovan sei nicht zu erreichen und ob sie eine Nachricht hinterlassen wolle?

Jaine zögerte. Einerseits wollte sie Sam nur ungern belästigen, wenn sich möglicherweise herausstellte, dass alles nur blinder Alarm gewesen war, andererseits glaubte sie nicht, dass irgendwer sonst auf dem Revier ihre Befürchtungen ernst nehmen würde. Eine Freundin kam also eine halbe Stunde zu spät ins Büro; das war eigentlich kein Grund, die Kavallerie ausrücken zu lassen. Vielleicht würde Sam ihre Ängste ebenfalls nicht ernst nehmen, aber er würde wenigstens irgendwas unternehmen, um mehr herauszufinden.

»Haben Sie die Nummer seines Piepsers?«, fragte sie schließlich. »Es handelt sich um etwas Wichtiges.« Wenigstens wichtig für sie, wenn auch vielleicht nicht für die Polizei.

»Worum geht es denn?«

Irritiert fragte sie sich, ob Sam regelmäßig von Frauen in der Arbeit angerufen wurde. »Ich bin eine Informantin«, behauptete sie und kreuzte bei dieser Lüge die Finger.

»Dann müssten Sie seine Piepser-Nummer haben.«

»Herrgott noch mal! Es könnte jemand verletzt oder tot sein –« Sie fing sich wieder. »Also gut, um die Wahrheit zu sagen, ich bin schwanger, und ich dachte, das würde ihn vielleicht interessieren.«

Die Stimme lachte. »Spricht da Jaine?«

O mein Gott, er hatte über sie geredet! Ihr Gesicht stand in Flammen. »Äh – ja«, murmelte sie. »Verzeihung.«

»Kein Problem. Er hat gesagt, falls Sie irgendwann anrufen sollten, sollen wir Sie zu ihm durchstellen.«

Na gut, aber wie hatte er sie beschrieben? Sie verkniff sich die Frage und kritzelte die Nummer seines Piepsers auf einen Zettel. »Danke«, sagte sie.

»Gern geschehen. Äh – wegen dieser Schwangerschaft…«

»Die habe ich erfunden«, gab sie zu und versuchte nach Kräften, ihrer Stimme wenigstens einen Anflug von Beschämung einzuhauchen. Offenbar erfolglos, denn die Frauenstimme lachte.

»Weiter so, Mädchen.« Die Frau legte auf und überließ es Jaine, sich zu fragen, was sie damit wohl meinte.

Sie drückte kurz auf die Gabel ihres Telefons und wählte dann Sams Piepser an. Es war ein numerischer Piepser, darum hinterließ sie nur ihre Telefonnnummer. Sie fragte sich, wie lange es wohl dauern würde, bis er zurückrief, denn schließlich kannte er die angegebene Nummer nicht. In der Zwischenzeit rief sie in der Buchhaltung an. »Ist Marci schon eingetroffen?«

»Nein«, kam die besorgte Antwort. »Wir haben noch nichts von ihr gehört.«

»Hier ist Jaine, auf Apparat drei-sechs-zwo-eins. Falls sie aufkreuzt, soll sie mich sofort anrufen.«

»In Ordnung.«

Es wurde halb zehn, bevor Jaines Telefon wieder läutete. In der Hoffnung, dass Marci endlich aufgetaucht war, riss sie den Hörer hoch. »Jaine Bright.«

»Wie ich höre, erwarten wir Nachwuchs«, gurrte Sams tiefe Stimme durch die Leitung.

Verdammtes Plappermaul, dachte sie. »Ich musste mir irgendwas ausdenken. Sie hat mir nicht abgenommen, dass ich eine Informantin bin.«

»Zum Glück habe ich schon alle vor dir gewarnt«, meinte er und fragte dann: »Was gibt's?«

»Hoffentlich gar nichts. Meine Freundin Marci –«

»Marci Dean, eine der berüchtigten Listen-Ladys?«

Sie hätte sich denken können, dass er über sie alle Bescheid wusste. »Sie ist nicht zur Arbeit gekommen, hat nicht angerufen und geht nicht ans Telefon, weder daheim noch auf dem Handy. Ich habe Angst, dass sie auf dem Weg zur Arbeit einen Unfall gehabt haben könnte, aber ich weiß nicht, wen ich anrufen muss, um mehr herauszufinden. Kannst du mir da einen Tipp geben?«

»Kein Problem. Ich rufe mal bei der Verkehrspolizei an und lass dort in den Protokollen nachschauen. Mal sehen, sie wohnt in Sterling Heights, nicht wahr?«

»Ja.« Jaine gab ihm eilig die Adresse durch und

stockte dann, weil ihr ein weiterer schrecklicher Gedanke gekommen war. »Sam… Marcis Freund hat sich furchtbar über die Liste aufgeregt. Er ist am Donnerstagabend verschwunden, aber vielleicht ist er ja wiedergekommen.«

Er schwieg eine Sekunde; dann erklärte er knapp und geschäftsmäßig: »Ich werde im Sheriffbüro und auf dem Polizeirevier von Sterling Heights anrufen. Wahrscheinlich ist es blinder Alarm, aber es kann nicht schaden, mal nachzuschauen.«

»Danke«, flüsterte sie.

Sam gefiel der Gedanke gar nicht, doch er war schon zu lange Polizist, um Jaines Besorgnis als Überreaktion abzutun. Ein cholerischer Lebensgefährte – mit einem verletzten Ego obendrein, wegen dieser verdammten Liste – und eine vermisste Frau bildeten allzu oft die Zutaten zu einem Gewaltverbrechen. Vielleicht hatte Ms Dean nur eine Autopanne, vielleicht aber auch nicht. Jaine war keine Frau, die grundlos in Panik geriet, und sie hatte sich eindeutig ängstlich angehört.

Vielleicht handelte sie aus irgendeiner weiblichen Intuition heraus, aber auch die würde Sam nicht abtun. Mann, seine Mom hatte ein zweites Paar Augen im Hinterkopf besessen und ihn und seine Brüder immer, ausnahmslos, erwartet, wenn sie irgendwas ausgefressen hatten. Bis heute wusste er nicht, woher sie ständig Bescheid gewusst hatte, doch er nahm diese Tatsache trotzdem als gegeben hin.

Er machte zwei Anrufe. Erst telefonierte er mit dem Polizeirevier von Sterling Heights, dann mit einem Kumpel im Verkehrsdezernat, der nachschauen sollte, ob es am Morgen zu irgendwelchen Unfällen mit Verletzten gekommen war. Der Sergeant von dem Revier in Sterling Heights versprach, sofort einen Streifenwagen zu Ms Deans Haus zu schicken, darum schenkte er sich vorerst den Anruf im Sheriffbüro. Beide Male hinterließ er seine Handynummer.

Sein Kumpel vom Verkehrsdezernat meldete sich als Erster zurück. »Keine größeren Unfälle heute Morgen«, berichtete er. »Nur ein paar verbeulte Kotflügel, und ein Typ hat mitten auf der Gratiot Avenue sein Motorrad geschrottet, aber mehr war nicht.«

»Danke fürs Nachschauen«, sagte Sam.

»Gar kein Problem.«

Um zehn Uhr fünfzehn läutete sein Handy wieder. Es war der Sergeant aus Sterling Heights. »Ihr Instinkt hat Sie nicht getrogen, Detective.« Er hörte sich müde an.

»Sie ist tot?«

»Ja. Ziemlich brutaler Mord. Wissen Sie, wie

ihr Freund heißt? Bei den Nachbarn ist niemand zu Hause, den wir fragen könnten, und ich glaube, wir würden uns gern mal mit ihm unterhalten.«

»Ich kann den Namen besorgen. Meine Freundin ist – war – Ms Deans beste Freundin.«

»Danke für die Hilfe.«

Sam wusste, dass er sich in fremdes Territorium vorwagte, doch da er den entscheidenden Tipp gegeben hatte, würde der Sergeant ihm das vielleicht nachsehen. »Können Sie mir mehr dazu sagen?«

Der Sergeant überlegte kurz. »Was für ein Handy benützen Sie?«

»Ein digitales.«

»Abhörsicher?«

»Bis die Hacker herausgefunden haben, wie sie das Signal knacken können.«

»Also gut. Er hat sie mit dem Hammer bearbeitet. Den hat er liegen lassen. Vielleicht finden wir ein paar Fingerabdrücke, vielleicht auch nicht.«

Sam zuckte zusammen. Ein Hammer richtete einen Menschen grässlich zu.

»Von ihrem Gesicht ist kaum noch was übrig, außerdem hat er mehrfach auf sie eingestochen. Und sie wurde sexuell attackiert.«

Wenn ihr Freund dabei Samen hinterlassen hatte, war er geliefert. »Irgendwelche Samenspuren?«

»Wissen wir noch nicht. Der Gerichtsmediziner muss sie noch untersuchen. Er – äh – hat den Hammer benutzt.«

Jesus. Sam holte tief Luft. »Okay. Danke, Sergeant.«

»Vielen Dank für die Hilfe. Ihre Freundin – wollen Sie die nach dem Lebensgefährten fragen?«

»Ja. Sie hat mich angerufen, weil sie sich Sorgen gemacht hat, als Ms Dean heute nicht zur Arbeit erschienen ist.«

»Können Sie die Lady einfach nach dem Freund fragen und sie ausbremsen, was alles andere angeht?«

Sam schnaubte. »Eher könnte ich den Sonnenuntergang ausbremsen.«

»So eine, wie? Kann sie es für sich behalten? Wir sind ziemlich sicher, dass es sich bei dem Opfer um Ms Dean handelt, aber wir haben noch keine positive Identifizierung, und die Familie ist auch noch nicht benachrichtigt worden.«

»Ich werde ihr sagen, sie soll sich freinehmen. Sie wird sich furchtbar aufregen.« Außerdem wollte er bei ihr sein, wenn er ihr das erzählte.

»Okay. Ach ja, Detective – wenn wir keine Angehörigen ausfindig machen können, wird Ihre Freundin möglicherweise die Leiche identifizieren müssen.«

»Sie haben meine Nummer«, sagte Sam nur.

Nach dem Ende des Gesprächs blieb er eine Minute lang reglos sitzen. Die grässlichen Einzelheiten brauchte er sich gar nicht erst auszumalen; er hatte zu viele Mordszenen gesehen. Er wusste, was ein Hammer oder ein Baseball-Schläger mit einem Menschenkopf anrichtete. Er wusste, wie mehrfache Stichwunden aussahen. Und genau wie der Sergeant wusste er, dass dieser Mord von jemandem begangen worden war, der das Opfer kannte, weil der Angriff einen ausgesprochen persönlichen Charakter hatte; das Gesicht war angegriffen worden. Die mehrfachen Stichwunden deuteten auf einen Wutausbruch hin. Und da die meisten weiblichen Mordopfer von jemandem aus ihrem engeren Umkreis getötet wurden, sprach praktisch alles dafür, dass Ms Deans Lebensgefährte die Tat begangen hatte.

Er atmete tief durch und wählte noch mal Jaines Nummer. Als sie an den Apparat ging, sagte er: »Weißt du, wie Marcis Freund heißt?«

Sie holte hörbar Luft. »Ist was mit ihr?«

»Das weiß ich noch nicht«, log er. »Ihr Freund?«

»Ach ja. Er heißt Brick Geurin.« Den Nachnamen buchstabierte sie ihm.

»Ist ›Brick‹ sein richtiger Name oder ein Spitzname?«

»Weiß ich nicht. Sie hat ihn immer nur ›Brick‹ genannt.«

»Okay, das genügt. Ich melde mich wieder, sobald ich irgendwas weiß. Ach ja – treffen wir uns zum Mittagessen?«

»Gern. Wo?«

Sie hörte sich immer noch ängstlich an, aber sie beherrschte sich, wie er es nicht anders von ihr erwartet hatte. »Wenn sie mich durch das Tor lassen, hole ich dich ab.«

»Das lässt sich regeln. Um zwölf?«

Er schaute auf die Uhr. Zehn Uhr fünfunddreißig. »Geht es auch früher, vielleicht um Viertel nach elf?« Damit hatte er gerade genug Zeit, um zu Hammerstead zu fahren.

Vielleicht wusste sie es bereits, vielleicht begriff sie in diesem Moment. »Ich warte unten auf dich.«

Als der Pförtner ihn durch die Schranke ließ, stand sie schon unten vor dem Eingang. Wieder trug sie einen dieser langen, schmal geschnittenen Röcke, die so sündteuer an ihr aussahen und in denen sie ohne seine Hilfe keinesfalls in seinen Pick-up klettern konnte. Er stieg aus und ging um das Auto herum, um ihr die Tür zu öffnen. Mit ängstlichen Augen studierte sie seine Miene. Er wusste, dass er sein Polizistengesicht aufgesetzt hatte und emotionslos wie ein Roboter wirkte, doch sie erbleichte.

Er legte ihre Hände um ihre schlanke Taille und hob sie ins Auto, dann ging er wieder auf die andere Seite, um sich hinter das Lenkrad zu setzen.

Eine Träne rann über Jaines Wange. »Erzähl es mir«, bat sie mit erstickter Stimme.

Seufzend streckte er die Hand aus und zog Jaine in seine Arme. »Es tut mir so Leid«, flüsterte er in ihr Haar.

Sie krallte sich an seinem Hemd fest. Er spürte ihr Zittern und drückte sie noch fester. »Sie ist tot, nicht wahr«, flüsterte sie bebend, und das war keine Frage.

Sie wusste Bescheid.

18

Jaine hatte so lange geweint, dass ihre Augen fast zugeschwollen waren. Während der ersten Tränenflut auf dem Parkplatz vor dem Hammerstead-Bau hatte Sam sie einfach nur in den Armen gehalten; als sie sich schließlich wieder halbwegs in der Gewalt hatte, fragte er: »Kannst du was essen?«

Sie schüttelte den Kopf. »Nein.« Ihre Stimme war belegt. »Ich muss es Luna erzählen… und T.J. –«

»Noch nicht, Liebes. Sobald du es ihnen erzählst, wird im Nu die ganze Firma Bescheid wissen; dann ruft irgendwer bei der Zeitung oder beim Radio oder beim Fernsehen an, und wenig später bringen sie es in den Nachrichten. Man hat ihre Verwandten noch nicht benachrichtigt, und sie sollen es nicht aus dem Radio erfahren.«

»Sie hat nicht viele Verwandte.« Jaine fischte ein Taschentuch aus ihrer Handtasche, wischte sich die Augen trocken und schnäuzte sich. »Sie hat eine Schwester in Saginaw, und soweit ich weiß eine alte Tante und einen Onkel in Florida. Sonst wüsste ich von niemandem.«

»Weißt du, wie ihre Schwester heißt?«

»Cheryl. Den Nachnamen weiß ich nicht.«

»Wahrscheinlich steht die Adresse in Marcis Adressbuch. Ich werde den Kollegen ausrichten, sie sollen nach einer Cheryl in Saginaw Ausschau halten.« Er wählte eine Nummer auf dem Handy und sprach leise in den Apparat, um die Information über Marcis Schwester weiterzugeben.

»Ich muss nach Hause.« Jaine starrte durch die Windschutzscheibe. Sie fasste nach dem Türgriff, aber Sam hielt sie zurück, indem er sie energisch am Arm packte.

»Du kannst jetzt nicht fahren«, stellte er fest. »Wenn du heimwillst, bringe ich dich hin.«

»Aber mein Auto –«

»Fährt nirgendwohin. Hier steht es sicher. Wenn du irgendwohin willst, fahre ich dich.«

»Aber vielleicht musst du ja weg.«

»Das regle ich schon«, sagte er. »Du fährst jedenfalls nicht.«

Wäre sie nicht so am Boden zerstört gewesen, hätte sie ihm widersprochen, doch ihr schossen schon wieder Tränen in die Augen, daher war ihr klar, dass sie nicht genug erkennen konnte, um selbst zu fahren. In die Firma konnte sie ebenso wenig zurück; sie hätte es nicht ertragen, irgendjemandem zu begegnen und die unvermeidlichen Fragen zu beantworten, ohne dabei völlig zusammenzubrechen. »Ich muss Bescheid geben, dass ich nach Hause fahre«, sagte sie.

»Willst du das selbst machen, oder soll ich das übernehmen?«

»Das schaffe ich schon.« Ihre Stimme bebte. »Nur… nur nicht gleich.«

»Also gut. Schnall dich an.«

Gehorsam legte sie den Gurt an und saß stumm wie der Tod neben Sam, der den Gang einlegte und losfuhr. Schweigend lenkte er den Pick-up durch den Verkehr auf den Freeway, weil er sie nicht in ihrer Trauer stören wollte, während sie zu verarbeiten versuchte, dass Marci tot war.

»Du – du glaubst, dass Brick es war, nicht wahr?«

»Man wird ihn verhören«, antwortete Sam ausweichend. Im Augenblick war Geurin der Hauptverdächtige, aber es gab noch keine Beweise, die das belegt hätten. Auch wenn man erst einmal vom wahrscheinlichsten Fall ausging, durfte man nie vergessen, dass die Wahrheit der Wahrscheinlichkeit durchaus widersprechen konnte. Wer weiß? Vielleicht stellte sich ja heraus, dass Ms Dean noch einen zweiten Freund gehabt hatte.

Jaine begann wieder zu weinen. Sie schlug die Hände vors Gesicht und saß zusammengesunken und mit zuckenden Schultern neben ihm. »Ich kann das einfach nicht fassen«, brachte sie heraus und fragte sich gleich darauf benommen, wie viele Menschen in einer Krise wohl genau das Gleiche sagten.

»Ich weiß, Liebes.«

Er wusste es wirklich, ging ihr auf. In seinem Job wurde er wahrscheinlich andauernd mit derartigen Szenen konfrontiert.

»W-wie hat –? Ich meine, was ist passiert?«

Sam zögerte, weil er ihr nur ungern erzählen wollte, dass Marci niedergeschlagen *und* erstochen worden war. Er kannte die genaue Todesursache nicht, er hatte den Tatort nicht gesehen und wusste darum nicht, ob sie an ihren Kopfverletzungen oder den Stichwunden gestorben war.

»Ich weiß die Einzelheiten nicht«, antwortete er schließlich. »Ich weiß, dass sie erstochen wurde. Die Todeszeit und andere Sachen kann ich dir nicht sagen.« All das entsprach der Wahrheit, ohne der Wahrheit auch nur im Entferntesten nahe zu kommen.

»Erstochen«, wiederholte Jaine und schloss die Augen, als versuchte sie die Szene vor sich zu sehen.

»Nicht«, sagte er.

Sie schlug die Augen auf und sah ihn fragend an.

»Du hast versucht, dir vorzustellen, was passiert ist, wie sie ausgesehen hat, ob es wehgetan hat«, erläuterte er barscher als beabsichtigt. »Tu das nicht.«

Sie atmete tief durch, und er erwartete schon, dass sie ihn attackieren, ihren Kummer und ihren Zorn auf ihn richten würde, doch stattdessen nickte sie nur, als würde sie sich darauf verlassen, dass er sich in diesen Dingen auskannte. »Ich werde es versuchen, aber – wie soll ich nicht daran denken?«

»Denk lieber an sie«, riet er, weil ihm klar war, dass sie das ohnehin tun würde. Das war ein Bestandteil des Trauer-Prozesses.

Sie versuchte etwas zu sagen, ihr Kehlkopf ging auf und ab, aber dann rannen ihr neue Tränen aus den Augen und sie beschränkte sich auf ein ruckartiges Nicken. Während der gesamten Heimfahrt nach Warren sprach sie kein einziges Wort mehr.

Als sie über die Einfahrt zu ihrem Haus gingen, fühlte sie sich uralt. Sam blieb an ihrer Seite, einen Arm um sie gelegt, und als sie mühsam die Stufen zu ihrer Küchentür erklomm, war sie dankbar für seine Stütze. BooBoo trabte miauend und mit zuckendem Schweif an, als wollte er fragen, wieso sie so früh nach Hause kam. Sie beugte sich hinunter, kraulte ihn hinter den Ohren und zog Trost aus der Wärme seines geschmeidigen Körpers und aus dem weichen Pelz.

Sie stellte die Handtasche auf dem Küchentisch ab, ließ sich auf einen der Stühle fallen und hielt BooBoo streichelnd auf ihrem Schoß, während Sam den Sergeant anrief und sich leise mit ihm unterhielt. Sie versuchte, nicht an Marci zu denken, noch nicht. Stattdessen dachte sie an Luna und T.J. und daran, welche Ängste die beiden wohl ausstanden, weil sie noch nichts von Marci gehört hatten. Sie hoffte, dass man Marcis Schwester bald erreichen würde, denn Jaines Freundinnen würden ahnen, dass etwas Schreckliches vorgefallen war, nachdem sie sich für den Rest des Tages freigenommen hatte. Sie hatte keine Ahnung, was sie sagen sollte, falls T.J. oder Luna hier anriefen, um sich nach ihr zu erkundigen, und ob sie es überhaupt schaffen würde, mit ihnen zu reden.

Sam stellte ein Glas Tee vor ihr ab. »Trink«, sagte er. »Du hast so viel geweint, dass du bestimmt völlig ausgetrocknet bist.«

Unglaublich, aber das rang ihr ein zittriges Lächeln ab. Er küsste sie auf den Scheitel und setzte sich dann mit einem eigenen Glas Tee neben sie.

Sie setzte BooBoo auf den Boden, schniefte und betupfte sich die Augen. »Was hast du deinen Kollegen eigentlich genau über mich erzählt?«, fragte sie, nur um über irgendwas zu reden.

Er versuchte sich an einer Unschuldsmiene. Auf seinem kantigen Gesicht sah das absolut unglaubwürdig aus.

»Nicht viel. Nur dass man dir ausrichten soll, wie du mit mir Verbindung aufnehmen kannst, falls du anrufen solltest. Ich hätte dir eigentlich gleich die Nummer meines Piepsers geben können.«

»Netter Versuch«, kommentierte sie.

»Und erfolgreich?«

»Nein.«

»Also gut, ich habe ihnen erzählt, dass du fluchst wie ein Droschkenkutscher –«

»Gar nicht wahr!«

»– dass du den süßesten Arsch diesseits der Rocky Mountains hast und dass man mir Bescheid sagen soll, wenn du anrufst, und zwar pronto, weil ich schon die ganze Zeit versuche, dich ins Bett zu kriegen, und du möglicherweise nur anrufst, um Ja zu sagen.«

Er versuchte, sie aufzuheitern, erkannte sie. Sie spürte, wie ihr Kinn zu bibbern begann. »Wie süß von dir«, brachte sie noch heraus, dann brach sie wieder in Tränen aus. Die Arme fest um den Leib geschlungen, wiegte sie sich vor und zurück. Es war ein heftiger, aber kurzer Ausbruch, so als könnte ihr Geist diese Qualen nicht lang ertragen.

Sam zog sie auf seinen Schoß und drückte ihren Kopf an seine Schulter. »Ich habe ihnen erzählt, dass du jemand Besonderes bist«, murmelte er. »Und dass ich mit dir reden will, wann immer du anrufst, ganz gleich, wo ich bin oder was ich gerade tue.«

Wahrscheinlich war das auch gelogen, dachte sie, aber es war mindestens so süß wie die Antwort davor. Sie schluckte und flüsterte mühsam: »Selbst wenn du bei einer deiner Einsatzkommandogeschichten mitmachst?«

Er zögerte. »Dann vielleicht nicht.«

Ihr tat der Kopf weh vom vielen Heulen, und ihr Gesicht glühte. Am liebsten hätte sie ihn gebeten, gleich jetzt mit ihr zu schlafen, aber sie schluckte die Worte hinunter. Sosehr sie den Trost und die Nähe, die Bestätigung ihres Lebendigseins auch brauchte, sie würde sich elend dabei fühlen; das erste Mal sollte unter anderen Umständen stattfinden. Also kuschelte sie ihr Gesicht an seinen Hals, atmete seinen warmen, männlichen Duft ein und zog so viel Trost wie möglich aus seiner Nähe.

»Was genau tut ein Einsatzkommando eigentlich?«

»Kommt drauf an. Ein Einsatzkommando kann aus den unterschiedlichsten Gründen gebildet werden.«

»Was tut *euer* Einsatzkommando?«

»Ich bin in einem Dezernats-übergreifenden Einsatzkommando gegen Gewaltverbrechen. Wir nehmen gewaltbereite Verbrecher fest.«

Das hörte sich gar nicht gut an. Ihr hätte viel besser die Vorstellung gefallen, dass er Fragen stellte und die Antworten in ein kleines Notizbuch schrieb; kurz gesagt, dass er Detektivarbeit leistete. Gewaltbereite Verbrecher festzunehmen hörte sich an, als würde er Türen eintreten und so weiter und als hätte er mit fiesen Kerlen zu tun, die möglicherweise auf ihn schossen.

»Das will ich genauer wissen.« Sie hob den Kopf und sah ihn streng an. »Aber nicht jetzt. Später.«

Er atmete erleichtert aus.

Eine ganze Weile hielt er sie einfach nur auf seinem Schoß. Er hielt sie im Arm, als sie im Büro anrief und sich für den Nachmittag abmeldete. Es gelang ihr, ganz gefasst dabei zu klingen, doch da Mr deWynter nicht an seinem Platz war, musste sie mit Gina sprechen, die vor Neugier fast platzte und obendrein ausrichtete, dass Luna wie auch T.J. mehrmals angerufen hätten.

»Ich rufe sie zurück«, versprach Jaine und legte auf. Unglücklich vergrub sie aufs Neue ihr Gesicht in Sams Schulter. »Wie lange muss ich sie noch hinhalten?«

»Mindestens, bis sie zu Hause sind. Ich werde mich bei dem Sergeant in Sterling Heights erkundigen, ob man die Schwester schon erreicht hat. Und geh nicht ans Telefon; wenn jemand mich sprechen will, kann er mich auf dem Piepser oder auf dem Handy erreichen.«

Schließlich verließ sie seinen Trost spendenden Schoß und verschwand ins Bad, um kaltes Wasser über ihr Gesicht laufen zu lassen. Sie musterte sich im Spiegel. Ihre Augen waren gerötet, und das ganze Gesicht war vom Weinen geschwollen; sie sah zum Fürchten aus, doch das war ihr egal. Müde schlüpfte sie in Jeans und ein T-Shirt und schluckte zwei Aspirin gegen die dröhnenden Kopfschmerzen.

Als Sam nach ihr schauen kam, hockte sie auf der Bettkante. Groß und männlich und vollkommen ungezwungen selbst in der so weiblichen Umgebung ihres Schlafzimmers stand er in der Tür. Dann ließ er sich neben ihr nieder. »Du siehst müde aus. Warum schläfst du nicht?«

Sie *war* müde, todmüde sogar, aber gleichzeitig glaubte sie nicht, dass sie Schlaf finden würde. »Leg dich wenigstens hin«, meinte er, da er ihren Zweifel bemerkte. »Und mach dir keine Sorgen; falls ich irgendwas erfahren sollte, während du schläfst, wecke ich dich sofort auf.«

»Pfadfinderehrenwort?«

»Pfadfinderehrenwort.«

»Warst du überhaupt bei den Pfadfindern?«

»Quatsch. Ich war viel zu beschäftigt damit, Streiche auszuhecken.«

Er war so süß, dass sie ihn am liebsten gedrückt hätte, bis er in ihren Armen zerbrach. Stattdessen küsste sie ihn und sagte: »Danke, Sam. Ich weiß nicht, was ich heute ohne dich getan hätte.«

»Du wärst auch so zurechtgekommen«, antwortete er und erwiderte ihren Kuss voller Interesse, beendete ihn aber, bevor sich mehr daraus entwickeln konnte. »Schlaf, wenn du kannst.« Damit ging er leise aus dem Zimmer und zog die Tür hinter sich zu.

Sie legte sich hin und schloss die brennenden Augen. Irgendwann begann das Aspirin ihre Kopfschmerzen einzudämmen, und als sie die Augen wieder aufschlug, erkannte sie, dass es bereits Spätnachmittag war. Verblüfft schaute sie auf die Uhr; drei Stunden waren vergangen. Sie hatte doch geschlafen.

Irgendwo stöberte sie zwei feuchte Augenpads für müde und geschwollene Augen auf, die sie auf ihre Lider legte. Sie blieb noch eine Weile liegen und versuchte, neue Kraft für die vor ihr liegenden, auszehrenden Tage zu schöpfen. Als sie sich wieder aufsetzte und die Pads abnahm, war die Schwellung sichtbar zurückgegangen. Sie bürstete ihr Haar und ihre Zähne, bevor sie aus dem Zimmer trat und Sam im Wohnzimmer sitzen sah, wo er mit BooBoo auf dem Schoß fernsah.

»Irgendwas Neues?«

Er wusste inzwischen beträchtlich mehr als am Mittag, aber nichts davon wollte er ihr erzählen. »Man hat die Schwester benachrichtigt, und die Presse weiß inzwischen Bescheid. Wahrscheinlich bringen sie es in den Abendnachrichten.«

Ihr Gesicht spannte sich besorgt an. »Luna? T.J.?«

»Nachdem du schlafen gegangen bist, habe ich dein Telefon abgeschaltet. Sie haben aber ein paar Nachrichten auf deinem Anrufbeantworter hinterlassen.«

Wieder sah sie auf die Uhr. »Im Augenblick sind sie wahrscheinlich auf dem Heimweg. Ich werde es in ein paar Minuten bei ihnen zu Hause versuchen. Ich möchte nicht, dass sie es aus dem Fernsehen erfahren.«

Kaum hatte sie die Worte ausgesprochen, da bogen zwei Autos in ihre Einfahrt: Lunas Camaro und T.J.s Buick. Jaine schloss kurz die Augen und versuchte sich für die nächsten Minuten zu wappnen, dann trat sie barfuß auf die Veranda vor dem Haus, um ihre Freundinnen zu empfangen. Sam folgte ihr auf dem Fuß.

»Was ist denn los?«, schrie T.J. beinahe, das hübsche Gesicht vor Anspannung verzerrt. »Wir können Marci nirgendwo auftreiben, du bist einfach verschwunden und gehst nicht ans Telefon – verdammt, Jaine…«

Jaine spürte, wie ihr Gesicht in sich zusammenfiel. Sie presste die Hand auf den Mund und gab sich alle Mühe, das Schluchzen zu unterdrücken, unter dem sich ihr Brustkorb zusammenkrampfte.

Luna blieb auf der Stelle stehen; Tränen schossen ihr in die Augen. »Jaine?« Ihre Stimme zitterte. »Was ist passiert?«

Jaine atmete mehrmals tief durch, um sich wieder in die Gewalt zu bekommen. »Es – es ist wegen Marci«, stieß sie schließlich hervor.

T.J. erstarrte, einen Fuß auf der untersten Stufe. Sie presste die Hände zusammen und fing schon an zu weinen, während sie noch fragte: »Was ist mit ihr? Ist sie verletzt?«

Jaine schüttelte den Kopf. »Nein. Sie – sie ist tot. Jemand hat sie umgebracht.«

Luna und T.J. eilten auf sie zu, dann fielen sich alle drei in die Arme und weinten um die Freundin, die sie so geliebt und für alle Zeiten verloren hatten.

Corin saß vor dem Fernseher und wiegte sich hin und her, während er wartete und wartete. Seit drei Tagen verfolgte er sämtliche Nachrichtensendungen, doch bis jetzt wusste noch niemand, was er getan hatte, und er hatte das Gefühl, bald zu platzen. Die ganze Welt sollte erfahren, dass die Erste der vier Schlampen tot war.

Er wusste nur nicht, ob er die Richtige erwischt hatte. Er wusste nicht, ob sie *A, B, C* oder *D* war. Hoffentlich war sie *C. C* hatte diese Gemeinheit von sich gegeben, dass man sich nur Mühe zu geben brauchte, um perfekt zu sein. *C* war diejenige, die um jeden Preis sterben musste.

Aber wie konnte er darüber Gewissheit erlangen? Er hatte alle vier angerufen, aber eine von ihnen war erst gar nicht ans Telefon gegangen, und die drei anderen hatten ihm nichts verraten.

Über eine brauchte er sich jedenfalls nicht mehr den Kopf zu zerbrechen. Vier minus eins machte drei.

Da! Der Nachrichtensprecher verkündete mit

super-seriöser Stimme: »In Sterling Heights forderte ein grauenhafter Mord das Leben einer Frau, von der man erst seit Kurzem spricht. Gleich nach der Werbung melden wir uns wieder.«

Endlich! Erleichterung überspülte ihn. Jetzt würden alle erfahren, dass man keine Gemeinheiten über Moms perfekten kleinen Mann verbreiten durfte.

Er wiegte sich vor und zurück und sang dabei leise vor sich hin: »Vier minus eins, das macht drei. Vier minus eins, das macht drei…«

19

Meldon Geurin, genannt »Brick«, aufzuspüren, war nicht besonders schwierig. Ein paar Fragen führten zu seiner Stammkneipe, was zu den Namen von einigen seiner Freunde führte, was wiederum zu der Aussage führte: »Klar, Brick, also, er und seine Alte, also, die haben sich über irgendeinen Scheiß gezofft, und ich hab' gehört, jetzt knackt er fürs Erste bei Victor.«

»Wie heißt dieser Victor mit Nachnamen?«, fragte Detective Roger Bernsen ganz freundlich, doch selbst wenn er ganz freundlich fragte, hörte sich das nach einer Drohung an, denn Detective Bernsen bestand aus etwa hundert Kilo Fleisch, die fest um sein einen Meter fünfundsiebzig großes Skelett gepackt lagen, hatte einen Halsumfang von fünfzig Zentimetern, eine abgrundtiefe Stimme und eine Miene, die den Eindruck erweckte, dass er ganz dicht vor einem cholerischen Anfall stand. An der Stimme konnte er nichts ändern, das Gewicht war ihm egal, die Miene hatte er lange geübt. Alles in allem war seine Erscheinung durchaus Ehrfurcht gebietend.

»Äh – Ables. Victor Ables.«

»Und wo wohnt Victor?«

»In der Innenstadt, Mann.«

Also setzte sich der Detective aus Sterling Heights mit der Polizei von Detroit in Verbindung, und wenig später wurde Meldon »Brick« Geurin abgeholt und zum Verhör gebracht.

Mr Geurin war missgelaunt, als Detective Bernsen ihm gegenüber Platz nahm, um mit ihm zu reden. Seine Augen waren blutunterlaufen, und er stank nach altem Alkohol, darum war seine unausgegorene Stimmung vielleicht auf die vielen vergorenen Trauben zurückzuführen.

»Mr Geurin«, begann der Detective in seinem höflichsten Tonfall, unter dem Mr Geurin nichtsdestotrotz zusammenzuckte, »wann haben Sie Ms Marci Dean das letzte Mal gesehen?«

Mr Geurins Kopf fuhr hoch, eine Bewegung, die er augenblicklich zu bereuen schien. Als er die Sprache wiedergefunden hatte, antwortete er verdrossen: »Donnerstagabend.«

»Donnerstag? Sind Sie da ganz sicher?«

»Klar, warum? Behauptet sie, ich hätte irgendwas gestohlen? Sie war zu Hause, als ich abgezogen bin, und wenn sie sagt, ich hätte irgendwas von ihr eingesteckt, dann lügt sie.« Detective Bernsen ließ das auf sich beruhen. Stattdessen fragte er: »Wo waren Sie seit Donnerstagabend?«

»Im Knast«, antwortete Mr Geurin noch verdrossener als zuvor.

Detective Bernsen lehnte sich in seinem Stuhl zurück, das einzige äußere Anzeichen seiner Verblüffung. »Wo waren Sie im Gefängnis?«

»Detroit.«

»Wann hat man Sie verhaftet?«

»Irgendwann Donnerstagabend.«

»Und wann hat man Sie freigelassen?«

»Gestern Nachmittag.«

»Sie haben also drei Tage als Gast der Stadt Detroit verbracht?«

Mr Geurin schmunzelte. »Gast. Na klar.«

»Was wurde Ihnen zur Last gelegt?«

»Alkohol am Steuer und angeblich Widerstand gegen die Staatsgewalt.«

All das ließ sich leicht überprüfen. Detective Bernsen bot Mr Geurin eine Tasse Kaffee an, war aber nicht überrascht, als sein Angebot ausgeschlagen wurde. Dann bat der Detective Mr Geurin zu warten und verließ den Vernehmungsraum, um kurz in der Polizeizentrale von Detroit anzurufen.

Dort bestätigte man Mr Geurins Darstellung.

Von Donnerstagabend um 23 Uhr 34 bis Sonntagnachmittag um 15 Uhr 41 hatte sich Mr Geurin im Gefängnis befunden.

Ein wasserdichteres Alibi konnte es kaum geben.

Ms Dean war das letzte Mal lebend gesehen worden, als sie und ihre drei Freundinnen am Freitagabend das Ernie's verlassen hatten. Dem Zustand der Leiche und dem Fortschreiten der Totenstarre in Verbindung mit der Temperatur in ihrem klimatisierten Haus nach zu schließen, war Ms Dean irgendwann zwischen Freitagabend und Samstag morgen ermordet worden.

Allerdings nicht von Mr Geurin.

Diese schlichte Erkenntnis stellte den Detective vor ein schwierigeres Rätsel, als er anfangs angenommen hatte. Wenn Mr Geurin die Tat nicht begangen hatte, wer dann? Bislang wussten sie nichts von einer weiteren romantischen Beziehung, von einem frustrierten Geliebten, den Ms Dean mit einer Weigerung, Mr Geurin zu verlassen, in Rage versetzt haben könnte. Da sie und Mr Geurin ihre Beziehung am Donnerstagabend de facto beendet hatten, war diese Theorie ohnehin nicht schlüssig.

Dennoch war die Attacke ausgesprochen persönlich gewesen und von Hass, blutrünstiger Raserei und dem Versuch gekennzeichnet, die Identität des Opfers auszulöschen. Die Stichwunden waren erst nachträglich zugefügt worden; die Hammerschläge hatten ausgereicht, um Ms Dean zu töten, doch der Mörder hatte zum Messer gegriffen, bevor er aus seiner Raserei erwacht war. Die Stichwunden hatten nur wenig geblutet, was darauf hindeutete, dass ihr Herz nicht mehr geschlagen hatte, als sie ihr zugefügt wurden. Der sexuelle Missbrauch war ebenfalls post mortem ausgeübt worden.

Marci Dean hatte ihren Mörder gekannt und ihn offenbar ins Haus gelassen, da nichts auf ein gewaltsames Eindringen hindeutete. Das Ausscheiden von Mr Geurin als potentiellem Täter warf den Detective auf das Startfeld zurück.

Er würde wohl ihre Schritte am Freitagabend nachvollziehen müssen. Bei Ernie's würde er anfangen. Wohin war sie von dort aus gefahren? War sie vielleicht in einer oder zwei Bars abgestiegen und hatte dort irgendeinen Typen aufgelesen, den sie mit nach Hause genommen hatte?

Die Stirn in nachdenkliche Falten gelegt, kehrte er zu Mr Geurin zurück, der zusammengesunken und mit geschlossenen Augen in seinem Stuhl hing. Als Detective Bernsen den Raum betrat, richtete er sich sofort auf.

»Vielen Dank für Ihre Mühe«, meinte Detective Bernsen höflich. »Wenn Sie möchten, lasse ich Sie nach Hause bringen.«

»Das ist alles? Mehr wollten Sie mich nicht fragen? Was sollte das eigentlich alles?«

Detective Bernsen zögerte. Wenn er eines äußerst ungern tat, dann eine Todesnachricht überbringen. Zu gut erinnerte er sich an den Armee-Kaplan, der *1968* vor der Tür gestanden und Bernsens Mutter mitgeteilt hatte, dass ihr Mann nicht lebend aus Vietnam zurückkehren würde. Die Erinnerung an diesen Schmerz hatte sich tief in Bernsens Gedächtnis gebrannt.

Doch Mr Geurin hatte wegen dieser Sache einige Umstände auf sich nehmen müssen und eine Erklärung verdient. »Ms Dean wurde in ihrem Haus überfallen –«

»Marci?« Plötzlich war Mr Geurin nicht wieder zu erkennen; hellwach und senkrecht saß er vor ihm. »Ist sie verletzt? Ist ihr was passiert?«

Konfrontiert mit diesem unfreiwilligen Einblick in das Gefühlsleben seiner Mitmenschen, zögerte Detective Bernsen erneut. »Es tut mir Leid.« Er sagte das so sanft wie möglich, denn er wusste, dass die Nachricht sein Gegenüber tiefer erschüttern würde, als er zunächst angenommen hatte. »Ms Dean hat den Überfall nicht überlebt.«

»Nicht überlebt? Sie meinen… sie ist tot?«

»Es tut mir Leid«, wiederholte der Detective.

Brick Geurin saß einen Augenblick wie gelähmt vor ihm, dann sank er ganz langsam in sich zusammen. Er vergrub das unrasierte Gesicht in den Händen und begann zu weinen.

Am nächsten Morgen stand noch vor sieben Uhr Jaines Schwester Shelley vor ihrer Tür. »Ich wollte dich abfangen, bevor du ins Büro fährst«, erklärte sie forsch, als Jaine die Küchentür aufzog.

»Ich gehe heute nicht ins Büro.« Automatisch holte Jaine eine zweite Tasse aus dem Schrank, schenkte sie mit Kaffee voll und reichte sie Shelley. Was jetzt? Einem schwesterlichen Zornesausbruch fühlte sie sich keinesfalls gewachsen.

Shelley stellte die Tasse auf dem Tisch ab, schlang die Arme um Jaine und drückte sie fest. »Ich habe heute Morgen in den Nachrichten von Marci gehört und bin sofort hergefahren. Bist du okay?«

Wieder brannten Tränen in Jaines Augen, dabei war sie überzeugt gewesen, nicht mehr weinen zu können. Eigentlich hatte sie ihren Vorrat an Tränen längst aufgebraucht. »Es geht schon«, antwortete sie. Sie hatte kaum geschlafen, kaum gegessen und fühlte sich, als würde sie nur auf zwei Zylindern laufen, aber sie schlug sich wacker. Sosehr Marcis Tod auch schmerzte, ihr war klar, dass sie darüber hinwegkommen musste. Das abgedroschene Sprichwort, dass die Zeit viele Wunden heilt, war vor allem darum ein abgedroschenes Sprichwort, weil es richtig war.

Shelley hielt Jaine auf Armeslänge von sich weg, um ihr kreidebleiches Gesicht und die roten, geschwollenen Augen zu studieren. »Ich habe eine Gurke mitgebracht«, verkündete sie. »Setz dich doch.«

Eine Gurke? »Wozu?«, fragte Jaine misstrauisch. »Was willst du damit?«

»Scheiben auf deine Augen legen, Dummchen«, meinte Shelley unwirsch. »Davon geht die Schwellung zurück.«

»Dafür habe ich Augen-Pads.«

»Gurke ist besser. Setz dich hin.«

Weil sie so müde war, setzte Jaine sich hin. Sie verfolgte, wie Shelley eine riesige Gurke aus ihrer Umhängetasche zog und sie wusch, bevor sie sich umsah. »Wo hast du deine Messer?«

»Keine Ahnung. In irgendeiner Schublade.«

»Du weißt nicht, wo du deine Messer hast?«

»Bitte. Ich wohne noch nicht mal einen Monat hier. Wie lange habt ihr nach eurem Umzug gebraucht, bis ihr alles ausgepackt hattet?«

»Tja, mal sehen, wir sind vor acht Jahren umgezogen, also… acht Jahre.« Ironie funkelte in Shelleys Augen, während sie eine Küchenschublade nach der anderen aufzog und wieder zuschob.

Jemand klopfte energisch einmal an die Küchentür; dann wurde sie geöffnet, ehe Jaine aufstehen konnte. Sam trat ins Haus. »Ich habe draußen ein fremdes Auto gesehen und bin nur rübergekommen, um mich zu überzeugen, dass du nicht von irgendwelchen Reportern belästigt wirst«, sagte er zu Jaine. Während der Nacht hatten ganze Heerscharen von Reportern angerufen, darunter Vertreter aller großen Fernsehsender.

Die riesige Gurke in der Hand, drehte Shelley sich um. »Wer sind Sie?«, fragte sie ohne Umschweife.

»Ihr Nachbar, der Bulle«, antwortete Sam. Er sah auf die Gurke. »Störe ich bei irgendwas?«

Jaine hätte ihm am liebsten einen Tritt verpasst, doch dazu fehlte ihr die Energie. Trotzdem spürte sie, wie in seiner Gegenwart etwas in ihr auflebte. »Sie will sie mir auf die Augen legen.«

Sein skeptischer Seitenblick sagte ihr: *Du machst wohl Witze.* »Sie wird runterrollen.«

Sie beschloss, ihn ganz bestimmt zu treten. Später. »Gurken*scheiben*.«

Seine Miene wurde skeptisch: *Das will ich sehen.* Er ging an den Küchenschrank, holte eine weitere Tasse heraus und schenkte sich ebenfalls Kaffee ein. An den Unterschränken lehnend, die langen Beine gekreuzt, wartete er ab.

Verwirrt wandte Shelley sich an Jaine. »Wer *ist* das?«

»Mein Nachbar«, antwortete Jaine. »Shelley, das ist Sam Donovan. Sam, meine Schwester Shelley.«

Er reichte ihr die Hand. »Sehr erfreut.«

Shelley nahm seine Hand, doch man merkte ihr den Widerwillen an. Dann suchte sie weiter nach einem Messer. »Du wohnst erst seit drei Wochen hier, und schon gehen deine Nachbarn bei dir aus und ein und wissen, wo deine Kaffeetassen stehen?«

»Ich bin Detektive«, erklärte Sam grinsend. »Es ist mein Beruf, solche Dinge herauszufinden.«

Shelley bedachte ihn mit ihrem Queen-Victoria-Blick, der keinen Zweifel daran ließ, dass sie ganz und gar nicht amüsiert war.

Jaine spielte mit dem Gedanken, aufzustehen und sich an ihn zu schmiegen, einfach weil es ihr in seiner Nähe besser ging. Sie wusste nicht, was sie gestern ohne ihn angefangen hätte. Er war ihr ein Fels gewesen, wie eine Mauer hatte er zwischen ihr und den Anrufen gestanden, und wenn Sam jemanden bat, nicht mehr anzurufen, dann klang er dabei so, dass ihn die Menschen beim Wort nahmen.

Heute allerdings würde er nicht bei ihr bleiben, begriff sie. Er hatte seine Berufskleidung an, beige Hosen und ein frisches weißes Hemd. Sein Piepser war am Gürtel festgeklippst, und über seiner rechten Niere hing seine Waffe. Shelley beäugte ihn wie ein exotisches Tier und suchte nur noch mit halber Kraft nach einem Messer.

Schließlich zog sie dennoch die richtige Schublade auf und kramte ein Gemüsemesser hervor.

»Ach«, murmelte Jaine halb interessiert, »da liegen sie also.«

Das Messer in der einen Hand, die Gurke in der anderen, drehte Shelley sich zu Sam um. »Schlaft ihr miteinander?«, herrschte sie ihn an.

»Shelley!«, fuhr Jaine sie an.

»Noch nicht«, erwiderte Sam mit unerschütterlichem Selbstbewusstsein.

Stille senkte sich über die Küche. Shelley begann die Gurke mit kurzen, aggressiven Bewegungen zu schälen.

»Ihr seht gar nicht aus wie Schwestern«, bemerkte Sam, als hätte er nicht gerade erst die Unterhaltung zum Erliegen gebracht.

Diese Bemerkung hatten beide Schwestern so oder leicht abgewandelt seit ihrer frühesten Kindheit gehört. »Shelley sieht eher nach Dad aus, hat aber Moms Farben, während ich wie Mom aussehe und Dads Farben habe«, antwortete Jaine automatisch. Shelley war groß, fast fünfzehn Zentimeter größer als Jaine, dazu schlaksig und blond. Das Blond war nur geborgt, passte aber gut zu Shelleys haselbraunen Augen.

»Bleiben Sie heute bei ihr?«, fragte Sam Shelley.

»Ich brauche niemanden, der bei mir bleibt«, sagte Jaine.

»Ja«, sagte Shelley.

»Dann wimmeln Sie die Reporter ab, okay?«

»Ich brauche niemanden, der bei mir bleibt«, wiederholte Jaine.

»In Ordnung«, sagte Shelley zu Sam.

»Fein«, meinte Jaine. »Ich bin hier ja nur zu Hause. Da braucht niemand auf mich zu hören.«

Shelley hackte zwei Gurkenscheiben ab. »Leg den Kopf zurück, und mach die Augen zu.«

Jaine legte zurück und machte zu. »Ich dachte, ich sollte mich dafür hinlegen.«

»Zu spät.« Shelley klatschte die kalten grünen Scheiben auf Jaines wunde Lider.

Ach, fühlte sich das gut an, so kalt und feucht und unglaublich lindernd. Wahrscheinlich würde sie bis zu Marcis Beerdigung einen ganzen Sack

Gurken brauchen, dachte Jaine, und im selben Moment kehrte die Trauer zurück. Sam und Shelley hatten sie kurzzeitig verdrängt, und sie war den beiden dankbar für die Atempause.

»Der ermittelnde Detective hat mich angerufen«, berichtete Sam. »Marcis Freund Brick hat von Donnerstagabend bis Samstagnachmittag in Detroit im Gefängnis gesessen. Er ist sauber.«

»Ein Fremder ist eingebrochen und hat sie umgebracht?« Jaine nahm die Gurkenscheiben ab und hob den Kopf, um ihn anzusehen.

»Wer immer es war, nichts deutet darauf hin, dass er gewaltsam ins Haus eingedrungen wäre.«

Das hatte sie schon in der Morgenzeitung gelesen. »Du weißt mehr, als du sagst, nicht wahr?«

Er zuckte mit den Achseln. »Wir Bullen wissen immer mehr, als wir sagen.«

Und er würde ihr keine Einzelheiten verraten; das erkannte sie daran, wie die Polizistenmaske über sein Gesicht rutschte. Sie versuchte, sich nicht auszumalen, was das wohl für Einzelheiten waren.

Er leerte seine Tasse, spülte sie aus und stellte sie umgedreht auf den Ablauf. Dann bückte er sich und drückte ihr einen warmen, kurzen Kuss auf den Mund. »Du hast die Nummer von meinem

Handy und meinem Piepser; ruf einfach an, wenn du mich brauchst.«

»Es wird schon gehen«, erklärte sie ihm und meinte es auch. »Ach ja – weißt du, ob Marcis Schwester hier ist?«

Er schüttelte den Kopf. »Sie ist zurück nach Saginaw gefahren. Hier kann sie noch nichts tun. Das Haus ist nach wie vor versiegelt, und wie bei jedem Mordfall muss eine Autopsie vorgenommen werden. Wie lange das dauert, hängt davon ab, wie viel der Gerichtsmediziner zu tun hat. Vielleicht findet die Beerdigung erst am Wochenende statt.«

Auch darüber wollte sie lieber nicht nachdenken. Dass Marcis Leichnam mehrere Tage in einem Tiefkühlfach liegen würde.

»Dann gehe ich morgen wieder arbeiten. Falls ihre Schwester es möchte, helfe ich gern bei den Vorbereitungen für die Beisetzung, aber ich nehme an, momentan gibt's nicht viel zu tun.«

»Noch nicht.« Er küsste sie noch mal, hob dann ihre Hände an, in denen sie immer noch die Gurkenscheiben hielt, und setzte sie auf ihre Lider zurück. »Lass sie lieber dort liegen. Du siehst beschissen aus.«

»Herzlichen Dank«, meinte sie trocken und hörte ihn beim Hinausgehen leise lachen.

Erst blieb es still. Dann sagte Shelley: »Er ist anders.«

Anders als Jaines drei Ex-Verlobte, meinte sie. Nein so was. »Ja«, stimmte Jaine ihr zu.

»Das scheint ja ziemlich ernst zu sein. Du kennst ihn noch nicht lang.«

Wenn Shelley wüsste! Wahrscheinlich rechnete sie die gesamten drei Wochen mit ein, die Jaine hier schon wohnte. Was würde sie wohl sagen, wenn Jaine ihr erzählte, dass sie Sam zwei Wochen davon entweder für einen Säufer oder für einen Drogendealer gehalten hatte.

»Ich weiß nicht, ob es ernst ist«, sagte sie, obwohl das gelogen war. »Ich will nichts überstürzen.« Ihretwegen konnte es sofort zur Sache gehen. Sie hatte sich in den großen Vollidioten verliebt. Wie oder was er genau empfand, war indessen noch nicht heraus.

»Gut«, bekräftigte Shelley. »Du willst bestimmt nicht noch eine geplatzte Verlobung.«

Shelley hätte den Tag auch über die Runden bringen können, ohne Jaines miserable Beziehungsbilanz zu erwähnen, aber Shelley war noch nie für ihren Takt berühmt gewesen. Andererseits hatte Jaine nie daran gezweifelt, dass ihre Schwester sie liebte, was eine Menge Taktlosigkeiten aufwog.

Das Telefon läutete. Jaine nahm die Gurkenscheiben ab und fasste im gleichen Moment wie Shelley nach dem Hörer. »Sam hat gesagt, ich soll ans Telefon gehen«, zischte Shelley, als könnte der unbekannte Anrufer sie hören.

Diddeldii.

»Seit wann befolgst du Anweisungen von Menschen, vor denen du mich gerade noch gewarnt hast?«, fragte Jaine trocken.

Diddeldii.

»Ich habe dich nicht wirklich *gewarnt* –«

Diddeldii.

Da Jaine wusste, dass diese Mini-Diskussion sich gut eine halbe Stunde lang hinziehen konnte, drückte sie die Sprechtaste, bevor der Anrufbeantworter anspringen konnte. »Hallo?«

»Welche bist du?«

»Was?«, fragte sie verdutzt.

»Welche bist du?«

Sie trennte die Verbindung und legte das Telefon mit ernster Miene zurück auf den Tisch.

»Wer war das?«, erkundigte sich Shelley.

»Irgendein Spaßvogel. Marci, T.J. und Luna haben auch solche perversen Anrufe bekommen, seit die Liste die Runde gemacht hat.« Ihre Stimme stockte kurz, als sie Marci erwähnte. »Es ist immer derselbe Typ und er sagt immer dasselbe.«

»Hast du der Telefongesellschaft gemeldet, dass du obszöne Anrufe bekommst?«

»Es sind keine obszönen Anrufe. Er sagt nur: ›Welche bist du?‹, in einem eigenartigen Flüstern. Ich tippe, es ist ein Kerl, aber das lässt sich schwer sagen, wenn jemand flüstert.«

Shelley verdrehte die Augen. »Ein perverser Anruf wegen der Liste? Du kannst darauf wetten, dass es ein Typ ist. Al hat erzählt, die Typen bei ihm in der Arbeit hätten sich ziemlich über gewisse Teile der Liste aufgeregt. Dreimal darfst du raten, über welche Teile.«

»Die Teile, die mit ihren Teilen zu tun haben?« Als müsste sie da raten.

»Männer sind so berechenbar, nicht wahr?« Shelley wanderte in der Küche herum und riss dabei alle möglichen Schubladen und Türen auf.

»Was machst du da?«

»Ich orientiere mich, was wo liegt, damit ich beim Kochen nicht dauernd suchen muss.«

»Du willst kochen? Was denn?« Einen kurzen, verrückten Moment rätselte Jaine, ob Shelley vielleicht die Zutaten für das Abendessen ihrer Familie mitgebracht hatte. Schließlich hatte sie schon eine riesige Gurke aus ihrer Tasche gezaubert; nur Gott wusste, was sich ansonsten darin befand. Vielleicht ein Braten?

»Ich mache uns Frühstück«, antwortete Shelley. »Und du wirst auch was essen.«

Tatsächlich war Jaine, nachdem sie am Abend zuvor das Essen hatte ausfallen lassen, hungrig. Hielt Shelley sie für total bescheuert? Nie im Leben würde sie ein Frühstück verweigern. »Ich werde es versuchen«, sagte sie kläglich und legte die Gurkenscheiben wieder auf ihre Augen, während ihre Schwester sich daranmachte, Pfannkuchen zuzubereiten.

Corin saß am Telefon und spürte, wie die Enttäuschung in Wogen über ihn hinwegwusch. Auch sie hatte ihm nichts verraten. Wenigstens hatte sie ihn nicht angeschnauzt wie die anderen. Er hatte damit gerechnet, er hatte sich auf jede nur mögliche Antwort vorbereitet. Sie hatte eine wirklich lose Zunge, wie seine Mutter es ausgedrückt hätte. Er störte sich oft an ihren Bemerkungen im Büro und an ihren vielen Flüchen. Seine Mutter hätte sie ganz und gar nicht nett gefunden. Er wusste nicht, was er jetzt tun sollte. Die erste Schlampe umzubringen, war so… so überwältigend gewesen. Ein so wildes, heißes, schauderndes Glücksgefühl, eine solche Ekstase hatte er nicht erwartet. Erst hatte er darin geschwelgt, doch danach hatte er Angst bekommen. Was würde Mutter tun, wenn sie erführe, dass er die Tat genossen hatte?

Er hatte ständig solche Angst gehabt, sie könnte seine heimliche Lust an ihren Bestrafungen bemerken.

Aber das Töten... ach ja, das Töten. Er schloss die Augen, wiegte sich leise vor und zurück und durchlebte im Geist noch einmal jede einzelne Sekunde. Das Grauen in den Augen dieser Schlampe, kurz bevor der Hammer auftraf, das schmatzende Krachen, dann der Triumph, der in seinen Adern sang, und das Gefühl, allmächtig zu sein, zu wissen, dass sie ihn nicht aufhalten konnte, weil er zu stark für sie war – Tränen traten in seine Augen, weil er das Töten so genossen hatte und jetzt alles vorbei war.

Nichts hatte er derart genossen, seit er damals Mutter getötet hatte.

Nein – daran durfte er nicht denken. Sie hatten ihm befohlen, nie mehr daran zu denken. Aber sie hatten ihm auch befohlen, die Pillen zu nehmen, und auch da hatten sie sich getäuscht, oder? Die Pillen ließen ihn verschwinden. Also *sollte* er vielleicht an Mutter denken.

Er ging ins Bad und blickte prüfend in den Spiegel. Ja, er war immer noch da.

Er hatte einen Lippenstift aus dem Haus der Schlampe mitgenommen. Warum, wusste er nicht genau. Nachdem er sie getötet hatte, war er in ihrem Haus herumgewandert, um sich alles anzuschauen, und als er in ihrem Bad gewesen war, um sein Aussehen zu überprüfen, war ihm die gottlose Unmenge von Schminksachen ins Auge gefallen, die überall herumlagen und jede Abstellfläche verstopften. Die Schlampe hatte größten Wert darauf gelegt, sich schön zu machen, wie? Tja, nun würde sie all das nicht mehr brauchen, hatte er gedacht und den Lippenstift in seine Tasche geschoben. Seit jener Nacht wartete der Stift in seinem Bad auf ihn.

Er schraubte die Kappe auf und drehte den Stift hoch. Der obszön geformte karmesinrote Stab schob sich heraus wie ein Hundepenis. Er wusste genau, wie ein Hundepenis aussieht, schließlich hatte er – nein, daran durfte er nicht denken.

Halb nach vorn gebeugt, fuhr er seine Lippen bedächtig mit knallroter Farbe nach. Er richtete sich auf und starrte sich im Spiegel an. Dann lächelte er, bis sich die roten Lippen über den Zähnen spannten, und sagte: »Hallo, Mutter.«

20

Schon erstaunlich, dachte Jaine am nächsten Morgen, als sie in der Firma in den Aufzug trat, dass ihre Welt so vollständig aus den Fugen geraten war, während die meisten Angestellten bei Hammerstead kaum etwas von Marcis Tod mitbekommen hatten. Natürlich trauerten T.J. und Luna ebenso schmerzhaft wie sie, und die Kollegen in Marcis Abteilung waren schockiert und entsetzt, aber die meisten, denen sie in der Firma begegnet war, hatten Marci entweder gar nicht erwähnt oder eine Bemerkung gemacht wie: »Ja, ich habe davon gehört. Schrecklich, nicht wahr?«

Die Computerfreaks registrierten natürlich überhaupt nichts, was nichts mit Gigabytes zu tun hatte. Auf dem Schild neben dem Aufzug war heute zu lesen: *Neueste Verlautbarung des Gesundheitsministeriums: Rotes Fleisch schadet ihrer Gesundheit nicht. Versuche haben ergeben, dass vielmehr pelziges grünes Fleisch ihrer Gesundheit schadet.*

Da in Jaines Vorstellung pelziges grünes Fleisch

bei jedem durchschnittlichen Computerfreak zur Grundausstattung des Kühlschranks gehörte, hatte diese Botschaft für die meisten von ihnen wahrscheinlich eine tiefe persönliche Bedeutung. An jedem anderen Tag hätte Jaine darüber gelacht. Heute brachte sie nicht einmal ein Lächeln zustande.

Auch T.J. und Luna hatten tags zuvor nicht gearbeitet. Kurz nach acht Uhr morgens waren sie vor Jaines Wohnungstür auf der Matte gestanden, und ihre Augen hatten genauso verquollen ausgesehen wie Jaines. Shelley hatte weitere Gurkenscheiben abgehackt und dann noch mehr Pfannkuchen gebacken, die Jaines Freundinnen ebensolchen Trost spendeten wie zuvor Jaine.

Shelley war Marci nie begegnet, aber sie hörte bereitwillig zu, wenn die anderen von ihr erzählten, was sie den ganzen Tag lang getan hatten. Sie hatten viel geweint, etwas gelacht und einen Haufen Zeit damit vergeudet, Theorien zu spinnen, was vorgefallen sein mochte, nachdem Brick ein so wasserdichtes Alibi hatte. Ihnen war klar, dass sie nicht über DIE WAHRHEIT stolpern würden, aber es half, darüber zu sprechen. Marcis Tod war so unfassbar, dass sie sich nur durch ständiges Reden und Diskutieren allmählich an den Gedanken gewöhnen konnten, sie verloren zu haben.

Ausnahmsweise war sie heute nicht früh dran. Mr de-Wynter war schon vor ihr eingetroffen und bat sie, umgehend in sein Büro zu kommen.

Jaine seufzte. Sie mochte zwar für die Lohnbuchhaltung verantwortlich sein, doch diese Position brachte leider keinerlei Vergünstigungen, sondern nur Verpflichtungen mit sich. Indem sie am Montag früher gegangen und am Dienstag gar nicht erschienen war, hatte sie ihre Kolleginnen im Stich gelassen. DeWynter hatte bestimmt Blut und Wasser geschwitzt und sich gefragt, ob sie alles noch rechtzeitig hinbekommen würden; die Menschen neigten dazu, ziemlich unvernünftig zu reagieren, wenn sie ihren Lohn nicht pünktlich erhielten.

Sie machte sich auf eine Standpauke gefasst, darum traf es sie vollkommen unvorbereitet, als er sagte: »Ich möchte Ihnen nur sagen, wie Leid mir das mit Ihrer Freundin tut. Das ist wirklich ganz entsetzlich.«

Sie hatte sich fest vorgenommen, nicht im Büro zu weinen, doch deWynters unerwartetes Mitgefühl brachte ihren Vorsatz zum Wanken. Sie blinzelte, um die Tränen zurückzuhalten. »Vielen Dank«, sagte sie. »Es ist *wirklich* entsetzlich. Und ich möchte mich dafür entschuldigen, dass ich die Abteilung am Montag im Stich gelassen –«

Er schüttelte den Kopf. »Das verstehe ich. Wir

mussten ein paar Überstunden einlegen, aber keiner hat sich beschwert. Für wann ist die Beerdigung angesetzt?«

»Noch gar nicht. Die Autopsie –«

»Ach, natürlich, natürlich. Bitte lassen Sie mich wissen, wann sie stattfindet; viele Kollegen und Kolleginnen möchten dabei sein.«

Jaine versprach es mit einem Nicken, dann floh sie zurück an ihren Schreibtisch und zu ihrer liegen gebliebenen Arbeit.

Sie hatte gewusst, dass es ein schwerer Tag werden würde, aber wie schwer, hatte sie nicht geahnt. Gina und alle anderen in ihrer Abteilung sprachen natürlich ihr Beileid aus, was sie jedes Mal von Neuem zum Weinen brachte. Da sie keine Gurke mitgenommen hatte, musste sie den ganzen Tag gegen die Tränen ankämpfen.

Ohne dass es verabredet war, tauchten T.J. und Luna mittags bei ihr auf. »Railroad Pizza?«, fragte T.J., und alle stiegen für die kurze Fahrt in T.J.s Auto.

Sie hatten eben ihre vegetarischen Pizzen serviert bekommen, als Jaine einfiel, dass sie den beiden noch nicht von dem perversen Anruf erzählt hatte, den sie am Vortag kurz vor ihrem Eintreffen erhalten hatte. »Ich habe jetzt auch so einen ›Welche-bist-du‹-Anruf bekommen«, sagte sie.

»Sind die nicht eklig?« Luna biss ohne großen Appetit von ihrer Pizza ab. Ihr bezauberndes Gesicht sah aus, als wäre sie in den vergangenen zwei Tagen um zehn Jahre gealtert. »Da wir alle schon mindestens zwei von der Sorte gekriegt haben, überrascht es mich, dass er so lange gebraucht hat, um zu dir vorzudringen.«

»Na ja, auf meinem Anrufbeantworter sind eine Menge Anrufe, auf denen niemand was sagt, aber ich dachte, die kämen von irgendwelchen Reportern.«

»Wahrscheinlich. Von denen hatten wir weiß Gott auch genug.« T.J. rieb sich die Stirn. »Mir dröhnt der Kopf. Ich glaube, ich habe es erst richtig begriffen, als ich gestern Abend heimgekommen bin, und ich habe geweint, bis ich mich übergeben musste. Galan –«

Jaine sah auf. »Ja, was *ist* eigentlich mit Galan? Schläft er immer noch im Motel?«

»Nein. Am Montag, als wir es erfahren haben, war er natürlich in der Arbeit, aber er hat immer wieder angerufen und mir aufs Band gesprochen, und am Abend ist er heimgekommen. Ich schätze, die ganze Sache ist noch in der Schwebe. Aber wegen Marci war mir nicht danach, unsere Beziehung durchzukauen. Er war eher still, aber auch… fürsorglich. Vielleicht hofft er, dass ich die ganze Geschichte einfach vergesse.« Sie biss beinahe hasserfüllt in ihre Pizza.

»Da braucht er sich wohl keine großen Hoffnungen zu machen«, kommentierte Jaine trocken, und Luna lächelte.

»Nie im Leben«, bestätigte T.J. »Aber reden wir lieber über was Interessantes, wie zum Beispiel über Sam.« Ein boshaftes Funkeln trat in ihre Augen. »Ich kann einfach nicht fassen, dass du geglaubt hast, dieser Sexprotz sei ein Drogen verschachernder Säufer.«

Jaine stellte fest, dass auch sie heute lächeln konnte. »Was soll ich sagen? Ihr habt ihn ja nur rausgeputzt erlebt. Ihr solltet ihn mal sehen, wenn er unrasiert in seinen alten, zerfetzten Sachen rumläuft und schlechte Laune hat.«

»Diese dunklen Augen… Wow.« Luna fächelte sich mit der Hand Luft zu. »Außerdem hat er echt schöne Schultern, falls du das noch nicht gesehen hast.«

Jaine verkniff sich die Bemerkung, dass sie Sam schon von Kopf bis Fuß gesehen hatte. Die anderen brauchten nichts von der Küchenfenster-Episode zu erfahren. Komisch, dachte sie, solange sie ihn für einen Säufer und Vollidioten gehalten hatte, hatte sie ihre Freundinnen fast jeden Tag mit Anekdoten von ihren ruppigen Begegnungen beglückt, doch seit Jaine und er sich näher gekommen waren, sprach sie so gut wie gar nicht mehr über ihn.

»Der Typ ist genauso spitz auf dich«, ergänzte T.J. »Dieser Mann würde am liebsten auf der Stelle über dich herfallen. Glaub mir.«

»Vielleicht«, antwortete Jaine ausweichend. Sie wollte sich lieber nicht darüber auslassen, wie gern sie sich von ihm überfallen lassen würde oder wie dicht sie schon davor gewesen waren, miteinander zu schlafen.

»Dazu braucht man keine Hellseherin zu sein«, meinte Luna spröde zu T.J. »Das hat er selbst gesagt.«

T.J. lachte. »Hat er wirklich. Schüchtern ist er gar nicht, oder?«

Nein, Schüchternheit zählte eindeutig nicht zu Sam Donovans hervorstechenden Eigenschaften. Forsch, eingebildet, arrogant, witzig, sexy, süß – mit diesen Worten ließ er sich trefflich beschreiben. Sie bezweifelte, dass er auch nur ein einziges Schüchternheits-Gen im Leibe trug – Gott sei Dank.

T.J.s Handy klingelte. »Wahrscheinlich ist es Galan.« Seufzend kramte sie das Telefon aus ihrer Handtasche. Sie klappte es auf und drückte die Sprechtaste. »Hallo?«

Jaine sah sie rot werden. »Woher haben Sie diese Nummer?«, fauchte sie und hieb mit dem Finger auf die Aus-Taste. »Arschloch«, zischte sie, während sie das Telefon wieder in der Handtasche verstaute.

»Ich nehme an, das war nicht Galan«, meinte Jaine.

»Das war wieder dieser Fiesling.« T.J.s Stimme bebte vor Zorn. »Ich würde wirklich gern wissen, woher er meine Handynummer hat, die gebe ich nämlich so gut wie nie weiter.«

»Vielleicht gibt es ja eine Auskunft für Handynummern?«, schlug Luna vor.

»Das Handy ist auf Galan, nicht auf mich angemeldet, woher soll er also wissen, dass ich es habe?«

»Was hat er denn gesagt?«, fragte Jaine.

»Die übliche ›Welche-bist-du‹-Scheiße. Dann sagte er: ›Marci.‹ Nur ihren Namen. Verdammt noch mal, das ist absolut krank.«

Jaine legte ihren Pizza-Schnitz ab. Plötzlich war ihr eiskalt, und ihre Nackenhärchen stellten sich auf. Mein Gott, und wenn diese Anrufe nun etwas mit dem Mord an Marci zu tun hatten? Vielleicht war das weit hergeholt, vielleicht aber auch nicht. Vielleicht war dieser Typ ein Irrer, der sie abgrundtief hasste, bloß wegen dieser blöden Liste, und der nun eine nach der anderen umbringen würde…

Sie hyperventilierte. T.J. und Luna starrten sie beide an. »Was ist denn?«, fragte Luna erschrocken.

»Ich hatte eben einen ganz schrecklichen Gedanken«, flüsterte Jaine. »Was ist, wenn das der Typ ist, der Marci umgebracht hat? Und wenn er jetzt hinter uns her ist?«

Beide sahen sie mit purem Entsetzen an. »Ganz bestimmt nicht«, wehrte Luna augenblicklich ab.

»Und warum nicht?«

»Eben drum! Das ist doch total verrückt. Solche Dinge passieren einfach nicht. Also gut, vielleicht irgendwelchen Prominenten, aber doch nicht ganz normalen Menschen.«

»Marci wurde ermordet.« Jaine war immer noch nicht in der Lage, lauter zu sprechen. »Ist das vielleicht normal?« Sie schauderte. »Dass er uns zu Hause angerufen hat, kam mir nicht besonders bedenklich vor, aber du hast Recht, T.J., woher hat er deine Handynummer? Bestimmt kann man die irgendwie rauskriegen, aber die wenigsten Leute würden wissen, wie. Ob uns jemand verfolgt?«

Beide starrten sie wieder an.

»Jetzt habe ich *wirklich* Angst«, erklärte Luna gleich darauf. »Du lebst allein, ich lebe allein, Galan kommt erst um kurz vor Mitternacht heim, und Marci war auch allein.«

»Aber woher hat er das gewusst? Ich meine, einen Tag davor hat Brick noch bei ihr gewohnt«, protestierte T.J.

Ihre Intuition versetzte Jaine den nächsten Tritt in die Magengrube. Gleich würde sie sich übergeben müssen. »In der Zeitung hat es auch gestanden – ›Keine Hinweise auf ein gewaltsames Eindringen‹. Ich habe Sam beim Telefonieren zugehört. Sie haben angenommen, dass es Brick war, weil er ihr Freund war und einen Schlüssel hatte, aber Brick war es nicht, darum glauben sie inzwischen, dass es jemand anderes war, den Marci kannte. Sie hat ihn ins Haus gelassen, und er hat sie umgebracht.« Sie schluckte. »Es war jemand, den wir *alle* kennen.«

»O Gott.« Die Augen entsetzt aufgerissen, schlug Luna die Hand vor den Mund.

T.J. ließ ihr Pizzastück fallen. Auch sie sah krank aus und zu Tode erschrocken. Sie versuchte ein unsicheres Lachen. »Wir machen uns doch bloß gegenseitig Angst wie Kinder, die sich am Lagerfeuer Gespenstergeschichten erzählen.«

»Umso besser. Wenn wir Angst haben, sind wir vorsichtiger. Sobald ich wieder im Büro bin, rufe ich Sam an –«

T.J. holte ihr Handy wieder aus der Handtasche und schaltete es ein. »Hier.« Sie reichte es Jaine über den Tisch. »Ruf ihn gleich an.«

Jaine wühlte in ihrer Handtasche nach dem Zettel, auf dem sie seine beiden Nummern notiert hatte. Mit zittrigen Fingern wählte sie zuerst die Nummer seines Handys. Die Verbindung wurde hergestellt, und ein Tuten war zu hören.

Zweimal. Dreimal…

»Donovan.«

Sie musste das kleine Telefon mit beiden Händen festhalten. »Hier ist Jaine. Sam – wir haben Angst. Seit die Liste veröffentlicht wurde, haben wir alle perverse Anrufe bekommen, ich habe das nicht erwähnt, schließlich waren es keine Drohanrufe oder so, er fragt einfach nur, welche wir sind – du weißt schon, *A, B, C* oder *D* –, aber gerade eben hat er T.J. auf ihrem Handy angerufen und Marcis Namen gesagt. Woher hat er T.J.s Nummer? Das Telefon ist auf ihren Mann angemeldet, woher hat er also gewusst, dass T.J. das Telefon hat und nicht Galan? Ich habe gehört, wie du gesagt hast, dass Marci ihren Mörder wahrscheinlich gekannt und ins Haus gelassen hat, und der Typ, der T.J. angerufen hat, muss sie ebenfalls kennen, weil er sonst ihre Nummer nicht hätte, und ich weiß, dass ich mich hysterisch anhöre, aber ich habe wirklich Angst und ich wünschte, du würdest mir erklären, dass meine Fantasie mit mir durchgeht –«

»Wo bist du?«, fragte er ruhig.

»Railroad Pizza. Bitte sag, dass meine Fantasie mit mir durchgeht.« »Ich glaube, du solltest dir eine Anruf-Erkennung schalten lassen«, meinte er, immer noch viel zu gelassen. »Falls T.J. und Luna keine haben, sollen sie sich ebenfalls eine besorgen. Und zwar noch heute. Am besten ruft ihr noch von der Arbeit aus die Telefongesellschaft an, um sie schalten zu lassen, und haltet gleich auf dem Heimweg an, um die Geräte zu besorgen.«

Sie atmete tief durch. »Okay. Anruf-Erkennung.«

»Hast du ein Handy? Oder Luna?«

»Nein, nur T.J.«

»Ihr müsst euch beide eines besorgen und es immer bei euch tragen, damit ihr Hilfe rufen könnt, wenn kein anderes Telefon zur Hand ist. Und ich meine bei *euch*, also zum Beispiel am Gürtel, nicht in der Handtasche oder im Auto.«

»Handys. *Check.*« Sie würden auf dem Heimweg ein paar Mal anhalten müssen.

»Hat seine Stimme irgendwie vertraut geklungen?«

»Nein, er flüstert nur, aber ziemlich laut. Es hört sich komisch an.«

»Irgendwelche Hintergrundgeräusche, die ihr erkennen konntet?«

Sie gab die Frage an T.J. und Luna weiter. Beide schüttelten den Kopf. »Nein, nichts.«

»Okay. Wo wohnen T.J. und Luna?«

Sie gab ihm die Adressen durch. T.J. wohnte in Mount Clemens, Luna in Royal Oak, beides im Norden von Detroit.

Sam fluchte. »Royal Oak liegt in Oakland County. Das macht zusammen vier verschiedene Polizeireviere in zwei Countys, denen wir Bescheid geben müssen.«

»Du solltest mir doch eigentlich erklären, dass ich spinne«, protestierte Jaine mit zittriger Stimme, obwohl ihr irgendwie klar gewesen war, dass er das nicht tun würde.

»Marci ist tot«, antwortete er barsch. »Ihr habt alle die gleichen perversen Anrufe bekommen. Willst du dein Leben von einem Zufall abhängig machen?« So gesehen hatte sie eventuell doch nicht gesponnen. Sie atmete tief durch. »Was sollen wir jetzt tun?«

»Sag T.J. und Luna, dass sie niemanden ins

Haus lassen sollen, der nicht mit ihnen verwandt ist, bis wir den Anrufer geschnappt haben, und dass sie zu niemandem außer einem Verwandten ins Auto steigen sollen, nicht mal wenn sie eine Panne haben und jemand ihnen anbietet, sie mitzunehmen. Sie sollen Türen und Fenster verschlossen halten, und wenn eine von ihnen ein automatisches Garagentor hat, dann soll sie sicher gehen, dass niemand reinschlüpft, wenn sie es hochfahren lassen.«

»Wie lange werdet ihr brauchen, um diesen perversen Sack zu kriegen?«

»Kommt drauf an. Wenn er bloß ein blödes Arschloch ist, das solche Anrufe witzig findet, könnten wir ihn mit der Anruf-Erkennung drankriegen. Andernfalls müssen wir eure Leitungen anzapfen.«

»Aber wenn er ein blödes Ar –« Sie konnte sich gerade noch beherrschen, bevor sie das Wort ausgesprochen hatte. »Aber wenn er ein blödes Du-weißt-schon-was ist, woher hat er dann T.J.s Telefonnummer?«

»Genau wie du gesagt hast. Er kennt sie.«

Als T.J. den Wagen vor dem Hammerstead-Gebäude abstellte, starrten sie alle auf den großen Ziegelbau. »Wahrscheinlich ist es jemand, der hier arbeitet«, mutmaßte Jaine.

»Es muss fast so sein«, bestätigte Luna. »Irgendein Idiot, der es witzig findet, uns Angst einzujagen.«

»Sam meint, wir sollten unser Leben nicht von einem Zufall abhängig machen. Bis wir das Gegenteil wissen, sollten wir davon ausgehen, dass der Typ, der die Anrufe gemacht hat, auch Marci umgebracht hat.«

»Ich kann einfach nicht glauben, dass wir mit einem Mörder zusammenarbeiten«, meinte T.J. zaghaft. »Das ist doch absolut unglaublich. Idioten, klar. Denkt nur an Bennett Trotter. Marci konnte ihn nicht ausstehen.«

»Keiner von uns kann das.« Bennett Trotter war der Firmen-Schleimbatzen. In Jaines Erinnerung zuckte etwas auf, das sie sich mit gerunzelter Stirn ins Gedächtnis zu rufen versuchte. »An dem Abend, als wir die Liste zusammengestellt haben… wisst ihr noch, wie Marci uns da erzählt hat, dass Kellman sie in den Po gekniffen hätte? Und hatte nicht Bennett irgendwas dazu vom Stapel gelassen?«

»Ich glaube schon«, bestätigte T.J., wenn auch zweifelnd. »Aber genau weiß ich das nicht mehr.«

»Ich schon«, mischte sich Luna ein. »Bennett hat irgendwas gesagt, dass er gern Kellmans Platz einnehmen würde, falls Marci wirklich solchen Notstand hätte.«

»Er ist ein widerwärtiger Schleimer, aber ich kann mir beim besten Willen nicht vorstellen, dass er jemanden umbringt.« T.J. schüttelte den Kopf.

»Die Sache ist, wir *wissen* es nicht, darum müssen wir jeden für schuldig halten. Erst wenn Sam herausgefunden hat, von wem die Anrufe stammen, und derjenige ein Alibi hat, können wir entspannen. Bis dahin müssen wir vor jedem auf der Hut sein.« Jaine hätte T.J. am liebsten durchgeschüttelt; sie schien einfach nicht begreifen zu wollen, dass auch sie möglicherweise in Gefahr schwebten. Wahrscheinlich verhielt es sich anders; sie hoffte es wenigstens. Aber das heutige Telefonat ließ die vorangegangenen perversen Anrufe in einem ganz neuen Licht erscheinen, und ihr war definitiv mulmig. Zum Teil stimmte sie T.J. zu; die Vorstellung war einfach zu fantastisch, zu unglaublich. Ihr ging sicher einfach nur die Fantasie durch. Doch ein anderer, primitiverer Bereich ihres Gehirns warnte sie, dass Marci tot war, ermordet, und dass ihr Mörder immer noch frei herumlief. Dieser Gedanke schien noch unglaublicher als der erste, und doch war es so.

Sie versuchte es mit einer anderen Taktik. »Wenn Sam glaubt, dass wir vorsichtig sein sollten, dann genügt mir das. Er kennt sich in diesen Dingen entschieden besser aus als wir.«

»Stimmt«, meinte auch T.J. »Wenn er sich Sorgen macht, dann sollten wir einfach tun, was er uns rät.«

Im Geist verdrehte Jaine die Augen. Schon seit ihrer ersten Begegnung mit Sam taten T.J., Luna und sogar Shelley, als hätte er die Weisheit mit Löffeln gefressen. Na gut, Hauptsache, es wirkte; im Grunde zählte nur, dass sie jetzt vorsichtig waren.

Gemeinsam betraten sie das Gebäude, bevor sie sich auf die jeweiligen Büros verteilten. Getreu Sams Anweisungen rief Jaine ihre Telefongesellschaft an, um sich eine Anruf-Erkennung schalten zu lassen, komplett mit allem Drum und Dran, eine Anruf-Weiterleitung eingeschlossen. Denn ihr war der Gedanke gekommen, dass es vielleicht ganz praktisch wäre, wenn sie ihre eingehenden Anrufe weiterleiten konnte, zum Beispiel zu Sams Haus.

Sam rief Detective Bernsen an. »Roger, ich hab so was im Urin, dass wir ein größeres Problem haben könnten als angenommen.«

»Und warum?«

»Du weißt doch, dass Ms Dean eine von den Listen-Ladys war, oder?«

»Ja, aber was soll damit sein, außer dass das erstklassigen Stoff für die Pressefritzen abgibt?«

»Es hat sich rausgestellt, dass alle vier Ladys ähnliche perverse Anrufe bekommen haben. Ein Typ fragt sie, welche sie sind.«

»Welche sie sind?«

»Genau. Hast du die Liste gelesen?«

»Das Vergnügen hatte ich noch nicht. Mir hat schon genügt, dass mir meine Frau Auszüge daraus vorgetragen hat.«

»Die vier Frauen werden darin nur als *A, B, C* und *D* bezeichnet. Also fragt sie dieser Typ, welche sie sind, so als wäre ihm das irgendwie wichtig. Heute hat er während ihrer Mittagspause T.J. auf dem Handy angerufen und ihr erst die übliche Frage gestellt, und dann hat er Ms Deans Namen gesagt. Keine Drohung, nichts, nur ihren Namen.«

»Hm«, kommentierte Roger und gab damit zu erkennen, dass er nachdachte.

»T.J.s Handy ist auf den Namen ihres Mannes angemeldet, die meisten Menschen würden also annehmen, dass er es auch benutzt. Dieser Typ hat nicht nur die Nummer gekannt, er hat auch gewusst, dass T.J. das Telefon hat.«

»Also ist er entweder mit den Damen vertraut, oder er kennt T.J.s Mann.«

»Warum sollte ein Ehemann einem anderen Mann die Handynummer seiner Frau geben?«

»Gute Frage. Na gut, folglich kennt der Anrufer die Damen. Hm.«

»Alles deutet darauf hin, dass Marci Dean ihren Mörder gekannt hat. Sie hat ihm die Tür geöffnet und ihn ins Haus gelassen, richtig?«

»Richtig. Sie hatte einen Türspion. Sie konnte sehen, wer davor stand.«

»Der Anrufer verstellt die Stimme und flüstert immer nur.«

»Was darauf schließen lässt, dass sie seine Stimme erkennen könnten, wenn er normal reden würde. Du glaubst, der Mörder und der Anrufer sind ein- und derselbe?«

»Entweder das, oder es handelt sich um einen riesigen Zufall.«

»Leck mich am Arsch.« Wie die meisten Polizisten glaubte Roger nicht an Zufälle. »Woher kennt dieser Typ die Frauen? Sind die vier Arbeitskolleginnen oder was?«

»Ja, bei Hammerstead Technology, gleich bei der I-696 in Southfield. Wahrscheinlich arbeitet er ebenfalls dort.«

»Es muss jemand sein, der Zugang zu ihren persönlichen Daten hat. Das sollte den Kreis der Verdächtigen einschränken.«

»Hammerstead entwickelt Computer-Software. Bestimmt weiß dort jeder Zweite, wie man an persönliche Dateien rankommen könnte.«

»Es musste ja ein Haken dran sein, nicht wahr?«, fragte Roger müde.

»Mein Instinkt sagt mir, dass ihn irgendwas an der Liste zum Durchdrehen gebracht hat und dass er jetzt die drei übrigen aufs Korn nehmen wird.«

»Jesus. Da könntest du Recht haben. Hast du ihre Namen und Adressen?«

»T.J. Yother, Mount Clemens, ihr Mann heißt Galan. Luna Scissum, Royal Oak, ledig und allein lebend.« Er gab Roger die genauen Adressen durch. »Jaine Bright, die Dritte, ist meine Nachbarin. Sie ist ebenfalls ledig.«

»Und? Ist sie deine Freundin?«

»Ja.«

»Du gehst also mit einer der Listen-Ladys? Mann, dazu braucht man Mumm.« Roger lachte sich über seinen eigenen Witz halb tot.

»Du hast ja gar keine Ahnung.« Sam grinste, denn er musste an Jaine und an ihr eigensinniges Kinn mit dem niedlichen Grübchen in der Mitte und an ihre Fast-Grübchen in den Wangen und an ihre blitzenden blauen Augen denken. Sie ging das Leben frontal an, statt es einfach an sich vorbeiziehen zu lassen; noch nie war ihm jemand begegnet, der so nervtötend, so lustig und so schlau war. Er hatte große Pläne mit ihr, und sein erstes Vorhaben bestand darin, sie ins Bett zu bekommen. Auf gar keinen Fall würde er zulassen, dass ihr etwas zustieß, selbst wenn er dafür seinen Job an den Nagel hängen und ihr persönlicher Leibwächter werden musste.

»Na gut, falls du Recht hast, wissen wir wenigstens, wo wir anfangen können«, kehrte Roger abrupt zum Thema zurück. »Bei Hammerstead Technology. Ich werde mal anleiern, dass wir erfahren, wer Zugang zu ihren persönlichen Daten hat, aber wenn du Recht hast mit den Computerfreaks, dann könnte das eine Weile dauern. Ganz offiziell weiß ich nicht, wie wir die Ladys beschützen könnten. Es handelt sich schließlich um vier verschiedene Gemeinden –«

»In zwei Countys, ich weiß.« Der Papierkrieg würde zu einem wahren Feldzug ausarten. Schon bei dem Gedanken bekam Sam Kopfschmerzen.

»Inoffiziell lässt sich da durchaus was machen. Manche von den Kollegen sind uns noch einen Gefallen schuldig, und vielleicht finden sich auch ein paar Freiwillige, die den Wachhund spielen. Die Damen wissen, dass sie sich vorsehen müssen, oder?«

»Ich habe allen eingebläut, noch heute eine Anruf-Erkennung schalten zu lassen und ein Handy zu kaufen. Vielleicht haben wir ja Glück, und er ruft noch mal an. Außerdem habe ich ihnen eingeschärft, niemanden außer einem Verwandten ins Haus zu lassen und bei niemandem im Auto mitzufahren. Ich will nicht, dass dieser Drecksack auch nur in ihre Nähe kommt.«

21

Jaine merkte, wie sie jeden Mann musterte, der ihr im Büro über den Weg lief, und sich jedes Mal fragte, ob er wohl derjenige sein konnte. Dass einer darunter ein Mörder sein sollte, war fast nicht zu glauben. Alle kamen ihr völlig normal vor, oder jedenfalls so normal, wie eine größere Gruppe von Männern in der Computer-Branche nur sein kann. Einige davon kannte sie und mochte sie, andere kannte sie und mochte sie nicht, aber keinen davon konnte sie sich als Mörder vorstellen. Viele weitere, vor allem die aus den unteren beiden Stockwerken, kannte sie nur vom Sehen und nicht namentlich. Hatte Marci einen von ihnen so gut gekannt, dass sie ihn in ihr Haus gelassen hatte?

Jaine versuchte zu überlegen, wie sie selbst wohl reagieren würde, wenn nachts jemand an ihre Tür klopfte, den sie vom Sehen kannte und der womöglich behauptete, Probleme mit dem Auto zu haben. Bis heute hätte sie ohne zu zögern ihre Tür geöffnet und ihre Hilfe angeboten. Dieses Vertrauen, diese innere Sicherheit hatte der Mörder ihr für alle Zeiten geraubt, selbst wenn er sich als Fremder erweisen sollte. Sie hatte sich immer für gewitzt und aufgeweckt genug gehalten, keine Risiken einzugehen, aber wie oft hatte sie auf ein Läuten hin schon die Tür geöffnet, ohne vorher zu fragen, wer auf der anderen Seite stand? Jetzt schauderte sie allein bei dem Gedanken.

Ihre Haustür hatte nicht einmal einen Spion. Sie konnte nur sehen, wer vor der Tür stand, wenn sie auf das Sofa kletterte, den Vorhang zurückzog und sich dann ganz weit nach rechts lehnte. Die obere Hälfte ihrer Küchentür bestand lediglich aus neun kleinen Glasscheiben, die sich leicht einschlagen ließen; anschließend brauchte der Eindringling nur durch das Loch zu fassen und den Riegel zurückschieben. Sie hatte kein Alarmsystem, keinerlei Schutz – nichts! Falls jemand einbrach, während sie zu Hause war, konnte sie bestenfalls darauf hoffen, aus dem Fenster zu flüchten, vorausgesetzt, sie bekam es auf.

Auf sie wartete eine Menge Arbeit, bevor sie sich in ihrem Heim wieder sicher fühlen würde.

Sie arbeitete eine halbe Stunde länger als gewöhnlich, um wenigstens die Spitze des Papierberges abzutragen, der sich während ihrer Abwesenheit angesammelt hatte. Beim Überqueren des Parkplatzes fiel ihr auf, dass nur noch ein paar Autos dort standen, und zum ersten Mal begriff sie, wie verletzlich sie war, wenn sie so wie heute später als gewöhnlich und ganz allein aus der Arbeit kam. Alle drei, sie und Luna und T.J., sollten ihren Arbeitsbeginn und -schluss dem ihrer Kollegen anpassen, denn in einer größeren Menge waren sie sicherer. Sie hatte den beiden nicht einmal mitgeteilt, dass sie heute länger arbeiten wollte.

Mit einem Mal gab es so vieles zu bedenken, so viele Dinge waren mit Gefahren verbunden, an die sie bisher keinen Gedanken verschwendet hatte.

»Jaine!«

Noch während sie über den Parkplatz eilte, drang der Klang ihres Namens in ihr Bewusstsein vor, bis sie schließlich begriff, dass sie mindestens schon zweimal, wenn nicht öfter, gerufen worden war. Sie drehte sich um und sah zu ihrer Überraschung Leah Street heranstöckeln.

»Verzeihung«, entschuldigte sie sich, wobei sie sich fragte, was Leah wohl von ihr wollte. »Ich war in Gedanken und habe Sie erst nicht gehört. Ist irgendwas?«

Leah blieb stehen, flatterte mit den eleganten Händen und sah sie verlegen an. »Ich wollte – ich wollte nur sagen, dass mir das mit Marci Leid tut. Wann ist die Beerdigung?«

»Das steht noch nicht fest.« Ihr fehlte die Kraft, schon wieder die Sache mit der Autopsie zu erklären. »Marcis Schwester wird die Arrangements treffen.«

Leah nickte abgehackt. »Lassen Sie es mich wissen, bitte. Ich möchte gern hingehen.«

»Ja, natürlich.«

Leah schien noch etwas sagen zu wollen, oder sie wusste nicht mehr, was sie noch sagen sollte; auf jeden Fall entstand eine peinliche Pause. Schließlich nickte sie hastig und machte auf dem Absatz kehrt, um zu ihrem eigenen Auto zu eilen. Ihr voller Rock wehte ihr dabei um die Beine. Heute war sie absolut hoffnungslos angezogen, in einem lavendelfarben bedruckten Kleid, über dem ihr Gesicht leichenblass wirkte und das um den Hals in einer kleinen Rüsche endete. Es sah aus wie vom Flohmarkt, dabei verdiente Leah nicht schlecht – Jaine wusste auf den Cent genau, wie viel – und kaufte wahrscheinlich nur in teuren Boutiquen ein. Sie hatte einfach kein Gespür für Mode.

»Ich dagegen«, murmelte Jaine vor sich hin, während sie ihre Viper aufschloss, »habe kein Gespür für Menschen.«

Ihre Menschenkenntnis musste einiges zu wünschen übrig lassen, denn jene zwei Personen, von denen sie ganz bestimmt kein Mitleid oder Einfühlungsvermögen erwartet hätte – Mr deWynter und Leah Street – waren ausgerechnet jene beiden, die keine Mühen gescheut hatten, um ihr zu versichern, dass sie um Marci trauerten.

Sams Anweisungen gemäß fuhr sie zu einem Elektronikladen, wo sie ein Gerät zur Anruf-Erkennung kaufte, einen Handy-Anschluss anmeldete, den gesamten damit verbundenen Papierkrieg erledigte und zu guter Letzt ein Telefon aussuchen musste. Die Auswahl war erschlagend; wollte sie lieber eines von den Kleinen mit Klappdeckel oder eines ohne Deckel? Sie entschied sich für ein deckelfreies, weil sie sich ausrechnete, dass sie nicht erst einen kleinen Deckel aufklappen wollte, wenn sie vor einem durchgeknallten Mörder um ihr Leben rannte und Hilfe rufen wollte.

Nun musste sie noch eine Farbe wählen. Das Schwarze schied von vornherein als zu schlicht aus. Neongelb? Ein neongelbes Telefon würde sie bestimmt nicht verlieren. Das Blaue sah wirklich niedlich aus; sie hatte noch nicht viele Blaue gesehen. Andererseits kam einfach nichts auf der Welt an Rot heran.

Nachdem sie sich für das rote Telefon entschieden hatte, musste sie warten, bis es programmiert war. Als sie endlich aus dem Elektronik-Laden trat, war die Sommersonne schon fast untergegangen, von Südwesten rückten dunkle Wolken heran, und ihr baumelte der Magen in den Kniekehlen.

Weil die Wolken einen kühlen, nach Regen riechenden Wind vor sich herschoben und sie noch zweimal anhalten musste, bevor sie endlich daheim war, besorgte sie sich an einem Drive-In-Schalter einen Hamburger und eine Cola und aß im Fahren. Der Burger war nicht besonders, aber zumindest war er essbar, und mehr verlangte ihr Magen nicht.

Den nächsten Stopp legte sie bei einer Firma für Sicherheitsanlagen ein, wo sie zahllose Fragen beantworten, ein System auswählen und einen immensen Scheck ausstellen musste. Am Samstag kommender Woche sollte die Alarmanlage installiert werden.

»Aber bis dahin sind es noch zehn Tage!« Jaines Augen wurden groß.

Der fleischige Verkäufer blätterte in seinem Terminkalender. »Tut mir Leid, aber früher geht es auf keinen Fall.«

Schnell langte sie über die Theke und schnappte sich ihren Scheck, der immer noch vor ihm auf dem Tresen lag. »Dann versuche ich lieber jemanden zu finden, der das schneller erledigen kann. Verzeihen Sie, dass ich Ihre Zeit in Anspruch genommen habe.«

»Moment, Moment«, beschwichtigte er hastig. »Handelt es sich etwa um einen Notfall? Wenn jemand Schwierigkeiten hat, dann setzen wir ihn ganz oben auf die Liste. Das hätten Sie gleich sagen müssen.«

»Es handelt sich um einen Notfall«, bestätigte sie mit fester Stimme.

»Okay, mal sehen, ob ich da was tun kann.« Wieder zog er seinen Terminkalender zu Rate, kratzte sich am Kopf, klopfte mit dem Stift auf die Seiten und verkündete schließlich: »Also, wenn es sich um einen Notfall handelt, kann ich Sie auch diesen Samstag dazwischenschieben.«

Darauf bedacht, sich ihren Triumph nicht anmerken zu lassen, überreichte sie ihm den Scheck ein zweites Mal. »Vielen Dank«, sagte sie und meinte es auch so.

Die letzte Station war ein Baumarkt. Es war ein riesiger Kasten, in dem man alles fand, was man für den Hausbau brauchte, mal abgesehen von dem nötigen Kleingeld. Sie kaufte einen Spion für die Haustür – auf der Anleitung stand: »Leicht zu installieren« –, außerdem eine neue Küchentür, die durchgehend aus Holz war, und dazu zwei neue Sperrriegel. Nachdem sie vereinbart hatte, dass die

Tür am Samstag geliefert werden sollte, und für dieses Privileg extra bezahlt hatte, stieß sie einen erleichterten Seufzer aus und machte sich auf den Heimweg.

Gerade als sie in ihre Straße bog, begann der Regen auf ihre Windschutzscheibe zu klatschen. Inzwischen war es dunkel geworden, wegen der geschlossenen Wolkendecke sogar sehr dunkel. Im Westen zuckten Blitze, die den Bauch der Gewitterwolken aufleuchten ließen, gefolgt von rumpelndem Donnern.

In ihrem Haus war alles dunkel. Sonst kam sie fast immer vor Einbruch der Dunkelheit heim, darum ließ sie nie das Licht an. Normalerweise hätte sie keine Bedenken gehabt, ein unbeleuchtetes Haus zu betreten, doch heute kroch ihr bei dem Gedanken eine Gänsehaut über den Rücken. Sie war nervös und sich ihrer Verwundbarkeit nur zu bewusst.

Einen Moment blieb sie im Auto sitzen, weil ihr davor graute, den Motor abzustellen und ins Haus zu gehen. Sams Einfahrt war leer, doch in seiner Küche brannte Licht; vielleicht war er ja zu Hause. Sie wünschte, er würde seinen Pick-up in der Einfahrt stehen lassen, statt ihn immer in der Garage zu parken, dann hätte sie feststellen können, ob er zu Hause war oder nicht.

Gerade als sie die Scheinwerfer und die Zündung ausschaltete, bemerkte sie eine Bewegung zu ihrer Linken. Das Herz sprang ihr in die Kehle, doch dann erkannte sie, dass es Sam war, der die Stufen vor seinem Haus herunterkam.

Erleichterung überflutete sie. Sie sammelte ihre Handtasche und die Plastiktüten zusammen und stieg aus.

»Wo zum Teufel hast du gesteckt?«, blaffte er sie an, während sie das Auto abschloss.

Sie hatte nicht damit gerechnet, angebrüllt zu werden; erschrocken ließ sie eine Tüte fallen. »Verdammt noch mal!«, beschwerte sie sich, während sie sich bückte, um sie aufzuheben. »Hast du es dir eigentlich zum Lebensinhalt gemacht, mir Angst einzujagen?«

»Jemand muss dir ja Angst einjagen.« Er packte sie am Oberarm und wirbelte sie herum. Er hatte kein Hemd an, darum fand sie ihre Nase direkt an seinem Brustmuskel wieder. »Es ist acht Uhr, dir ist vielleicht ein Killer auf den Fersen, und du machst dir nicht mal die Mühe, anzurufen und irgendwem Bescheid zu sagen, wo du steckst? Du hast mehr verdient, als dass man dir nur Angst macht!«

Sie war müde und gereizt, der Regen wurde mit jeder Sekunde stärker, und sie hatte nicht die geringste Lust, sich anbrüllen zu lassen. Sie hob den Kopf und sah ihn zornig an, auch wenn dabei Wasser über ihr Gesicht rann. »*Du* hast selbst gesagt, ich soll mir eine Anruf-Erkennung schalten lassen und ein Handy kaufen, wenn ich also zu spät heimkomme, dann einzig und allein deinetwegen!«

»Du hast drei gottverdammte Stunden gebraucht, um das zu schaffen, was jeder normale Mensch in einer halben Stunde erledigt?«

Wollte er damit vielleicht behaupten, dass sie nicht normal war? Erbost stemmte sie beide Hände gegen seine nackte Brust und schubste ihn mit aller Kraft. »Seit wann bin ich dir überhaupt Rechenschaft schuldig?«

Er taumelte wahrhaftig einen ganzen Zentimeter zurück.

»Seit ungefähr einer Woche!«, erwiderte er wütend und küsste sie.

Sein Mund war fest und zornig, und sein Herz ratterte wie eine Dampframme unter ihren Händen. Wie immer, wenn er sie küsste, war ihr, als würde ihr die Zeit vollkommen entgleiten. Sein Geschmack füllte sie ganz und gar aus; trotz des strömenden Regens glühte seine nackte Haut unter ihren Handflächen. Er zog sie an sich und schlang die Arme so fest um ihren Leib, dass sie kaum mehr Luft bekam und seine drängende Erektion an ihrem Bauch spürte.

Er zitterte, und plötzlich begriff sie, wie viel Angst er um sie ausgestanden hatte. Er war groß und sah gefährlich aus, und er konnte es an Kraft wahrscheinlich mit einem Ochsen aufnehmen; wahrscheinlich beobachtete er jeden Tag ohne mit der Wimper zu zucken Szenen, bei denen ein normaler Beobachter entsetzt den Blick abgewandt hätte. Doch heute Abend hatte er Angst gehabt – Angst um sie.

Plötzlich tat ihr die Brust weh, als würde ihr jemand das Herz zusammenpressen. Ihre Knie begannen zu schlottern, sie sank an seine Brust, verschmolz mit ihm und erhob sich auf die Zehenspitzen, um seinen Kuss mit gleicher Leidenschaft zu erwidern. Er stöhnte tief und kehlig; der Kuss verwandelte sich, der Zorn wich und wurde von rasendem Hunger ersetzt. Sie hatte jeden Widerstand aufgegeben, dennoch schien ihm das nicht zu genügen, denn er schob seine Hand in ihr Haar und zog ihren Kopf zurück, bis sie den Hals durchdrückte und ihre Kehle seinem Mund darbot. Sie schloss die Augen, hilflos in seinem eisernen Griff gefangen und sich wie im Paradies fühlend.

Nach der emotionalen Achterbahnfahrt der vergangenen drei Tage wünschte sie nur noch, sich im Körperlichen zu verlieren, alle Trauer, alle Angst zu verdrängen und ausschließlich Sam zu spüren, an Sam zu denken. Er hob sie hoch und marschierte mit ihr los, und sie protestierte höchstens, wenn er seinen Kuss unterbrach, und wand sich ausschließlich in seinem Griff, um ihm noch näher zu kommen.

»Verdammt, könntest du mit dem Zappeln aufhören?«, knurrte er fiebrig und schob sie ein bisschen zur Seite, um die Stufen zu seiner Veranda zu erklimmen.

»Warum?« Ihre Stimme hörte sich rauchig und sexy an. Sie hatte gar nicht gewusst, dass ihre Stimmbänder zu so etwas fähig waren.

»Weil ich sonst in der Hose komme«, fauchte er sie frustriert an.

Jaine überdachte dieses Problem höchstens einen Pulsschlag lang. Die einzige sichere Methode, ihn nicht allzu sehr zu erregen, bestand darin, sich aus seinem Griff loszureißen und ihn überhaupt nicht mehr zu berühren, und das bedeutete, dass sie sich selbst um jedes Vergnügen betrügen würde.

»Dann musst du eben leiden«, erklärte sie ihm.

»Leiden?« Das hörte sich ehrlich aufgebracht an. Er riss die Haustür auf und trug sie hinein. Im Wohnzimmer war es dunkel, das einzige Licht

drang von der Küche herein. Er roch nach Hitze, nach Regen und nassen Haaren. Sie versuchte, mit den Händen über diese breiten Schultern zu streichen, und merkte, dass sie immer noch mit Hand- und Einkaufstaschen behängt war. Ungeduldig ließ sie alles auf den Boden plumpsen und klammerte sich gleich darauf an ihm fest wie eine Napfschnecke.

Fluchend taumelte er ein paar Schritte vorwärts und klemmte sie gegen die Wand. Mit groben Händen befingerte er ihre Hose und bearbeitete Knopf und Reißverschluss, bis der Knopf abflog und der Reißverschluss nachgab. Die Baumwollhose rutschte zu Boden und sammelte sich um ihre Knöchel. Sie trat sich die Schuhe von den Füßen, und im nächsten Moment hatte er sie aus ihren Stofffesseln herausgehoben. Augenblicklich schlang sie die Beine um seine Hüften und versuchte, ihm noch näher zu sein, ihre Körper zu verschmelzen und diesen Feuersturm der Lust zu löschen, der sie zu verschlingen drohte.

»Noch nicht!« Keuchend presste er sie gegen die Wand, damit sie nicht nach unten wegrutschte, und wickelte ihre Beine wieder von seiner Taille herunter. Weil ihre Rippen unter seinem Druck beinahe durchknickten, brachte Jaine nur ein leises Proteststöhnen heraus, bevor er seine Finger in den Saum ihres Höschens schob und es über ihre Schenkel zerrte.

Ach so.

Sie versuchte sich zu erinnern, warum sie ihn noch wochenlang hatte hinhalten wollen, wenn nicht gar einen ganzen Menstruationszyklus lang. Ihr kam kein einziger vernünftiger Grund in den Sinn, vor allem da sie, wenn sie ihn hinhielt, auch sich selbst hinhalten musste – und das, wo derselbe Geisteskranke, der Marci auf dem Gewissen hatte, möglicherweise jetzt sie auf dem Kieker hatte, weshalb sie sich in den Hintern treten würde, wenn sie stürbe, ohne zu wissen, wie es wäre, mit ihm zu schlafen. Hier und jetzt konnte es unmöglich etwas Wichtigeres geben, als diesen Mann einmal nach allen Regeln der Kunst auszutesten.

Sie strampelte ihr Höschen ab, er hob sie wieder höher, und sie schlang ihre Beine erneut um seine Taille. Seine Fingerknöchel zwängten sich zwischen ihren Beinen hindurch, er öffnete seine Jeans und ließ sie zu Boden gleiten. Jetzt, da die letzte Barriere zwischen ihnen gefallen war, stockte ihr der Atem, als sein Penis sich heiß und nackt suchend gegen ihre Scham presste. Lust durchschoss sie und brachte ihre Nervenenden zum Glühen. Hilflos streckte sie den Rücken durch, immer mehr suchend, immer mehr verlangend.

Er knurrte einen unverständlichen Fluch und hob sie ein winziges Stück an, um sie zurechtzurücken. Sie spürte, wie seine Eichel sich vortastete, weich und hart und heiß, und gleich darauf einen fast unerträglichen Druck, weil er sie langsam herunterließ und sie sich durch ihr Gewicht auf ihn senkte. Erst widerstand sie ihm noch, dann dehnte sie sich und ließ ihn ein, Zentimeter um glühend heißen Zentimeter. Sie spürte, wie sich alles in ihr anspannte, wie die Empfindungen sie durchjagten.

Schwer atmend, das glühende Gesicht an ihrem Hals vergraben, hielt er inne. Kaum verständlich schnaufte er: »Nimmst du endlich die Pille?«

Jaine grub ihre Fingernägel in seine nackten Schultern und hätte vor Verzweiflung am liebsten losgeheult. Wie konnte er *jetzt* aufhören? Nur der dicke Kopf seines Penis war in ihr, das war nicht genug, das war längst nicht genug. Die Muskeln ihrer Scheide umklammerten ihn, versuchten ihn tiefer zu ziehen, und ein Fluch entriss sich wie eine Explosion seiner Kehle.

»Verdammt noch mal, Jaine, nimmst du endlich die Pille?«

»Ja«, brachte sie schließlich heraus, genauso schwer keuchend wie er.

Er drückte sie gegen die Wand und drang mit einem langen, tiefen Stoß in sie.

Sie hörte sich aufschreien, doch der Laut kam wie aus weiter Ferne. Jede Zelle ihres Körpers war ausschließlich auf den dicken Schaft konzentriert, der in ihr vor und zurück glitt, genauso schnell und hart, wie sie im nächsten Moment kam. Eine Explosion zerfetzte sie, sie wand sich auf ihm, kreischend, mit unkontrolliert zuckenden Hüften und am ganzen Körper bebend. Die Welt um sie herum löste sich in nichts auf.

Eine Sekunde später rammte er mit fast brutaler Wucht in sie und kam ebenfalls. Bei jedem tiefen Stoß wurde sie gegen die Wand gedrückt, wobei sie langsam abwärts glitt und ihn noch tiefer in sich hineinzog, so tief, dass sie sich schließlich unter Zuckungen aufbäumte und noch einmal kam.

Danach ruhte er schwer über ihr, die Haut von Regen und Schweiß durchnässt. Er schnaufte schwer und rang mit tiefen Atemzügen nach Luft. Im Haus war es dunkel und still, nur das Trommeln des Regens auf dem Hausdach und das Keuchen ihrer überstrapazierten Lungen war zu hören. Die Wand hinter ihrem Rücken war zwar angenehm kühl, aber auch unangenehm hart.

Jaine suchte nach irgendeiner ironischen Bemerkung, doch ihr Gehirn war in Streik getreten. Dies war zu ernst, zu verdammt wichtig für irgendwelche Witzeleien. Darum schloss sie die Augen und ließ ihre Wange auf seine Schulter sinken, während ihr galoppierender Herzschlag allmählich zur Ruhe kam und ihre Lenden sich um seinen Penis entspannten.

Er murmelte etwas Unverständliches, dann fasste er sie fester, mit dem einen Arm um ihren Rücken, dem anderen unter ihrem Hintern, befreite sich aus seinen Jeans und stolperte los in Richtung Schlafzimmer. Als er sich zusammen mit ihr auf dem Bett niederließ und dabei auf ihr zu liegen kam, war er immer noch in ihr, in ihrem Körper verankert.

Im Zimmer war es dunkel und kühl, und sein Bett war groß. Er zog ihr die Seidenbluse aus, löste den Verschluss ihres BHs und ließ beides achtlos auf den Boden fallen. Jetzt waren sie beide splitternackt, sodass seine Brusthaare über ihre Brustwarzen kratzten, als er sich wieder zu bewegen begann. Diesmal war der Rhythmus langsamer, aber nicht weniger kraftvoll, denn bei jedem Stoß drang er bis in ihr Innerstes vor.

Zu ihrer Überraschung entfachte er das Feuer erneut. Sie hatte geglaubt, sie sei zu erschöpft, als dass der Brand noch einmal entflammen konnte, doch sie hatte sich getäuscht. Seinen Unterleib mit den Schenkeln umklammernd und mit angehobenem Becken, um jeden Stoß aufzufangen, hing sie an ihm, zog ihn so tief wie möglich hinein, und als sie kam, war der Orgasmus noch heftiger als die ersten beiden Male. Er gab einen kehligen Laut von sich und kam, während sie noch bebend unter ihm lag.

Wesentlich später, als ihr Puls sich wieder normalisiert hatte, der Schweiß getrocknet war und die Muskeln ihnen wieder halbwegs gehorchten, rollte er sich von ihr herab und auf den Rücken, um sofort einen Arm über die Augen zu schlagen. »Scheiße«, sagte er leise.

Nur weil es so still im Zimmer war, hörte sie ihn. Zorn flackerte in ihr auf und ließ ihre Augen schmal werden. Sie fühlte sich immer noch wie eine schlaffe, zu lang gekochte Nudel, darum brachte sie nicht mehr als ein kurzes Aufflackern zustande. »O Mann, wie romantisch«, meinte sie sarkastisch. Seit einer Woche versuchte dieser Mann penetrant, sie ins Bett zu zerren, und nun, wo sie schließlich miteinander geschlafen hatte, fiel ihm nichts Besseres ein, als »Scheiße« zu sagen, so als wäre die ganze Geschichte nur ein blöder Fehler gewesen?

Er nahm den Arm von seinen Augen und drehte den Kopf, um sie zornig anzusehen. »Mir war auf den ersten Blick klar, dass man mit dir nichts als Ärger hat.«

»Wie darf ich das bitte verstehen?« Augenblicklich saß sie senkrecht im Bett und sah ihn mindestens genauso zornig an. »Mit mir hat niemand Ärger! Ich bin ein sehr netter Mensch, solange ich es nicht mit irgendwelchen Vollidioten zu tun habe!«

»Mit dir hat man den allerschlimmsten Ärger«, fuhr er sie an. »*Heirats*ärger.«

In Anbetracht der Tatsache, dass bereits drei Männer es vorgezogen hatten, sie nicht zu ehelichen, war dies nicht der taktvollste aller möglichen Kommentare. Und er schmerzte umso mehr, als er von einem Mann kam, der ihr eben drei explosionsartige Orgasmen beschert hatte. Sie schnappte sich das Kissen, zog es ihm über den Schädel und stürzte aus dem Bett.

»Dieses Problem kann ich dir abnehmen.« Kochend vor Wut, suchte sie das dunkle Schlafzimmer nach ihrem BH und ihrer Bluse ab. Verflucht noch mal, wo war hier bloß der Lichtschalter? »Da man mit mir so viel *Ärger* hat, werde ich in Zukunft auf meiner Seite der Einfahrt bleiben, und du wirst verdammt noch mal auf *deiner* Seite der Einfahrt bleiben!« Die letzten Worte schrie sie ihm entgegen. Da – dieser weiße Haufen könnte ihr BH sein. Sie bückte sich und angelte danach, doch es war eine Socke. Eine miefende Socke. Sie warf damit nach ihm. Er wehrte sie aus der Luft ab, hechtete aus dem Bett und wollte sie einfangen.

»Was hast du mit meinen verfluchten Kleidern angestellt?«, bellte sie ihm entgegen, tauchte dabei unter seiner ausgestreckten Hand weg und stürmte weiter durch das finstere Zimmer. »Und wo ist hier der verfluchte Lichtschalter?«

»Würdest du dich bitte beruhigen?« Er klang verdächtig nach unterdrücktem Lachen.

Er *lachte* über sie. Tränen brannten in ihren Augen. »Verdammt noch mal, nein, ich werde mich ganz bestimmt nicht beruhigen!«, fuhr sie ihn an und wirbelte zur Tür herum. »Du kannst die beschissenen Sachen behalten, lieber laufe ich *nackig* nach Hause, als noch eine Minute in deiner Gesellschaft zu verbringen, du abgestumpfte Dumpfbacke –«

Ein mit harten Muskeln bepackter Arm schloss sich um ihre Taille und hob sie in die Luft. Sie kreischte und schlug mit den Armen um sich; dann krachte sie aufs Bett, und die Luft wurde mit einem »Wuff« aus ihren Lungen gepresst.

Sie hatte gerade noch Zeit, ein wenig neue Luft einzuatmen, bevor Sam auf ihr landete, sie mit seinem Gewicht plättete und erneut allen Atem aus ihr herauspresste. Er lachte, und er überwältigte sie mit lächerlicher Mühelosigkeit; keine fünf Sekunden später konnte sie nicht mal mehr mit den Zehen wackeln.

Zu ihrer Verblüffung und Entrüstung stellte sie fest, dass er schon wieder eine Erektion hatte; pochend drängte sein Glied gegen ihre geschlossenen Beine. Wenn er glaubte, sie würde ihm jemals wieder ihre Schenkel öffnen…

Er rückte ein wenig hin und her, drückte geschickt mit dem Knie, und sie öffnete sich trotzdem. Eine zweite kurze Bewegung, er glitt in sie, und sie hätte am liebsten aufgeschrien, weil er sich so gut anfühlte und weil sie ihn liebte und weil er ein solcher *Vollidiot* war. Ihr Pech mit Männern war ihr treu geblieben.

Sie brach in Tränen aus.

»Ach, Baby, nicht weinen.« Er bewegte sich ganz sanft in ihr.

»Ich weine, wann es mir passt«, schluchzte sie, an ihn geklammert.

»Ich liebe dich, Jaine Bright. Willst du mich heiraten?«

»Scheiße noch mal, nie im Leben!«

»Du musst aber. Du hast heute Abend so viel geflucht, dass du dein nächstes Gehalt direkt an mich überweisen kannst. Wenn wir heiraten, werden dir die Schulden erlassen.«

»So eine Regel gibt es nicht.«

»Ich habe sie eben aufgestellt.« Er nahm ihren Kopf zwischen die großen Hände und strich mit den Daumen über ihre Wangen, um die Tränen abzuwischen.

»Du hast zuerst *Scheiße* gesagt.«

»Was soll ein Mann denn auch sagen, wenn er seine sorglose Junggesellenzeit so unerwartet und schmählich zu Ende gehen sieht?«

»Du warst schon mal verheiratet.«

»Schon, aber das zählt nicht. Ich war zu jung, um zu wissen, was ich tat. Damals dachte ich, ficken sei dasselbe wie Liebe.«

Sie wünschte, er würde das immer noch denken. Wie konnte er Konversation mit ihr treiben, während er das mit ihr anstellte, was er gerade mit ihr anstellte? Nein – sie wünschte, er würde den Mund halten und nur noch das mit ihr anstellen, was er gerade mit ihr anstellte, nur vielleicht ein klein wenig schneller. Und fester.

Er küsste sie auf die Schläfe, den Kiefer, das Beinahe-Grübchen im Kinn. »Ich habe schon oft gehört, dass der Sex anders ist, wenn man ihn mit einer Frau hat, die man liebt, aber geglaubt habe ich das nie. Sex war Sex. Und dann war ich in dir, und das war, als hätte ich meinen Schwanz in eine Steckdose geschoben.«

»Ach so. Hast du deshalb so rumgewackelt und rumgeschrien?« Sie schniefte, aber sie hörte ihm zu.

»Du und deine große Klappe. Ganz recht, deshalb, allerdings war ich nicht der Einzige, der rumgewackelt und rumgeschrien hat. Es war *anders.* Heißer. Stärker. Und kaum war es vorbei, wollte ich von vorn anfangen.«

»Du hast von vorn angefangen.«

»Das beweist wohl alles. Herr im Himmel, ich bin schon zweimal gekommen und schon wieder hart. Das ist entweder ein verficktes Wunder, wenn du mir den Ausdruck gestattest, oder es ist Liebe.« Langsam und innig küsste er sie auf den Mund und brachte dabei auch seine Zunge zum Einsatz. »Ich kriege jedes Mal einen Steifen, wenn du einen deiner hysterischen Anfälle hast.«

»Ich habe keine hysterischen Anfälle. Warum ist ein Mann einfach nur *stinksauer*, wenn er wütend wird, während eine wütende Frau immer gleich einen hysterischen Anfall kriegt?« Erst jetzt ging ihr auf, was er eben gesagt hatte. »Jedes Mal?«

»Jedes Mal. Zum Beispiel, als du meine Mülltonne umgeschmissen, mich angebrüllt und schließlich in die Brust gepiekt hast.«

»Da hattest du einen Steifen?«, fragte sie verblüfft.

»Wie ein Holzpflock.«

Verwundert meinte sie: »Leck mich am A-Ärmel.«

»Also, beantworte meine Frage.«

Sie klappte schon den Mund auf, um »Ja« zu sagen, doch dann ermahnte sie ihn vorsichtshalber: »Ich halte nicht viel von Verlobungen. Das verschafft den Typen zu viel Zeit zum Überlegen.«

»Den Abschnitt mit der Verlobung überspringen wir. Wir verloben uns überhaupt nicht; wir heiraten sofort.«

»Wenn das so ist, dann heirate ich dich, ja.« Sie vergrub ihr Gesicht in seiner Halsbeuge, atmete den Duft seines Körpers ein und dachte, dass die Parfümfabrikanten nur Sams Geruch in Flaschen zu füllen bräuchten, um die gesamte weibliche Bevölkerung in Wallungen zu versetzen.

Er knurrte frustriert. »Weil du mich liebst?«, schlug er vor.

Die Lippen an seine Haut gedrückt, lächelte sie. »Weil ich wahnsinnig, irrsinnig, bis über sämtliche Ohren und komplett unsinnig in dich verliebt bin«, bekräftigte sie.

»Dann heiraten wir nächste Woche.«

»Das geht nicht!« Entsetzt wich sie zurück und starrte zu seiner dunkel aufragenden Silhouette hoch, die langsam über ihr vor- und zurückwogte wie Tang im Meer.

»Warum zum Teufel denn nicht?«

»Weil meine Eltern in Ferien sind, und zwar… ich habe den Überblick verloren. Noch ungefähr drei Wochen, glaube ich.«

»Können sie nicht früher heimkommen? Wo sind sie überhaupt?«

»Auf einer Reise quer durch Europa. Und es ist Moms Traumurlaub, weil Dad Parkinson hat, und auch wenn die Medikamente viel bringen, ist es in letzter Zeit schlimmer geworden und sie hat Angst, dass dies die letzte Gelegenheit sein könnte. Bevor er in Rente gegangen ist, hatte er immer zu viel zu tun, um länger zu verreisen, darum ist dieser Urlaub für sie beide etwas ganz Besonderes, verstehst du?«

»Schon gut, schon gut. Dann heiraten wir einen Tag nach ihrer Rückkehr.«

»Da hat Mom noch nicht mal ausgepackt!«

»Pech für sie. Da wir die Verlobung überspringen, kommt eine große kirchliche Hochzeit nicht in Frage –«

»Gott sei Dank«, entfuhr es ihr inbrünstig. Ihr genügte die Erfahrung mit Nummer zwei, dem Drecksack, der nach all den Ausgaben und Planungen und Scherereien in letzter Minute den

Schwanz eingezogen hatte. Er atmete erleichtert aus, als hätte er befürchtet, sie könnte sagen, dass sie eine große Hochzeit *wollte.* »Bis dahin haben wir alles vorbereitet. Deine Eltern brauchen nur aufzutauchen.«

Es hatte Jaine große Mühe gekostet, sich auf das Gespräch zu konzentrieren, während er mit ihr anstellte, was er gerade mit ihr anstellte, und sie war zutiefst beeindruckt, dass er unter diesen Umständen *seinen* Anteil an ihrer Konversation aufrechterhalten konnte, doch unvermittelt erreichte ihr Körper jenen Punkt, von dem aus es kein Zurück mehr gab. Sie schnappte nach Luft und drängte ihm wütend mit den Hüften entgegen.

»Später!«, krächzte sie, packte seinen Hintern und zog ihn tief in sich hinein.

Danach redeten sie eine ganze Weile überhaupt nicht.

Jaine räkelte sich gähnend. Sie wäre zufrieden gewesen, die ganze Nacht in seinen Armen zu liegen, doch plötzlich ließ ein Gedanke sie hochfahren. »BooBoo!«

Sam gab einen Laut irgendwo zwischen einem Grunzen und einem Stöhnen von sich. »Was ist los?«

»BooBoo! Er ist bestimmt schon halb verhungert! Wie konnte ich ihn nur vergessen?« Sie kletterte aus dem Bett. »Wo ist der Lichtschalter? Und wieso hast du keine Nachttischlampe?«

»Neben der Tür rechts. Wozu sollte ich eine Nachttischlampe haben?«

»Zum Lesen.« Sie fuhr mit der Hand über die Wand, ertastete den Schalter und knipste ihn an. Grelles Licht überflutete das Zimmer.

Sam schirmte blinzelnd die Augen ab und wälzte sich auf den Bauch. »Ich lese immer nur im Wohnzimmer.«

Ihre Augen brauchten einen Moment, um sich anzupassen. Danach aber weiteten sich die Pupillen vor Entsetzen über die Verwüstung, die sie im Bett angerichtet hatten. Die Bettdecke hing in einer Wurst zur Seite herab, die Kissen waren – wo *waren* die Kissen überhaupt? –, und das Laken war an einer Ecke herausgezerrt und lag zusammengeknüllt in der Mitte des Bettes. »Heilige Madonna!«, hauchte Jaine ehrfürchtig, dann schüttelte sie sich wach und sah sich nach ihren Anziehsachen um.

Sam schlug die Augen auf, stützte sich auf einen Ellbogen und beobachtete mit schläfrigem, doch aufmerksamem Blick, wie sie das Zimmer absuchte. Das Hemd entdeckte sie als kleines Knäuel inmitten der Deckenwurst. Dann ging sie auf die Knie, um unter dem Bett nach dem BH Ausschau zu halten; er rückte näher, um ihr hervorragendes Heck besser im Blick zu haben.

»Wie um alles in der Welt ist der unter dem Bett gelandet?« Mit den Fingerspitzen ertastete sie den BH und zog ihn aus seinem Versteck.

»Runtergekrabbelt«, schlug er vor.

Sie grinste kurz und sah sich wieder um. »Und meine Hose…?«

»Ist im Wohnzimmer.«

Sie ging ins Wohnzimmer, schaltete eine Lampe ein und war gerade dabei, ihre Hose zu entwirren, als Sam hereingeschlendert kam, splitternackt und mit einem Paar Turnschuhe in der Hand. Auf den BH verzichtete Jaine, aber sie schlüpfte in ihren Slip, bevor sie Bluse und Hose anzog. Sam stieg in seine Jeans und zog sie hoch, dann setzte er sich hin und streifte die Turnschuhe über.

»Wohin gehst du?«, fragte sie.

»Ich bringe dich heim.«

Sie machte schon den Mund auf, um zu erklären, dass das nicht nötig sei; dann fiel ihr wieder ein, dass es sehr wohl nötig war, wenigstens vorübergehend. Sie zog ihre Schuhe an, stopfte den BH in die Handtasche und las zuletzt ihre Einkaufstüten zusammen. Sam ließ die Pistole aus seinem Halfter gleiten und nahm sie in die rechte Hand. »Gib mir deinen Schlüssel und bleib hinter mir«, befahl er.

Sie wühlte ihre Schlüsselkette aus der Handtasche, suchte ihm den Hausschlüssel heraus und überreichte ihm den Bund.

Der Regen hatte aufgehört, die Nacht war warm und feucht. Die Grillen zirpten, und rund um die Laterne vorn an der Straßenecke schimmerte ein dunstiger Lichthof. Sie überquerten die beiden Einfahrten und traten an die Küchentür. Sam stopfte die Pistole in seinen Hosenbund, während er die Tür aufschloss; dann reichte er ihr den Schlüssel zurück und zog die Pistole wieder. Er öffnete die Tür, fasste hinein und schaltete das Licht ein.

Im selben Moment stieß er einen unflätigen Fluch aus. Jaine starrte blinzelnd auf das von der Küchenlampe erhellte Chaos, dann kreischte sie: »BooBoo!« und wollte an Sam vorbeistürzen. Er bremste sie mit einem ausgestreckten Arm und drehte sich in der Tür so herum, dass er mit seinem massigen Leib den Eingang blockierte. »Du läufst zu mir rüber und rufst die Polizei!«, befahl er barsch. »Und zwar sofort!«

»Aber BooBoo –«

»Mach schon!«, brüllte er und schubste sie so fest, dass sie beinahe die Stufen vor der Küchentür hinunterpurzelte. Dann wirbelte er auf dem Absatz herum und betrat vorsichtig ihr Haus.

Er war Polizist; sie musste ihm vertrauen. Mit klappernden Zähnen rannte sie zu seinem Haus zurück und in die Küche, weil sie wusste, dass dort sein schnurloses Telefon lag. Sie riss es an sich, drückte die Sprechtaste und tippte die *9-1-1* ein.

»Von wo aus rufen Sie an?« Die Frauenstimme klang unpersönlich und beinahe gelangweilt.

»Äh – von nebenan.« Jaine schloss die Augen. »Ich meine, ich rufe vom Haus meines Nachbarn aus an. In meinem Haus ist eingebrochen worden.« Sie gab ihre Adresse an. »Mein Nachbar ist Polizist, und er ist gerade in meinem Haus.« Mit dem Telefon in der Hand trat sie auf die vordere Veranda und starrte über beide Einfahrten hinweg auf ihr kleines Haus, wo inzwischen in zwei Fenstern grelles Licht brannte. Noch während sie hinsah, ging auch in ihrem Schlafzimmer das Licht an. »Er ist bewaffnet –«

»Wer ist bewaffnet?« Plötzlich klang die Stimme am Telefon hellwach.

»Mein Nachbar! Sagen Sie den Polizisten, wenn sie einen halb nackten Mann mit Pistole sehen, dann dürfen sie nicht schießen, er ist einer von ihnen!« Sie atmete tief durch, denn ihr Herz hämmerte derart, dass sie glaubte, sich übergeben zu müssen. »Ich gehe jetzt rüber.«

»Nein! Madam, bleiben Sie, wo Sie sind. Wenn

Ihr Nachbar Polizist ist, dann lassen Sie ihn seine Arbeit tun. Hören Sie mir zu, Ma'am?«

»Ich bin da.« Sie sagte nicht, dass sie zuhörte. Ihre Hand zitterte so, dass das Telefon gegen ihre klappernden Zähne schlug.

»Bleiben Sie am Telefon, Ma'am, damit ich die Streifenbeamten auf dem Laufenden halten kann. Wir haben schon einen Einsatzwagen losgeschickt; er müsste jeden Moment da sein. Bitte haben Sie noch etwas Geduld.«

Geduld konnte sie nicht aufbringen, aber Vernunft. Mit tränenüberströmten Gesicht wartete sie auf der Veranda und starrte wie hypnotisiert auf ihr Haus, wo Sam methodisch alles absuchte und sein Leben jedes Mal, wenn er eine Zimmertür öffnete, aufs Spiel setzte. Sie wagte nicht, an BooBoo zu denken. Die Stimme am Telefon sagte irgendetwas zu ihr, doch sie hörte nicht mehr zu, sie gab lediglich einen undefinierbaren Laut von sich, um die Beamtin wissen zu lassen, dass sie noch da war. In der Ferne konnte sie Sirenen heulen hören.

BooBoo in seiner Linken wiegend, trat Sam auf die Terrasse vor der Küche.

»BooBoo!« Jaine ließ das Telefon fallen und rannte ihnen entgegen. Sam überließ ihr die Katze und steckte die Pistole in den Hosenbund zurück.

»Wer immer das war, hat keine Zeit vergeudet.« Er legte den Arm um sie und führte sie zurück zu seinem Haus.

Jetzt, wo sie BooBoo sicher, wenn auch empört, in ihren Armen wusste, stemmte sie sich gegen seinen Griff. »Ich will selbst sehen –«

»Noch nicht. Lass erst die Leute von der Spurensicherung ihre Arbeit tun, vielleicht finden sie irgendeinen Hinweis darauf, wer dieses Schwein ist.«

»*Du* warst auch schon drin –«

»Und ich habe gut aufgepasst, dass ich nichts berühre«, erklärte er verärgert. »Komm, setzen wir uns. Die Kollegen werden gleich da sein.«

Ihr fiel ein, dass sie das Telefon hatte fallen lassen. Sie hob es auf und reichte es ihm. »Der Notruf ist immer noch dran.«

Er drückte den Hörer ans Ohr, ließ Jaine aber nicht los, während er die Situation knapp umriss und erklärte, dass sich niemand im Haus befände, bevor er die Verbindung unterbrach. Er legte beide Arme um Jaine – und BooBoo – und drückte sie an seine Brust.

»Wo hast du BooBoo gefunden?«

»Er hatte sich unter dem Regaldings im Flur versteckt.«

Sie streichelte ihrem Kater den Kopf und wäre

vor Freude, dass ihm nichts passiert war, beinahe gleich wieder in Tränen ausgebrochen. Ihre Mutter hätte es nie verziehen, wenn BooBoo etwas zugestoßen wäre.

»Denkst du, er war das?«, fragte sie Sam leise.

Einen Atemzug lang blieb er still. Die Sirenen kamen mit jeder Sekunde näher, immer lauter heulten sie durch die stille Nachtluft. Gerade als zwei Streifenwagen um die Ecke in ihre Straße bogen, sagte Sam: »Es wäre zu gefährlich, etwas anderes anzunehmen.«

22

Überall in der Straße gingen die Lichter an, und in allen Türen erschienen Köpfe, als Sam und Jaine den Streifenbeamten entgegengingen. »Detective Donovan«, begrüßte ihn einer der Streifenbeamten grinsend. »Sie sind also der Halbnackte, den wir nicht erschießen sollten.« Sam sah Jaine finster an. Sie knuddelte BooBoo noch fester. »Schließlich hast du eine Pistole dabeigehabt«, erklärte sie. »Ich wollte nicht, dass man dich aus Versehen abknallt.«

Sadie und George Kulavich näherten sich auf dem Gehweg und betrachteten staunend die kreiselnden Blaulichter. Beide trugen einen Morgenmantel über ihren Schlafanzügen; Mr Kulavich hatte Pantoffeln angezogen, Mrs Kulavich hingegen war in ihre Gummistiefel geschlüpft. Mrs Kulavich reckte den faltigen Hals und kam dann auf sie zu. Auf der anderen Straßenseite konnte Jaine Mrs Holland aus der Haustür treten sehen.

Sam seufzte schwer. »Ich habe das Haus durchsucht«, sagte er zu den uniformierten Kollegen. »Es wurde verwüstet, aber der Täter ist abgehauen. Ihr könnt das übernehmen, ich ziehe solange ein Hemd an.«

Mrs Kulavich hatte sich nah genug herangeschlichen, um seine Worte mitzubekommen. Sie strahlte ihn an. »Meinetwegen brauchen Sie das aber nicht zu tun«, sagte sie.

»Sadie!«, tadelte Mr Kulavich.

»Ach, sei still, George! Ich mag alt sein, aber ich bin noch nicht tot!«

»Daran werde ich dich erinnern, wenn ich das nächste Mal den *Playboy*-Kanal schauen will«, knurrte er.

Sam hustete und verschwand in seinem Haus, die Pistole eng an sein Bein gepresst, damit seine Nachbarn sie nicht erspähten und vor Begeisterung in Ohnmacht fielen.

Jaine spürte die unausgesprochenen Fragen in den Blicken, die auf ihr lagen. Ihr fiel ein, dass sie ihren BH noch nicht wieder angelegt hatte und dass ihre Seidenbluse das wahrscheinlich nur zu deutlich verriet. Sie verkniff sich einen prüfenden Blick nach unten, sondern drückte einfach Boo-Boo fester an ihre Brust. Sie fasste auch nicht an den Kopf, um ihre Frisur abzutasten, denn davon war garantiert nichts mehr übrig. Erst war sie damit in den Regen gekommen, dann hatte sie sich stundenlang mit Sam im Bett herumgewälzt; wahrscheinlich standen ihr die Haare wie Igelstacheln vom Kopf ab. Dazu Sams halb nackter Auftritt… nun ja. Wahrscheinlich waren die Schlüsse, die ihre Nachbarn aus alldem zogen, ziemlich zutreffend.

Sich Gedanken über ihre Nachbarn zu machen, war eindeutig leichter, als sich Gedanken über ihr Haus zu machen.

Nach dem ersten grauenvollen Blick in die Küche war sie nicht sicher, ob sie den Rest des Hauses überhaupt sehen wollte. So kurz nach Marcis traumatischem Tod war das bestimmt mehr, als sie ertragen konnte. Darum konzentrierte sie sich lieber auf andere Dinge, etwa darauf, wie Mrs Kulavich ihr zuzwinkerte, als Sam wieder aus dem Haus trat, nun mit einem adretten, in die Jeans gestopften Oxford-Hemd bekleidet und mit seiner Polizeimarke am Gürtel. Sie hätte gern gewusst, ob er auch eine Unterhose angezogen hatte.

»Bist du jetzt im Dienst?« Ihr Blick lag auf seiner Marke.

»Eigentlich schon. Ich bin am Tatort, und ab elf Uhr sind wir alle in Bereitschaft.«

Sie riss die Augen auf. »Ab elf – wie spät ist es eigentlich?«

»Beinahe Mitternacht.«

»Armer BooBoo«, sagte sie entsetzt. »Könntest du versuchen, sein Katzenfutter zu finden, und mir eine Dose bringen, damit ich ihm was zu essen geben kann?«

Sam sah sie an. In seinen dunklen Augen sah sie das Wissen, dass sie sich im Moment nicht der Wahrheit stellen konnte, doch sie entdeckte auch Verständnis darin. »Gut, ich suche ihm was.« Er sah Mrs Kulavich an. »Sadie, könntest du Jaine zusammen mit Eleanor in mein Haus bringen und einen Kaffee aufsetzen?«

»Natürlich, mein Lieber.«

Flankiert von Mrs Kulavich und Mrs Holland kehrte Jaine in Sams Haus und dort in seine Küche zurück. Sie setzte BooBoo ab und sah sich dann aufmerksam um, denn schließlich war dies das erste Mal, dass sie mehr von seinem Haus zu Gesicht bekam. Vorhin hatten sie sich nicht die Mühe gemacht, das Licht anzuschalten, bis sie angezogen gewesen waren, darum kannte sie bis jetzt nur das Schlafzimmer und das Wohnzimmer, die beide ausgesprochen spartanisch eingerichtet waren. Die Küche hatte genau wie ihre einen kleinen Tisch und vier Stühle an einem Ende, und der Herd war an die zwanzig Jahre alt. Der Kühlschrank hingegen wirkte brandneu, genau wie die Kaffeemaschine. Sam hatte Prioritäten.

Mrs Kulavich bereitete in kürzester Zeit den Kaffee zu und schaltete die Maschine ein. Jaine verspürte plötzlich ein dringendes Bedürfnis. »Äh... wissen Sie vielleicht, wo hier das Bad ist?«

»Natürlich, Liebes«, antwortete Mrs Holland. »Das große Bad ist hinter der zweiten Tür links im Flur, und gleich neben Sams Schlafzimmer gibt es noch ein kleines.«

Seltsam, dass die beiden alten Damen das wussten, Jaine hingegen nicht. Aber andererseits bekam man von einer Wohnung nicht unbedingt viel zu sehen, solange man flach auf dem Rücken lag und einen Neunzig-Kilo-Kerl auf dem Bauch liegen hatte.

Sie entschied sich für das große Bad, weil es näher lag, und nahm ihre Handtasche mit. Eilig zog sie sich aus, setzte sich auf die Toilette, suchte dann einen Waschlappen und wusch die Spuren von vier Stunden langem Sex weg. Sie besprühte sich mit seinem Deodorant, kämmte ihr Haar – das tatsächlich in Stacheln von ihrem Kopf abstand – und zog diesmal erst ihren BH an, bevor sie in die Bluse schlüpfte.

Mit dem Gefühl, endlich wieder ein vollwertiger Mensch zu sein, kehrte sie zu ihrer dringend benötigten Tasse Kaffee in die Küche zurück.

»Das mit Ihrem Haus ist ja entsetzlich, Liebes«, ereiferte sich Mrs Holland, »aber das mit Sam ist wunderbar. Ich nehme an, man darf gratulieren?«

»Eleanor«, tadelte Mrs Kulavich. »Die Zeiten haben sich geändert. Heutzutage heiraten die jungen Leute nicht gleich, nur weil sie miteinander unter die Decke geschlüpft sind.«

»Deswegen ist das noch lange nicht richtig«, erwiderte Mrs Holland streng.

Jaine räusperte sich. So vieles war vorgefallen, dass sie kaum alles begreifen konnte, doch die Stunden, die sie mit Sam im Bett verbracht hatte, standen ihr klar und deutlich vor Augen. »Er hat mich tatsächlich gefragt, ob ich ihn heiraten möchte«, vertraute sie den beiden an. »Und ich habe Ja gesagt.« Das Wort »verlobt« vermied sie bewusst.

»Ach nein!« Mrs Kulavich strahlte sie an.

»Wie schön! Und wann findet die Hochzeit statt?«

»In ungefähr drei Wochen, wenn meine Eltern aus ihrem Urlaub zurück sind.« Dann traf sie eine wohl überstürzte Entscheidung. »Und die ganze Straße ist eingeladen.« Ihre intime Hochzeit würde also nicht ganz so intim werden; und wenn schon!

»Sie brauchen unbedingt eine Liste für die Hochzeitsgeschenke!«, meinte Mrs Holland. »Wo sind Stift und Notizblock? Wir müssen sofort anfangen zu planen.«

»Aber wir haben doch schon alles –«, setzte Jaine an, bevor sie die Mienen der beiden alten Damen bemerkte und mitten im Satz verstummte. Schlagartig fiel ihr ein, dass sie tatsächlich einen Haufen Dinge brauchte, um zu ersetzen, was gerade eben kaputtgemacht worden war.

Ihr Kinn begann zu beben. Schnell presste sie die Kiefer zusammen, da ein uniformierter Polizist in die Küche trat und zwei Dosen Katzenfutter überbrachte. »Detective Donovan sagt, ich soll die herbringen«, meinte er.

Dankbar für die Ablenkung, sah Jaine sich nach BooBoo um. Er war nirgendwo zu sehen. Wahrscheinlich hatte er sich irgendwo verkrochen, nachdem er so unversehens in eine fremde Umgebung verschleppt worden war. In ihrem Haus kannte sie alle seine Schlupfwinkel, doch sie hatte keine Ahnung, wo er sich bei Sam verstecken konnte.

Als Köder öffnete sie eine Dose Katzenfutter und krabbelte dann, BooBoo leise rufend und das Schälchen mit Katzenfutter vor sich her schiebend, durchs Haus. Schließlich stöberte sie ihn hinter dem Sofa auf, doch selbst mit dem Futter als Köder brauchte sie fünfzehn Minuten, um ihn aus seinem Versteck zu locken. Er kam herausgeschlichen und begann misstrauisch zu essen, während sie ihn streichelte und Trost aus seinem warmen, geschmeidigen Körper zog.

Er würde zu Shelley ziehen müssen, dachte sie. Es war zu riskant, wenn er weiter bei ihr wohnte.

Mit gesenktem Kopf versuchte sie die Tränen zu verbergen, die ihr in den Augen brannten, und sich ganz und gar auf die Katze zu konzentrieren. Weil sie nicht daheim gewesen war, hatte dieser Irrsinnige seinen Zorn an ihren Besitztümern ausgelassen. Natürlich war sie über alle Maßen froh, dass sie zu diesem Zeitpunkt in Sams Bett und nicht in ihrem eigenen gelegen hatte, aber sie konnte BooBoo und Dads Auto nicht noch einmal so gefährden –

Das Auto. O Gott, das Auto.

Sie sprang hoch und jagte BooBoo dadurch einen solchen Schrecken ein, dass er wieder hinters Sofa flitzte. »Ich bin gleich wieder da«, rief sie Mrs Kulavich und Mrs Holland zu, dann rannte sie nach draußen.

»Sam!«, rief sie. »Das Auto! Hast du nach dem Auto geschaut?«

In ihrem und in Sams Garten standen lauter Nachbarn. Da die Viper direkt vor ihr in der Einfahrt stand, erntete sie mit ihrem Ruf fragende Blicke. Sie hatte es auch versäumt, nach der Viper zu schauen, doch so lieb ihr die auch war, das Auto ihres Vaters war mindestens fünfmal so viel wert und absolut unersetzlich.

Sam trat auf den Treppenabsatz vor der Küche. Er sah kurz zur Garage hinüber und sprang auf den Rasen. Gemeinsam liefen sie zur Garagentür.

Dort hing immer noch das Vorhängeschloss. »Da konnte er doch nicht rein, oder?«, fragte Jaine in qualvollem Flüstern.

»Vielleicht hat er es gar nicht probiert, denn dein Auto stand ja in der Einfahrt. Wahrscheinlich hat er angenommen, die Garage sei leer. Gibt es noch einen anderen Zugang?«

»Nein, da müsste er schon ein Loch in die Wand schlagen.«

»Dann ist dem Auto nichts passiert.« Er legte den Arm um sie und brachte sie zu seinem Haus zurück. »Du willst doch nicht vor allen Leuten die Tür öffnen, oder?«

Sie schüttelte energisch den Kopf. »Ich werde das Auto woanders hinbringen müssen«, beschloss sie. »David wird es nehmen müssen. Und Shelley muss sich um BooBoo kümmern. Unter den gegebenen Umständen werden Mom und Dad das bestimmt verstehen.«

»Wenn du möchtest, können wir das Auto in meiner Garage unterstellen.«

Sie ließ sich sein Angebot durch den Kopf gehen. Wenigstens wäre es dann in der Nähe, und wer immer das auch angestellt hatte, wusste sowieso nichts von dem Wagen, darum dürfte dem Auto eigentlich nichts geschehen. »Also gut. Sobald alle weg sind, fahren wir es rüber.«

Sie sah im Vorbeigehen nicht auf ihre Viper, blieb aber daneben stehen. Den Blick starr auf die rotierenden Lichter der Streifenwagen gerichtet, fragte sie Sam: »Ist mit meinem Auto alles in Ordnung? Ich kann gar nicht hinschauen.«

»Zu sehen ist nichts. Ich kann keine Kratzer erkennen, und zerbrochen ist auch nichts.«

Sie seufzte erleichtert und sank erschöpft an seine Brust. Er schloss sie kurz in die Arme, dann schickte er sie zurück in seine Küche und in Sadies und Eleanors Obhut.

Erst in der Morgendämmerung wurde ihr erlaubt, ihr Haus zu betreten. Es überraschte sie, dass diesem Vorfall, bei dem es sich im Grunde nur um einen Akt von Vandalismus handelte, so viel Aufmerksamkeit geschenkt wurde, doch dafür war wohl Sam verantwortlich. Natürlich glaubte er nicht an einen Akt von Vandalismus.

Sie auch nicht.

Sie konnte es nicht. Als sie durch ihr Haus ging und die Zerstörung begutachtete, fiel ihr sofort auf, wie sehr der Täter sie *persönlich* hatte treffen wollen. Ihren Fernseher hatte er nicht angerührt – seltsam, denn schließlich war der ziemlich teuer –, dafür hatte er all ihre Kleider und ihre Unterwäsche in Fetzen gerissen. Ihre Jeans und Hosen hingegen hatte er nicht angetastet.

Im Schlafzimmer waren die Bettbezüge einschließlich Kissen und Matratze in Stücke geschnitten und all ihre Parfümflaschen zerschmettert worden. In der Küche hatte er alles Gläserne zertrümmert, alle Schüsseln und Schalen, Gläser und Schälchen, sogar die schweren Tabletts aus Bleikristall, die sie noch nie benützt hatte. Und im Bad hing ihr Badetuch immer noch am selben Fleck, während ihr gesamtes Schminkzeug ruiniert worden war. Ausgepresste Tuben, ausgekippter Puder, und die Etuis mit Lidschatten und Rouge sahen aus, als wäre jemand darauf herumgetrampelt und hätte dann den Inhalt zu Staub zermahlen.

»Er hat alles zerstört, was irgendwie weiblich war«, stellte sie flüsternd fest. Das Bettgestell selbst war in gewisser Hinsicht geschlechtslos, doch das pastellfarbene Bettzeug mit den spitzengesäumten Rändern war ausgesprochen feminin.

»Er hasst Frauen«, pflichtete Sam ihr bei, der an ihrer Seite stand. Seine Miene war todernst. »Ein Psychiater hätte seine reine Freude daran.«

Sie seufzte. Sie fühlte sich wie ausgewrungen durch den Schlafmangel und das pure Ausmaß der vor ihr liegenden Arbeiten. Dann sah sie zu ihm auf; er hatte auch nicht mehr geschlafen als sie, was auf ein paar kurze Nickerchen hinauslief. »Gehst du heute arbeiten?«

Er sah sie verdutzt an. »Natürlich. Ich muss mich mit dem Detective in Verbindung setzen, der Marcis Fall bearbeitet, und ihn über das hier ins Bild setzen.«

»Ich werde nicht mal versuchen, ins Büro zu gehen. Um dieses Chaos zu beseitigen, brauche ich bestimmt eine ganze Woche.«

»Nein, bestimmt nicht. Ruf eine Reinigungsfirma an.« Er legte den Daumen unter ihr Kinn, hob ihr Gesicht an und musterte die dunklen, müden Flecken, die ihre Augen umschatteten. »Dann gehst du schlafen – in *meinem* Bett – und lässt Mrs Kulavich die Putzkolonne beaufsichtigen. Sie wird begeistert sein.«

»In dem Fall sollte sie unbedingt in Therapie gehen«, bemerkte Jaine und ließ den Blick erneut über den Scherbenhaufen in ihrem Heim wandern. Sie gähnte. »Außerdem muss ich einkaufen gehen, um meine Anziehsachen und das Make-up zu ersetzen.«

Er grinste. »Das Geschirr kann warten, wie?«

»Hey, ich weiß schließlich, was wichtig ist.« Sie lehnte sich an ihn, schlang ihre Arme um seinen Leib und genoss es, das tun zu können, so wie sie es auch genoss, dass seine Arme sich automatisch um sie schlossen.

Plötzlich erstarrte sie. Sie konnte nicht fassen, dass sie in dieser Nacht kein einziges Mal an Luna und T.J. gedacht hatte. Offenbar produzierte ihr Gehirn nur Fehlzündungen; eine andere Erklärung gab es nicht.

»Ich habe Luna und T.J. vergessen! Mein Gott, ich hätte sie auf der Stelle anrufen und warnen müssen –«

»Das ist schon erledigt.« Sam nahm sie wieder in die Arme. »Ich habe sie gleich gestern Abend von meinem Handy aus angerufen. Ihnen ist nichts passiert, sie machen sich nur Sorgen um dich.«

Sie gähnte, sank erneut gegen ihn und kuschelte ihren Kopf an seine Brust. Sein Herz poch *pochte* in ihrem Ohr. Sie war vollkommen erschöpft, doch ihre Gedanken kreisten unaufhörlich wie Bussarde über einem Karnickel. Solange sie die Gedanken nicht abstellen konnte, würde sie bestimmt nicht einschlafen können.

»Was hältst du von therapeutischem Sex?«, fragte sie ihn.

Seine dunklen Augen leuchteten interessiert auf. »Ist das was zum Schlucken?«

Sie lachte in sein Hemd hinein. »Noch nicht. Vielleicht heute Abend. Vor allem ist es was, um mich zu entspannen, damit ich schlafen kann. Könnte ich mit dir rechnen?«

Statt einer Antwort führte er ihre Hand an seine Jeans. Unter seinem Reißverschluss regte sich etwas Langes und Hartes. Sie brummte genüsslich, während sie mit den Fingern darüber strich und die winzigen unwillkürlichen Zuckungen seines Körpers spürte.

»Mein Gott, bist du leicht rumzukriegen«, sagte sie.

»Ich werde immer hart, sobald ich ans Schlucken denke.«

Hand in Hand gingen sie zu seinem Haus zurück, wo er sie entspannte.

»Die Leute von der Spurensicherung haben keinen einzigen brauchbaren Fingerabdruck gefunden«, erklärte Sam ein paar Stunden später seinem Kollegen Roger Bernsen. »Dafür aber einen teilweisen Schuhabdruck. Sieht nach einem Joggingschuh aus; ich versuche gerade, anhand des Musters die Marke ermitteln zu lassen.«

Detective Bernsen sprach aus, was Sam bereits wusste: »Er ist eingebrochen, weil er sie umbringen wollte, und als sie nicht da war, hat er stattdessen ihre Wohnung verwüstet. Können Sie die Tatzeit eingrenzen?«

»Etwa zwischen zwanzig Uhr und Mitternacht.« Mrs Holland behielt die Straße stets im Blick, und sie hatte ausgesagt, dass sie kein fremdes Auto und keinen unbekannten Besucher bemerkt hätte, bevor Sam nach Hause gekommen war. Nach Einbruch der Dunkelheit waren alle in ihren Häusern verschwunden.

»Zum Glück war sie nicht daheim.«

»Ja.« Die Alternative wollte Sam sich lieber nicht ausmalen.

»Wir müssen anfangen, die Personalakten bei Hammerstead durchzuforsten.«

»Ich rufe gleich nachher den Geschäftsführer an. So wenig Leute wie möglich sollen mitbekommen, dass wir die Akten durchsehen. Der Geschäftsführer kann die Dateien runterladen, ohne dass ihm jemand unangenehme Fragen stellt. Vielleicht kann er sie auf unsere Computer überspielen, dann bräuchten wir dort gar nicht aufzutauchen.«

Roger grunzte. »Ach übrigens, der Gerichtsmediziner hat den Leichnam von Ms Dean freigegeben. Ich habe mich schon mit ihrer Schwester in Verbindung gesetzt.«

»Danke. Wir werden die Beerdigung mit Video aufzeichnen lassen müssen.«

»Du glaubst, dass er dort auftaucht?«

»Jede Wette«, antwortete Sam.

23

Corin hatte kein Auge zugetan, trotzdem fühlte er sich nicht müde. Der Zorn nagte an ihm. *Wo hatte sie gesteckt?* Sie hätte es ihm verraten, dachte er. Manchmal, eigentlich meistens konnte er sie nicht ausstehen, aber ab und zu konnte sie auch nett sein. Wenn ihr nach Nettsein zumute gewesen wäre, hätte sie es ihm verraten.

Er wusste einfach nicht, was er von ihr halten sollte. Sie zog sich nicht wie eine Hure an, so wie Marci Dean, trotzdem schauten ihr alle Männer nach, selbst wenn sie Hosen anhatte. Und wenn sie nett war, dann mochte er sie, aber wenn sie mit ihrer Zunge andere Menschen zerfetzte, dann hätte er am liebsten auf sie eingeschlagen und eingeschlagen, immer weiter, bis ihr Kopf ganz weich war und sie ihm nichts mehr anhaben konnte... Aber war das sie oder Mutter? Stirnrunzelnd versuchte er sich darüber klar zu werden. Manchmal verwirrten sich die Dinge. Offenbar machten ihm diese Pillen nach wie vor zu schaffen.

Auch Luna schauten die Männer nach. Sie war stets ausgesprochen freundlich zu ihm, doch sie legte viel zu viel Make-up auf, und Mutter fand ihre Röcke entschieden zu kurz. Kurze Röcke brachten die Männer auf Gedanken, sagte Mutter. Keine anständige Frau trug kurze Röcke.

Vielleicht tat Luna ja nur so freundlich. Vielleicht war sie im Grunde völlig verdorben. Vielleicht war sie diejenige, die all das gesagt hatte, die sich über ihn lustig gemacht hatte, die Mutter gezwungen hatte, ihn zu bestrafen.

Mit geschlossenen Augen erinnerte er sich daran, wie Mutter ihn bestraft hatte, und ein erregender Kitzel durchlief ihn. Er fuhr mit den Händen an sich herab, was sie ihm streng verboten hatte, aber das Gefühl war so schön, dass er es manchmal trotzdem tat.

Nein. Das war ungezogen. Und wenn Mutter ihn bestraft hatte, dann nur, um ihm zu zeigen, wie ungezogen er gewesen war. Daran durfte er keinen Gefallen finden.

Dennoch war die Nacht kein völliger Fehlschlag gewesen. Er hatte einen neuen Lippenstift. Er nahm die Kappe ab und drehte den Boden, bis sich das vulgäre Ding nach oben schob. Der Stift war nicht so knallrot wie Marcis, sondern eher rosafarben, und gefiel ihm längst nicht so gut. Corin malte seine Lippen an, betrachtete finster sein Spiegelbild und wischte dann die Farbe angeekelt wieder ab.

Vielleicht hatte ja eine von den beiden anderen einen Lippenstift, der besser zu ihm passte.

Laurence Strawn, Geschäftsführer von Hammerstead Technology, war ein Mann mit herzhaftem Lachen und der Begabung, das große Ganze im Auge zu behalten. Einzelheiten waren nicht seine Stärke, doch das war auch nicht nötig.

Am Morgen hatte ihn ein gewisser Detective Donovan vom Polizeirevier in Warren angerufen. Detective Donovan hatte sehr überzeugend geklungen. Nein, sie hätten keinen Durchsuchungsbefehl für die Personalakten von Hammerstead, und sie würden es vorziehen, die Sache nicht an die große Glocke zu hängen. Er bitte nur um Mithilfe bei der Suche nach einem Mörder, bevor der Mann ein weiteres Opfer fordern konnte, und sie hätten so eine Ahnung, dass er bei Hammerstead arbeiten könnte.

Warum das?, hatte Mr Strawn gefragt, woraufhin der Detective von dem Anruf auf T.J. Yothers Handy erzählt hatte, dessen Nummer der Anrufer nur kennen konnte, wenn er Zugriff auf gewisse persönliche Informationen hatte. Da man ziemlich sicher sei, dass Marci Dean ihren Mörder gekannt hatte und dass derselbe Mann auch auf T.J.s Handy angerufen hatte, würde daraus folgen, dass sie ihn *beide* kannten, dass genau genommen alle vier Freundinnen ihn kannten.

Aufgrund dessen sei es sehr wahrscheinlich, dass er mit ihnen zusammen bei Hammerstead Technology arbeitete.

Mr Strawns erster Gedanke war, dass die Presse auf keinen Fall Wind von dieser Sache bekommen durfte. Schließlich war er Geschäftsführer. Seine zweite, durchdachtere Reaktion war, dass er alles nur Mögliche unternehmen wollte, um diesen Wahnsinnigen davon abzuhalten, noch eine seiner Angestellten umzubringen.

»Und was soll ich dabei tun?«, fragte er.

»Wenn es nicht anders geht, würden wir in Ihre Firma kommen, um die Akten durchzugehen, aber es wäre uns lieber, wenn niemand erführe, dass wir daran arbeiten. Könnten Sie die Dateien zusammenstellen und als E-Mail an uns schicken?«

»Die Akten befinden sich auf einem separaten System, das nicht online ist. Ich werde sie für mein System auf eine CD kopieren lassen müssen, dann kann ich sie Ihnen als Anhang mailen. Wie lautet denn Ihre E-Mail-Adresse?« Im Unterschied zu vielen Geschäftsführern oder Vorstandsvorsitzenden kannte Laurence Strawn sich mit Computern aus. Er hatte sich schlau machen müssen, um nachvollziehen zu können, was die Verrückten in den untersten zwei Etagen so trieben.

»T.J. Yother arbeitet in der Personalabteilung«, ergänzte er, während er die E-Mail-Adresse von Detective Donovan notierte, wofür er auf ein weiteres Talent zurückgriff, nämlich zwei Dinge gleichzeitig tun zu können. »Sie soll das übernehmen. Auf diese Weise gibt es keine undichte Stelle.«

»Gute Idee«, bestätigte Sam. Nachdem dieses Problem so überraschend schnell gelöst war – irgendwie war ihm Laurence Strawn sympathisch –, wandte er seine Aufmerksamkeit dem teilweisen Schuhabdruck zu, den die Spurensicherungsbeamten in Jaines Bad vom Boden abgenommen hatten, wo der Dreckskerl in die Überreste ihrer Schminke gestiegen und dabei eine ziemlich deutliche Spur hinterlassen hatte. Er hoffte nur, dass sie ausreichen würde, um die Marke zu identifizieren. Auch wenn der Schuhabdruck bei der Verhandlung gegen O.J. Simpson nicht gezählt hatte, wäre es bestimmt hilfreich, wenn sie nach der Festnahme dieses Typen beweisen könnten, dass er jenen Typ Schuhe besaß, von denen der Abdruck stammte, und zwar in der entsprechenden Größe. Noch besser wäre es, wenn sich in den Rillen winzige Schminke-Bröckchen finden würden.

Fast den ganzen Morgen hing er am Telefon. Wer wollte da behaupten, dass Detektivarbeit nicht gefährlich und aufregend sei?

Gestern Abend war sie für seinen Geschmack etwas zu gefährlich und aufregend gewesen, dachte er grimmig. Er spielte nicht gern »Was wäre gewesen, wenn«, aber in diesem Fall konnte er einfach nicht anders. Was wäre gewesen, wenn er zu einem Einsatz gerufen worden wäre? Wenn Jaine nicht zu spät heimgekommen wäre, wenn er sich nicht solche Sorgen gemacht hätte, wenn sie sich nicht gestritten hätten? Dann hätten sie sich vielleicht mit einem kurzen Kuss verabschiedet, und Jaine wäre allein in ihrem Haus verschwunden. Angesichts der Verwüstungen in ihrem Haus schauderte er bei dem Gedanken, was ihr widerfahren wäre, wenn sie sich daheim aufgehalten hätte. Marci Dean war sowohl größer als auch schwerer gewesen als Jaine, und sie hatte sich nicht gegen ihren Angreifer wehren können, folglich waren die Chancen, dass Jaine ihm entkommen wäre, praktisch gleich null.

Er lehnte sich in seinem Stuhl zurück, verschränkte die Arme hinter dem Kopf, starrte zur Decke auf und überlegte. Irgendwas störte ihn an der ganzen Sache, aber er konnte einfach nicht den Finger darauf legen. Jedenfalls noch nicht; früher oder später würde es ihm einfallen, einfach weil er nicht aufhören konnte, darüber nachzudenken, bis er die Antwort hatte. Seine Schwester Doro meinte immer, er sei eine Kreuzung zwischen einer Schnappschildkröte und einem Terrier: Sobald er sich in etwas verbissen hatte, ließ er um keinen Preis wieder los. Natürlich hatte Doro das nicht als Kompliment gemeint.

Von Doro wanderten seine Gedanken weiter zu den übrigen Mitgliedern seiner Familie und zu den Neuigkeiten, die er ihnen mitzuteilen hatte. Er kritzelte auf seinen Notizblock: *Mom von Jaine erzählen.* Das würde sie einigermaßen überraschen, denn soweit seine Verwandten wussten, hatte er nicht einmal eine feste Freundin. Er grinste; na ja, von fester Freundin konnte auch jetzt nicht die Rede sein. Diesen Teil ließen sie einfach aus, genau wie die Verlobung, stattdessen gingen sie direkt zur Hochzeit über, was wahrscheinlich die einzige Möglichkeit war, Jaine zum Heiraten zu kriegen.

Aber die Familienangelegenheiten würden warten müssen. Im Moment hatte er andere Prioritäten: einen Mörder zu fangen und auf Jaine aufzupassen. Diese beiden Aufgaben würden seine gesamte Zeit in Anspruch nehmen.

Jaine wachte kurz nach ein Uhr mittags in Sams Bett auf, nicht wirklich ausgeruht, doch mit so weit aufgeladenen Batterien, dass sie sich bereit fühlte, die nächste Krise anzugehen. Nachdem sie Jeans und ein T-Shirt übergezogen hatte, ging sie nach nebenan, um festzustellen, wie die Aufräumarbeiten voranschritten. Mrs Kulavich war da und marschierte von Zimmer zu Zimmer, um sicherzustellen, dass dabei auch nicht der kleinste Fleck übersehen wurde. Die beiden Frauen, die zum Putzen gekommen waren, schienen jede ihrer Anweisungen auf der Stelle umzusetzen.

Jedenfalls waren sie tüchtig, dachte Jaine. Schlafzimmer und Bad waren bereits geputzt; die verunstaltete Matratze und die losen Sprungfedern waren verschwunden, die Stofffetzen aufgeklaubt und in Müllsäcke gestopft, die nun prall gefüllt draußen neben der Küchentür lehnten. Vor dem Schlafengehen hatte Jaine noch ihren Versicherungsagenten angerufen und sich bestätigen lassen, dass ihre Hausratversicherung, die sie erst vor Kurzem von einer »Mieter-« in eine »Eigentümer-Hausratversicherung« hatte umwandeln lassen, die zerstörten Möbel und Haushaltswaren teilweise ersetzen würde. Ihre Kleider waren hingegen nicht versichert.

»Ihr Versicherungsagent war vor einer Stunde

da«, berichtete Mrs Kulavich. »Er hat sich umgesehen und Fotos gemacht und wollte dann weiter zum Polizeirevier, um sich eine Kopie des Protokolls geben zu lassen. Er hat gesagt, er glaubt nicht, dass es Probleme geben würde.«

Gott sei Dank. Sie hatte in letzter Zeit einen Haufen Geld ausgegeben, und ihr Konto war gefährlich abgemagert.

Das Telefon läutete. Es gehörte zu den nichtfemininen Dingen, die den Angreifer nicht interessiert hatten, darum nahm Jaine den Hörer ab. Sie war noch nicht dazu gekommen, ihr Anruf-Erkennungssystem zu installieren, fiel ihr ein, und bei der Vorstellung, an den Apparat zu gehen, ohne zu wissen, wer da anrief, sackte ihr das Herz in die Hose.

Vielleicht war es ja Sam, dachte sie, darum drückte sie die Sprechtaste und hielt den Hörer ans Ohr. »Hallo?«

»Ist dort Jaine? Jaine Bright?«

Es war eine Frauenstimme, und sie klang irgendwie vertraut.

Erleichtert sagte sie: »Ja, ich bin es.«

»Hier ist Cheryl… Cheryl Lobello, Marcis Schwester.«

Schmerz durchzuckte sie. Deshalb kam ihr die Stimme so vertraut vor; sie klang ein bisschen wie

Marcis. Cheryls Stimme fehlte das rauchige Kratzen, aber der Tonfall war der Gleiche. Jaine packte den Hörer fester. »Marci hat oft von Ihnen erzählt«, sagte sie und blinzelte dabei die Tränen zurück, die ihr seit Montag, als Sam ihr von Marcis Tod erzählt hatte, ständig wieder in die Augen schossen.

»Dasselbe wollte ich gerade zu Ihnen sagen.« Cheryl brachte ein kurzes Lachen zustande. »Sie hat mich so oft angerufen, um mir zu erzählen, über welche Ihrer Bemerkungen sie wieder Tränen gelacht hatte. Auch von Luna hat sie oft erzählt. Mein Gott, das kommt einem alles so unwirklich vor, nicht wahr?«

»Ja«, flüsterte Jaine.

Nach kurzem, ersticktem Schweigen hatte Cheryl sich wieder im Griff und sagte: »Jedenfalls hat der Gerichtsmediziner ihren Lei-, ihren Leichnam freigegeben, und ich treffe jetzt die Vorbereitungen für die Beisetzung. Unsere Eltern liegen in Taylor begraben, und ich glaube, sie würde gern in ihrer Nähe liegen, meinen Sie nicht auch?«

»Ja, natürlich.« Ihre Stimme klang überhaupt nicht wie Marcis, dachte Jaine; dafür zitterte sie zu sehr.

»Ich habe die Beerdigung für Samstag elf Uhr arrangiert.« Cheryl gab ihr den Namen des Bestattungsinstituts durch und erklärte, wie man zum Friedhof kam. Taylor lag im Süden von Detroit und knapp östlich des Flughafens Detroit Metro. In dieser Gegend kannte Jaine sich nicht aus, aber sie war ziemlich gut darin, einer Wegbeschreibung zu folgen oder sich nach dem Weg zu erkundigen.

Sie suchte nach irgendwelchen Worten, die Cheryls Schmerz lindern halfen, doch wie sollte ihr etwas einfallen, wenn sie nicht einmal ihren eigenen Kummer lindern konnte?

Dann kam ihr plötzlich eine Eingebung, was sie und Luna und T.J. tun sollten. Marci wäre begeistert gewesen.

»Wir wollen eine Totenwache für sie halten«, platzte es aus ihr heraus. »Möchten Sie vielleicht dabei sein?«

»Eine Totenwache?« Cheryl klang überrascht. »So wie in Irland?«

»Irgendwie schon, allerdings kommt keine von uns aus Irland. Wir wollen uns einfach zusammensetzen, ein, zwei Bier auf Marci trinken und alle möglichen Geschichten über sie erzählen.«

Cheryl lachte, und diesmal klang ihr Lachen echt. »Das hätte ihr ausgezeichnet gefallen. Ich würde gern kommen. Für wann ist sie denn geplant?«

Da Jaine ihre Pläne noch nicht mit Luna und T.J. abgesprochen hatte, wusste sie nicht genau, wann die Totenwache beginnen sollte, aber auf jeden Fall würde sie am Freitagabend stattfinden müssen. »Morgen Abend«, sagte sie. »Wegen der Uhrzeit und des Ortes rufe ich noch mal an – es sei denn, Sie glauben, das Bestattungsinstitut lässt uns an ihrem Sarg sitzen und die Totenwache dort halten?«

»Das kann ich mir irgendwie nicht so recht vorstellen«, antwortete Cheryl und klang dabei Marci so ähnlich, dass Jaine erneut einen Kloß in ihrer Kehle spürte.

Nachdem sie Cheryls Nummer notiert hatte, ging Jaine in Sams Haus hinüber und holte die Tüte mit dem Anruf-Erkennungsgerät und dem neuen Handy, das sie noch nicht einmal eingeschaltet hatte.

Sie ließ sich am Tisch nieder, um die Gebrauchsanweisung sorgfältig durchzulesen, runzelte dann die Stirn, knüllte den Zettel zusammen und warf ihn in den Müll. »So kompliziert kann das doch nicht sein«, murmelte sie. »Man muss das Ding einfach zwischen Netzdose und Endgerät hängen.«

Wenn man es logisch anging, war alles eigentlich ganz einfach. Sie zog den Wandstecker des

Telefons, steckte stattdessen das am Gerät hängende Kabel hinein und stöpselte dann das Telefon an das Gerät. Fertig. Dann ging sie in Sams Haus hinüber und wählte ihre Nummer, um festzustellen, ob das Ding funktionierte.

Es funktionierte. Als sie den Knopf zur Datenübermittlung drückte, erschien in dem kleinen Fenster Sams Name und darunter seine Telefonnummer. O Mann, die Wunder der Technik.

Sie hatte eine ganze Reihe von Anrufen zu erledigen, und der erste galt Shelley. »Du musst BooBoo bei dir aufnehmen, bis Mom und Dad wieder von ihrer Reise zurück sind«, sagte sie.

»Wieso denn?«, fragte Shelley kampflustig und verriet dadurch, wie tief Mom sie verletzt hatte.

»Weil mein Haus gestern Nacht verwüstet worden ist und weil ich Angst habe, dass BooBoo etwas zustoßen könnte.«

»Was?« Shelley kreischte fast. »Jemand hat bei dir eingebrochen? Aber du warst nicht da? Was ist passiert?«

»Ich war bei Sam.« Jaine beließ es dabei. »Und meine Wohnung war ziemlich übel zugerichtet.«

»Gott sei Dank warst du nicht daheim!« Dann stutzte sie, und Jaine hörte beinahe, wie es in ihrer Schwester zu arbeiten begann. Shelley war nicht auf den Kopf gefallen. »Einen Moment. Dein

Haus ist bereits verwüstet worden, und BooBoo ist *nichts* passiert, oder?«

»Nein, aber ihm könnte vielleicht was passieren.«

»Du rechnest also damit, dass sie zurückkommen und deine Wohnung noch mal kurz und klein schlagen?« Shelley kreischte schon wieder. »Es ist wegen dieser Liste, richtig? Und jetzt ist dir eine Horde von Irren auf den Fersen!«

»Nur einer, glaube ich.« Jaine stockte die Stimme dabei.

»O Gott. Du glaubst, der Mann, der Marci umgebracht hat, hat bei dir eingebrochen? Das glaubst du doch, oder? Jaine, mein Gott, was sollen wir jetzt tun? Du musst raus aus diesem Haus. Du kannst bei uns wohnen. Oder zieh in ein Hotel. Aber unternimm irgendwas!«

»Vielen Dank für das Angebot, aber Sam ist dir zuvorgekommen, und bei ihm fühle ich mich sicher. Er hat eine Pistole. Eine ziemlich große.«

»Ich weiß; ich habe sie gesehen.« Shelley überlegte kurz. »Ich habe Angst um dich.«

»Ich auch«, gab Jaine zu. »Aber Sam arbeitet an dem Fall, und er hat schon einige Hinweise. Ach übrigens, wir wollen heiraten.«

Shelley begann wieder zu kreischen. Jaine hielt den Hörer vom Ohr weg. Als der Lärm abgeebbt war, holte sie die Sprechmuschel wieder heran und sagte: »Den Termin haben wir vorerst auf den Tag nach Moms und Dads Rückkehr angesetzt.«

»Aber das sind nur noch drei Wochen! Bis dahin schaffen wir das nie! Was ist mit der Kirche? Und der Hochzeitsfeier? *Was ist mit deinem Hochzeitskleid?«*

»Keine Kirche, keine große Feier«, erwiderte Jaine standfest. »Und ein Kleid finde ich schon noch. Ich will mir keines machen lassen; eines von der Stange reicht völlig. Außerdem muss ich sowieso einkaufen gehen, weil dieses perverse Schwein fast alle meine Sachen zerschnippelt hat.«

Neuerliches Gekreische. Sie wartete, bis Shelleys Zornesausbruch vorüber war. »Ach ja, ich gebe dir meine neue Handynummer«, sagte sie. »Du bist die Erste.«

»Wirklich?« Shelley klang erschöpft nach so viel Kreischen. »Und was ist mit Sam?«

»Nicht mal der hat sie.«

»Wow, ich fühle mich geehrt. Du hast vergessen, sie ihm zu geben, stimmt's?«

»Ja.«

»Okay, ich suche nur schnell einen Stift.« Geraschel war zu hören. »Also, leg los.«

»Hast du einen Stift gefunden?«

»Nein, aber dafür eine Dose mit Sprühkäse. Ich

sprühe deine Nummer damit auf die Arbeitsfläche und nachher suche ich einen Stift, um sie abzuschreiben.«

Jaine gab ihr die Nummer durch und lauschte dem Zischen und Gurgeln, mit dem Shelley die Ziffern auf die Arbeitsfläche käsesprühte.

»Bist du zu Hause oder in der Arbeit?«

»Zu Hause.«

»Dann komme ich BooBoo sofort abholen.«

»Danke.« Jaine war erleichtert, dass ihr diese eine Sorge abgenommen wurde.

Danach rief sie Luna und T.J. im Büro an und probierte diese Konferenzschaltungs-Sache aus. Auch sie machten ein riesiges Tamtam, und Jaine hörte in ihren Stimmen das Wissen, dass es jede von ihnen hätte treffen können. Wie Jaine erwartet hatte, waren sie begeistert von der Idee einer Totenwache für Marci. Luna stellte spontan ihre Wohnung zur Verfügung, und sie vereinbarten die Zeit. Auch den zweien gab sie ihre Handynummer durch.

»Ich muss euch beiden etwas mitteilen«, sagte T.J. leise. »Aber nicht von hier aus.«

»Dann komm nach der Arbeit bei mir vorbei«, schlug Jaine vor. »Luna, kannst du das auch schaffen?«

»Klar. Shamal hat noch mal angerufen, aber mir

ist nicht danach, mit ihm auszugehen, nicht nachdem Marci –« Sie verstummte und schluckte hörbar.

»Du dürftest sowieso nicht mit ihm ausgehen«, mahnte Jaine. »Vergiss nicht, was Sam gesagt hat: ausschließlich Verwandte. Das heißt keine Verabredungen.«

»Aber Shamal ist doch nicht –« Luna verstummte wieder. »Das ist so grauenvoll. Ich kann nicht sicher sein, oder? Ich darf dieses Risiko nicht eingehen.«

»Nein, darfst du nicht«, bestätigte T.J. »Keine von uns darf das.«

Kaum hatte Jaine nach dem Gespräch mit ihren Freundinnen aufgelegt, da klingelte das Telefon. In dem kleinen Fenster erschien Als Name und Telefonnummer. Sie nahm den Hörer auf und sagte: »Hallo, Shelley.«

»Du hast dir also endlich eine Anruf-Erkennung zugelegt«, stellte Shelley fest. »Hör mal, ich finde, wir sollten Mom und Dad anrufen.«

»Wenn du ihnen erzählen willst, dass ich bald heirate, dann nur zu, allerdings würde ich ihnen das lieber selbst mitteilen. Aber du brauchst nicht mal daran zu *denken*, ihnen zu erzählen, dass sie wegen diesem Spinner ihre Reise abbrechen sollen.«

»Dieser Spinner ist ein Mörder, und er ist hinter dir her! Glaubst du nicht, dass sie hier sein wollten?«

»Was wollen sie denn unternehmen? Und ich habe nicht vor, ihn an mich ranzulassen. Ich lasse mir eine Alarmanlage installieren, und ich wohne vorerst bei Sam. Mom und Dad würden sich nur Sorgen machen, und du weißt genau, wie sehr Mom sich auf diese Reise gefreut hat.«

»Sie sollten hier sein«, beharrte Shelley.

»Nein, sollten sie nicht. Sie sollten ihren Urlaub genießen. Glaubst du vielleicht, ich lasse mir von so einem Spinner meine Heiratspläne durchkreuzen? Diesmal mache ich Nägel mit Köpfen, und wenn ich Sam knebeln und fesseln und eigenhändig vor den Altar schleifen muss. Oder wohin auch immer«, ergänzte sie, weil ihr plötzlich einfiel, dass sie nicht kirchlich heiraten wollten.

»Du versuchst mich abzulenken, aber das kannst du dir schenken. Ich will Mom und Dad anrufen.«

»Ich nicht, und hier geht es um mich, darum kann ich das bestimmen.«

»Dann werde ich es David erzählen.«

»Mit David kannst du meinetwegen darüber reden, aber niemand, absolut niemand, darf Mom und Dad davon erzählen. Versprich mir das, Shel.

Niemand aus deiner Familie, niemand aus Davids Familie, weder Freund noch Feind, wird Mom und Dad etwas davon erzählen. Oder ihnen einen Expressbrief schicken. Oder ein Telegramm, eine E-Mail oder irgendein anderes Kommunikationsmittel, Rauchzeichen eingeschlossen. Habe ich damit alles abgedeckt?«

»Ich fürchte schon«, bestätigte Shelley.

»Gut. Sie sollen ihren Urlaub genießen. Ich passe schon auf mich auf, Ehrenwort.«

Am frühen Nachmittag bekam Sam einen Anruf von Laurence Strawn. »Man könnte mich wegen Verletzung des Datenschutzes anzeigen«, sagte er, »aber eine richterliche Genehmigung würde zu viel Zeit kosten und könnte den Kerl aufschrecken, also scheiß drauf. Wenn es Ihnen bei der Suche weiterhilft, dann ist das hundert Anzeigen wert.«

Sam war dieser Mann ganz eindeutig sympathisch.

»Schauen Sie in Ihrer E-Mail nach«, fuhr Strawn fort. »Es ist ein immenser Anhang, Sie werden wahrscheinlich eine ganze Weile brauchen, um die Datei runterzuladen.«

»Das ging ja schnell.«

»Ms Yother hat allen Grund zur Eile«, kommentierte Strawn und legte auf.

Sam schaltete seinen Computer ein und lud seine E-Mail herunter. Als er sah, wie viele Megabytes die angehängte Datei umfasste, zuckte er zusammen. »Hoffentlich habe ich genug Speicher«, murmelte er vor sich hin, dann klickte er auf die Datei, um sie zu öffnen.

Dreißig Minuten später war sie immer noch nicht heruntergeladen. Er trank einen Kaffee, erledigte etwas Papierkram, rief Bernsen an, um ihm zu erzählen, dass er die Personalakten hatte, und trank dann noch einen Kaffee. Bernsen machte sich sofort auf den Weg, um eine Kopie abzuholen, und Sam hoffte, dass das verdammte Ding fertig heruntergeladen war, bevor sein Kollege aufkreuzte.

Endlich verschwand das Bildschirmfenster. Sam lud den Papierbehälter seines Druckers voll und klickte auf »Drucken«. Als der Behälter leer war, füllte er ihn erneut. Verflixt, sie würden ewig brauchen, um all die Akten durchzugehen, selbst wenn er und Bernsen an keinem anderen Fall zu arbeiten hatten und sich ausschließlich hierauf konzentrieren konnten. Es sah nach ein paar langen Lesenächten aus.

Dem Drucker ging die Tinte aus. Fluchend unterbrach Sam den Druckvorgang, machte sich auf die Jagd nach einer neuen Kartusche und schlug sich damit herum, bis eine Schreibkraft schließlich Mitleid mit ihm bekam und den Behälter mit einem einzigen Handgriff einsetzte. Der Drucker fing wieder an, Seiten auszuspucken.

Bernsen traf ein, und gemeinsam schauten sie dem Drucker beim Drucken zu. »Schon der Anblick macht mich ganz müde«, gestand Bernsen mit einem angeödeten Blick auf den Papierstapel.

»Sie nehmen die eine Hälfte, ich die andere. Erst mal geben wir alle Namen ein und schauen, was unsere Computer ausspucken.«

»Gott sei Dank müssen wir nur die Männer durchgehen.«

»Schon, nur arbeiten in der Computerbranche fast ausschließlich Männer. Die meisten Akten betreffen Männer; das Verhältnis ist keineswegs halbe-halbe.«

Bernsen seufzte. »Dabei wollte ich heute Abend das Spiel anschauen.« Er hielt kurz inne. »Ich habe übrigens den Bericht des Gerichtsmediziners über Ms Dean bekommen. Kein Sperma.«

Das überraschte Sam nicht besonders. Bei vielen Fällen von sexuellem Missbrauch gab es keine Spermaspuren, entweder weil der Täter ein Kondom benutzte – das kam tatsächlich vor –, oder weil er nicht ejakulierte. Dennoch wäre es praktisch gewesen, die DNA zur Identifikation nutzen zu können, nur für den Fall, dass das notwendig werden sollte.

»Dafür hat er ein Haar gefunden, das nicht von Ms Dean stammt. Ich kann kaum glauben, dass er es bemerkt hat, denn Ms Dean war blond, und dieser Typ ist es auch.«

Ein Wolfslächeln breitete sich auf Sams Gesicht aus. Ein Haar. Nur ein einzelnes Haar, aber es würde ihnen die erforderliche DNA liefern. Allmählich bekam der Fall Konturen. Ein teilweiser Schuhabdruck, ein einzelnes Haar; es mochte nicht viel sein, aber sie machten Fortschritte.

24

Als Sam an jenem Nachmittag nach Hause kam, betraten gerade T.J. und Luna sein Haus. Das bedeutete, dass Jaine in seinem Haus und nicht in ihrem war. Irgendwie gefiel ihm der Gedanke. Er hoffte, dass sie sich ein wenig darin eingerichtet hatte, denn er hatte nicht vor, sie in ihrem eigenen Haus schlafen zu lassen, bis er Marcis Mörder gefunden hatte, und möglicherweise auch nicht danach. Er genoss es viel zu sehr, sie in der Nähe zu haben, um auf dieses Vergnügen zu verzichten, und sei es nur zeitweise. Der Tag war elend heiß, und der Schweiß kroch ihm über den Rücken, als er seine Wohnung betrat. Er setzte den schweren Papierstapel, die Hälfte der ausgedruckten Hammerstead-Personalakten, auf dem Couchtisch ab und blieb eine Minute lang stehen, um die unwahrscheinlich angenehm kühle Luft einzuatmen. Nachdem seine Lunge sich von der Glut draußen erholt hatte, schälte er sich aus dem Jackett und folgte dem Lärm in die Küche.

Jaine schenkte eben vier Gläser Eistee ein, woraus er schloss, dass sie seine Ankunft beobachtet hatte.

»Du kommst gerade im richtigen Moment«, sagte sie.

Er befreite sich von Pistole und Dienstmarke und legte beides neben der Kaffeemaschine auf die Küchentheke. »Wozu?« Er nahm ihr ein Glas ab und trank mit tiefen Schlucken und zuckendem Adamsapfel.

»Wir planen eine Totenwache für Marci. Ihre Schwester Cheryl kommt auch.«

»Wann und wo?«, fragte er kurz.

»Morgen Abend in meiner Wohnung«, antwortete Luna.

»Gut. Ich bin da.«

Verblüfft sah Jaine ihn an. »Aber wenn wir alle zusammen sind, kann uns doch nichts passieren, oder?«

»Das ist nicht gesagt. Vielleicht liefert ihr ihm damit auch eine einmalige Gelegenheit, euch alle auf einmal zu erwischen. Ihr werdet mich gar nicht bemerken, aber ich werde da sein.«

Jaine schnaubte. Wenn Sam irgendwo auftauchte, dann bemerkte man ihn auch. Menschen wie er waren einfach nicht zu übersehen.

T.J. sah ihn kurz und bedeutungsvoll an. »Bevor wir anfangen, hätte ich noch was mitzuteilen.«

»Ich habe auch was mitzuteilen«, sagte Jaine.

»Ich auch«, sagte Sam.

Alle warteten. Keiner sagte ein Wort. Schließlich durchbrach Luna das Schweigen.

»Da ich die Einzige bin, die *nichts* mitzuteilen hat, darf ich entscheiden.«

Sie deutete auf T.J. »Du fängst an. Du hast mich schon bei unserem Telefonat heute Mittag neugierig gemacht.«

Sam erkannte an T.J.s fragend hochgezogenen Augenbrauen, dass sie wissen wollte, ob sie den beiden anderen erzählen durfte, was sie heute gemacht hatte. Da sie es sowieso erzählt hätte, wenn er nicht aufgetaucht wäre, sagte er: »Nur zu.«

»Ich habe für Mr Strawn die gesamten Personalakten kopiert«, erklärte sie. »Er hat erzählt, ein gewisser Detective hätte um Einblick gebeten und er hätte ihm den gewährt.«

Drei Augenpaare richteten sich auf Sam.

Er verzog das Gesicht. »Ich habe einen Haufen Arbeit mit nach Hause genommen. Außerdem lassen wir jeden Namen von unserem System auf Vorstrafen oder ausstehende Haftbefehle überprüfen.«

»Wie lange wird das dauern?«, fragte Jaine.

»Wenn der Computer nichts ausspuckt, dann

müssen wir jede Akte einzeln durchgehen, bis uns irgendwas auffällt, wo wir nachhaken sollten.«

»Ein Tag? Zwei Tage?«, hakte sie nach.

»Du bist ein optimistischer kleiner Bohrwurm, wie?« Er nahm einen tiefen Schluck Tee.

Luna unterbrach den Wortwechsel mit einer energischen Geste und deutete auf Sam. »Jetzt du.«

»Der Leichenbeschauer hat an Marci ein blondes Haar gefunden, das nicht von ihr stammt.«

Die drei Frauen verstummten abrupt, und er wusste, dass sie in Gedanken alle blonden Männer bei Hammerstead durchgingen. »Kommt euch da irgendwer in den Sinn?«, fragte er.

»Eigentlich nicht«, gestand Jaine. »Und was bei dir blond ist, könnte bei uns auch hellbraun sein.« Sie sah die anderen an, doch die zuckten mit den Achseln. »Das passt auf einen Haufen Typen bei uns in der Firma.«

»Ihr müsst trotzdem auf der Hut bleiben«, warnte er. »Vielleicht hat sie das Haar auch von woanders. Aber es könnte ebenso ein Hinweis sein, und wenn wir den Kerl haben und die DNA passt, dann können wir ihn damit festnageln. Nehmt euch vor blonden Jungs einfach ganz besonders in Acht.«

»Was für ein erfreulicher Gedanke«, brummelte Luna. »Ich glaube, ich bin die einzige Brünette im ganzen Vertrieb.«

»Ich werde die Akten Abteilung für Abteilung durchgehen und in der Buchhaltung anfangen, da Marci das erste Ziel war. Ach übrigens«, sagte er zu T.J., »vielen Dank, dass du sie schon vorsortiert hast.«

Sie sah ihn spröde an. »Wirklich gern geschehen.«

Luna übernahm erneut die Gesprächsführung und deutete auf Jaine. »Und jetzt du.«

Jaine atmete tief durch. Nach drei gescheiterten Verlobungen musste sie all ihren Mut zusammennehmen, um zu verkünden, dass sie… mal wieder… zu heiraten gedachte. Sie sah kurz auf Sam, der ihr zuzwinkerte.

»Samundichwollenheiraten«, sprudelte es aus ihr heraus, wobei sie die Wörter zusammenzog, als wären sie auf diese Weise leichter zu überhören. Was die Götter nicht bemerkten, konnten sie auch nicht zermalmen.

Sam steckte sich die Finger in die Ohren, um das ausbrechende Gequietsche zu ertragen. T.J. umarmte Jaine. Luna umarmte Sam. Und dann endeten irgendwie alle in einer Riesenumarmung. Der Kreis war zu klein ohne Marci, dachte Jaine, aber sie würde sich diese kleine Feier auf gar keinen Fall durch Tränen ruinieren lassen. Das Leben ging weiter. Zwar nicht mehr so fröhlich und eindeutig leerer ohne Marci, aber trotzdem ging es weiter.

»Wie? Ich meine, wann?«, wollte T.J. wissen.

»In drei Wochen, wenn ihre Eltern heimkommen«, antwortete Sam. »Ich wollte eigentlich vor einem Friedensrichter heiraten, aber in dessen Amtsstube passt meine Familie bestimmt nicht, und sie wollen alle kommen.«

»Vielleicht in einem Park«, schlug Jaine vor.

»Wieso in einem Park? Wir werden schon ein passendes Haus finden. Das von meinen Eltern ist ziemlich groß; mit sieben Kindern ging das nicht anders.«

Sie räusperte sich. »Also, da wäre meine Familie, deine Familie, T.J. und Luna, deine Polizistenfreunde, und irgendwie habe ich… äh… noch die ganze Straße eingeladen.«

»Ja, sicher«, sagte er. »George und Sadie müssen unbedingt kommen, und auch Eleanor, und… und Gott verdammt noch mal, zu unserer Hochzeit im engsten Kreis kommen schon jetzt über hundert Leute, richtig?«, stellte er frustriert fest.

»So sieht es aus, *Kemosabe.*«

»Das heißt, wir brauchen was zu essen und so weiter und so fort.«

»Du hast es begriffen.«

»Wer zum Teufel soll das alles vorbereiten?«

Seine Miene verriet deutlich, dass *er* dafür nicht in Frage kam.

»Das übernimmt Shelley. Sie liebt diese Art von Schei-äh Planungen. Aber wir machen nichts Ausgefallenes. Ich bin knapp bei Kasse, ich habe genug an den Raten für das Haus und für meine Alarmanlage und mein Handy zu zahlen, und jetzt muss ich auch noch neue Anziehsachen und eine neue Matratze und einen neuen Bettkasten kaufen –«

»Die Matratze und den Bettkasten kannst du dir sparen«, warf er ein, und T.J. wie auch Luna brüllten vor Lachen. T.J. holte fünf Dollar aus ihrer Geldbörse und klatschte sie Luna in die Hand.

»Ich hab's dir doch gesagt, oder?«, frohlockte Luna.

Jaine sah sie mit zusammengekniffenen Augen an. »Ihr habt über mein Liebesleben Wetten abgeschlossen«, warf sie den beiden vor.

»Ja, und ganz ehrlich, ich bin enttäuscht von dir.« T.J. gab sich redlich Mühe, streng zu klingen. Da sie dabei weiterlachte, waren ihre Anstrengungen nicht besonders überzeugend. »Ich war sicher, dass du ihn mindestens noch ein paar Wochen lang zappeln lässt.«

»Sie konnte mir einfach nicht widerstehen«,

verkündete Sam selbstgefällig und schenkte sich ein weiteres Glas Eistee ein.

»Ich hatte Mitleid mit ihm«, stellte Jaine klar. »Dieses ständige Winseln und Betteln war nicht mehr auszuhalten.«

Sein Grinsen versprach, dass sie dafür bezahlen würde. Ein erwartungsvoller Schauer überlief sie. Bestimmt würde sie, hm, drei- oder viermal mit ihm schlafen müssen, um ihn wieder milde zu stimmen. Welch ein Opfer!

Es gefiel ihr, dass er so ungezwungen mit ihren Freundinnen umging. Er setzte sich an den Tisch und half ihnen, die Totenwache zu planen, wenngleich sein einziger Beitrag lautete: »Bier und Popcorn. Mehr braucht kein Mensch zu einer Totenwache.« Was bewies, dass er keine Ahnung von Frauen und Essen hatte.

Nachdem T.J. und Luna gefahren waren, gingen Sam und Jaine nach draußen, um das Auto ihres Vaters von ihrer Garage in seine umzusiedeln. Während er ihr half, die Persenning zurückzuschlagen und das kleine silberne Geschoss freizulegen, fragte er: »Hast du die Schlüssel dabei?«

Sie angelte sie aus ihrer Jeanstasche und ließ sie vor seinen Augen baumeln. »Möchtest du fahren?«

»Willst du dich jetzt einschleimen, um die Bemerkung mit dem Winseln und Betteln auszubügeln?«

»Nein, das mit dem Schleimen spare ich mir für später auf.«

Grinsend schnappte er die Schlüssel aus ihrer Hand. »O Mann«, seufzte er, bevor er die Schuhe von den Füßen streifte, erst das eine, dann das andere lange Bein über die Tür schwang und sich schließlich in den Fahrersitz gleiten ließ. Das kleine Auto passte ihm wie angegossen. Er strich mit den Händen über das Lenkrad. »Woher hat dein Vater ihn noch mal?«

»Er hat ihn gekauft, *1964*, aber als Firmenangehöriger wurde er bevorzugt behandelt. Du weißt schon: ›Gebaut von Shelby, mit einem Motor von Ford.‹ Dad war in dem Entwicklungsteam, das den Motor gebaut hat. Er hatte sich vom ersten Moment an in das Auto verliebt. Mom war stinksauer, dass er so viel Geld für ein Auto ausgab, wo sie doch gerade ein Kind gekriegt hatten – Shelley – und ein neues, größeres Haus bauen mussten. Nur tausend Stück wurden damals gebaut. Also von dem Auto eintausendundelf, um ganz genau zu sein. Und darum hat Dad eine Original-Cobra, die inzwischen mehr wert ist, als sie damals für ihr Haus gezahlt haben.«

Er sah über ihre Schulter auf die Viper, die in ihrer Einfahrt stand. »Dein Dad ist nicht der Einzige, der ein Vermögen für Autos ausgibt.«

»Der Apfel fällt halt nicht weit vom Stamm. Außerdem habe ich die Viper gebraucht gekauft, es ist also nicht so, als hätte ich die vollen neunundsechzig Riesen dafür hingeblättert. Trotzdem habe ich mich drei Jahre ausschließlich von Tiefkühl-Hamburgern und Tunfischdosen ernährt, um das Geld aufzubringen.«

Er schüttelte sich. »Aber inzwischen ist sie abbezahlt, oder?«

»Bis auf die letzte Schraube. Wenn ich immer noch Raten für das Auto abstottern müsste, hätte ich mir das Haus nie im Leben leisten können. Außerdem ist Dad schuld daran, dass ich sie gekauft habe.«

»Wieso?«

Sie deutete zu der Cobra hin. »Womit, glaubst du, habe ich Auto fahren gelernt?«

Sam sah sie fassungslos an. »Er hat eine *Anfängerin* damit fahren lassen?«

»So hat er uns allen das Fahren beigebracht. Er hat immer gesagt, wenn wir erst die Cobra im Griff haben, dann können wir jedes Auto fahren. Shelley und David fehlte aber irgendwie das rechte Talent, sie sind lieber mit Moms Lincoln gefahren. Es soll ja Leute geben, denen Bequemlichkeit wichtiger ist als Geschwindigkeit.«

»Jesus.« Bei der Vorstellung, dass drei unerfahrene Jugendliche hinter dem Lenkrad dieses Autos gesessen hatten, war er wahrhaftig bleich geworden.

»Dad hasst meine Viper«, vertraute sie ihm an und grinste dann. »Zum Teil, weil sie kein Ford ist, aber wirklich und ehrlich hasst er sie, weil ich ihn damit abhängen kann. Die Cobra ist besser im Abzug, aber über längere Strecken riecht er an meinem Auspuff.«

»Ihr seid Rennen damit gefahren?«, krächzte er und sah sie an, als wollte er sich gleich aus dem Auto auf sie stürzen.

»Nur um mal zu sehen, was die Pferdestärken hergeben«, versicherte sie ihm. »Außerdem war es kein Straßenrennen. Wir sind extra auf eine Teststrecke gefahren.«

Er schloss die Augen. »Du bist deinem Vater sehr ähnlich, wie?« Aus seiner Stimme sprach das reine Grauen, so als hätte er eben entdeckt, dass sie alle beide Typhus übertrugen.

»Klar, er wird dir gefallen.«

»Ich kann es kaum erwarten.«

Als Luna nach Hause kam, sah sie zu ihrer Verblüffung Shamal King neben der Wohnungstür auf dem Boden sitzen. Sowie er sie erblickte, stand er auf, und sie blieb wie angewurzelt stehen, weil eine irrationale Angst sie überschwemmte. Shamal war groß und muskulös. Einen grässlichen Moment glaubte sie, er – aber das war unmöglich. Der Mörder war blond und folglich ein Weißer. Sie schluckte, geschwächt durch ihre Panik und direkt darauf folgende Erleichterung.

»Was willst du hier?« Ihre Reaktion ließ sie barsch werden, und sie merkte an seinem Blick, dass ihn der unwirsche Empfang überraschte.

»Ich habe dich schon lang nicht mehr gesehen«, schnurrte er mit jener Samtstimme, wegen der ihm die Frauen scharenweise zu Füßen lagen, wenn auch die Millionen, die er damit scheffelte, dass er mit einem Football unter dem Arm durch die Gegend rannte, ebenfalls nicht schadeten. Für gewöhnlich war er von einer kleinen Entourage ergebener Anhängerinnen umgeben; er genoss es, berühmt zu sein und im Scheinwerferlicht zu stehen, und kostete beides bis zur Neige aus.

»Die letzten zwei Wochen waren ein einziges Chaos«, sagte sie. »Erst das mit der Liste, dann Marci –« Sie verstummte, weil ihr die Kehle eng wurde. Sie konnte einfach nicht glauben, dass Marci tot war. Nein, glauben konnte sie es durchaus. Sie konnte sich einfach nicht damit abfinden.

»Ja, das tut mir echt Leid. Ihr beide wart ziemlich dicke, stimmt's?«

Er wusste wirklich kaum etwas über sie, dachte sie. In ihrer Beziehung, wenn man es denn als solche bezeichnen wollte, hatte sich immer alles nur um ihn gedreht.

»Sie war meine beste Freundin.« Tränen schwammen ihr in den Augen. »Hör zu, Shamal, ich bin jetzt wirklich nicht in der Stimmung für –«

»Hey, deswegen bin ich nicht hergekommen«, sagte er und schob stirnrunzelnd die Hände in die Taschen seiner maßgeschneiderten Seidenhose. »Wenn ich nur Sex haben wollte, hätte ich den auch woanders –« Er brach ab, weil ihm offensichtlich aufging, dass dies eventuell nicht die klügste Erwiderung war. »*Du* hast mir gefehlt«, sagte er hilflos und betreten. So etwas sagte Shamal King so gut wie nie zu einer Frau.

Luna schob sich an ihm vorbei und schloss die Tür auf. »Ach ja«, erwiderte sie trocken. Komisch; fast ein Jahr lang, seit jener Minute, in der sie Shamal begegnet war, hatte sie geträumt, er würde so etwas sagen, er würde ihr einen Hinweis geben, dass sie ihm in irgendeiner Hinsicht wichtig war. Und nun, nachdem er es gesagt hatte, wollte sie nicht einmal einen Zentimeter nachgeben. Vielleicht hatte sie ja bereits so weit nachgegeben, wie sie nur konnte, vielleicht stand sie schon längst mit dem Rücken an der Wand.

Er trat von einem Fuß auf den anderen. Er wusste nicht, was er sagen sollte, begriff sie. Er war sein Leben lang allzu schön und allzu talentiert gewesen, und inzwischen war er zu reich; die Mädchen hatten ihn schon als kleinen Jungen gejagt. Seit sich an der High School erstmals sein Lauftalent gezeigt hatte, war er stets begehrt, vergöttert und verhätschelt worden. Dies hier bildete für Shamal King eine ganz neue Erfahrung.

»Möchtest du reinkommen?«, fragte sie schließlich.

»Ja, klar.«

Er schaute sich in ihrer kleinen Wohnung um, als sähe er sie zum ersten Mal. Trat an das Regal, um ihre Bücher zu begutachten und die Familienfotos. »Dein Dad?« Er nahm das Foto eines streng, aber gut aussehenden Marine-Majors in die Hand.

»Genau, bevor er in Pension gegangen ist.«

»Du bist also ein Armee-Balg?«

»Ein *Marine*-Balg«, korrigierte sie und verkniff sich die Grimasse darüber, dass er die Uniform nicht erkannt hatte.

Wieder wirkte er verlegen. »Ich weiß so gut wie nichts über das Militär. Ich habe mein ganzes Leben nur Football gespielt. Ich schätze, du hast ganz schön was von der Welt gesehen, wie?«

»Zum Teil.«

»Mir war von Anfang an klar, dass du schwer was draufhast.« Er stellte das Foto wieder ins Regal zurück, genau parallel zur Kante, so wie es zuvor gestanden war. »Du kennst dich mit Wein und all solchen Sachen aus.«

Luna war ehrlich überrascht. Er hörte sich ein kleines bisschen unsicher an, ein Gefühl, das sie nie mit ihm in Verbindung gebracht hätte. Sonst wirkte er so selbstbewusst, als fände er es nur natürlich, dass ihm so viel Aufmerksamkeit zuteil wurde. Er wohnt in einem Penthouse, dachte sie, doch sie schüchterte ihn ein, weil sie ein bisschen gereist war und in ihrer Jugend unzählige offizielle Empfänge über sich ergehen lassen musste.

»Möchtest du was trinken?«, bot sie ihm an. »Ich habe aber nichts Stärkeres als Bier. Außerdem Fruchtsaft oder Milch.«

»Ein Bier«, bestätigte er erleichtert. Eventuell hatte er befürchtet, sie würde ihm eine Selektion verschiedener Weißweine offerieren.

Sie holte zwei Bier aus dem Kühlschrank, schraubte die Deckel ab und reichte ihm eines. Fasziniert beobachtete er, wie sie einen langen Zug nahm.

»Ich habe dich noch nie Bier trinken sehen.«

Sie zuckte mit den Achseln. »Auf einem Marinestützpunkt muss man einfach Bier trinken. Mir schmeckt es.«

Er setzte sich und rollte die beschlagene Flasche zwischen den Händen. Nachdem er kurz Mut gesammelt hatte, sagte er: »Luna – der Grund, weswegen ich hier bin –« Er verstummte und rollte die Flasche erneut hin und her.

Sie ließ sich ihm gegenüber nieder und schlug die langen Beine übereinander. Sein Blick lag wie gebannt auf dem eleganten Streifen nackter Haut, genau wie sie beabsichtigt hatte. »Ja?«

Er räusperte sich. »Als du nicht mehr zu mir gekommen bist, da habe ich… also, das hat mich echt überrascht. Ich dachte, wir hätten – also –«

»Wir hatten Sex«, erklärte sie freundlich, um ihm etwas auf die Sprünge zu helfen. Wenn er in diesem Tempo weitermachte, hätte er bis Mitternacht noch nicht zusammengestammelt, was er ihr eigentlich sagen wollte. »Mehr war es für dich nie, und mehr wolltest du allem Anschein nach auch nie. Ich schon, aber ich schätze, das bekommst du von deinen anderen Freundinnen im Überfluss.«

Noch größere Verlegenheit. »Ich – äh… es war mehr als nur Sex.«

»Ach so! Darum musst du also jeden Tag drei Mädchen vernaschen und in jeder Stadt, wo ihr absteigt, wilde Partys feiern. Shamal, ich bin nicht völlig verblödet. Endlich ist bei mir der Groschen gefallen. Ich hätte dir gern etwas bedeutet, doch das tue ich nicht.«

»Doch, das tust du«, beharrte er. Wieder musterte er die Bierflasche, während das hochschießende Blut sein Gesicht noch dunkler werden ließ. »Du bedeutest mir mehr, als du weißt«, stammelte er. »Ich will dich nicht verlieren. Was muss ich dafür tun?«

»Alle anderen Mädchen in den Wind schießen«, erwiderte sie prompt. »Solange du nicht treu sein kannst, bin ich nicht interessiert.«

»Ja, ich weiß.« Er brachte ein halbherziges Lächeln zuwege. »Ich habe die Liste gelesen. Manches davon schaffe ich aber nicht.«

Sie lächelte. »Manches war auch nur als Witz gemeint. Die ersten fünf Punkte allerdings nicht.«

»Also wenn ich... wenn ich mit den anderen Mädchen Schluss mache, dann kommst du zu mir zurück?«

Sie ließ sich das so lange durch den Kopf gehen, dass er zu schwitzen begann, obwohl ihr Apartment eine Klimaanlage hatte. Im Geist hatte sie ihn bereits abgeschrieben, erkannte sie, auch wenn ihr Herz nicht dabei mitgespielt hatte. Das Rad rückwärts zu drehen, würde einige Mühe kosten.

»Ich würde es versuchen«, sagte sie schließlich, woraufhin er mit einem erleichterten »Puh« in die Polster zurückfiel. Sie hob eine schlanke Hand. »*Aber* – wenn du mich in irgendeiner Form betrügst, und darunter verstehe ich auch, dass du auf einer Party irgendwelche Mädchen betatschst, bist du für mich Geschichte. Es gibt keine weitere Chancen, denn die hast du bereits zur Genüge bekommen.«

»Ich schwöre es.« Er hob die Rechte. »Kein Rumgeficke mehr.«

»Gemache.«

»Was?«

»Kein Rumgemache mehr.«

»Habe ich doch gesagt. Das ist doch dasselbe.«

»Nein, deine Sprache könnte ein bisschen Pflege gebrauchen. Das habe ich damit gemeint.«

»Babe, ich bin Football-Spieler. Und die fluchen nun mal.«

»Meinetwegen, wenn du auf dem Spielfeld bist, aber meine Wohnung ist kein Sportplatz.«

»O Mann«, beschwerte er sich gutmütig. »Schon jetzt versuchst du, an mir rumzuerziehen.«

Sie zuckte mit den Achseln. »Mein Dad kann fluchen, dass dir die Ohren abfallen, aber er tut es nie, solange meine Mom in der Nähe ist, weil sie das nicht leiden kann. Mir gefällt das genauso wenig. Meine Freundin Jaine versucht seit einer Weile, weniger zu fluchen, und sie hält sich ziemlich wacker. Wenn sie das schafft, dann kann jeder es schaffen.«

»Okay, okay. Ich werde es versuchen.« Plötzlich grinste er. »Hey, das ist ja richtig kuschelig, oder? Häuslich. Du nörgelst an mir rum, und ich verspreche, mich zu bessern. Wie ein richtiges Paar.«

Lachend sank Luna in seine Arme. »Ja«, bestätigte sie. »Wie ein richtiges Paar.«

25

Mit verquollenen Augen und gähnend setzte sich Sam am frühen Samstagmorgen auf Lunas Couch auf. Gegen Mitternacht hatten die Frauen befunden, dass er die Wohnung ebenso gut von innen wie von außen überwachen könne, und darauf bestanden, dass er hereinkam. Da er todmüde war, hatte er ihnen nicht widersprochen. In den letzten zwei Tagen und Nächten hatte er so gut wie nicht geschlafen – er hätte bestimmt mehr geschlafen, wenn da nicht eine gewisse Dame mit großer Klappe unter ihm gelegen hätte, die sich nicht davon abhalten ließ, mit ihrem bezaubernden Hintern zu wackeln – und war vollkommen erledigt, nachdem er den ganzen Tag lang in einem anderen Fall Spuren nachgegangen war, die alle in die Irre geführt hatten. Obendrein hatte er auch in den Akten von Hammerstead nichts Brauchbares zutage gefördert. Bei keinem der eingegebenen Namen hatten die Computer etwas angezeigt, abgesehen von einem unbezahlten Strafzettel hier und einer nächtlichen Ruhestörung da.

Um Mitternacht waren die Frauen, von Bier und Schokolade beflügelt, immer noch in Höchstform. Cheryl stellte sich als abgemilderte Version Marcis heraus, ähnlich in Stimme und Aussehen und mit dem gleichen handfesten Sinn für Humor gesegnet. Die vier hatten geschwatzt, bis sie heiser waren, gelacht und krakeelt, Bier getrunken und alles aufgefuttert, dessen sie nur habhaft werden konnten. Es war ein faszinierender Anblick gewesen.

Später hatten sie die Totenwache in die Küche verlegt, damit er sich auf dem Sofa ausstrecken konnte. Noch im Schlaf hatte er mit einem halben Ohr auf den Lärm in der Küche gelauscht. Abgesehen von der Entdeckung, dass Jaine gerne sang, wenn sie einen sitzen hatte, war nichts Aufregendes passiert.

Beim Aufwachen fiel ihm als Erstes auf, dass der Lärm sich gelegt hatte. Im Gegenteil, es war vollkommen still. Leise drückte er die Küchentür auf und wagte einen Blick hinein. Alle schliefen, schwer schnaufend vor Müdigkeit und Alkohol. T.J. schnurchelte leise, ein angenehmes Geräusch, das man keinesfalls als ausgewachsenes Schnarchen bezeichnen konnte. Sam war mit vier Brüdern und seinem Dad aufgewachsen und wusste nur zu gut, wie sich ausgewachsenes Schnarchen anhörte.

Jaine hatte sich unter den Tisch getrunken. Im wahrsten Sinn des Wortes. Sie lag zusammengerollt auf dem Boden, den Kopf auf die gefalteten Hände gebettet, und schlief mit engelsgleicher Miene. Er schnaubte; diese Schwindlerin. Wahrscheinlich hatte sie seit frühester Kindheit trainiert, beim Schlafen so unschuldig auszusehen.

Luna hatte den Kopf auf die verschränkten Arme gelegt, fast wie ein Kind in der Grundschule. Ein ausgesprochen braves Kind, dachte er, obwohl sie ganz schön Schneid haben musste, um es mit den anderen aufzunehmen. Cheryls Kopf ruhte ebenfalls auf der Tischplatte, doch sie hatte einen Topflappen zum Kopfkissen zweckentfremdet – wenn auch zu einem ziemlich flachen. Mit reichlich Bier im Bauch ergaben viele Dinge Sinn, die ansonsten befremdlich wirken würden.

Er suchte und fand Kaffeepulver und Filter und setzte einen Kaffee auf, ohne dabei besonders leise sein zu wollen. Die Frauen schliefen einfach weiter. Als der Kaffee fertig war, durchkämmte er die Schränke nach Kaffeetassen und holte fünf heraus. Vier davon schenkte er nur halb voll, für den Fall, dass die eine oder andere Hand noch etwas zittrig war, doch seine füllte er bis zum Rand. Dann verkündete er: »Zeit zum Aufwachen, Ladys.«

Er hätte genauso gut mit der Wand reden können.

»Ladys!«, wiederholte er lauter.

Nichts.

»Jaine! Luna! T.J.! Cheryl!«

Luna hob den Kopf eine Handbreit und starrte ihn mit verquollenen Augen an, dann ließ sie ihn zurück auf ihre Arme sacken. Die drei anderen rührten sich nicht einmal.

Ein Grinsen erstrahlte auf seinem Gesicht. Wahrscheinlich würde er sie wachrütteln können, dachte er, aber das wäre nicht besonders witzig. Viel witziger war es, einen Topf und einen Kochlöffel zu suchen, beides aufeinander zu schlagen und dann zuzuschauen, wie die vier Frauen mit wildem Blick hochfuhren. Jaine schlug sich den Kopf am Tisch an und zeterte: »Leck mich am Arsch!«

Nachdem diese Mission ausgeführt war, verteilte Sam die Kaffeetassen, wobei er in die Knie gehen musste, um Jaine die ihre zu überreichen; sie saß immer noch unter dem Tisch, rieb ihren Kopf und versuchte ihn mit Blicken zu erdolchen. Bei Gott, er liebte diese Frau.

»Los, kommt in die Gänge«, sagte er zu niemand Bestimmtem. »In fünf Stunden findet die Beisetzung statt.«

»In fünf Stunden?« Luna stöhnte auf. »Bist du sicher?«

»Ich bin sicher. Und das bedeutet, dass ihr in vier Stunden im Bestattungsinstitut auftauchen solltet.«

»Unmöglich«, prophezeite T.J., doch sie schaffte es, einen winzigen Schluck Kaffee über ihre Lippen zu zwingen.

»Ihr müsst euch noch ausnüchtern –«

»Wir sind nicht betrunken«, knurrte es unter dem Tisch hervor.

»– etwas essen, wenn ihr könnt, duschen, die Haare waschen, was immer ihr halt noch erledigen müsst. Jedenfalls habt ihr keine Zeit, beispielsweise schmollend unter dem Tisch zu sitzen.«

»Ich schmolle nicht.«

Nein, das hörte sich eher nach tiefem Groll an. Vielleicht würde etwas therapeutischer Sex sie milder stimmen – falls er ihn überlebte. Im Augenblick konnte er gut nachvollziehen, wie sich der Gottesanbeter fühlte, wenn er die Gottesanbeterin besuchte: Der Sex war super, aber man bekam dafür den Kopf abgebissen.

Und wenn. Wegen mancher Dinge lohnte es sich, den Kopf zu verlieren.

Cheryl erhob sich ausgesprochen unsicher. Die Schlaufe des Topflappens hatte sich in ihre Wange eingeprägt. Sie trank ein paar Schluck Kaffee, räusperte sich und beschloss: »Er hat Recht. Wir müssen loslegen, sonst kommen wir zu spät.«

Ein schlanker Arm schoss unter dem Tisch hervor, mit einer leeren Kaffeetasse bewehrt. Sam holte die Kanne und füllte nach. Der Arm wurde wieder eingezogen.

Wenn der Herr es ihnen vergönnte, würde er die nächsten vierzig oder fünfzig Jahre mit dieser Frau verbringen. Ein erschreckender Gedanke. Noch erschreckender war höchstens, dass er sich darauf freute.

T.J. trank ihren Kaffee aus und stand auf, um sich selbst welchen nachzuschenken, folglich hatte sie ihren Körper wieder in der Gewalt. Sie verkündete: »Okay. Ich schaffe das. Ich gehe nur kurz pinkeln und mein Gesicht nass machen, dann fahre ich heim.« Sie taumelte den kurzen Flur hinunter, dann schwebte plötzlich ein Heulen zurück in die Küche: »*O Gott*, jetzt habe ich Sam allen Ernstes erklärt, dass ich pinkeln gehe!«

Eine Viertelstunde später hatte er sie alle in einer Reihe aufgestellt, selbst Jaine, und alle sahen ihn finster an. »Ich kann einfach nicht glauben, dass du das von uns verlangst!«, schnauzte sie ihn an, blies aber gehorsam in den Alko-Tester.

»Ich bin Polizist. Ich werde auf gar keinen Fall eine von euch fahren lassen, bevor ich mich überzeugt habe, dass ihr dazu in der Lage seid.« Er las die Anzeige ab und schüttelte grinsend den Kopf. »Gut, dass ich da bin, Baby, denn du wirst nirgendwohin fahren. Du bist ein bisschen über dem Limit.«

»Bin ich nicht!«

»Bist du wohl. Jetzt trink deinen Kaffee aus und halt den Mund, während ich die Übrigen teste.«

Cheryl war okay. T.J. war okay. Luna war, na ja, gerade noch okay.

»Du hast geschummelt!« Aus Jaines Augen sprühten Blitze.

»Wie zum Teufel soll ich da schummeln? Du hast schließlich selbst reingeblasen!«

»Dann ist das Ding kaputt! Es zeigt falsch an. Wir haben alle gleich viel getrunken, wie kann ich da als Einzige über dem Limit sein?«

»Sie sind schwerer als du«, erklärte er geduldig. »Luna ist knapp an der Grenze, aber sie darf gerade noch fahren. Du nicht. Ich fahre dich heim.«

Jetzt sah sie aus wie ein schmollendes Kind. »Und welches Auto willst du hier lassen, deins oder meins?«

»Deins. Dann sieht es so aus, als hätte Luna Besuch, falls jemand den Parkplatz kontrolliert.«

Das leuchtete ihr ein. Sie schmollte immer noch, doch nach einem Moment sagte sie: »Okay.« Ohne größere Widrigkeiten bugsierte er sie in seinen Pick-up, wo sie prompt wieder einschlief.

Sie wurde wach genug, um aus eigener Kraft in sein Haus zu stolpern, doch als er die Dusche anstellte und erst sich und dann sie auszog, starrte sie ihn steinern und mit Medusenblick an.

»Hast du vor, deine Haare zu waschen?«, fragte er.

»Ja.«

»Gut. Dann wird es dir nichts ausmachen, wenn ich das hier tue.« Er hob sie hoch und schwang sie unter die Dusche, direkt unter den Wasserstrahl. Sie spotzte und hustete, wehrte sich aber nicht. Stattdessen seufzte sie tief auf, so als würde sich das Wasser angenehm anfühlen.

Nachdem ihr Haar schamponiert und wieder ausgespült war, eröffnete sie ihm: »Ich habe schlechte Laune.«

»Das ist mir aufgefallen.«

»Ich bin immer grantig, wenn ich nicht genug Schlaf bekomme.«

»Ach, da liegt also das Problem?«, fragte er sarkastisch.

»Jedenfalls größtenteils. Normalerweise geht es mir nach ein paar Bier prima.«

»Gestern Abend ging es dir auch prima. Nur heute Morgen sieht es anders aus.«

»Du denkst, ich hätte einen Kater. Falsch. Also gut, ein bisschen Kopfweh, aber nicht stark. Das soll dir nur eine Warnung sein, falls du mich heute Nacht noch mal vom Schlafen abhalten willst.«

»Ich habe dich vom Schlafen abgehalten? *Ich* habe *dich* vom Schlafen abgehalten?«, wiederholte er fassungslos. »Du *bist* doch die Frau, die mich gestern um zwei Uhr nachts aus dem Tiefschlaf wachgerüttelt hat, oder?«

»Ich habe dich nicht wachgerüttelt. Ich habe mich auf dich gesetzt, aber wachgerüttelt habe ich dich nicht.«

»Auf mich gesetzt«, wiederholte er.

»Du hattest einen Steifen. Den konnte ich doch nicht einfach so stehen lassen, oder?«

»Du hättest mich wecken können, *bevor* du anfingst, ihn nicht stehen zu lassen.«

»Pass mal auf«, erklärte sie ihm genervt, »wenn du möchtest, dass ich ihn in Ruhe lasse, dann brauchst du nicht auf dem Rücken zu liegen und ihn so hochzurecken. Wenn das keine Einladung sein soll, dann weiß ich wirklich nicht.«

»Ich habe geschlafen. Er macht das von selbst.«

Genau besehen machte er es schon wieder von selbst. Er piekte ihr in den Bauch.

Sie sah nach unten und... lächelte. Ein Lächeln, bei dem sich seine Hoden vor Furcht am liebsten in die Bauchhöhle verzogen hätten.

Schniefend drehte sie ihm den Rücken zu und duschte in aller Ruhe fertig, ohne ihn zu beachten.

»Hey!«, meldete er sich. Seine Stimme klang verängstigt. »Den hier willst du doch auch nicht so stehen lassen, oder?«

Sie schafften es noch rechtzeitig zum Bestattungsinstitut, wenn auch nur knapp. Er fuhr mit ihr zurück zu Lunas Wohnung, wo sie ihr Auto abholten, damit der Mörder, falls er am Grab auftauchte, sie nicht aus Sams Auto steigen sah und sich ausrechnen konnte, wo sie untergeschlüpft war. Solange die Cobra in seiner Garage stand, musste er den Pick-up entweder in der Einfahrt oder in Jaines Garage parken, was absolut nervtötend war, weil sie kein automatisches Garagentor hatte.

Er fühlte sich entspannt, und auch Jaine war unendlich viel sanftmütiger als zuvor. Therapeutischer Sex war eine fantastische Erfindung. Volle fünf Minuten hatte ihr Widerstand angehalten, aber gerade als er ernsthafte Beklemmungen bekommen hatte, hatte sie sich mit einem Funkeln in den ach so blauen Augen an ihn geschmiegt und geflüstert: »Irgendwie bin ich verkrampft. Ich glaube, ich sollte mich entspannen lassen.«

Sie sah einfach toll aus, fand er, während er sie quer durch den Raum musterte. Sie trug ein elegantes marineblaues Ensemble, das genau über ihrem Knie endete, und dazu sexy Pumps. Er hatte zuschauen dürfen, während sie ihr so genanntes »Beerdigungsgesicht« auftrug. Allem Anschein nach verfolgten Frauen je nach Anlass eine unterschiedliche Schmink-Strategie. Ihr Eyeliner und die Mascara waren wasserfest, damit sie nicht verschmierten. Kein Rouge, keine Grundierung, nur etwas Puder, weil sie viele Menschen umarmen würde und keine Schmierflecken dabei hinterlassen wollte. Und einen kussechten Lippenstift in einem Farbton, den sie als »diskretes Mauve« bezeichnete, obwohl Sam keine Ahnung hatte, was Mauve sein sollte. Für ihn sah ihr Lippenstift irgendwie pink aus, aber eine Frau konnte unmöglich einfach nur »pink« sagen.

Frauen waren fremde Wesen. Aliens. Das war die einzig mögliche Erklärung.

Cheryl trug Schwarz und sah ausgesprochen würdevoll aus. Ihr Mann hatte sich zu ihr gesellt und stand neben ihr, ihre Hand haltend. T.J. trug ein dunkelgrünes Kostüm, ihr Mann war ebenfalls gekommen. Mit seinem korrekt geschnittenen braunen Haar und dem ebenmäßigen Gesicht war Mr Yother der Prototyp des properen Amerikaners. Er hielt T.J. nicht bei der Hand, und Sam fiel auf, dass T.J. kaum je zu ihm hinsah. Da gab es wohl Probleme, vermutete er.

Luna trug einen figurbetonten Schlauch in Rot, der an ihrer Wade endete. Sie war einfach wunderschön. Als sie zu Jaine trat, näherte sich auch Sam, um mitzubekommen, was die beiden sprachen.

»Marci hat Rot geliebt«, sagte Jaine. Sie lächelte Luna an und fasste nach ihrer Hand. »Ich wünschte, ich hätte daran gedacht.«

Lunas Lippe bebte. »Ich wollte ihr ein stilvolles letztes Geleit geben. Das ist doch nicht geschmacklos, oder?«

»Machst du Witze? Es ist toll. Jeder, der Marci gekannt hat, wird es verstehen, und wer Marci nicht gekannt hat, kann uns egal sein.«

Roger Bernsen war auch gekommen und versuchte, sich unauffällig unter die Trauernden zu mischen. Er war nicht besonders gut im Unauffälligsein, aber er gab sich redlich Mühe. Zu Sam kam er nicht, aber andererseits waren sie auch nicht hier, um sich zu unterhalten. Beide schlenderten herum, musterten die Trauergäste und lauschten den diversen Gesprächen.

Mehrere blonde Männer wohnten der Feier bei, doch obwohl Sam jeden Einzelnen genau beobachtete, schien keiner sich auffällig für Jaine oder ihre beiden Freundinnen zu interessieren. Die meisten waren mit ihren Frauen gekommen. Der Mörder konnte durchaus verheiratet sein, das war ihm klar, und oberflächlich ein ganz normales Leben führen, aber er musste schon ein extrem hart gesottener Serienkiller sein, um keinerlei Regung zu zeigen, wenn er mit seiner Tat und all jenen Frauen konfrontiert war, auf die er es noch abgesehen hatte.

Sam glaubte nicht, dass sie es mit dieser Art von Mörder zu tun hatten; dazu waren die Angriffe zu persönlich und zu emotionell gewesen, fast als hätte der Täter die Kontrolle über sich verloren.

Während der gesamten Beisetzungszeremonie am Grab, die Gott sei Dank kurz ausfiel, setzte er seine Beobachtungen fort. Schon jetzt war die Temperatur erdrückend, obwohl Cheryl die Feier so früh wie möglich angesetzt hatte, um der schlimmsten Hitze zu entgehen.

Er fing Bernsens Blick auf, doch Roger schüttelte langsam den Kopf. Auch ihm war nichts aufgefallen. Die gesamte Feier würde auf Video aufgezeichnet, und später würden sie den Film gemeinsam anschauen, um festzustellen, ob ihnen vielleicht irgendetwas entgangen war, doch Sam machte sich keine großen Hoffnungen. Verdammt, er war sicher gewesen, dass der Mörder zur Beerdigung kommen würde.

Cheryl weinte hin und wieder, doch meistens hatte sie sich in der Gewalt. Sam sah, wie Jaine ihre Augen mit dem Eck eines zusammengefalteten Taschentuchs abtupfte; eine weitere weibliche Strategie zur Erhaltung des Make-ups. Er konnte sich nicht vorstellen, dass seine Schwestern all diese Tricks kannten.

Eine hübsche, dünne Frau in schwarzem Kleid näherte sich Cheryl und sprach ihr gerade ihr Beileid aus, als sie unvermittelt zusammensackte und schluchzend in die Arme der verdatterten Cheryl fiel. »Ich kann es einfach nicht glauben«, heulte sie. »Die Firma ist nicht mehr dieselbe ohne sie.«

T.J. und Luna drängten sich näher an Jaine heran und beobachteten die Frau mit »Was-soll-das-denn?«-Mienen. Auch Sam kam näher. Die Menschen standen inzwischen in Grüppchen beisammen und ignorierten ganz höflich den emotionalen Aufruhr, darum machte er sich nicht verdächtig, wenn er das Gleiche tat.

»Ich hätte mir denken können, dass Leah sich

diese Gelegenheit nicht entgehen lässt«, knurrte T.J. angewidert. »Aus allem muss sie ein Drama machen«, klärte sie Sam auf. »Sie arbeitet in meiner Abteilung und führt sich regelmäßig so auf. Sobald sie auch nur mit dem kleinsten Ärgernis konfrontiert wird, macht sie eine Tragödie daraus.«

Jaine verfolgte das Schauspiel fassungslos und mit aufgerissenen Augen. Schließlich schüttelte sie den Kopf und erklärte traurig: »Das Rad dreht sich weiter, obwohl der Hamster längst tot ist.«

T.J. würgte an einem Lachanfall und gab sich alle Mühe, ihn in einen Hustenanfall umzuwandeln. Schnell drehte sie ihnen den Rücken zu und versuchte sich mit knallrotem Gesicht wieder in die Gewalt zu bekommen. Luna biss sich auf die Unterlippe, doch dann brach sich ein Kichern Bahn, und auch sie musste den Übrigen den Rücken zudrehen. Sam presste die Hand auf seinen Mund, aber seine Schultern bebten. Vielleicht glaubten die anderen Trauergäste ja, er würde weinen.

Ein rotes Kleid! Diese Schlampe trug ein rotes Kleid. Corin traute seinen Augen nicht. Das war ja so beschämend, so billig. Das hätte er nie von ihr gedacht, und er war so empört, dass er nur mit Mühe seine Hände bei sich behalten konnte. Mutter wäre entsetzt.

Frauen wie sie hatten es einfach nicht verdient zu leben. Keine von ihnen. Sie waren allesamt schmutzige, verdorbene Huren, und er würde der Welt einen Gefallen erweisen, indem er sie beseitigte.

Luna seufzte erleichtert, als sie endlich wieder in ihrer Wohnung war und ihre hochhackigen Schuhe ausziehen konnte. Ihre Füße brachten sie beinahe um, aber für Marci gut auszusehen wog die Schmerzen allemal auf. Wenn sie müsste, würde sie für ihre Freundin alles noch einmal tun, doch sie war froh, dass ihr das erspart bleiben würde.

Jetzt, nachdem die Beisetzung vorüber war, fühlte sie sich taub und ausgelaugt. Die Totenwache hatte ihr sehr geholfen; über Marci zu reden, zu lachen und zu weinen hatte wie eine Katharsis gewirkt, die ihr half, den Tag zu überstehen. Die Bestattung selbst, das Ritual, hatte eine ganz andere Art von Trost gespendet. Sie wusste von ihrem Dad her, dass die militärischen Begräbnisse mit ihrem Pomp und den präzise abgestimmten Kommandos dazu dienten, den Angehörigen Trost zu spenden. Die Rituale sagten: Dieser Mensch war wichtig. Dieser Mensch wurde respektiert. Und die Gottesdienste boten den Trauernden einen emotionalen Halt, einen Fixpunkt, an dem sie die

Toten ehren und zugleich womöglich einen neuen Anfang für den Rest ihres Lebens finden konnten.

Komisch, dass sie alle Cheryl vom ersten Moment an gemocht hatten. Es war fast so, als wäre Marci noch da, aber auch anders, denn Cheryl war ganz eindeutig eine eigene Persönlichkeit. Es wäre schön, wenn sie in Verbindung bleiben könnten.

Luna verdrehte die Arme, um den Reißverschluss hinten an ihrem Kleid zu öffnen, und hatte ihn eben halb aufgezogen, als jemand an ihrer Tür läutete.

Sie erstarrte. Schlagartig gefror ihr das Blut in den Adern. O Gott. *Er* stand da draußen, ganz bestimmt. Er war ihr nach Hause gefolgt. Er wusste, dass sie allein war.

Auf Zehenspitzen schlich sie zum Telefon, als könnte er durch die Tür sehen und bekäme jede ihrer Bewegungen mit. Würde er die Tür einschlagen? In Jaines Haus war er eingebrochen, indem er eine Scheibe ihrer Hintertür eingeschlagen hatte, aber war er auch stark genug, um eine Tür zu zertrümmern? Sie hatte nie daran gedacht, auch nur nachzufragen, ob ihre Tür mit Eisenstreben verstärkt oder eine einfache Holztür war.

»Luna?« Die leise Stimme klang unsicher. »Ich bin's, Leah. Leah Street. Ist Ihnen was passiert?«

»Leah?«, antwortete sie schwach. Vor Erleichterung wurde ihr schwindelig. Sie beugte sich tief hinunter und atmete ein paarmal durch, um das Zittern in die Gewalt zu bekommen.

»Ich habe versucht, Sie einzuholen, aber Sie waren einfach zu schnell«, rief Leah.

Ja, sie war wirklich schnell gewesen. Sie hatte es kaum erwarten können, nach Hause und aus diesen Schuhen heraus zu kommen.

»Einen Augenblick noch, ich war gerade dabei, mich umzuziehen.« Was in aller Welt wollte Leah hier, fragte Luna sich, während sie zur Tür ging und die Sperrkette löste. Bevor sie aufschloss, blickte sie noch einmal durch den Spion, um sicherzugehen, dass es Leah war, auch wenn sie überzeugt war, die Stimme erkannt zu haben.

Es war tatsächlich Leah, die so traurig und müde aussah, dass Luna ein schlechtes Gewissen bekam, weil sie während der Beerdigung so über sie gelacht hatten. Sie hatte nicht die leiseste Vorstellung, was Leah von ihr wollen könnte, schließlich hatten sie noch nie mehr als ein paar Worte im Vorbeigehen gewechselt, dennoch öffnete sie die Tür. »Kommen Sie rein«, lud sie Leah ein. »Bei der Bestattung war es ja elend heiß, nicht wahr? Möchten Sie etwas Kaltes zu trinken?«

»Ja, bitte«, sagte Leah. Sie trug eine große Umhängetasche, die sie jetzt von ihrer Schulter gleiten ließ, um sie wie ein Baby in den Händen zu tragen.

Auf dem Weg zur Küche fiel Luna auf, wie Leahs blondes Haar in der Sonne glänzte. Sie stutzte, eine winzige nachdenkliche Falte in ihrer Stirn, und drehte sich um.

Aber zu spät.

26

Am Sonntagmorgen wachte Jaine um halb elf auf. Und selbst da nur, weil das Telefon läutete. Sie tastete schon nach dem Hörer, als ihr einfiel, dass sie in Sams Haus war, weshalb sie sich wieder unter die Decke kuschelte. Schön, es stand auf ihrer Seite des Bettes – na und? Es war sein Telefon, er konnte selbst rangehen.

Er rührte sich neben ihr, warm und muskulös und mit würzig männlichem Duft.

»Gehst du ran?«, fragte er schläfrig.

»Es ist für dich«, murmelte sie.

»Woher weißt du das?«

»Es ist dein Telefon.« Sie konnte es gar nicht leiden, wenn sie offensichtliche Dinge erklären musste.

Unverständliche Beschwerden brummelnd, wuchtete er sich auf einen Ellbogen hoch und beugte sich über sie, um nach dem Telefon zu greifen, wobei er sie in die Matratze presste. »Ja«, meldete er sich. »Donovan.«

»Ja«, sagte er noch mal nach einer kurzen Pause. »Die ist da.« Er ließ den Hörer vor ihrer Nase auf das Kissen fallen und feixte. »Shelley.«

Sie dachte sich ein paar Flüche, sprach sie aber nicht aus. Sam hatte sie immer noch nicht für ihr »Leck mich am Arsch« zur Kasse gebeten, als sie mit dem Kopf gegen den Tisch gedonnert war, und sie wollte ihn nicht unnötig daran erinnern. Den Hörer ans Ohr gepresst, stöhnte sie: »Hallo«, während Sam wieder neben ihr niedersank.

»Es war wohl eine lange Nacht?«, fragte Shelley sarkastisch.

»Etwa zwölf bis dreizehn Stunden. Wie üblich zu dieser Jahreszeit.«

Ein fester, warmer Leib presste sich gegen ihren Rücken, und eine feste, warme Hand strich langsam über ihren Bauch aufwärts zu den Brüsten. Etwas anderes Festes und Warmes drängte gegen ihren Hintern.

»Ha ha ha«, war Shelleys Reaktion. »Du musst die Katze wieder abholen.« Sie klang nicht so, als ließe sie mit sich handeln.

»BooBoo? Wieso?« Als wüsste sie das nicht. Sam rieb ihre Brustwarzen, und sie deckte ihre Hand auf seine, um seine Finger still zu halten. Sie musste sich konzentrieren, sonst würde BooBoo am Ende wieder bei ihr landen.

»Er ruiniert alle meine Möbel! Ich habe ihn immer für eine Seele von einem Kater gehalten, aber in Wahrheit ist er ein destruktiver Dämon!«

»Er regt sich nur über den Ortswechsel auf.« Nachdem ihre Brustwarzen nicht mehr zugänglich waren, verlegte Sam seine Hand an einen anderen interessanten Fleck. Sie presste die Beine zusammen, um seinen bohrenden Fingern Einhalt zu gebieten.

»Er regt sich bestimmt weniger auf als ich!« Shelley klang nicht nur aufgeregt; sie klang tobsüchtig. »Hör zu, ich kann unmöglich deine Hochzeit planen, wenn ich jede wache Sekunde auf dieses Höllentier von einer Katze aufpassen muss.«

»Willst du vielleicht riskieren, dass er umgebracht wird? Willst du Mom erklären, dass es dir egal war, ob ihr Kater von einem durchgeknallten Psycho-Killer verstümmelt wird, weil dir dein Mobiliar wichtiger ist als ihre Empfindungen?« Mann, gut gegeben, das musste sie sich lassen. Meisterhaft.

Shelleys Atem ging schwerer. »Das ist nicht fair«, beschwerte sie sich.

Sam rupfte seine Hand aus der Umklammerung ihrer Schenkel und verlagerte seinen Angriffswinkel: auf ihre Nachhut. Diese Gedanken auslöschende Hand streichelte ihren Po, glitt dann abwärts und seitwärts, bis er genau das fand, wonach er gesucht hatte, und zwei Finger hineingleiten ließ. Sie schnappte nach Luft und hätte um ein Haar den Hörer fallen lassen.

Shelley verlagerte ebenfalls ihren Angriffswinkel. »Du wohnst doch gar nicht bei dir zu Hause, du wohnst bei Sam. Dort kann BooBoo nichts passieren.«

O nein. Sie konnte sich nicht konzentrieren. Seine Finger waren groß und rau, und sie brachten sie um den Verstand. Jetzt rächte er sich dafür, dass sie nicht ans Telefon gegangen war, aber wenn er nicht still hielt, dann hatte er bald eine cholerische Katze im Haus, die seine gesamte Einrichtung zu Kleinholz verarbeitete.

»Du musst ihn einfach nach Strich und Faden verhätscheln«, brachte sie keuchend heraus. »Dann wird er sich schon beruhigen.« Wenn auch erst in ein paar Wochen. »Am liebsten mag er es, wenn man ihn hinter den Ohren krault.«

»Hol ihn ab.«

»Shel, ich kann nicht einfach eine Katze mit in ein fremdes Haus bringen!«

»Natürlich kannst du! Sam würde es mit ganzen Heerscharen von durchgeknallten Dämonenkatzen aufnehmen, nur um dich ins Bett zu kriegen. Du musst deine Macht spielen lassen, solange du sie noch hast! In ein paar Monaten wird er sich nicht mal mehr rasieren, bevor er zu dir in die Kiste kriecht.«

Na toll. Shelley versuchte, die Katzenfrage zu einem Geschlechter-Machtkampf hochzustilisieren. Sams Knöchel rieb über ihre Klitoris, bis sie beinahe maunzte. Sie keuchte: »Ich kann nicht«, wusste dabei aber nicht genau, ob sie das nun zu Sam oder Shelley sagte.

Sam widersprach leise und rauchig: »O doch, du kannst«, und Shelley kreischte ihr ins Ohr: »O Gott, ihr treibt es gerade miteinander, nicht wahr? Ich habe ihn gehört! Du telefonierst mit mir, während du gleichzeitig mit Sam bumst!«

»Nein, nein«, sprudelte es aus Jaine heraus, und Sam machte sie prompt zur Lügnerin, indem er seine Finger herausgleiten ließ und ihr stattdessen einen festen Stoß seiner mächtigen morgendlichen Erektion versetzte. Sie biss sich auf die Lippe, dennoch entfuhr ihr ein seltsam abgewürgt klingender Laut.

»Dann vertue ich natürlich meine Zeit«, erkannte Shelley.

»Ich rufe noch mal an, wenn du nicht *beschäftigt* bist. Wie lange braucht er normalerweise? Fünf Minuten? Zehn?«

Jetzt wollte sie sich auch noch einen Termin geben lassen! Da das Lippenbeißen nicht geholfen hatte, versuchte Jaine es mit dem Kissen. Mit allen Fasern einen Augenblick der Selbstbeherrschung erzwingend, und mochte er auch nur eine Sekunde lang anhalten, stieß sie hervor: »Ein paar Stunden.«

»Zwei Stunden!« Shelley kreischte schon wieder. Dann verstummte sie. »Hat er einen Bruder?«

»V-vier!«

»Mann!« Wieder blieb es kurz still, während Shelley allem Anschein nach die Vor- und Nachteile erwog, Al gegen einen Spross aus der Donovan-Sippe auszutauschen. Schließlich seufzte sie. »Ich muss mir eine neue Strategie überlegen. Wahrscheinlich ist es dir völlig schnuppe, ob Boo-Boo mein Haus in Trümmer legt, solange nur du deinen Hengst nicht scheu machst, richtig?«

»Genau«, bestätigte Jaine mit geschlossenen Augen. Sam veränderte seine Position, ging auf die Knie und hockte sich rittlings auf ihr rechtes Bein, während er ihr linkes über seinen Arm legte. Derart geöffnet, spürte sie sein Glied ganz tief und fest, und sein linker Schenkel rieb sie dort, wo es am allerangenehmsten war. Sie musste schon wieder ins Kissen beißen.

»Na schön, dann will ich nicht weiter stören.« Shelley gab sich geschlagen. »Ich habe mein Bestes versucht.«

»Ciao«, hauchte Jaine schnell und streckte den Arm aus, um den Hörer auf die Gabel fallen zu lassen, wobei sie ihr Ziel allerdings knapp verfehlte. Sam beugte sich vor, um ihr das abzunehmen, und die Bewegung ließ ihn so tief in ihr Innerstes vordringen, dass sie mit einem Aufschrei zum Höhepunkt kam.

Als sie wieder sprechen konnte, wischte sie sich das Haar aus dem Gesicht und schnaufte: »Du bist so fies.« Sie keuchte und fühlte sich so schwach, dass sie außer Daliegen nichts mehr zuwege brachte.

»Nein, Baby, ich bin so gut«, widersprach er und trat auf der Stelle den Beweis an.

Als er schließlich verschwitzt und schlaff an ihrer Seite lag, murmelte er verschlafen: »Ich tippe mal, wir hätten BooBoo um ein Haar zurückbekommen.«

»Ganz recht. Und du warst mir keine große Hilfe«, grummelte sie. »Außerdem hat sie genau gewusst, was du da machst. Ich werde ihr bis an mein Lebensende nicht mehr in die Augen sehen können.«

Das Telefon läutete wieder. Jaine sagte: »Wenn es Shelley ist, bin ich nicht da.«

»Das glaubt sie mir bestimmt«, prophezeite er und griff zum Hörer.

»Mir egal, was sie glaubt, solange ich nur nicht mit ihr reden muss.«

»Hallo«, sagte er. »Ja, die ist da.«

Er streckte ihr den Hörer hin, und sie nahm ihn mit Mörderblick entgegen. Er formte lautlos das Wort »Cheryl«, und sie seufzte erleichtert.

»Hi, Cheryl.«

»Hi. Hör mal, ich habe versucht, Luna anzurufen. Ich habe ein paar Fotos von Marci, die sie auch gern hätte, und ich wollte sie nach ihrer Adresse fragen, damit ich ihr Abzüge schicken kann. Ich weiß, ich war erst gestern bei ihr, aber wer merkt sich schon Straßennamen oder Hausnummern? Jedenfalls geht sie nicht ans Telefon, könntest du mir also die Adresse durchgeben?«

Jaine schoss hoch, und eine eiskalte Gänsehaut überlief sie. »Sie geht nicht ans Telefon? Seit wann versuchst du sie anzurufen?«

»Ungefähr seit acht. Etwa seit drei Stunden.« Plötzlich begriff Cheryl, und sie hauchte: »O Gott.«

Sam war schon aus dem Bett und stieg in seine Hose. »Wer?«, fragte er scharf und schaltete sein Handy ein.

»Luna«, antwortete Jaine mit erstickter Stimme. »Hör zu, Cheryl, vielleicht ist es ja blinder Alarm. Vielleicht ist sie in die Kirche gegangen, oder sie frühstückt mit Shamal. Vielleicht ist sie bei ihm. Ich werde das sofort nachprüfen, und wenn ich sie gefunden habe, sage ich ihr, sie soll dich auf der Stelle anrufen. Okay?«

Sam drückte ein paar Tasten auf seinem Handy, während er gleichzeitig ein sauberes Hemd aus dem Schrank zerrte und es überzog. Schuhe und Socken in der linken Hand, eilte er aus dem Schlafzimmer, wobei er so leise in sein Handy sprach, dass sie ihn nicht verstehen konnte.

Zu Cheryl sagte sie: »Sam hängt schon am Telefon. Er wird sie finden.« Sie legte auf, ohne sich zu verabschieden, sprang dann aus dem Bett und begann, ihre eigenen Anziehsachen zusammenzusuchen. Sie zitterte, und der Tremor wurde mit jeder Sekunde schlimmer. Noch vor wenigen Minuten hatte sie im siebten Himmel geschwebt, jetzt war ihr übel vor Angst; der Kontrast lähmte sie.

Den Jeansknopf schließend, stolperte sie ins Wohnzimmer, gerade als Sam durch die Haustür verschwand. Er trug seine Pistole und seine Marke. »Warte!«, schrie sie ihm panisch nach.

»Nein.« Eine Hand auf dem Türknauf, blieb er stehen. »Du kannst nicht mitkommen.«

»Kann ich wohl.« Gehetzt sah sie sich nach ihren Schuhen um. Die lagen noch im Schlafzimmer, verflucht noch mal. »Warte auf mich!«

»Jaine.« Das war seine Polizistenstimme. »Nein. Falls wirklich irgendwas passiert ist, dann störst du nur. Du dürftest sowieso nicht ins Haus, und es ist viel zu heiß, um draußen im Wagen zu warten. Fahr zu T.J. und warte dort. Sobald ich mehr weiß, rufe ich dich an.«

Sie schlotterte immer noch, und nun weinte sie noch dazu. Kein Wunder, dass er sie nicht dabeihaben wollte. Sie wischte sich mit der Hand über das Gesicht. »Ehrenwort?«

»Ehrenwort.« Seine Miene wurde weich. »Pass auf, während du zu T.J. fährst. Und, Baby – ihr lasst niemanden ins Haus, in Ordnung?«

Sie nickte, weil sie sich plötzlich mehr als überflüssig fühlte. »In Ordnung.«

»Ich rufe an«, versprach er noch mal und war weg.

Jaine sackte auf das Sofa und heulte ungestüm und herzzerreißend. Ein zweites Mal würde sie das nicht durchstehen; das schaffte sie einfach nicht. Nicht Luna. Sie war so jung, so schön, dieser Dreckskerl konnte ihr doch nichts antun. Ganz bestimmt war Luna bei Shamal; sie hatte derart vor Glück über seinen plötzlichen Sinneswandel gestrahlt, dass die beiden nun sicher jede freie Minute miteinander verbrachten. Sam würde sie finden. Natürlich hatte Shamal eine Geheimnummer, aber die Polizei konnte auch Geheimnummern ausfindig machen. Ganz bestimmt war Luna bei Shamal, und dann würde Jaine sich blöd vorkommen, weil sie derart in Panik geraten war.

Schließlich hörte sie auf zu heulen und wischte sich das Gesicht trocken. Sie musste zu T.J. fahren und dort auf Sams Anruf warten. Sie war schon auf dem Weg zum Schlafzimmer, als sie nochmals auf dem Absatz kehrtmachte und die Haustür abschloss.

Zwanzig Minuten später kam sie bei T.J. an, nachdem sie ihre Morgentoilette auf Zähne putzen, Haare kämmen und Anziehen beschränkt hatte. Sie klingelte Sturm. »T.J., ich bin's, Jaine! Mach schnell!«

Sie hörte eilige Schritte und das Gebell des Cockerspaniels; dann wurde die Tür aufgerissen, und T.J.s besorgtes Gesicht verschwamm vor ihren Augen. »Was ist denn los?« T.J. zerrte sie aufgeregt ins Haus, doch Jaine konnte ihr nicht antworten; sie brachte kein einziges Wort heraus. Immer noch hysterisch bellend sprang Trilby, der Cockerspaniel, an ihren Beinen hoch.

»Trilby, kusch!«, befahl T.J. Ihr Kinn bebte, und sie schluckte. »Luna?«

Jaine nickte, denn sie konnte immer noch nicht sprechen.

T.J. schlug die Hand über den Mund, kippte rückwärts gegen die Wand, und grauenvolle, herzzerreißende Schreie stiegen aus ihrer Kehle auf.

»Nein, nein!«, brachte Jaine heraus, die Arme um T.J. gelegt. »Es tut mir Leid, es tut mir Leid. Ich wollte nicht sagen –« Sie atmete tief durch. »Wir wissen es noch nicht. Sam ist auf dem Weg dorthin, und er wird hier anrufen, sobald er etwas weiß –«

»Was ist los?«, fragte Galan alarmiert und trat in den Vorraum. In der Hand hielt er einen Teil der Sonntagszeitung. Trilby rannte auf ihn zu und wedelte wie besessen mit dem Stummelschwänzchen.

Dieses verdammte Schlottern fing schon wieder an. Jaine versuchte, es in die Gewalt zu bekommen. »Luna wird vermisst. Cheryl hat sie telefonisch nicht erreichen können.«

»Dann wird sie wohl beim Einkaufen sein«, meinte Galan achselzuckend.

T.J. sah ihn mit solchem Hass an, dass der Blick jedem anderen die Haut versengt hätte. »Er glaubt, Marci wurde von irgendeinem Junkie umgebracht und wir regen uns nur künstlich auf.«

»Das hört sich jedenfalls wesentlich wahrscheinlicher an, als dass ihr alle vier von einem Wahnsinnigen verfolgt werdet«, schoss er zurück. »Hört endlich auf, diese Geschichte derart hochzuspielen.«

»Falls wir sie hochspielen«, wandte Jaine ein, »dann tut es die Polizei ebenfalls.« Dann biss sie sich auf die Lippe. Sie wollte nicht zwischen die Fronten eines Ehekrieges geraten.

T.J. und Galan hatten schon genug Probleme, auch ohne dass sie sich einmischte.

Galan zuckte noch mal mit den Achseln. »T.J. hat mir erzählt, dass du einen Polizisten heiratest, darum will er dir wahrscheinlich einen Gefallen tun. Komm mit, Töle.« Er drehte sich um und kehrte mitsamt seiner Zeitung in seine Höhle zurück, umtanzt von der aufgeregten Trilby.

»Vergiss ihn«, sagte T.J. »Erzähl mir, was passiert ist.«

Jaine berichtete, was Cheryl ihr erzählt hatte und wann was passiert war. T.J. sah auf die Uhr; inzwischen war es kurz nach Mittag. »Vier Stunden mindestens. Beim Einkaufen ist sie jedenfalls nicht. Hat schon jemand bei Shamal angerufen?«

»Er hat eine Geheimnummer, aber Sam kümmert sich darum.«

Sie gingen in die Küche, wo T.J. gerade gelesen hatte. Das Buch lag aufgeschlagen in ihrer Nische. T.J. setzte Kaffee auf. Als sie bei der zweiten Tasse waren, läutete endlich das schnurlose Telefon neben T.J.s Ellbogen. Sie presste es an ihr Ohr. »Sam?«

Sie lauschte einen Moment, und Jaine brauchte nur in ihr Gesicht zu sehen, um alle Hoffnung aufzugeben. T.J. saß da wie erschlagen und wurde kreidebleich. Ihre Lippen bewegten sich, doch aus ihrem Mund drang kein Ton.

Jaine riss ihr das Telefon aus der Hand. »Sam? Sag schon.«

Seine Stimme klang schwer. »Baby, es tut mir ja so Leid. Es sieht so aus, als sei es gestern Abend passiert, vielleicht gleich nachdem sie von der Beisetzung nach Hause gekommen ist.«

T.J. ließ ihren Kopf auf den Tisch sinken und weinte. Jaine streckte die Hand aus, um ihre Schulter zu fassen und ihr Trost zu spenden, doch plötzlich merkte sie, wie sie selbst zusammenbrach und unter ihrer Trauer begraben wurde, darum wusste sie nicht, ob sie überhaupt irgendwelchen Trost zu spenden hatte.

»Bleibt, wo ihr seid«, befahl Sam. »Ihr geht nirgendwohin. Sobald ich hier weg kann, komme ich zu euch. Es ist nicht mein Bezirk, aber wir arbeiten alle zusammen. Es könnte ein paar Stunden dauern, aber ihr geht nicht aus dem Haus«, schärfte er ihnen ein.

»Okay«, flüsterte Jaine und beendete das Gespräch.

Galan kam in die Küche und blieb unsicher in der Tür stehen, den Blick starr auf T.J. gerichtet, als würde er hoffen, dass sie immer noch überreagierte, auch wenn etwas in seiner Miene verriet, dass er nicht mehr daran glaubte. Er war bleich geworden. »Was ist?«, krächzte er.

»Das war Sam«, antwortete Jaine. »Luna ist tot.« Dann verlor sie endgültig die Kontrolle, und noch lange danach konnte sie nichts tun außer zu weinen und sich an T.J. zu klammern.

Sam tauchte erst gegen Abend auf. Er sah müde und frustriert aus. Er stellte sich Galan selbst vor, weil weder Jaine noch T.J. daran dachten. »Sie waren bei der Beerdigung«, stellte Galan plötzlich mit einem scharfen Blick fest.

Sam nickte. »Zusammen mit einem Detective aus Sterling Heights. Wir haben gehofft, ihn dort ausfindig zu machen, aber entweder ist er zu gewitzt, oder er ist gar nicht erst aufgetaucht.«

Galan sah wieder auf seine Frau. T.J. saß stumm da und streichelte gedankenverloren den schwarzweißen Cockerspaniel. Gestern hatte Galan sie dauernd nur mit einer gewissen inneren Distanz betrachtet, aber jetzt wirkte sein Blick in keiner Weise distanziert. »Da ist tatsächlich jemand hinter ihnen her. Das ist verdammt schwer zu glauben.«

»Glauben Sie's lieber«, antwortete Sam knapp. Er spürte, wie sich sein Magen zornig verknotete, sobald er daran dachte, was Luna angetan worden war. Sie hatte dieselbe niederträchtige, persönlich gemeinte Attacke über sich ergehen lassen müssen, ihr Gesicht war bis zur Unkenntlichkeit zertrümmert, sie hatte mehrere Stichwunden, sie war sexuell missbraucht worden. Im Gegensatz zu Marci hatte sie noch gelebt, als der Mörder auf sie eingestochen hatte; der Boden ihrer Wohnung schwamm in Blut. Ihre Kleider waren ebenso zerfetzt worden wie die von Marci. Wenn er daran dachte, wie knapp Jaine dem gleichen Schicksal entgangen war, was sie hätte durchmachen müssen, wenn er am Mittwochabend nicht zu Hause gewesen wäre, dann konnte er seinen Zorn kaum im Zaum halten.

»Hast du schon ihre Eltern angerufen?«, fragte Jaine heiser. Sie wohnten nicht weit entfernt in Toledo.

»Ja, sie sind schon hier«, bestätigte Sam. Er setzte sich, zog Jaine in seine Arme und drückte ihren Kopf auf seine Schulter.

Sein Piepser begann zu pfeifen. Er fasste an den Gürtel, um ihn abzustellen, sah dabei auf die

Nummer, fluchte und rieb sich über das Gesicht. »Ich muss weg.«

»Jaine kann hier bleiben«, bot T.J. an, ehe er auch nur fragen konnte.

»Ich habe nichts anzuziehen«, sagte Jaine, doch das war kein Protest, lediglich eine Feststellung.

»Ich fahre dich heim«, sagte Galan. »T.J. kommt auch mit. Du packst alles ein, was du brauchst, und kannst hier wohnen, so lange du willst.«

Sam nickte zustimmend. »Ich rufe an«, versprach er, bevor er ging.

Corin wiegte sich vor und zurück. Er konnte nicht schlafen, konnte nicht schlafen, konnte nicht schlafen. Er summte leise vor sich hin, so wie damals, als kleines Kind, doch das Zauberlied wirkte nicht. Wann hatte es wohl aufgehört zu wirken? Er wusste es nicht mehr.

Die Schlampe in Rot war tot. Mutter war sehr zufrieden. Vier minus zwei, das macht zwei.

Er fühlte sich gut. Zum ersten Mal in seinem Leben war Mutter sehr zufrieden mit ihm. Nichts, was er je zuvor getan hatte, war ihr gut genug gewesen, denn nie hatte sie über seinen alles entscheidenden Makel hinwegsehen können, auch wenn sie alles daran setzte, ihn zu einem perfekten Mann zu machen. Diesmal aber machte er alles richtig; sie war sehr mit ihm zufrieden. Stück für Stück für Stück befreite er die Welt von diesen herumhurenden Schlampen. Nein. Das war ein Stück zu viel. Nummer drei hatte er noch nicht erledigt. Er hatte es versucht, aber die eine war nicht zu Hause gewesen.

Er erinnerte sich jedoch, sie bei der Beerdigung gesehen zu haben. Sie hatte gelacht. Oder war das die andere gewesen? Er fühlte sich verwirrt, weil die Gesichter in seiner Erinnerung verschwammen.

Bei einer Beerdigung durfte man doch nicht lachen. Das war infam den trauernden Angehörigen gegenüber.

Aber welche hatte da gelacht? Wieso wollte ihm das nicht einfallen?

Es war egal, dachte er bei sich und fühlte sich sofort besser. Sie mussten beide sterben, darum machte es keinen Unterschied, welche von ihnen gelacht hatte oder welche »Ms C.« war. Es machte keinen Unterschied, weil Mutter dann endlich – endlich – zufrieden wäre und ihm nie, nie wieder wehtun würde.

27

Den Kopf in die Hände gestützt, saß Sam am Montagmorgen im Polizeirevier von Warren und brütete zum x-ten Mal über den Hammerstead-Akten. Die Zentralcomputer hatten bei keinem der Namen etwas Brauchbares ausgespuckt, darum ackerten er und Bernsen die Akten einfach noch mal durch, in der Hoffnung auf irgendeinen Hinweis, bei dem es »Klick« machte und der ihnen den benötigten Anhaltspunkt liefern würde.

Irgendwo musste dieser Hinweis stecken; davon war Sam felsenfest überzeugt. Nur dass sie ihn noch nicht gefunden hatten. Er hatte den Verdacht, dass er schon darüber gestolpert war, denn in seiner Magengrube nagte ständig das Gefühl, etwas übersehen zu haben. Aber da war etwas, und früher oder später würde der Groschen fallen. Er hoffte nur, dass es eher früher geschah, am besten jetzt gleich.

Dieser Typ hasste Frauen. Folglich kam er bestimmt nicht mit ihnen aus und arbeitete nicht gern mit ihnen zusammen. Vielleicht gab es in seiner Akte einen Hinweis auf eine Beschwerde bei der Geschäftsleitung, vielleicht sogar eine Anzeige wegen sexueller Belästigung. Eigentlich hätte ihnen so etwas schon beim ersten Überfliegen ins Auge springen müssen, doch vielleicht war die Beschwerde so formuliert, dass der Vorwurf nicht explizit ausgesprochen wurde.

Weder Jaine noch T.J. arbeiteten heute. Sie waren noch zusammen, allerdings waren sie von T.J.s Haus zu Shelley umgezogen, gemeinsam mit diesem kläffenden kleinen Cockerspaniel, der aus jedem Anlass anschlug, ob nun ein Vogel im Innenhof gelandet war oder sich jemand auf dem Bürgersteig näherte. Er hatte befürchtet, dass Jaine tagsüber bei sich zu Hause bleiben wollte, da am Samstag ihr neues Alarmsystem installiert worden war – unter den Adleraugen von Mrs Kulavich, die ihre Aufsichtspflichten äußerst ernst nahm –, während sie bei Marcis Beerdigung gewesen waren. Ein Alarmsystem war eine feine Sache, aber ein zu allem entschlossener Mörder ließ sich davon nicht aufhalten.

Jaine hatte jedoch nicht allein bleiben wollen. Sie und T.J. klammerten sich fest aneinander, entsetzt und benommen darüber, was aus ihrem Freundinnenquartett geworden war. Inzwischen zweifelte niemand mehr daran, dass die Liste diese Gewaltakte ausgelöst hatte, weshalb man für diesen Fall eine Sonderkommission aus sämtlichen Polizeistellen in der Gegend zusammengestellt hatte, da die Frauen alle in verschiedenen Bezirken wohnten.

Im ganzen Land wurde über die Verbrechen berichtet. »Wer mordet die Listen-Ladys?«, hatte ein Nachrichtensprecher gepredigt. »Ganz Detroit ist schockiert über den brutalen Mord an zwei der Frauen, die jene ebenso humorvolle wie umstrittene Liste über Mr Perfekt zusammengestellt haben, die vor ein paar Wochen die ganze Nation im Sturm erobert hat.«

Wieder campierten die Reporter vor den Toren von Hammerstead Technology, um jeden zu interviewen, der auch nur entfernt mit den beiden Opfern bekannt war. Die Sonderkommission hatte sich ausbedungen, eine Kopie von jedem Interview zu bekommen, das die Reporter machten, nur für den Fall, dass der Gesuchte sein Ego streicheln und sich selbst im Fernsehen dabei beobachten wollte, wie er um seine beiden »Freundinnen« trauerte.

Auch vor Jaines Haus waren die Reporter aufgetaucht, aber wieder abgezogen, nachdem sie festgestellt hatten, dass niemand zu Hause war. Er nahm an, dass sie auch bei T.J. aufkreuzen würden, weshalb er Shelley angerufen und sie gebeten hatte, Jaine und T.J. zu fragen, ob sie nicht den Tag bei ihr verbringen wollten. Shelley hatte sofort eingewilligt. Er nahm an, dass die Schnüffler mit jedem reden würden, den sie überhaupt auftreiben konnten, und irgendwann dabei auf Shelley stoßen mussten, aber zumindest heute würden Jaine und T.J. unbehelligt bleiben.

Sam rieb sich die Augen. Er hatte vielleicht zwei Stunden Schlaf gefunden. Der Alarm seines Piepsers in der vergangenen Nacht hatte ihn zum Tatort eines anderen Mordes gerufen, dem an einem männlichen Jugendlichen. Der Fall war im Handumdrehen durch die Verhaftung des Ex-Freundes der neuen Freundin des Knaben gelöst, der es seinem Nachfolger persönlich verübelt hatte, dass jener ihm geraten hatte, Scheiße zu fressen. Der Papierkram blieb allerdings nervtötend.

Wo war der Bericht über den Schuhabdruck, den sie in Jaines Haus gefunden hatten? Normalerweise dauerte es nicht so lange, bis ein Ergebnis vorlag. Er suchte seinen Schreibtisch ab, doch niemand hatte während seiner Abwesenheit etwas darauf abgelegt. Vielleicht war der Bericht an Bernsen geschickt worden, schließlich wurden sie auf allen Unterlagen beide als Ansprechpartner genannt. Vor Lunas Tod waren nicht alle davon ausgegangen, dass der Einbruch bei Jaine notwendigerweise etwas mit dem Mord an Marci zu tun hatte, doch er und Bernsen hatten nie daran gezweifelt. Inzwischen waren natürlich alle ihrer Auffassung.

Er rief Roger an. »Ist der Bericht über diesen Schuhabdruck vielleicht bei dir gelandet?«

»Ich habe nichts gesehen. Du meinst, du hast ihn immer noch nicht gekriegt?«

»Noch nicht. Vielleicht ist er ja im Labor verloren gegangen. Ich lasse das sofort nachprüfen.« Verdammt, dachte er beim Auflegen. Wenn sie etwas nicht brauchen konnten, dann eine Verzögerung. Möglicherweise war der Schuhabdruck ja gar nicht wichtig, aber unter Umständen war es ja eine seltene Marke und so außergewöhnlich, dass jemand bei Hammerstead sagen würde: »Ach ja, der Sowieso hat so welche. Die haben ihn ein Vermögen gekostet.«

So frustriert, dass er am liebsten etwas kaputtgeschlagen hätte, steckte er den Kopf wieder in die Akten. Es lag direkt vor seiner Nase; er wusste es. Er musste es nur finden.

Galan kam früh von der Arbeit heim. Die Ereignisse vom Vortag hatten ihn so erschüttert, dass er sich nicht konzentrieren konnte. Er wollte nur noch T.J. im Haus von Jaines Schwester abholen und sie nach Hause bringen, wo *er* auf sie aufpassen konnte.

Er wusste nicht, weshalb sie sich so entfremdet hatten. Nein – er wusste es sehr wohl. Irgendwann waren die unschuldigen Flirts mit Xandrea Conaway in der Firma immer anzüglicher geworden, vielleicht waren sie auch nie wirklich unschuldig gewesen. Wann hatte er angefangen, T.J. und alles, was sie tat oder sagte, mit Xandrea zu vergleichen, die stets tipptopp gekleidet war und nie an ihm herumnörgelte?

Natürlich war T.J. zu Hause nicht tipptopp gekleidet, das war ihm klar. Er war es ja auch nicht. Wozu hatte man ein Zuhause, wenn man sich dort nicht entspannen und wohl fühlen konnte? Und wenn sie sich beschwerte, dass er den Müll nicht rausbrachte? Er beschwerte sich ja auch, wenn sie ihre Schminksachen überall im Bad herumliegen ließ. Menschen, die zusammenlebten, gingen einander unausweichlich manchmal auf die Nerven. Das gehörte mit zum Verheiratetsein.

Seit seinem fünfzehnten Lebensjahr hatte er T.J. geliebt. Wie hatte er das und all das, was sie verband, so aus dem Blick verlieren können? Wieso hatte es etwas so Entsetzliches gebraucht wie die Erkenntnis, dass T.J. und ihre Freundinnen allen

Ernstes von einem Mörder verfolgt wurden, damit er begriff, dass ihr Verlust ihn umbringen würde?

Er wusste nicht, wie er das wieder gutmachen sollte. Er wusste nicht, ob sie ihm überhaupt Gelegenheit dazu geben würde. Seit sie vor ein paar Tagen erraten hatte, dass er für Xandrea schwärmte, hatte sie sich immer weiter von ihm zurückgezogen. Vielleicht glaubte sie, dass er sie tatsächlich betrogen hatte, wenngleich er darauf geachtet hatte, dass die Situation zwischen ihm und Xandrea nie wirklich außer Kontrolle geriet. Gut, sie hatten sich geküsst, aber mehr war nicht gewesen.

Er versuchte sich auszumalen, wie ein anderer Mann T.J. küsste, und merkte, wie ihm schlecht wurde. Vielleicht waren Küsse ja doch nicht so verzeihlich.

Auf dem Bauch würde er zu ihr zurückgekrochen kommen, wenn sie ihn nur wieder so anlächelte, als würde er ihr etwas bedeuten.

Jaines Schwester wohnte in St. Clair Shores in einem großen, zweistöckigen Haus im Kolonialstil. Die Tore vor der Dreifach-Garage waren heruntergelassen, aber in der Einfahrt parkte Sam Donovans roter, aufgemotzter Pick-up. Galan stellte seinen Wagen daneben ab und ging den geschwungenen Weg zu der zweiflügeligen Haustür hinauf, wo er läutete und wartete.

Donovan ging an die Tür. Galan bemerkte, dass Sam seine Pistole trug. Wenn Galan eine gehabt hätte, würde er sie wahrscheinlich auch tragen, ob das nun legal war oder nicht.

»Wie geht es den beiden?«, fragte er leise und trat ins Haus.

»Sie sind müde. Und stehen noch unter Schock. Shelley hat gesagt, sie seien den Tag über immer wieder eingenickt, daraus schließe ich, dass sie in der vergangenen Nacht nicht viel Schlaf bekommen haben.«

Galan schüttelte den Kopf. »Sie haben fast die ganze Nacht geredet. Komisch; über den Drecksack, der das getan hat, haben sie kaum gesprochen, auch nicht darüber, wie knapp Jaine ihm entkommen ist, als er neulich bei ihr eingebrochen hat. Sie haben nur über Luna und Marci geredet.«

»Für sie ist das so, als hätten sie in kürzester Zeit zwei enge Verwandte verloren. Sie werden eine Weile brauchen, um sich davon zu erholen.« Sam hatte regelmäßig mit Trauer zu tun; er *wusste,* dass Jaine sich erholen würde, weil ihr rebellischer Geist sich nicht lange unterkriegen ließ, doch er wusste auch, dass Wochen oder gar Monate vergehen würden, bis kein Schatten des Schmerzes mehr über ihren Augen lag.

In einem Teil des Hauses lief alles wie üblich. Shelleys Mann Al schaute fern. Die Tochter Stefanie, ein Teenager, hing oben am Telefon, während der elfjährige Nicholas am Computer spielte. Die Frauen hatten sich in der Küche versammelt – wieso eigentlich immer in der Küche –, wo sie redeten, Limonade tranken und alles wegfutterten, was Shelley an Trost spendenden Speisen zu bieten hatte.

Jaine wie auch T.J. waren blass nach dem langen Weinen, doch ihre Augen waren trocken. T.J. schien überrascht, ihren Mann zu sehen.

»Was willst du hier?« Sie wirkte nicht gerade erfreut über sein Kommen.

»Ich wollte bei dir sein«, erwiderte er. »Ich weiß, dass du müde bist, darum wollte ich nicht, dass du bis Mitternacht warten musst, bevor du heimfahren kannst. Ganz zu schweigen davon, dass Shelley und ihre Familie wahrscheinlich auch irgendwann ins Bett gehen wollen.«

Shelley wedelte wegwerfend mit der Hand. »Machen Sie sich deshalb keine Gedanken. Wenn die Kinder Ferien haben, bleiben wir immer lange auf.«

»Was ist mit den Reportern?«, erkundigte sich T.J. »Solange die um unser Haus herumschwirren, finden wir bestimmt keine Ruhe.«

»Ich bezweifle, dass sie noch lange da rumhängen werden«, versprach Sam. »Natürlich hätten sie gern ein Interview, aber das können sie auch von jemand anderem bekommen. Und nachdem heute den ganzen Tag niemand zu Hause war, rufen sie wahrscheinlich lieber an, als in eurem Garten zu kampieren.«

»Dann möchte ich heimfahren.« T.J. stand auf. Sie umarmte Shelley. »Vielen herzlichen Dank. Du hast mir heute das Leben gerettet.«

Shelley erwiderte die Umarmung. »Gern geschehen. Komm morgen wieder, wenn du nicht arbeiten gehen willst. Was immer du auch tust, bleib auf keinen Fall allein daheim!«

»Danke. Vielleicht nehme ich dich ja beim Wort, allerdings… gehe ich morgen wohl wieder ins Büro. In den alten Trott zurückzufallen, wird mich hoffentlich ablenken.«

Jaine meinte: »Ich glaube, Sam und ich werden jetzt ebenfalls heimfahren. Er sieht so erschöpft aus, wie ich mich fühle.«

»Kommst du morgen in die Firma?«, fragte T.J.

»Ich weiß nicht. Eventuell. Ich rufe dich an und sage dir Bescheid.«

»Trilby«, rief T.J., und die kleine Hündin sprang auf, mit hellen, strahlenden Augen und vor

Begeisterung mit dem ganzen Hinterleib wedelnd. »Komm schon, Mädchen, wir fahren heim.«

Trilby hüpfte kläffend um T.J.s Beine herum. Galan bückte sich, um sie zu tätscheln, und sie leckte seine Hand. »Wo ist die Leine?«, fragte er, worauf der kleine Hund losschoss, um sie zu finden. Normalerweise musste T.J. immer über Trilbys Mätzchen lachen, heute jedoch konnte sie sich nicht einmal ein Lächeln abringen.

Auf der Heimfahrt starrte T.J. die ganze Zeit über aus dem Fenster. »Du hättest nicht früher deine Arbeit verlassen müssen«, sagte sie. »Ich komme schon allein zurecht.«

»Ich wollte bei dir sein«, wiederholte er und atmete tief durch. Er hätte dieses Gespräch lieber zu Hause geführt, wo er sie in die Arme nehmen konnte, aber möglicherweise war jetzt der geeignete Moment. Wenigstens konnte sie hier nicht einfach aufstehen und weggehen. »Verzeih mir«, sagte er leise.

Sie sah ihn nicht einmal an. »Und was?«

»Dass ich so ein Arschloch war; dass ich so ein blödes Arschloch war. Ich liebe dich mehr als alles und jeden auf der Welt, und ich könnte es nicht ertragen, dich zu verlieren.«

»Was ist mit deiner Freundin?« Bei ihr klang das Wort so unreif, als wäre er ein hormongesteuerter Teenager, der keine Sekunde weit in die Zukunft denken konnte.

Er wand sich. »Ich weiß nicht, ob du mir das glaubst, aber *so* blöd war ich nicht, Ehrenwort.«

»Und *wie* blöd warst du genau?«

Sie hatte ihm noch nie etwas durchgehen lassen, fiel ihm plötzlich ein. Schon in der High School hatte T.J. unerbittlich nachgebohrt, wenn er sich um die Antwort auf eine Frage zu drücken versuchte.

Den Blick fest auf die Straße gerichtet, aus Angst, sie anzusehen, gestand er: »Blöd genug für einen Flirt. Und blöd genug für einen Kuss. Aber nicht blöder. Nie.«

»Nicht mal für eine Fummelei?« Ihr Tonfall verriet, dass sie ihm nicht glaubte.

»Kein einziges Mal«, wiederholte er fest. »Ich… verdammt, T.J., es hat sich einfach komisch angefühlt, und das meine ich nicht physisch. Sie war nicht du. Ich weiß nicht; vielleicht hat mir mein Ego einen Streich gespielt, weil mir das Prickeln irgendwie gefallen hat, aber ich habe die ganze Zeit über gewusst, dass es ein Fehler war.«

»Wer genau ist ›sie‹?«

Er musste seinen ganzen Mut zusammennehmen, um den Namen auszusprechen, denn der Frau einen Namen zu geben, machte die Angelegenheit persönlicher, machte sie realer. »Xandrea Conaway.«

»Kenne ich sie?«

Galan schüttelte den Kopf, bevor er merkte, dass sie ihn nach wie vor nicht ansah. »Nein, ich glaube nicht.«

»Xandrea«, wiederholte sie. »Hört sich an wie ein Cocktail.«

Er war zu klug, um auch nur ein positives Wort über Xandrea zu sagen. Stattdessen erklärte er: »Ich liebe dich über alles. Als du gestern das von Luna erfahren hast und ich begriffen habe –« Seine Stimme brach. Er musste schlucken, bevor er weitersprechen konnte. »Als ich begriffen habe, dass du tatsächlich in Gefahr schwebst, war das für mich wie ein Schlag ins Gesicht.«

»Von einem psychotischen Serienmörder gejagt zu werden, bringt einem eben Aufmerksamkeit ein«, kommentierte sie trocken.

»Ja.« Er beschloss, alles auf eine Karte zu setzen, und fragte: »Gibst du mir noch eine Chance?«

»Ich weiß nicht«, sagte sie, und das Herz sackte ihm in die Hose. »Ich habe dir schon erklärt, dass ich keine übereilten und dramatischen Konsequenzen ziehen werde, und das will ich auch nicht. Im Moment kann ich mich nicht besonders gut konzentrieren, deshalb wäre es mir lieb, wenn wir diese Diskussion auf später verschieben könnten.«

Na gut, dachte er. Ein Schlag ins Wasser, aber er hatte auch nicht richtig gezielt.

»Können wir zusammen schlafen?«

»Du meinst Sex haben?«

»Nein. Ich meine zusammen schlafen. In unserem Bett. Natürlich würde ich auch gern mit dir schlafen, aber wenn du nicht möchtest, würdest du mich dann wenigstens an deiner Seite schlafen lassen?«

Sie sann so lange darüber nach, dass er schon glaubte, auch sein zweiter Versuch sei ein Fehlschlag. Dann sagte sie ganz unerwartet: »Okay.«

Er seufzte erleichtert. Sie war nicht gerade hellauf begeistert, aber sie schmiss ihn auch nicht raus. Sie gab ihm also eine Chance. Dass sie so viele Jahre gemeinsam verlebt hatten, verband sie auch dort noch, wo andere Paare mit kürzerer Vergangenheit sich vielleicht getrennt hätten. Und er konnte nicht erwarten, in einer Nacht all den Schaden wieder gutzumachen, den er während der vergangenen zwei Jahre angerichtet hatte.

Doch sie hatte die ganzen Jahre über zu ihm gestanden, darum würde er jetzt auch nicht gehen, ganz gleich, wie sauer sie war oder wie lange er brauchen würde, um sie von seiner Liebe zu überzeugen. Im Grunde zählte allein, dass sie am Leben blieb, selbst wenn sie ihn danach sitzen lassen würde. Er wusste nicht, ob er es ertragen würde, sie zu verlieren, aber er wusste eindeutig, dass er es nicht ertragen würde, sie begraben zu müssen.

»Ich bin so müde«, sagte Jaine. »Du musst zu Tode erschöpft sein.«

»Ich laufe schon den ganzen Tag ausschließlich auf Kaffee«, bestätigte Sam. »Aber allmählich lässt die Wirkung nach. Wollen wir heute früh schlafen gehen?«

Sie gähnte. »Mir bleibt kaum was anderes übrig. Selbst wenn ich es wollte, könnte ich die Augen nicht aufhalten.« Sie rieb sich über die Stirn. »Ich hatte den ganzen Tag lang mörderische Kopfschmerzen, und kein Medikament konnte sie auch nur dämpfen.«

»Verdammt«, meinte er ironisch. »Wir sind noch nicht mal verheiratet, und schon hast du Kopfschmerzen.«

Das trug ihm ein schwaches Lächeln ein.

»Hat Shelley heute wieder ihre Riesengurke rausgezaubert?«

Das Lächeln wurde etwas breiter, aber es blieb traurig. »Ja. Sobald wir auch nur geblinzelt haben, hat sie uns mit Gurkenscheiben zugekleistert. Ob sie helfen, weiß ich nicht, aber sie fühlen sich gut an.« Sie stockte kurz. »Gibt es irgendwelche Fortschritte?«

Er schnaubte abfällig. »Ich habe den ganzen Tag nur Wasser getreten. Der Computer hat nichts ausgespuckt, darum haben Bernsen und ich die Akten noch mal durchgepflügt, falls wir irgendwas übersehen haben. Kannst du dich an irgendwelche Beschwerden wegen sexueller Belästigung oder an irgendwelche Probleme unter den Kollegen erinnern?«

»Ich kann mich erinnern, wie Sada Whited ihren Mann erwischt hat, während er mit Emily Hearst rumgemacht hat, und dass sie sich auf dem Parkplatz gezofft haben, aber das ist wohl kaum das, wonach du suchst.« Sie gähnte noch mal. »Beschwerden wegen sexueller Belästigung also? Da fällt mir keine einzige ein. Bennett Trotter hätte eigentlich jeden Tag eine kassieren müssen, aber ich glaube nicht, dass sich jemand tatsächlich über ihn beschwert hat. Außerdem hat er dunkle Haare.«

»Wir können die Braunhaarigen nicht komplett ausschließen. Wir können überhaupt niemanden ausschließen. Marci könnte dieses blonde Haar auch aufgeschnappt haben, als sie zufällig mit jemandem im Supermarkt zusammengestoßen ist. Erzähl mir von Bennett Trotter.«

»Er ist ein Arschloch. Ständig lässt er anzügliche Bemerkungen vom Stapel, die er, aber auch nur er, witzig findet. Du kennst den Typus.«

Er kannte ihn. Er fragte sich, ob Bennett Trotter wohl ein Alibi für die zwei fraglichen Tage vorweisen konnte.

»Es gibt eine ganze Reihe von Leuten, die niemand ausstehen kann«, fuhr Jaine fort. »Meinen Chef, Ashford deWynter, zum Beispiel. Er hat sich mordsmäßig über die Liste aufgeregt. Erst als die Firma entschieden hat, die kostenlose Werbung auszunutzen, hat er sich wieder eingekriegt.«

Sam setzte im Geist auch Ashford deWynter auf die Liste. »Noch jemand?«

»Ich kenne nicht alle. Mal sehen. Leah Street kann auch niemand leiden, aber ich schätze, die zählt nicht.«

Der Name klang vertraut. Er brauchte nur eine Sekunde, um ihn einzuordnen. »Das ist die mit den künstlichen Tragödien.«

»Und eine echte Nervensäge. Ich bin nur froh, dass sie nicht in meiner Abteilung arbeitet. T.J. muss sich jeden Tag mit ihr rumärgern.«

»Noch jemand außer Trotter und deWynter?«

»Niemand, der mir in den Sinn käme. Ich kann mich entsinnen, dass ein Typ namens Cary oder so ziemlich stinkig war, als die Liste rauskam, weil ihn eine ganze Reihe von Frauen damit aufgezogen haben, aber er hat sich nicht wirklich aufgeregt, sondern nur geschmollt.«

»Könntest du herausfinden, wie er heißt?«

»Klar. Dominica Flores hat ihn ständig gestichelt. Ich rufe sie gleich morgen früh an.«

Merkwürdig, wie sehr sich alles geändert hatte, dachte T.J., als sie am nächsten Morgen das Hammerstead-Gebäude betrat. Marci und Luna waren nicht da. Sie würden nie wiederkommen. So schwer Marcis Tod hinzunehmen war, bei Luna war das vollkommen unmöglich. Ihr Tod wollte T.J. einfach nicht in den Kopf. Luna war so verdammt klug und nett gewesen, wie konnte jemand sie wegen einer blöden Liste umbringen wollen?

Der Mörder arbeitete irgendwo in diesem Gebäude, dachte sie. Vielleicht kam sie ja auf dem Gang an ihm vorbei. Vielleicht war es nicht das Schlaueste, zur Arbeit zu kommen, aber aus einem verqueren Grund wollte sie hier sein, *weil* er hier war. Vielleicht würde er sich durch irgendeine Bemerkung verraten, auch wenn das natürlich eher unwahrscheinlich war. Vielleicht würde sie durch seine Miene auf ihn aufmerksam werden – irgendwas, egal was, das ihnen einen Hinweis auf seine Identität geben würde. Sie war bestimmt kein

Sherlock Holmes, aber sie war auch nicht auf den Kopf gefallen.

Jaine war immer die Unerschrockenste in ihrer kleinen Clique gewesen, doch T.J. nahm an, dass auch sie Courage aufbringen konnte. Heute zur Arbeit zu gehen, kam ihr schon ausgesprochen couragiert vor. Jaine würde nicht kommen; die Kopfschmerzen von gestern hatten sich noch nicht verzogen, darum ließ sie sich einen weiteren Tag von Shelley verhätscheln.

T.J. musste sich eingestehen, dass ihr auch die Vorstellung gefiel, wie Galan sich um sie sorgte. Es war albern, vielleicht sogar dumm, zur Arbeit zu gehen, wenn sie wusste, dass er deshalb Angst um sie hatte, aber er hatte sie so lange gar nicht beachtet, dass seine jetzige intensive Sorge Balsam für ihre verletzten Gefühle war. Was er gestern Abend gesagt hatte, hatte sie überrascht. Eventuell *konnten* sie es ja zusammen schaffen. Sie würde seine Entschuldigung ebenso wenig überstürzt akzeptieren, wie sie überhastet die Scheidung beantragt hatte, als ihre Ehe zu bröckeln begonnen hatte, aber sie liebte ihn, und zum ersten Mal seit langer Zeit glaubte sie, dass er sie möglicherweise auch liebte.

Immerhin hatten Luna und Shamal ihre Differenzen ebenfalls ausgeräumt, kurz bevor sie umgebracht wurde. Zwei Tage lang war sie glücklich mit ihm gewesen. Nur zwei Tage, wo ihr doch ein ganzes Leben voller Glück zugestanden hätte.

Plötzlich überlief T.J. eine Gänsehaut. Waren ihr am Ende auch nur zwei Tage vergönnt, um ihren zerbrechlichen Waffenstillstand mit Galan zu festigen?

Nein. Der Mörder würde sie *nicht* erwischen, so wie er Marci und Luna erwischt hatte. Ihr wollte einfach nicht in den Kopf, warum Luna ihn in ihre Wohnung gelassen hatte, so wie es die Polizei annahm. Unter Umständen war er schon dort gewesen und hatte auf sie gewartet. Sam hatte behauptet, man hätte keinerlei Hinweise auf ein gewaltsames Eindringen gefunden, aber vielleicht konnte er ja Schlösser knacken. Vielleicht hatte er irgendwoher einen Zweitschlüssel. Woher, konnte T.J. sich nicht vorstellen, aber vielleicht hatte er irgendwie einen beschafft. Vielleicht, vielleicht, vielleicht.

Falls Galan in der Arbeit war, wenn sie heute Nachmittag nach Hause kam, dann würde sie ihr Haus auf keinen Fall allein betreten. Sie würde einen Nachbarn holen, um mit ihm gemeinsam die Wohnung abzugehen. Und auch Trilby verschaffte ihr etwas Sicherheit; an dem kleinen Hund kam nicht mal eine Stubenfliege unbemerkt vorbei. Cocker hatten einen starken Beschützerinstinkt gegenüber ihrer Familie. Manchmal ging T.J. das Gebell ganz schön auf die Nerven, aber zurzeit war sie dankbar, dass Trilby so wachsam war.

Leah Street sah überrascht auf, als T.J. ins Zimmer trat. »Ich hätte Sie heute nicht erwartet«, sagte sie.

T.J. verbarg ihre Verblüffung. Leah war nie besonders schmeichelhaft angezogen, aber sie war stets korrekt gekleidet. Heute dagegen sah sie aus, als hätte sie ihre Sachen vom Boden aufgeklaubt. Sie trug Rock und Bluse, doch der Rock saß so schief, dass auf einer Seite der Saum ihres Unterrocks herausschaute. T.J. hätte nicht gedacht, dass es noch Frauen gab, die freiwillig einen Unterrock trugen, vor allem in dieser spätsommerlichen Hitze. Leahs Bluse war verknittert, und vorn prangte ein großer Fleck. Selbst ihr Haar, das sonst so makellos saß, sah aus, als hätte sie es heute Morgen nicht gekämmt.

T.J. merkte, dass Leah sie erwartungsvoll ansah, und rief sich ins Gedächtnis, was ihre Kollegin gerade gesagt hatte.

»Ich dachte, das Arbeiten hilft vielleicht. Sie wissen schon, der tägliche Trott.«

»Trott.« Leah nickte, als hätte T.J. damit etwas unerhört Tiefsinniges von sich gegeben.

Sehr merkwürdig. Aber andererseits hatte Leahs geistige Kaffeegeschirr-Ausstattung schon immer ein paar Lücken aufgewiesen. Leah war nicht völlig verrückt, sie war nur ein bisschen… daneben.

Heute allerdings war sie, soweit T.J. das beurteilen konnte, meilenweit daneben und ganz in ihrer eigenen kleinen Welt versunken. Sie summte vor sich hin, sie feilte ihre Nägel, sie beantwortete ein paar Anrufe. Wenigstens *klang* sie ganz vernünftig, wenn auch nicht besonders fleißig. »Mal sehen, ich rufe Sie dann zurück«, schien ihr Tagesmotto zu sein.

Kurz nach neun verschwand sie und kehrte zehn Minuten später mit staubfleckiger Bluse zurück. Sie ging auf T.J. zu, beugte sich über ihren Schreibtisch und flüsterte: »Ich komme an einige Akten nicht ran. Könnten Sie mir helfen, ein paar Kisten umzustapeln?«

Was für Akten? Was für Kisten? Fast alle ihre Akten waren im Computer gespeichert. T.J. wollte schon fragen, wovon sie redete, doch Leah sah sich kurz verlegen im Büro um, als hätte sie in Wahrheit ganz andere Probleme, die nicht das Geringste mit irgendwelchen Akten zu tun hatten, und als wollte sie nicht, dass die anderen davon erfuhren.

Wieso ausgerechnet ich?, dachte T.J., seufzte aber und sagte: »Natürlich.«

Sie folgte Leah zum Aufzug. »Wo sind diese Akten?«, fragte sie.

»Unten. Im Lager.«

»Ich wusste gar nicht, dass wir im Lager überhaupt was lagern«, meinte T.J. ironisch, doch Leah schien das nicht komisch zu finden.

»Aber selbstverständlich«, erwiderte sie völlig verdattert.

Der Aufzug war leer, und auch auf dem Gang im Erdgeschoss begegnete ihnen niemand, was angesichts der Uhrzeit wenig verwunderlich war. Alle arbeiteten in ihren Büros, die Computerfreaks beschossen sich wahrscheinlich mit Papierfliegern, und für die Vormittags-Kaffeepause, während der sich die Gänge wieder beleben würden, war es noch zu früh.

Sie gingen den schmalen, schleimgrünen Gang hinunter, dann öffnete Leah die Tür mit der Aufschrift »Lager« und hielt sie T.J. auf. T.J. rümpfte die Nase, weil es in dem Raum muffig und säuerlich stank, so als hätte ihn schon länger niemand betreten. Außerdem war es stockfinster.

»Wo ist der Lichtschalter?«, fragte sie, ohne einzutreten.

Ein fester Schlag traf sie in den Rücken und

ließ sie in den dunklen, miefigen Raum fliegen. Bei der Landung auf dem blanken Betonboden schürfte sich T.J. Hände und Knie auf. Im selben Moment explodierte in ihrem Kopf eine grauenvolle Erkenntnis, darum rollte sie sich gerade noch rechtzeitig zur Seite und kam auf die Füße, bevor ein langes Metallrohr pfeifend auf dem Boden aufschlug.

Sie schrie auf oder glaubte wenigstens aufzuschreien. Genau wusste sie das nicht, weil ihr Herz so ohrenbetäubend laut dröhnte, dass sie nichts anderes mehr hörte. Sie versuchte, das Rohr zu packen, und rang kurz mit Leah. Doch Leah war kräftig, zu kräftig, und brachte T.J. mit einem festen Schubs ein zweites Mal zu Fall.

Wieder hörte T.J. das Pfeifen; gleich darauf explodierten in ihrem Kopf die Lichter, und sie hörte überhaupt nichts mehr.

28

Irgendwo auf dem Gang wurde eine Tür geöffnet; starr vor Schreck lauschte Corin den schweren Schritten draußen im Korridor; dann ging eine zweite Tür auf und zu. Irgendein Haustechniker, begriff er. Wenn der Mann zufällig in seine Richtung geschaut und die offene Tür zum Lager bemerkt hätte, wäre er bestimmt gekommen, um nachzusehen. Corin litt Höllenqualen. Warum hatte er nicht daran gedacht, dass hier irgendein Haustechniker herumgeistern könnte? Er hätte das berücksichtigen müssen; er war nicht vorsichtig genug gewesen, und nun war Mutter böse.

Er sah die Frau auf dem staubigen Betonboden liegen, wo sie im schwachen Licht der halb offenen Tür zum Lager kaum zu erkennen war. Atmete sie noch? Er konnte es nicht sehen, und er durfte jetzt kein Geräusch mehr machen.

Er hatte das gar nicht gut gemacht. Er hatte nicht richtig geplant, und das machte ihm Angst, denn Mutter geriet schrecklich in Rage, wenn er irgendwas nicht perfekt machte. Er musste ihr eine Freude bereiten, er musste irgendwas finden, um sie zu besänftigen, um seinen Fehler wieder auszubügeln.

Die andere. Die mit der großen Klappe. Bei ihr hatte er auch einen Fehler gemacht, aber es war schließlich nicht seine Schuld gewesen, dass sie nicht zu Hause gewesen war, oder? Ob Mutter das verstehen würde?

Nein. Mutter akzeptierte keine Entschuldigungen.

Er würde noch mal hinfahren und es *richtig* machen müssen.

Aber was sollte er tun, wenn sie wieder nicht zu Hause war? Hier war sie nicht; das wusste er, schließlich hatte er das nachgeprüft. Wo konnte sie nur stecken?

Er würde sie finden. Er wusste, wie ihre Eltern hießen und wo sie wohnten, er kannte Namen und Adressen von ihren Geschwistern. Er wusste eine Menge über sie. Er wusste eine Menge über jeden, der hier arbeitete, weil er für sein Leben gern in den Personalakten schmökerte. Ab und zu schrieb er sich ein paar Sozialversicherungsnummern und Geburtsdaten heraus, über die er dann an seinem Computer zu Hause alle möglichen Daten ermittelte.

Sie war die Letzte. Er durfte nicht mehr warten. Er musste sie auf der Stelle finden und die Aufgabe, die Mutter ihm gegeben hatte, ein für alle Mal erledigen.

Ganz leise legte er das Rohr neben der reglosen Gestalt ab und schlich aus dem Lager. Fast lautlos schloss er die Tür und machte sich auf Zehenspitzen davon.

Detective Wayne Satran stand mit einem Fax vor Sams Schreibtisch. »Hier ist der Bericht über den Schuhabdruck, auf den Sie gewartet haben.« Er ließ das Fax auf einen Stapel von Berichten fallen und ging weiter an seinen eigenen Schreibtisch.

Sam nahm das Blatt an sich und las die erste Zeile: »Der Schuhabdruck lässt keine Übereinstimmungen erkennen –«

Was sollte das denn? Jede kriminaltechnische Abteilung besaß Kataloge oder Dateien mit Schuhabdruck-Mustern, die regelmäßig aktualisiert wurden. Manchmal vergaßen die Hersteller zwar oder weigerten sich aus irgendwelchen Gründen, einen Abdruck einzuschicken, nachdem sie das Muster verändert hatten. Aber in einem solchen Fall kaufte normalerweise irgendwer aus der Abteilung ein Paar der betreffenden Marke, um einen Abdruck nehmen zu können.

Vielleicht waren die Schuhe ja im Ausland gekauft worden. Vielleicht war es eine obskure Kleinstmarke, oder vielleicht war der Kerl so raffiniert, dass er mit einem Messer das Muster verändert hatte. Doch all das kam ihm wenig wahrscheinlich vor. Dies war kein Profi-Killer; dieser Kerl ging allein nach Gefühl und Gelegenheit vor.

Er wollte den Bericht schon weglegen, da ging ihm auf, dass er für ein schlichtes »weist keine Übereinstimmungen auf« ein wenig zu wortgewaltig war. Er konnte es sich nicht leisten, auch nur ein einziges Detail zu übersehen, er durfte sich nicht von seiner Hast irreführen lassen. Er las noch mal von vorn. »Der Schuhabdruck lässt keine Übereinstimmungen erkennen, die auf einen Männerturnschuh hinweisen würden. Allerdings stimmt das Muster mit einem exklusiven Modell überein, das ausschließlich für Frauen hergestellt wird. Der vorliegende Abdruck reicht nicht aus, um die genaue Größe zu bestimmen, allerdings lässt manches darauf schließen, dass es sich um einen Schuh der Größe *40* bis *42* handelt.«

Ein Frauenschuh? Der Kerl trug Frauenschuhe?

Oder… der Kerl war eine Frau.

»Leck mich am *Arsch!*«, zischte Sam zwischen

den Zähnen, hechtete sich aufs Telefon und hämmerte Bernsens Nummer ein. Sobald Roger sich gemeldet hatte, sagte er: »Ich habe endlich den Bericht über den Schuhabdruck bekommen. Es ist ein Frauenschuh.«

Am anderen Ende blieb es totenstill; dann antwortete Roger: »Du willst mich verscheißern.« Er klang so entsetzt, wie Sam sich fühlte.

»Und wir haben die weiblichen Angestellten bei unserer Computersuche ausgeschlossen. Wir haben uns selbst ein Bein gestellt. Wir müssen ihre Akten auch durchgehen.«

»Du willst mir allen Ernstes erzählen, eine *Frau* –« Roger verstummte, und Sam wusste, dass er daran dachte, was Marci und Luna alles angetan worden war. »Jesus.«

»Jetzt wissen wir auch, warum Luna die Tür aufgemacht hat. Das hat bis jetzt einfach keinen Sinn ergeben. Vor einem Mann wäre sie auf der Hut gewesen, vor einer Frau war sie es nicht.« Das Gefühl, etwas übersehen zu haben, wurde schlagartig stärker.

Eine Frau. Eine blonde *Frau*. Augenblicklich dachte er an Marcis Beisetzung und an die große Blondine, die weinend in Cheryls Arme gesunken war. Aus allem musste sie ein Drama machen, hatte T.J. gesagt, während Jaine sie unter einem anderen Blickwinkel betrachtet hatte: *Das Rad dreht sich weiter, obwohl der Hamster längst tot ist.* Sie war der Auffassung, dass bei der Frau eine Schraube locker war, dass irgendwas nicht mit ihr stimmte. Verdammt noch mal! Jaine hatte sie sogar erwähnt, als er sie nach Angestellten gefragt hatte, die mit den Kollegen in der Firma nicht zurechtkamen.

T.J. hatte noch etwas gesagt, das er damals nicht richtig zugeordnet hatte: Die Frau arbeitete mit ihr zusammen in der Personalabteilung. Sie hatte Zugang zu allen Daten, zu den Akten aller Mitarbeiter, darunter auch den privaten Telefonnummern sowie den Namen und Adressen der Verwandten, die in einem Notfall zu verständigen waren.

Das war es. Das hatte die ganze Zeit an ihm genagt. Laurence Strawn hatte ihm ausdrücklich erklärt, dass die Computer mit den Personalakten keine Verbindung zum Internet hatten; kein Hacker konnte an die Daten herankommen. Wer immer auf T.J.s Handy angerufen hatte, musste die Telefonnummer aus ihrer Akte haben, aber diese Akte war ohne eine ausdrückliche Genehmigung nur den Mitarbeitern der Personalabteilung zugänglich.

Wie hieß sie noch? *Wie hieß sie noch, verdammt noch mal?*

Er griff schon nach dem Telefon, um Jaine anzurufen, doch der Name tauchte auf, bevor er Shelleys Nummer gewählt hatte: Street. Leah Street.

Stattdessen rief er Bernsen an. »Leah Street«, bellte er, sobald Bernsen sich gemeldet hatte. »Die sich während der Beerdigung bei Marcis Schwester ausgeheult hat.«

»Die Blondine«, sagte Roger. »Scheiße! Die passt genau in unser Profil.«

Und zwar nur allzu gut, dachte Sam. Die Nervosität, die übertriebenen Gefühlsausbrüche, die Unfähigkeit, sich im Hintergrund zu halten.

»Ich habe die Akte hier«, sagte Roger. »Es hat mehrere Beschwerden über sie gegeben. Sie kam mit den Kollegen nicht zurecht. Mein Gott, ein klassischer Fall. Wir holen sie zum Verhör, mal sehen, was wir rausschütteln können.«

»Sie ist bestimmt im Büro«, vermutete Sam, und plötzlich krampfte sich sein Magen zusammen. »T.J. ist heute in die Firma gefahren. Die beiden arbeiten zusammen in der Personalabteilung.«

»Sie rufen T.J. an«, kommandierte Roger. »Ich bin schon unterwegs.«

Sam schlug hastig die Nummer bei Hammerstead nach. Als sich nach dem ersten Läuten ein automatischer Anrufbeantworter meldete, biss er die Zähne zusammen. Er hing in der Leitung fest, bis die Computerstimme ihm die Durchwahl zur Personalabteilung gab, was ihn wertvolle Zeit kostete. Verflucht noch mal! Warum setzte keine Firma mehr einen Menschen aus Fleisch und Blut in die Telefonzentrale? Natürlich war ein Anrufbeantworter billiger, aber in einem Notfall konnte diese Verzögerung zu echten Problemen führen.

Endlich nannte die Stimme die gewünschte Durchwahl, und er tippte sie ein. Beim vierten Läuten meldete sich eine gehetzt klingende Stimme: »Personalabteilung, Fallon.«

»T.J. Yother bitte.«

»Tut mir Leid, Mrs Yother ist gerade nicht an ihrem Platz.«

»Wie lange ist sie schon weg?«, fragte er energisch.

So leicht ließ Mrs Fallon sich nicht überfahren. »Wer spricht da?«, fragte sie nicht weniger energisch zurück.

»Detective Donovan. Ich muss sie unbedingt finden. Hören Sie: Ist Leah Street an ihrem Platz?«

»Nein, auch nicht.« Fallons Tonfall hatte sich vollkommen verändert. Jetzt war sie ausgesprochen kooperativ. »Sie und T.J. sind vor ungefähr einer halben Stunde weg. Die Telefone klingeln wie verrückt, und ohne die beiden sind wir nur noch am Rotieren. Sie –«

Sam schnitt ihr das Wort ab. »Falls T.J. zurückkommt, sagen Sie ihr, sie soll mich auf der Stelle anrufen, Detective Sam Donovan.« Er gab die Nummer durch. Kurz spielte er mit dem Gedanken, Fallon über die drohende Gefahr aufzuklären, doch dann entschied er sich dagegen; falls Leah noch nicht getürmt war, wollte er sie nicht alarmieren. »Können Sie mich zu Mr Strawn durchstellen?« Nur Laurence Strawn hatte genug Einfluss, seine Bitte zu erfüllen.

»Ja – sicher. Natürlich.« Sie stockte. »Soll ich Sie jetzt verbinden?«

Sam schloss die Augen und verkniff sich einen unflätigen Fluch. »Ja bitte.«

»Okay. Einen Moment.«

Eine Folge von elektronischen Piepsern drang an sein Ohr, dann meldete sich die samtweiche Stimme von Mr Strawns Chefsekretärin. Sam kappte ihr einstudiertes Begrüßungsgeleier. »Hier spricht Detective Donovan. Kann ich mit Mr Strawn sprechen? Es handelt sich um einen Notfall.«

Die beiden Worte »Detective« und »Notfall« bewirkten, dass er prompt weiterverbunden wurde. Sam beschrieb Strawn die Lage mit knappen Worten. »Rufen Sie bei der Pforte an, damit niemand das Haus verlässt, und lassen Sie überall nach T.J. suchen. In jeder Abstellkammer und jeder Toilette. Stellen Sie Ms Street nicht zur Rede, aber halten Sie sie auf. Detective Bernsen ist schon unterwegs.«

»Warten Sie kurz«, antwortete Strawn. »Ich rufe gleich mal an der Pforte an.«

Etwa dreißig Sekunden später war er wieder am Apparat. »Ms Street hat das Gelände vor ungefähr zwanzig Minuten verlassen.«

»War T.J. dabei?«

»Nein. Der Pförtner meinte, sie sei allein gewesen.«

»Dann suchen Sie nach T.J.«, drängte Sam. Gleichzeitig kritzelte er eine Notiz und winkte Wayne Satran her. Wayne nahm den Zettel entgegen, warf einen Blick darauf und sprintete los. »Sie muss irgendwo im Gebäude sein, und vielleicht ist sie noch am Leben.« Vielleicht. Marci hatte der erste Hammerschlag getötet. Luna war nicht gleich gestorben, doch auch bei ihr waren die Kopfverletzungen so schwer gewesen, dass sie gestorben war, bevor sie an ihren Stichverletzungen verbluten konnte. Der Gerichtsmediziner hatte anhand seiner einschlägigen Erfahrungen geschätzt, dass sie den ersten Angriff um ein paar Minuten überlebt haben konnte. Die Attacken waren hasserfüllt und mörderisch gewesen.

»Soll ich die Sache diskret behandeln?«, fragte Strawn.

»Jetzt zählt vor allem, dass wir sie so schnell wie möglich finden. Leah Street ist bereits entwischt. Lassen Sie alle im Gebäude mitsuchen. Wenn T.J. gefunden wird und noch lebt, dann unternehmen Sie alles, um ihr zu helfen. Falls sie schon tot ist, dann lassen Sie den Tatort so, wie er ist. Ein Krankenwagen ist bereits unterwegs.« Den hatte Wayne angefordert, er hatte alles Weitere ins Rollen gebracht. Polizisten aus mehreren Bezirken waren unterwegs zu Hammerstead, außerdem Ärzte und Beamten der Spurensicherung.

»Wir werden sie finden«, versprach Laurence Strawn leise.

Sams Instinkt als Polizist befahl ihm, zum Tatort zu fahren. Doch er blieb, wo er war, weil er wusste, dass er von seinem Schreibtisch aus am meisten bewirken konnte.

Leah Streets Akte lag auf Rogers Schreibtisch. Sam rief im Polizeirevier von Sterling Heights an und ließ den Beamten am Apparat die Akte holen, damit er ihm Leahs Adresse, Telefonnummer und Sozialversicherungsnummer durchgab.

Eine Minute später war der Detective wieder am Telefon. »Ich kann keine Leah Street finden. Nur einen ›Corin Lee Street‹, aber keine Leah.«

Corin Lee? Jesus. Sam rieb sich die Stirn und versuchte sich einen Reim aus dieser Auskunft zu machen. War Leah ein Mann oder eine Frau? Die Namen waren zu ähnlich, als dass es sich um einen Zufall handeln konnte.

»Ist Corin Street ein Mann oder eine Frau?«, fragte er.

»Mal sehen.« Eine Pause. »Da steht es. Weiblich.«

Vielleicht, dachte Sam. »Gut, vielen Dank. Das ist die Gesuchte.« Der Detective las ihm die gewünschten Angaben vor. Sam notierte alles, rief dann in der Kfz-Stelle an und ließ sich ihr Nummernschild und eine Beschreibung ihres Autos durchgeben.

Dann gab er an alle Streifenwagen eine Suchmeldung für ihr Auto heraus. Er wusste nicht, ob sie bewaffnet war; bislang hatte sie keine Schusswaffe eingesetzt, aber das hieß nicht, dass sie keine besaß, außerdem konnte sie ein Messer bei sich tragen. Sie war vollkommen unberechenbar und explosiv wie Nitroglyzerin; man musste sich ihr mit äußerster Vorsicht nähern.

Wohin war sie wohl gefahren? Nach Hause?

Nur eine total Verrückte würde heimfahren – aber Leah Street war total verrückt. Er schickte einen Streifenwagen zur Kontrolle hin.

Während alles ins Rollen kam, versuchte er, so wenig wie möglich an T.J. zu denken. Hatte man sie schon gefunden? Waren sie zu spät gekommen?

Wie viel Zeit war inzwischen vergangen? Er sah auf die Uhr; zehn Minuten, seit er mit Strawn geredet hatte, also dreißig Minuten, seit Leah von Hammerstead weggefahren war. Eventuell war sie ja auf einen der großen Highways gefahren, dann konnte sie eine halbe Stunde später schon weiß Gott wo sein, womöglich sogar in Windsor, Kanada. Eine grandiose Vorstellung; schon jetzt waren vier oder fünf Bezirke mit dem Fall befasst, warum nicht noch ein anderer Staat?

Er spielte mit dem Gedanken, Jaine anzurufen, entschied sich aber dagegen. Er wusste noch nichts Genaues über T.J., und er wollte sie nicht der Tortur unterwerfen, so kurz nach Luna schon wieder auf eine Nachricht über Leben oder Tod warten zu müssen.

Gott sei Dank war Jaine bei Shelley. Sie war nicht allein, und sie war in Sicherheit, denn Leah konnte nicht wissen, wer Shelley war und wo sie wohnte…

Es sei denn, Jaine hatte Shelley unter »Im Notfall zu benachrichtigen« angegeben.

Weil er und Roger die Personalakten aufgeteilt hatten, wobei Sam die obere Hälfte und Roger die untere bekommen hatte, lag Leah Streets Akte bei Roger – und Jaines bei ihm. Es gab mehr Namen mit B als mit jedem anderen Buchstaben, darum kramte er schnell den Stapel durch. Sobald er auf Jaines Akte gestoßen war, zog er die Seiten heraus und überflog sie in Windeseile.

Shelley war aufgeführt.

Ihm sackte der Magen in die Hose. Er sparte sich den Versuch, über das Festnetz anzurufen; im Laufschritt stürmte er aus der Tür und tippte dabei Shelleys Nummer in sein Handy.

Die Reporter hatten ihre Hausaufgaben gemacht und auf der Suche nach Jaine schließlich auch Shelley aufgespürt. Das ständige Läuten des Telefons ging ihnen irgendwann so auf die Nerven, dass Shelley den Apparat ausstöpselte und die beiden in den Hof hinausgingen, wo sie am Pool saßen. Weil Sam fest darauf bestanden hatte, dass Jaine ihr Handy stets bei sich behalten sollte, nahm sie es mit nach draußen und legte es neben sich auf das Kissen des Teakholz-Liegestuhls.

Ein großer Sonnenschirm war leicht schräg aufgespannt, um die Sonne abzuhalten, und Jaine döste vor sich hin, während Shelley las. Das Haus war wunderbar still; weil Shelley wusste, wie blank Jaines Nerven lagen, hatte sie Nicholas zu einem Freund geschickt, und Stefanie war mit ihren Freundinnen ins Einkaufszentrum abgezogen. Eine CD mit klassischen Klavierstücken spielte leise im Hintergrund, und Jaine merkte, wie ihre Kopfschmerzen sich endlich zu verziehen begannen, beinahe wie eine vom Strand zurückweichende Welle.

Sie konnte einfach nicht mehr an Marci und Luna denken, sie schaffte es einfach nicht mehr. Geist und Gefühl waren vollkommen verausgabt. Fast im Halbschlaf liegend, dachte sie an Sam und daran, welchen Halt er ihr gab. Hatte sie ihn wirklich noch vor drei Wochen für die Geißel der gesamten Nachbarschaft gehalten? Seither war so viel passiert, dass sie jedes Zeitgefühl verloren hatte; ihr kam es vor, als würde sie ihn schon seit Monaten kennen.

Seit fast einer Woche waren sie ein Liebespaar, und in ein paar Wochen wären sie ein Ehepaar. Sie konnte selbst kaum glauben, dass sie so schnell zu einem so entscheidenden Schritt bereit war, aber der Entschluss kam ihr nur richtig vor. *Sam* kam ihr richtig vor, so als wären sie zwei zusammengehörende Teile eines Puzzles. Bei ihren drei anderen Verlobten hatte sie sich alle Zeit der Welt gelassen, und man sah ja, was aus den Verlobungen geworden war. Diesmal würde sie einfach ins kalte Wasser springen. Pfeif auf die Vorsicht; sie würde Sam Donovan heiraten.

Es gab noch so vieles zu tun, so viele Details zu berücksichtigen. Sie dankte dem Himmel für Shelley, die sich um alle taktischen Fragen wie Ort, Essen, Musik, Blumen und Einladungen kümmerte. Shelley, für die Schüchternheit ein Fremdwort war, hatte bereits Sams Mutter und seine älteste Schwester Doro angerufen, um seine Verwandten in die Vorbereitungen einzubinden. Jaine fand es schade, dass sie Sams Familie immer noch nicht kennen gelernt hatte, doch wegen Marcis Tod und Beerdigung und der Sache mit Luna danach waren sie einfach nicht dazu gekommen. Sie war nur froh, dass Sam seine Leute bereits aufgeklärt hatte, sonst wäre der Schock bei Shelleys Anruf noch größer gewesen.

Die Türglocke schlug dezent im Hintergrund an und holte sie aus ihren ziellos treibenden Gedanken. Seufzend sah sie zu Shelley hinüber, die sich nicht vom Fleck rührte. »Willst du nicht an die Tür gehen?«

»Auf keinen Fall. Bestimmt ist es bloß irgendein Reporter.«

»Es könnte auch Sam sein.«

»Sam hätte angerufen – ach ja. Ich habe ja das Telefon abgestellt. Verdammt«, schimpfte Shelley und legte ihr Buch mit dem Gesicht nach unten auf den Tisch zwischen den beiden Liegestühlen. »Gerade jetzt, wo es wirklich gut wird. Ein einziges Mal möchte ich ein Buch lesen dürfen, ohne unterbrochen zu werden. Wenn es nicht die Kinder sind, dann klingelt das Telefon. Wenn das Telefon nicht klingelt, dann ist jemand an der Tür. Warte nur ab, bis ihr Kinder habt«, warnte sie, schob die Glastür der Veranda auf und trat ins Haus.

Abwechselnd fluchend und betend fädelte Sam sich mit eingeschaltetem Signallicht auf dem Dach zwischen den anderen Autos durch. Bei Shelley ging niemand ans Telefon. Er hatte eine Nachricht auf den Anrufbeantworter gesprochen, aber wo steckten die beiden nur? Jaine wäre bestimmt nicht aus dem Haus gegangen, ohne ihn anzurufen, nicht unter den gegebenen Umständen. Noch nie in seinem Leben hatte er solche Ängste ausgestanden. Auch ein Streifenwagen war zu Shelleys Haus unterwegs, aber o Gott, wenn es bereits zu spät war?

Dann fiel ihm Jaines Handy ein. Mit einer Hand lenkend, das Gaspedal bis zum Anschlag durchgedrückt, spähte er eine Sekunde auf sein Telefon und drückte die Kurzwahl für Jaine. Dann wartete er auf eine Verbindung und betete weiter.

Das Tor zum Innenhof schepperte. Der Blicke abschirmende Zaun rund um den Pool war zwei Meter hoch und bestand aus dicht verwobenen Holzlatten, doch das Tor war ein schmiedeeisernes Gitter. Verdutzt setzte Jaine sich auf und sah hinüber.

»Jaine!«

Sie traute ihren Augen nicht, als sie Leah Street erkannte. Leah wirkte panisch und rüttelte noch mal mit einer Hand am Gitter, als wollte sie es aus den Angeln reißen.

»Leah! Was ist denn? Ist was mit T.J.?« Jaine stürzte aus ihrem Liegestuhl und rannte auf das Tor zu. Das Herz sprang ihr fast aus der Brust, so hämmerte es in ihrer Panik.

Leah blinzelte, als würde Jaines Frage sie überraschen. Ihr eigenartig durchdringender Blick bohrte sich in Jaine. »Ja, es geht um T.J.«, sagte sie und rüttelte dabei noch mal am Tor. »Machen Sie endlich auf.«

»Was ist los? Ist ihr was passiert?« Jaine kam schliddernd vor dem Tor zum Stehen und wollte es schon öffnen, als ihr aufging, dass sie keinen Schlüssel hatte.

»Machen Sie das Tor auf«, wiederholte Leah.

»Ich kann nicht, ich habe keinen Schlüssel! Ich hole schnell Shelley –« Jaine heulte fast vor Entsetzen, als sie sich umdrehte, doch Leah fasste durch das Gitter und hielt sie am Arm fest.

»Hey!« Aus ihrer Panik erwacht, riss Jaine sich los und starrte Leah fassungslos an. »Was zum Teufel –«

Die Worte erstarben ihr in der Kehle. Auf Leahs ausgestreckter Hand war Blut, und zwei Fingernägel waren abgebrochen. Die Frau drängte sich fester an das Tor, und Jaine konnte die roten Spritzer auf ihrem Rock erkennen.

Instinktiv wich Jaine einen Schritt zurück.

»Machen Sie das gottverdammte Tor auf!«, kreischte Leah und rüttelte mit der Linken am Gatter wie ein tollwütiger Schimpanse an der Käfigtür. Die fedrigen blonden Haare flogen ihr wirr um den Kopf.

Jaine starrte auf das Blut, auf die blonden Haare. Sie sah das irre Glitzern in Leahs Augen, das hassverzerrte Gesicht, und eisige Kälte breitete sich in ihr aus. »Sie waren das«, flüsterte sie fassungslos.

Leah war schnell wie eine Springkobra. Sie zog den rechten Arm hinter ihrem Bein hervor, stieß ihn durch die Gitterstäbe und schmetterte etwas gegen Jaines Schädel. Jaine taumelte rückwärts und verlor das Gleichgewicht, doch sie konnte sich ein paar Schritte lang auf den Beinen halten, ehe sie schließlich stürzte. Im Fallen drehte sie sich zur Seite, sodass sie auf der Hüfte landete. In einer Explosion von Adrenalin war sie schon wieder auf den Füßen, bevor sie die Schmerzen des Aufpralls spüren konnte.

Leah holte noch mal aus. Es war die Kurbel eines Wagenhebers, erkannte Jaine. Sie wich weiter vom Tor zurück und gellte: »Shelley! Ruf die Polizei! Schnell!«

Auf ihrem Liegestuhl begann das Handy zu klingeln. Unwillkürlich wurde ihr Blick abgelenkt, gerade als Leah, von der Kraft des Wahnsinns getrieben, mit der Kurbel auf das Tor einzuschlagen begann. Das Metall schepperte ohrenbetäubend unter der Wucht der Schläge, und schließlich sprang das Schloss auf.

Eine gespenstische Grimasse schneidend, schob Leah das Tor auf und trat in den Hof. »Du Hure«, krächzte sie und hob die Kurbel an. »Du geile, gemeine Hure, du hast es nicht verdient zu leben!«

Ohne ihren Blick auch nur eine Sekunde lang von Leah zu wenden, wich Jaine langsam zur Seite, in der Hoffnung, wenigstens einen Stuhl zwischen sich und Leah zu bekommen. Sie wusste, was das Blut auf Leahs Händen und Kleidung zu bedeuten hatte, sie wusste, dass auch T.J. tot war. Alle hatten sterben müssen. Alle ihre Freundinnen. Diese geisteskranke Furie hatte sie alle umgebracht.

Sie war zu weit zurückgewichen. Jetzt stand sie praktisch am Rand des Pools. Schnell wechselte sie die Richtung, um vom Wasser wegzukommen.

Kalkweiß und mit weit aufgerissenen Augen trat Shelley aus dem Haus. In der Hand hielt sie Nicholas' Hockeyschläger. »Ich habe die Polizei gerufen«, verkündete sie mit bebender Stimme und starrte Leah dabei an wie ein Mungo, der eine Kobra fixiert.

Und wie eine Kobra wirbelte Leah im Bruchteil einer Sekunde zu Shelley herum.

Nein, dachte Jaine, auch wenn sie das Wort in ihrem Kopf nur als fernes Flüstern wahrnahm. Nicht auch noch Shelley.

»Nein!« Der Schrei entriss sich ihrer Kehle, dann spürte sie, wie der Zorn sie wie in einem Buschbrand verzehrte und im wahrsten Sinne des Wortes größer werden ließ, so als würde ihre Haut die Wut nicht mehr fassen können. Roter Nebel hing vor ihren Augen, ihr Blickfeld verengte sich, bis sie nur noch Leah sah. Sie merkte gar nicht, dass sie angriff, doch Leah wirbelte wieder zu ihr her, die Kurbel hoch über den Kopf erhoben.

Shelley holte mit dem Hockeyschläger aus und lenkte Jaine dadurch für einen winzigen Moment ab. Das Holz traf Leah an der Schulter. Leah schrie zornig auf, ließ die Kurbel aber nicht fallen. Stattdessen schwang sie das Eisen in einem weiten, flachen Halbkreis und erwischte Shelley damit am Brustkorb. Shelley schrie vor Schmerz auf und klappte zusammen. Leah holte aus, um die schwere Kurbel auf Shelleys Hinterkopf sausen zu lassen, doch da prallte Jaine, der die Wucht ihres Zornes ungeahnte Kräfte verlieh, gegen ihre Brust.

Leah war größer und schwerer. Sie kam unter Jaines Attacke ins Wanken und hieb mit der Kurbel auf Jaines Rücken ein, doch Jaine war zu nah, als dass Leah richtig ausholen konnte. Sie versteifte sich, fing sich wieder und schubste Jaine weg. Dann hob sie ihre Waffe erneut und machte zwei schnelle Schritte auf Jaine zu.

Eine Hand auf die Rippen gepresst und das Gesicht vor Zorn entstellt, richtete Shelley sich wieder auf. Sie hechtete sich auf Leah, und zu dritt kamen sie unter der Wucht ihres Aufpralls ins Straucheln.

Jaines linker Fuß rutschte über die Poolkante, und wie Dominosteine segelten alle drei hintereinander ins Wasser.

Ineinander verschlungen und kämpfend sanken sie auf den Grund. Leah hielt immer noch die Eisenkurbel in der Hand, doch im Wasser trafen ihre Hiebe verlangsamt und kraftlos. Sie zappelte aus Leibeskräften, um freizukommen.

Jaine hatte keine Zeit mehr gehabt, vor dem Untertauchen Luft zu holen. Ihre Lungen brannten, ihre Brust drohte zu platzen, und sie rang mit aller Kraft darum, kein Wasser zu inhalieren. Plötzlich war sie frei und schoss nach oben, wo sie die Luft in riesigen Atemzügen inhalierte, sobald ihr Gesicht die Wasseroberfläche durchbrochen hatte. Hustend und spuckend sah sie sich panisch nach allen Seiten um.

Weder Shelley noch Leah waren wieder aufgetaucht.

Jaine atmete tief ein und tauchte wieder unter.

In ihrem Kampf waren die beiden anderen zum tiefen Ende des Pools abgetrieben. Sie sah die aufsprudelnden Blasen, die verschlungenen Körper, die im Wasser treibenden Haare und Leahs vollen Rock, der sich um ihren Leib herum aufblähte wie eine Riesenqualle. Jaine zog die Beine an und schoss auf die beiden zu.

Leah hatte einen Arm um Shelleys Hals gelegt. Mit aller Kraft verkrallte Jaine ihre Hand in Leahs Haar und zerrte daran, bis Leah ihren Griff lockern musste. Shelley zischte nach oben wie ein Ballon.

Leah drehte sich um, bekam Jaines Kehle mit

einer Hand zu fassen und bohrte ihr die Finger ins Fleisch. Unter dem unerträglichen Druck musste Jaine würgen, wobei ihr Wasser in den Mund geriet.

Sie zog die Beine an, stemmte sie gegen Leahs Magen und drückte. Leahs Nägel schabten über ihren Hals, aber sie lösten sich, auch wenn sich das Wasser vor Jaines Gesicht dabei rot verfärbte.

Dann war Shelley wieder da und drückte Leah auf den Grund des Pools. Jaine kraulte durchs Wasser, um ihrer Schwester zu Hilfe zu kommen, sie drückte und kämpfte und wagte nicht loszulassen, auch wenn sie längst wieder Luft brauchte, völlig außer Atem war, doch sie wollte Leah auf keinen Fall frei- und auftauchen lassen. Leahs krallengleiche Hand packte ihre Bluse und verkrampfte sich.

Allmählich wurden Leahs Attacken schwächer. Ihre hervorquellenden Augen starrten sie wütend durch das kristallklare Wasser an, dann wurden sie glasig.

Hinter ihnen explodierte das Wasser. Mit letzter Kraft drehte Jaine den Kopf und entdeckte erst eine, dann zwei dunkle Gestalten, die in einem Strom von Luftblasen auf sie zu hielten. Zwei kräftige Hände befreiten sie aus Leahs tödlicher Umklammerung, während ein zweites Händepaar Shelley losriss und nach oben zog. Jaine sah die nackten Beine ihrer Schwester strampeln und versuchte ihr zu folgen, doch sie hatte länger ohne Luft auskommen müssen als Shelley und keine Kraft zum Treten mehr. Sie merkte, wie sie langsam zu Boden sank, dann wurde sie von einem der uniformierten Polizisten gepackt und zur Oberfläche gezerrt, hinauf zur Leben spendenden Luft.

Nur verschwommen bekam sie mit, wie sie aus dem Pool geholt und auf den Beton gebettet wurde. Sie würgte, hustete in Krämpfen und rollte sich ein, während sie versuchte, Luft durch ihre zugeschwollene Kehle zu pressen. Sie hörte Shelleys heisere Schreie und das Gerede der Polizisten, deren Worte sich in ihrem Kopf zu verheddern schienen. Überall waren Menschen, dann sprang noch jemand ins Wasser, wobei die Tröpfchen sich in der hellen Sonne brachen und ihr Gesicht sprenkelten.

Plötzlich war auch Sam da, der sie mit kalkweißem Gesicht aufsitzen ließ und in seine Arme schloss. »Keine Panik«, versicherte er mit ruhiger Stimme, auch wenn seine Arme zitterten. »Du kannst atmen. Du darfst dich nur nicht dagegen wehren. Du musst ganz langsam einatmen. Sachte, Baby. Genau so. Langsam und vorsichtig atmen.«

Sie konzentrierte sich auf seine Stimme und seine Anweisungen. Sobald sie aufhörte, panisch nach Luft zu schnappen, entspannte sich ihre Kehle, und frischer Sauerstoff zischte an den geschwollenen Kehlkopfklappen vorbei. Geschwächt ließ sie den Kopf an seine Brust sinken, dennoch gelang es ihr, mit einer Hand kurz seinen Arm zu drücken, um ihm zu signalisieren, dass sie bei Bewusstsein war.

»Ich habe es nicht mehr rechtzeitig geschafft«, erklärte er heiser. »Mein Gott, ich habe es einfach nicht rechtzeitig geschafft. Ich habe dauernd angerufen, aber niemand ist ans Telefon gegangen. *Warum seid ihr nicht an das gottverdammte Telefon gegangen?«*

»Weil ständig irgendwelche Reporter angerufen haben«, keuchte Shelley. »Deshalb habe ich es ausgeschaltet.« Sie presste kreidebleich eine Hand auf ihre Rippen.

Tausend Sirenen schienen die Luft zu durchschneiden und gellten in Jaines Ohren. Gerade als das Geräusch nicht mehr zu ertragen war, brach es unvermittelt ab, und eine Sekunde oder auch mehrere Minuten später waren sie und Shelley von weiß bekittelten Sanitätern umringt, und sie wurde Sams Armen entrissen.

»Nein – warte!« Sie wehrte sich hektisch und

schrie nach Sam, nur dass ihr Schrei sich als kaum hörbares Krächzen äußerte. Er bedeutete den Sanitätern, kurz zu warten, und nahm sie noch einmal in die Arme.

»T.J.?«, hauchte sie schließlich, sengend heiße Tränen in den Augen.

»Sie lebt«, antwortete Sam mit ebenfalls heiserer Stimme. »Ich habe unterwegs Bescheid bekommen. Man hat sie in einem Lagerraum in der Firma gefunden.«

Jaines Augen stellten jene Frage, die sie nicht aussprechen konnte.

Sam zögerte. »Sie ist verletzt, Süße. Wie schwer, weiß ich nicht, aber das Wichtigste ist, dass sie am Leben ist.«

Sam blieb nicht am Tatort, um zuzuschauen, wie Leahs – Corin Lees – Leichnam aus dem Pool geborgen wurde. Es waren genug Polizisten hier, um alles zu regeln, außerdem war dies nicht sein Bezirk. Er hatte Wichtigeres zu tun, zum Beispiel Jaine zu begleiten. Als sie und Shelley ins nächste Krankenhaus gebracht wurden, folgte er ihnen in seinem Pick-up.

Beide verschwanden in verschiedenen Behandlungsräumen. Nachdem Sam dafür gesorgt hatte, dass das Krankenhaus auf der Stelle Verbindung mit Al aufnahm, ließ er sich kraftlos gegen die Wand sinken. Ihm war sterbenselend; er hatte einen Eid geleistet, den Menschen zu dienen und sie zu beschützen, doch ausgerechnet die Frau, die er über alles in der Welt liebte, hatte er nicht beschützen können. Bis zu seinem Todestag würde er jenes Gefühl hilfloser Angst nicht vergessen, mit dem er durch die Straßen gerast war, wohl wissend, dass er zu spät kommen würde und Jaine nicht mehr retten konnte.

Er hatte die Steine des Puzzles endlich zusammengesetzt, doch zu spät, um sie und T.J. zu beschützen.

T.J.s Verfassung war kritisch. Laut Bernsen hatte sie nur deshalb überlebt, weil sie sich im Fallen so abgerollt hatte, dass ihr Kopf wenigstens teilweise durch das Gestänge eines alten Bürostuhls geschützt wurde. Irgendetwas musste Leah aufgeschreckt haben, bevor sie ihr grausames Werk zu Ende bringen konnte. Stattdessen hatte sie sich auf die Suche nach Jaine gemacht.

Sam kauerte noch zusammengesackt in einem der unbequemen Plastikstühle im Wartebereich, als Bernsen eintraf. »Mein Gott, was für ein Albtraum.« Roger ließ sich in den Stuhl neben Sams fallen. »Ich habe gehört, sie haben keine schweren Verletzungen. Wieso brauchen sie dann so lange?«

»Ich nehme an, die Ärzte haben es nicht mehr eilig. Shelley – Jaines Schwester – wird noch geröntgt, weil eine Rippe gebrochen sein könnte. Bei Jaine wird die Kehle untersucht. Mehr weiß ich auch nicht.« Er rieb sich über das Gesicht. »Um ein Haar hätte ich alles verbockt, Roger. Ich habe erst geschaltet, als es schon fast zu spät war, und dann hab ich es nicht rechtzeitig zu Jaine geschafft.«

»Hey, Sie haben immer noch rechtzeitig geschaltet, um jemanden zu ihr zu schicken. T.J. lebt, und das würde sie nicht, wenn man sie nicht so schnell gefunden hätte. Die Kollegen, die Jaine und Shelley aus dem Wasser gezogen haben, haben erklärt, dass beide kurz vor dem Ertrinken waren. Wenn niemand die Kollegen alarmiert hätte, wenn Sie nicht dafür gesorgt hätten, dass schon vor Ihnen jemand dort ist –« Roger verstummte achselzuckend. »Ich persönlich finde, Sie haben verdammt gute Arbeit geleistet, aber ich bin ja bloß Detective, was weiß ich also schon?«

Endlich trat der Arzt aus Jaines Behandlungsraum. »Wir werden sie zur Beobachtung über Nacht hier behalten«, sagte er. »Sie hat einen Bluterguss und eine Schwellung im Kehlkopfbereich, aber der Kehlkopf selbst ist nicht gebrochen und das Zungenbein ist intakt geblieben, deshalb sind keine bleibenden Schäden zu befürchten. Dass wir sie hier behalten, ist eine reine Vorsichtsmaßnahme.«

»Darf ich sie jetzt sehen?« Sam war schon aufgestanden.

»Natürlich. Ach ja – ihre Schwester hat zwei gebrochene Rippen, aber auch sie wird sich bald erholt haben.« Er stockte. »Das muss ja ein mörderischer Kampf gewesen sein.«

»Das war es«, bestätigte Sam und betrat den Behandlungsraum, wo Jaine auf der mit Plastik überzogenen Untersuchungsliege saß. Ihr Blick hellte sich auf, als sie ihn sah, und obwohl sie keinen Ton sprach, sagte die Miene, mit der sie ihm die Hand reichte, mehr als alle Worte. Sanft fasste er erst Jaines Finger, dann zog er sie näher und schloss sie in die Arme.

Zweiundzwanzig Stunden später gelang es T.J., ein geschwollenes Auge einen winzigen Spalt weit zu öffnen und ihre Finger so weit zu bewegen, dass sie Galans Hand drücken konnte.

29

»Ich kann echt nicht glauben, dass du deinen Eltern nichts erzählt hast«, sagte T.J. Obwohl sie nach wie vor leise und leicht schleppend sprach, war der Tadel nicht zu überhören. »Nein, warte – ich kann sehr wohl glauben, dass *du* ihnen nichts erzählt hast, aber ich kann nicht glauben, dass Shelley und David ihnen nichts erzählt haben. Wie kann man seinen Eltern verheimlichen, dass jemand versucht hat, dich und Shelley umzubringen, und um ein Haar mit Erfolg?«

Jaine rieb sich die Nase. »Erinnerst du dich noch, wie man als Kind alles nur Mögliche unternimmt, damit die Eltern nichts merken, wenn man in Schwierigkeiten steckt? Irgendwie war das ganz ähnlich, und außerdem…« Sie zuckte mit den Achseln. »Außerdem war sowieso schon alles gelaufen. Du warst am Leben, Shelley und mir war nichts Schlimmes passiert, und ich wollte nicht mehr darüber reden müssen. Die Berichte in den Medien haben mich fast zum Wahnsinn getrieben, ich musste Lunas Beerdigung überstehen, da hatte ich keine Kraft mehr für irgendwas anderes.«

T.J. drehte vorsichtig den in dicke Bandagen gepackten Kopf und blinzelte aus dem Krankenhausfenster. Seit einer guten Woche lag sie nicht mehr auf der Intensivstation, doch ein großer Teil der Woche davor würde ihr für ewig fehlen. Sie hatte keinerlei Erinnerung mehr an den Tag der Attacke, darum wusste niemand, was genau sich damals ereignet hatte. Sam und Detective Bernsen hatten eine ganz vernünftig klingende These aufgestellt, aber ob sie stimmte, würde man nie mit Gewissheit erfahren.

»Ich wünschte, ich hätte zu ihrer Beerdigung gehen können«, sagte sie traurig und gedankenverloren.

Jaine antwortete nicht, doch innerlich schauderte sie. *Nein, da irrst du dich*, dachte sie. Auf diese Erinnerung hätte sie liebend gern verzichtet.

Zwei Wochen waren inzwischen verstrichen, doch immer noch schreckte sie Nacht für Nacht schweißgetränkt und mit klopfendem Herzen aus irgendwelchen Albträumen hoch, an die sie sich nicht mehr erinnern konnte. Natürlich hatte diese Erfahrung, dank Sams Hausmittel gegen Schlafstörungen jeder Art, auch ihre guten Seiten. Sie wachte zwar zu Tode erschreckt auf, dafür schlief sie aber nach einer Überdosis angenehmster Empfindungen mit vollkommen erschlafften Muskeln wieder ein.

Auch Sam hatte ein paar Nächte lang schlecht geschlafen, vor allem anfangs. Mit seinem Beschützerinstinkt hatte er einfach nicht verwinden können, dass er nicht früher bei ihr gewesen war. Seine Selbstvorwürfe verstummten erst, als sie sich eines Abends unter die Dusche stellte, den Kopf unters Wasser hielt und schrie: »Hilfe, Hilfe, ich ertrinke!« Wenigstens hatte sie zu schreien versucht, trotz ihrer geschwollenen, wunden Kehle, weshalb Sam behauptet hatte, sie habe sich angehört wie ein brünstiger Ochsenfrosch. Er hatte den Duschvorhang zurückgerissen und sie zornig gemustert, während das Wasser den Badezimmerboden überflutet hatte.

»Machst du dich etwa über meinen Heldenkomplex lustig?«

»Ja«, bestätigte sie und hielt den Kopf wieder unter den Wasserstrahl, um erneut die Ertrinkende zu spielen.

Er schaltete mit einer schnellen Bewegung das Wasser aus, klatschte ihr die Hand fest genug auf den nackten Hintern, um ihr ein entrüstetes »He!« zu entlocken, schlang dann seine Arme um sie und lüpfte sie ohne großes Aufhebens aus der Duschwanne.

»Das wirst du mir bezahlen«, knurrte er, marschierte mit ihr zum Bett und schleuderte sie auf die Matratze, bevor er einen Schritt zurücktrat, um seine nassen Sachen auszuziehen.

»Ach ja?« Nackt und nass räkelte sie sich sinnlich mit durchgestrecktem Rücken. »Und an was für eine Währung denkst du dabei?« Sie streckte die Hand aus, streichelte sein pulsierendes Glied und rollte sich dann auf den Bauch, um ihn fester zu packen. Schlagartig rührte er sich nicht mehr.

Langsam und genussvoll wie eine Katze begann sie zu lecken. Ein Schauer überlief ihn.

Sie probierte ihn auf ganzer Länge. Er stöhnte auf.

Dann leckte sie wieder und fuhr mit der Zunge die Unterseite seines Gliedes entlang. »Ich finde auch, ich sollte dafür bezahlen, und zwar teuer«, murmelte sie. »Und ich glaube, ich werde dabei einiges… schlucken müssen.« Sie nahm ihn in den Mund und ließ ihren Worten Taten folgen.

Seither setzte Sam mindestens einmal am Tag ein jammervolles Gesicht auf und verkündete: »Ich fühle mich so schuldig.«

Pah.

Sein Verhalten ihr gegenüber hatte ihr mehr als

alles andere geholfen, das Trauma zu überstehen. Er hatte sie nicht wie ein Baby behandelt. Er hatte ihr seine Liebe und seinen Trost zukommen lassen und so oft mit ihr geschlafen, dass sie schon wund war, aber mehr hatte er nicht getan, und das war mehr als genug. Sie konnte schon wieder lachen.

Jeden Tag hatte sie T.J. einen Besuch abgestattet. T.J. machte bereits Krankengymnastik, um die Beeinträchtigungen zu lindern, die von ihren Kopfverletzungen herrührten. Sie sprach immer noch schleppend, doch von Tag zu Tag besser; und ihr rechtes Bein wie auch ihren rechten Arm hatte sie bestenfalls sporadisch unter Kontrolle, aber auch das ließ sich durch entsprechende Übungen beheben. Galan wich nicht mehr von T.J.s Seite, und wenn die absolute Hingabe in seinem Blick irgendetwas zu bedeuten hatte, dann hatten sie ihre Eheprobleme fürs Erste überwunden.

»Noch mal zu deinen Eltern«, sagte T.J. gerade. »Wirst du es ihnen erzählen, wenn ihr sie heute vom Flughafen abholt?«

»Nicht gleich«, wich Jaine aus. »Erst muss ich ihnen Sam vorstellen. Und dann müssen wir die Hochzeit besprechen. Außerdem finde ich, Shelley und ich sollten es gemeinsam erzählen.«

»Dann solltet ihr das aber tun, bevor ihr sie daheim absetzt, denn wenn die Nachbarn sehen, dass deine Leute wieder da sind, kommen bestimmt alle auf der Stelle angestürzt.«

»Schon gut, schon gut. Ich werde es ihnen erzählen.«

T.J. grinste. »Und richte ihnen aus, sie hätten es mir zu verdanken, dass die Hochzeit um eine Woche verschoben wird und sie sich erst mal ausruhen können.«

Jaine schnaubte. Gut, sie hatten die Hochzeit verschoben, damit T.J., wenn auch im Rollstuhl, daran teilnehmen konnte, aber sie bezweifelte, dass vor allem ihr Dad irgendwem besonders dankbar dafür wäre. Ihm wäre es wahrscheinlich nur recht gewesen, die Hochzeit gleich am nächsten Tag zu feiern, denn dann hätte er das Chaos nicht so lang ertragen müssen.

Sie schaute auf ihre Uhr. »Ich muss los. In einer Stunde treffe ich Sam.« Sie beugte sich übers Bett und gab T.J. einen Kuss auf die Wange. »Bis morgen.«

Galan betrat das Zimmer, einen riesigen Strauß voller Lilien in der Hand, die den Raum mit ihrem Duft erfüllten. »Gerade rechtzeitig«, stellte Jaine fest und zwinkerte ihm im Hinausgehen zu.

»Ja«, bestätigte J. Clarence Cosgrove mit dünner, greisenhafter Stimme, »ich erinnere mich ausgezeichnet an Corin Street. Es war eine höchst unangenehme Situation, aber uns waren die Hände gebunden. Bis Corin in die Pubertät kam, wussten wir nicht einmal, dass sie ein Mädchen war. Ach, natürlich war das Geschlecht auf der Geburtsurkunde vermerkt, aber wer sieht da schon nach? Ihre Mutter behauptete, Corin sei ihr Sohn, und wir… haben das so hingenommen.«

»Sie wurde als Junge erzogen?«, fragte Sam. Er saß an seinem Schreibtisch, hatte die langen Beine auf eine offene Schublade gestützt und presste das Telefon ans Ohr.

»Meines Wissens hat die Mutter nie zugegeben und sich nie so verhalten, als wisse sie, dass Corin ein Mädchen war. Corin war ein ziemlich verstörtes Kind. Schwer verstört«, bekräftigte Mr Cosgrove. »Ständig hatten wir Probleme mit ihr. Einmal hat sie das Haustier ihrer Lehrerin umgebracht, doch Mrs Street wollte auf gar keinen Fall hinnehmen, dass Corin so etwas tun könnte. Pausenlos erklärte sie jedem, der es hören wollte, dass sie einen perfekten kleinen Jungen habe.«

Bingo, dachte Sam. *Mr Perfekt.* Dieser Auslöser hatte Corin Lee Street hochgehen lassen wie eine jahrelang tickende Bombe. Was sie so unerträglich gefunden hatte, war weniger der Inhalt der Liste, sondern vielmehr ihr Titel gewesen.

»Sie meldete Corin von meiner Schule ab«, fuhr

Mr Cosgrove fort. »Dennoch habe ich mich bemüht, den weiteren Lebenslauf des Kindes zu verfolgen. Natürlich verschlimmerten sich die Verhaltensprobleme mit jedem Jahr. Als Corin fünfzehn war, ermordete sie ihre Mutter. Ich meine mich zu entsinnen, dass es ein ausgesprochen brutaler Mord war, auch wenn ich mich an die Details nicht erinnern kann. Corin verbrachte mehrere Jahre in einer psychiatrischen Einrichtung und wurde nie für ihre Tat vor Gericht gestellt.«

»Hat sich der Mord bei Ihnen in Denver ereignet?«

»Ja.«

»Vielen Dank, Mr Cosgrove. Sie haben mir sehr geholfen.«

Nachdem Sam aufgelegt hatte, klopfte er mit dem Stift auf seinen Schreibtisch und sann darüber nach, was er bislang über Corin Lee Street erfahren hatte. Sie war als Corin in die psychiatrische Klinik eingewiesen worden, doch bei ihrer Entlassung hieß sie Leah – offensichtlich, weil der Name so ähnlich klang wie »Lee«. Allmählich zeichnete sich deutlich das Bild einer extrem labilen und gefährlichen Frau ab, die von ihrer Mutter psychisch und physisch missbraucht worden war, bis die Gewalt, die ihr ganzes Leben lang Tröpfchen für Tröpfchen ausgesickert war, sich schließlich in einer Explosion Bahn gebrochen hatte. Mochten sich die Psychologen darüber ereifern, ob am Anfang der Missbrauch oder erst die gewalttätige Persönlichkeit stand – Sam war das egal. Er wollte einfach nur ein klares Bild jener Frau, die ein solches Grauen zu verantworten hatte.

Nachdem er mit Corins Schuldirektor gesprochen hatte, rief er in der Polizeizentrale von Denver an und bekam schließlich jenen Detective an den Apparat, der damals in dem grausamen Mord an Mrs Street ermittelt hatte. Corin hatte ihre Mutter mit einer Stehlampe zu Tode geprügelt, dann reinen Alkohol über das Gesicht der Frau gegossen und ihn angezündet. Als der Leichnam entdeckt wurde, war Corin nicht ansprechbar und eindeutig geistig verwirrt. Während der nächsten sieben Jahre war sie in einer geschlossenen psychiatrischen Anstalt untergebracht worden.

Weitere Nachforschungen führten Sam zu der Psychologin, die Corin damals behandelt hatte. Die Frau seufzte tief, als er ihr von Corins Tod und dessen Umständen erzählte. »Sie wurde gegen meinen Rat entlassen«, sagte sie. »Aber wenn sie wirklich so viele Jahre stabil geblieben ist, bevor ihr Zustand sich verschlechterte, hat sie sich besser gehalten, als ich erwartet hätte. Solange sie ihre Medikamente nahm, kam sie zurecht, aber trotz alledem war sie – ich verwende nicht gern Etiketten, auch wenn sie zutreffen – psychotisch. Meiner Meinung nach war es nur eine Frage der Zeit, bis sie jemanden umbringen würde. Sie wies sämtliche klassischen Symptome auf.«

»Wie ging die Verwandlung von Corin zu Leah von sich?«

»Corin war der Name ihres Großvaters mütterlicherseits. Ihre Mutter wollte um gar keinen Preis akzeptieren, dass ihr Kind weiblichen Geschlechts war. Frauen waren… ›Unwürdig‹ und ›schmutzig‹ waren die von Corin verwendeten Begriffe. Mrs Street gab Corin einen Jungennamen, erzog sie als Jungen, kleidete sie wie einen Jungen und erzählte überall, dass Corin ihr Sohn sei. Wenn Corin irgendeinen Fehler machte, wurde sie, schon als ganz kleines Kind, bestialisch hart bestraft: geschlagen, mit Nadeln malträtiert, in eine dunkle Kammer gesperrt. Dann kam sie in die Pubertät, und die Hölle brach im wahrsten Sinn des Wortes los. Mrs Street konnte die Veränderungen in Corins Körper einfach nicht ertragen. Vor allem die Menstruation machte ihr zu schaffen.«

»Das kann ich mir vorstellen.« Sam war übel angesichts dieser Litanei von Misshandlungen.

»Von da an hatten die Strafen für jeden noch so

kleinen Fehltritt sexuellen Charakter. Die Einzelheiten überlasse ich Ihrer Fantasie.«

»Vielen Dank«, meinte Sam trocken.

»Corin hasste ihren eigenen Körper und jede Form von weiblicher Sexualität. Durch die Therapie und die Medikamente entwickelte sie schließlich eine eher rudimentäre weibliche Persönlichkeit und taufte sich selbst Leah. Sie gab sich alle Mühe, eine richtige Frau zu sein. Allerdings hatte ich nie irgendwelche Hoffnungen, dass sie ein normales Geschlechtsleben führen könnte oder überhaupt eine normale Beziehung. Sie trainierte sich weibliche Verhaltensmuster an, und die Medikamente unterdrückten ihre gewalttätigen Neigungen, doch ihr Bezug zur Realität war bestenfalls brüchig. Ich bin aufrichtig überrascht, dass sie so viele Jahre an einem Arbeitsplatz bleiben konnte. Möchten Sie sonst noch etwas wissen?«

»Nein, Frau Doktor. Sie haben wohl alle meine Fragen beantwortet«, erwiderte Sam. Er hatte das nachforschen müssen. Falls Jaine jemals mehr über Leah Street erfahren wollte, würde er ihr Auskunft geben können, doch bislang hatte sie kein einziges Mal nach ihr gefragt.

Vielleicht war das nur gut so. Er hatte immer gewusst, dass Jaine eine Kämpfernatur war, trotzdem hatte es ihn überrascht, wie energisch sie ihre Erholung vorantrieb, so als wäre die Angst ein Gegner, den es in die Ecke zu treiben galt. Sie wollte sich nicht einmal nach Leah Streets Tod von ihr unterkriegen lassen.

Er sah auf die Uhr und stellte fest, dass es inzwischen höchste Zeit war. »Verdammt«, grummelte er. Wenn sie zu spät an den Flughafen kamen, würde sie ihn bestimmt kein einziges Mal zu Wort kommen lassen. Er hatte wichtige Neuigkeiten für sie, Neuigkeiten, die nicht warten konnten, und er wollte sie nur ungern überbringen, solange sie wütend war.

Wie ein Irrer raste er los, um rechtzeitig am Haus ihrer Eltern zu sein. Sie würden im Lincoln ihrer Mutter zum Flughafen fahren, denn weder in ihre Viper noch in seinen Pick-up passten vier Erwachsene und Gepäck für sechs Wochen. Sie saß bereits hinter dem Steuer und hatte den Motor laufen, als er den Wagen schliddernd in der Einfahrt zum Stehen brachte und aus der Kabine sprang.

»Du bist spät dran«, sagte sie und ließ die Reifen aufquietschen, sobald sein Hintern das Polster des Beifahrersitzes berührt hatte. Er fasste nach seinem Gurt.

»Wir kommen schon noch rechtzeitig«, meinte

er zuversichtlich. Daran hatte er nicht den leisesten Zweifel, schließlich saß Jaine am Steuer. Vielleicht sollte er sie ermahnen, nicht zu schnell zu fahren, dachte er, verkniff sich aber eine Bemerkung.

»Kannst du dich noch an das Vorstellungsgespräch erinnern, das ich vor ein paar Wochen hatte?«

»Du hast den Job«, stellte sie fest.

»Woher weißt du das?«

»Warum solltest du sonst davon anfangen?«

»Ich habe schon eine Ausbildung an der Polizei-Akademie absolviert, das Training bliebe mir also erspart. Ich könnte gleich mit der Arbeit anfangen. Das Problem ist nur, dass ich umziehen müsste.«

»Und?« Sie verdrehte die Augen.

»Hör auf damit! Schau lieber auf die Straße.«

»Ich schaue ja!«

»Stört es dich nicht, dass wir umziehen müssten? Du hast dein Haus eben erst gekauft.«

»Viel mehr würde mich stören«, bemerkte sie knapp, »wenn wir in zwei verschiedenen Städten wohnen würden. Das wäre absolut bescheiden, leck mich am Arsch!«

O Mann, an ihrem so bezaubernden Arsch!

Sie erreichten den Flughafen in Rekordzeit und

parkten den Wagen. Noch während sie zur Ankunftshalle eilten, warnte sie ihn: »Vergiss nicht, Dad hat Parkinson, wenn sein Arm zittert, dann deswegen.«

»Werde ich bestimmt nicht vergessen«, versprach er, während er mit seinen langen Beinen mühelos neben ihr Schritt hielt.

Sie erreichten das Gate, gerade als die ersten Passagiere herauskamen. Ihre Eltern tauchten nur wenige Minuten später auf. Jaine kreischte auf, rannte zu ihrer Mutter, schlang die Arme um sie und drückte sie mit aller Kraft, bevor sie ihren Vater der gleichen Prozedur unterzog.

»Das ist Sam!«, verkündete sie und schleifte ihn herbei. Ihre Eltern wussten bereits von der bevorstehenden Hochzeit, darum nahm Jaines Mutter ihn in die Arme und versuchte ihn ihrerseits zu zerquetschen.

Jaines Vater streckte eine wild zuckende Rechte vor. »Hier«, sagte er. »Sie brauchen die Hand nur festzuhalten, das Schütteln übernehme ich.«

Sam prustete los. Jaines Mutter tadelte ihren Mann: »Lyle! Also wirklich!«

»Was denn?«, meinte er, scheinbar entrüstet über ihre Schelte. »Wenn ich keine Witze darüber machen darf, wozu hab' ich dann überhaupt Parkinson?« Das Funkeln in seinen klaren blauen Augen verriet Sam, dass Jaine zu hundert Prozent aus der Werkstatt ihres Vaters stammte.

»Wir haben euch viel zu erzählen«, sagte Jaine, wobei sie sich bei ihrer Mutter einhakte und losmarschierte. »Aber ihr müsst mir versprechen, dass ihr nicht sauer werdet.«

Diese Eröffnung musste die beiden ja ungemein beruhigen, dachte Sam.

Lyle Bright antwortete: »Solange du mir nicht erzählst, dass du mein Auto zu Schrott gefahren hast.«

Danksagung

Ich danke Sgt. Henry Piechowski vom Police Department Warren, Michigan, der geduldig und gut gelaunt all meine Fragen beantwortete. Er telefonierte mit mir, schenkte mir seine Zeit und tat sein Bestes, um sicherzustellen, dass ich alles korrekt wiedergab. Alle etwaigen Irrtümer gehen allein auf mein Konto. Danke, Sergeant!

Die Autorin

Linda Howard erhielt für ihre Bücher bereits mehrfach Auszeichnungen, unter anderem für den »besten erotischen Roman des Jahres«. Inzwischen haben ihre Romane eine Gesamtauflage von über fünf Millionen Exemplaren erreicht, und sie kann auf sieben Platzierungen auf der New-York-Times-Bestsellerliste verweisen. Linda Howard lebt mit ihrem Mann und ihren beiden Golden Retrievern auf einer Farm in Alabama.